DAN EI ADAIN

Hefyd gan yr un awdur:

Pleserau'r Plismon (Hunangofiant)
Dan yr Wyneb
Dan Ddylanwad
Dan Ewyn y Don
Dan Gwmwl Du
Dan Amheuaeth

Dan ei Adain

nofel gan

John Alwyn Griffiths

Diolch unwaith yn rhagor i Myrddin,
Nia a phawb arall yng Ngwasg Carreg Gwalch.

Hoffwn ddiolch yn arbennig i'r milfeddyg Mr Patrick Elis Jones, Treborth, Bangor, am ei gymorth wrth rannu ei arbenigedd proffesiynol â mi ynglŷn â rhai agweddau o'r nofel hon.

Argraffiad cyntaf: 2017

Rhif rhyngwladol: 978-1-84527-562-4

Mae'r cyhoeddwyr yn cydnabod cefnogaeth ariannol
Cyngor Llyfrau Cymru

I Julia

ac er cof am Mam a Nhad

Pennod 1

Chwythai gwynt mwyn o'r gogledd-orllewin dros y bae bychan, cudd, gan wthio tonnau ysgafn y môr yn erbyn y creigiau. Yng nghysgod y gwaith adeiladu a estynnai ar draws rhan helaeth o'r gorwel y tu ôl iddo, dringodd pysgotwr i lawr y llwybr cyfarwydd tua'r traeth graeanog. Gwyddai fod dyfnder sylweddol y dŵr yno'n hafan i ambell bysgodyn blasus. Am ba hyd, tybed, y câi ryddid i fwynhau ei hoff lecyn pysgota? Byddai'r rhai oedd yn gyfrifol am adeiladu'r pwerdy newydd ar dir hen ffermdy Hendre Fawr yn sicr o gau'r llwybr cyn bo hir. Dyna'r pris yr oedd yn rhaid ei dalu am ddatblygiadau sylweddol fel hyn. Wel, un o'r prisiau – roedd tref Glan Morfa yn newid a phrysuro'n ddyddiol oherwydd y gwaith.

Yn cario'i wialen hir, ei drybedd a'i fag trwm, camodd y pysgotwr yn ofalus dros y tir serth, llithrig, ei fryd ar dreulio bore braf o hydref yno cyn i wyntoedd cryf y gaeaf gyrraedd. Ond yn ddiarwybod iddo, roedd ei drefniadau ar fin cael eu chwalu'n ulw.

Wrth iddo ddechrau paratoi ei dacl ar y traeth ac astudio'r amodau o'i amgylch, gwelodd symudiad anarferol yng nghanol y gwymon ger y creigiau ar ochr dde'r bae – rhyw ddefnydd, rhywbeth â chochni yn perthyn iddo, nid yn annhebyg i liw'r gwymon ond yn ddigon i dynnu ei sylw. Symudai yn ôl ac ymlaen yn araf ac esmwyth gyda chodiad a chwymp y tonnau ysgafn, i fyny ac i lawr yn union fel y gwymon, ond, rhywsut, edrychai'n estron i'r amgylchedd hwnnw.

Rhoddodd ei daclau i lawr, ac wrth iddo gerdded a nesáu tuag at y man sylweddolodd mai'r hyn a welai yn y gwymon o'i flaen oedd gwallt. Gwallt coch, hir, trwchus merch ifanc. Roedd ei chorff wedi'i guddio ymhlith y gwymon – pob darn heblaw ei hwyneb gwyn, difywyd. Er gwaethaf ei syfrdandod, dilynodd ei reddf a cherddodd yn syth i'r môr at ei ganol. Yng nghanol y gwymon ac er gwaethaf nerth tonnau'r môr, llwyddodd i afael ynddi a thynnu'r corff i ddŵr mwy bas ac i gyfeiriad cerrig mân y traeth. Unwaith iddo'i chael allan o'r dŵr yn gyfan gwbwl roedd hi'n llawer trymach ac roedd yn rhaid iddo ddefnyddio'i holl nerth i'w symud ymhellach i fyny'r traeth.

Ar ôl ei chael o afael y tonnau, edrychodd y gŵr i lawr ar gorff dynes y tybiai ei bod yn ei thridegau hwyr, ei hwyneb fel y galchen a'i cheg a'i llygaid yn llydan agored. Sylwodd ei bod yn noeth o'i gwasg i lawr ac eithrio sgert ysgafn. Yn barchus, tynnodd y pysgotwr y sgert i lawr o amgylch ei phengliniau. Ni wyddai ai gwlybaniaeth y môr neu'r amgylchiadau erchyll a oedd yn gyfrifol am yr ias a'r cryndod a deimlai.

Ceisiodd benderfynu beth i'w wneud nesaf. Gwyddai fod llanw mawr ar godi, llanw uchaf y mis, ac na fyddai'n ddoeth ei gadael ar ran isaf y traeth yn rhy hir. Brysiodd yn ôl at y man lle gadawodd ei daclau funudau ynghynt a chydiodd yn ei ffôn symudol. Ar ôl galw'r heddlu disgwyliodd wrth ochr y ferch gan ei llusgo'n ddiurddas ymhellach i fyny'r traeth gyda phob ton a'i gorchuddiai. Disgwyliodd am ugain munud hwyaf ei fywyd.

Erbyn i'r heddwas cyntaf gyrraedd roedd y corff hanner

ffordd i fyny'r traeth. Ymhen dim, cyrhaeddodd dau blismon arall, un mewn iwnifform a'r llall yn ei ddillad ei hun.

Ar ôl dringo i lawr y llwybr serth, safodd Ditectif Sarjant Jeff Evans yn ei unfan am funud er mwyn astudio'r traeth yn fanwl. Yna, troediodd yn ofalus araf tuag at y pysgotwr.

'Fyddwch chi'n pysgota yma'n aml?' gofynnodd.

'Byddaf,' atebodd y pysgotwr yn ddistaw.

'Pa mor uchel fydd y llanw'n codi heddiw, a phryd fydd hynny?'

'Mi fydd y llanw ar ei uchaf tua hanner awr wedi hanner ac mi godith ychydig dros ben y gwymon acw ym mhen draw'r traeth,' meddai, gan bwyntio i lecyn tuag ugain llath i ffwrdd.

'Reit.' Roedd yn rhaid i Jeff wneud penderfyniad cyflym. 'Mi rown ni hi yn ofalus yn y bag di-haint yma a'i chario i droed y llwybr.'

Ar ôl sgwrs ffôn fer, eglurodd Jeff i'r lleill y byddai prif swyddog yn cyrraedd cyn bo hir yng nghwmni'r patholegydd a swyddog lleoliad troseddau. Rhoddodd orchymyn bod un o'r heddweision mewn iwnifform i ddisgwyl amdanynt yn nhop y llwybr, a'i fod i atal unrhyw un arall rhag dod ar gyfyl y lle.

Awr ac ugain munud yn ddiweddarach, gwelodd Jeff dri pherson yn disgyn i lawr y llwybr yn ofalus fesul un. Y swyddog lleoliad troseddau oedd yn arwain, ac yn ei ddilyn roedd merch yn ei thridegau cynnar nad oedd o'n ei hadnabod, a'r patholegydd yn ei chanlyn. Ar y darn mwyaf serth a pheryglus o'r llwybr sylwodd Jeff ar y ferch yn gwrthod cymorth gan y swyddog lleoliad troseddau cyn llithro ar ei phen-ôl – a gwrthod cymorth i godi.

'Pwy ddiawl 'di hon?' gofynnodd Jeff iddo'i hun.

Gwyliodd Jeff hi'n sefyll yn bwrpasol ychydig cyn cyrraedd gwaelod y llwybr, ei dwy law yn gorwedd ar ei gwasg, yn astudio'r sefyllfa o'i blaen. Gwisgai siaced wrth-ddŵr dros siwt dridarn binstreip ddu a chrys gwyn a'i goler yn agored. Roedd godrau ei throwsus wedi'u stwffio i bâr o esgidiau glaw a'i gwallt tywyll wedi'i dorri'n gwta bron fel gwallt dyn. Er hynny, roedd hi'n eithaf golygus ... ond pwy oedd hi, a lle oedd y prif swyddog roedd o'n ei ddisgwyl?

'Ditectif Sarjant Evans,' cyflwynodd Jeff ei hun iddi. Pwy dach chi?'

'Ditectif Brif Arolygydd Lowri Davies,' atebodd y ferch yn gyflym heb fath o emosiwn yn ei llais, gan estyn ei cherdyn gwarant o'i phoced a'i roi yn ei ôl cyn i Jeff na neb arall gael cyfle i'w ddarllen.

Sylweddolodd Jeff ei fod wedi clywed ei henw, a'i hanes, o'r blaen. Dynes ifanc wnaeth yn dda yn y coleg cyn ymuno â'r heddlu, ac a lwyddodd i ddringo'r ysgol ar ôl profi'i gwerth fel academydd o fewn muriau'r pencadlys yn hytrach na dysgu plismona ymysg cyhoedd a throseddwyr gogledd Cymru. Ond pwy oedd o i'w barnu?

'Be mae'r corff yn ei wneud mewn bag cyn i mi a'r patholegydd gyrraedd lleoliad y drosedd?' gofynnodd yn swta. 'Dyna'r arferiad, ynte? Peidio cyffwrdd â dim er mwyn diogelu'r dystiolaeth, Sarjant Evans. A be am y pysgotwr 'ma? Pam mae o yn dal i fod yma?'

Ochneidiodd Jeff.

'Cafwyd hyd i'r corff yn y môr, Brif Arolygydd, gan y gŵr bonheddig yma – y gŵr y dylen ni ddiolch iddo am fentro i'r tonnau garw er mwyn dod â hi i'r lan. Er ei fod yn rhynnu, mae o wedi cytuno i aros yma yn hytrach na mynd adref i newid, gan y byddai hynny wedi achosi mwy o droedio ar y llwybr nag oedd raid. Mi welwch chi mai'r llwybr ydi'r unig ffordd o gyrraedd y traeth 'ma o'r tir mawr. *Fi* benderfynodd roi'r corff i mewn yn y bag a'i gau er mwyn diogelu unrhyw dystiolaeth sydd arno. Mae'r llanw'n codi'n gyflym, welwch chi, ac mae'n debygol iawn y bydden ni wedi colli tystiolaeth werthfawr petaen ni wedi ei llusgo hi i fyny'r traeth fesul dipyn efo'r llanw yn lle'i rhoi hi yn y bag ar y cyfle cyntaf. Wedi dweud hynny, mae'n annhebygol iawn mai yn y fan hon ddaru hi ddisgyn, marw neu gael ei lluchio i mewn i'r dŵr. Rŵan ta, dwi'n gobeithio 'mod i wedi esbonio'n ddigon eglur ... *Ma'am.*'

Doedd Jeff ddim yn un i gyfarch neb â'r teitlau 'ma'am' neu 'syr' yn aml, ac roedd y sinigiaeth yn ei lais yn ategu hynny. Gwyddai'r ddau nad oedd hwn yn ddechrau da.

Anwybyddodd y Ditectif Brif Arolygydd ei eiriau.

'Doctor,' meddai, gan edrych ar y patholegydd ac amneidio i gyfeiriad y corff heb ddweud gair arall.

Wnaeth y patholegydd chwaith ddim yngan gair, ond edrychodd ar Jeff a gweld bod ei lygaid yn rowlio yn ei ben. Cerddodd yn araf tuag at y môr i ddechrau ar ei waith. Nododd dymheredd y dŵr cyn agor y bag a chymryd gwres y corff. Cymerodd ugain munud i wneud ei archwiliad cyntaf gan nodi pob manylyn yn ofalus ar lafar a'u recordio ar ei ffôn symudol. Yn y cyfamser, archwiliwyd y llwybr i lawr i'r bae bychan yn ofalus gan yr heddweision a chadarnhawyd fod yr holl olion traed arno wedi'u gwneud gan y chwe pherson a fu yno'r bore hwnnw.

'Wel,' meddai'r patholegydd yng nghlyw Lowri Davies a Jeff Evans. 'Fedra i ddim bod yn berffaith saff o 'mhethau eto, ond mae hi wedi bod yn y dŵr am hyd at bedair awr ar hugain, ond dim llawer mwy. Mi fuaswn i'n dweud bod y ferch yng nghanol ei thridegau. Yn amlwg, mae'n gwneud ymarfer corff ac yn gofalu'n eitha da am ei hewinedd. Mae ei dillad yn eitha da heb fod yn rhy ddrud, felly mi fyswn i'n meddwl ei bod hi'n dod o gefndir eitha taclus.'

'Be ydi'r ...?' Dechreuodd Lowri Davies ofyn cwestiwn ond cododd y patholegydd ei law i'w hatal. Cuddiodd Jeff wên fechan.

'A rŵan, y corff ei hun,' parhaodd y doctor heb roi cyfle iddi dorri ar ei draws. 'Sylwch fod briwiau o amgylch ei hwyneb a'i gwddf. Mae rhai o amgylch ei gafl hefyd, ac yn ogystal, mae marciau ar gefn ei sodlau, mwy ar y droed dde na'r un chwith, a'i harddyrnau hefyd – sy'n arwydd ei bod wedi cael ei llusgo gerfydd ei breichiau. Ar ôl iddi farw y digwyddodd hynny,' ychwanegodd.

'A'ch canlyniad chi?' gofynnodd Lowri Davies.

'Heb allu cadarnhau hynny'n bendant ar hyn o bryd, fel y dwedais i, mae'n debyg bod yr eneth yma wedi cael ei llofruddio. Nid yn y fan hon – yn rhywle arall. Wedyn, cafodd ei llusgo ar draws tir garw cyn ei rhoi yn y môr ... efallai ddoe, efallai ddeuddydd yn ôl, ond dim mwy na hynny. Mi alla i ddweud mwy wrthach chi ar ôl y post mortem fory, ond gallwch ddechrau ar eich ymholiadau ar unwaith. Mae'n debygol iawn mai llofruddiaeth ydi achos y farwolaeth hon.'

Trefnwyd i gludo'r corff oddi yno. Ar ôl i hynny ddigwydd, safodd Jeff ar dop y llwybr yn edrych i lawr ar y bae bychan a'r môr oedd bellach wedi'i lenwi.

'Riportiwch i mi ar unwaith yng ngorsaf heddlu Glan

Morfa, Ditectif Sarjant Evans,' gorchmynnodd Ditectif Brif Arolygydd Lowri Davies cyn troi ar ei sawdl a'i adael.

'Iawn,' atebodd yntau, heb ymhelaethu na throi ei ben tuag ati.

Doedd gan Jeff ddim blys i frysio. Safodd yn ei unfan i ystyried digwyddiadau'r bore. Edrychodd dros y môr. O ba gyfeiriad y daeth y ferch bengoch, tybed, ac yn bwysicach fyth, o ba gyfeiriad y deuai'r atebion hollbwysig? Pwy oedd hi? Oedd ganddi ŵr, cymar neu gariad? Oedd ganddi blant? Beth am ei rhieni? Pwy gipiodd fywyd dynes mor ifanc oddi arni – a pham? Byddai amser yn datgloi'r atebion, ond ni chafwyd unrhyw adroddiad o ddynes ar goll yn yr ardal, hyd y gwyddai.

Trodd Jeff i syllu ar y safle adeiladu anferth a fyddai'n cael ei drawsnewid yn bwerdy newydd ddim mwy na thri chan llath o'r man lle safai. Llofruddiaeth i'w datrys oedd y peth diwethaf roedd yr heddlu lleol ei angen, o gofio bod yn agos i ddeng mil o weithwyr dros dro ar stepen eu drws; dynion oedd wedi llifo i'r ardal er mwyn y gwaith. Roedd y rhan fwyaf yn labrwyr ifanc caled neu yn fwynwyr wedi hen arfer teithio'r byd ar drywydd gwaith tebyg am gyflog mawr – y mwyafrif yn llanciau sengl heb ofal yn y byd, yn gwario'u cyflogau heb ystyried unrhyw ddyfodol. Yr oedd y misoedd diwethaf wedi profi hynny.

Gyda'u dyfodiad, disgynnodd dryswch fel pla dros dref Glan Morfa a'i chyffiniau, ardal a fyddai fel arfer yn weddol heddychlon heblaw am y miri arferol a brofai unrhyw dref fechan lan-môr yng Nghymru. Adeiladwyd blociau pwrpasol i letya miloedd o'r gweithwyr ysbeidiol, llefydd i fwyta, siopau, banc a bar. Byddai'r rhan helaeth o'r dynion yn treulio'u hamser hamdden prin o fewn ffiniau'r gwersyll hwn yn ystod yr wythnos, gyda swyddogion diogelwch y cwmni'n plismona unrhyw drafferthion. Gan eu bod i gyd yn gweithio oriau hir a chaled, dim ond ambell ffrwgwd fyddai'n codi yn ystod yr wythnos, ac anaml iawn y byddai'n rhaid galw'r heddlu.

Ond roedd y penwythnosau yn hollol wahanol. Yn fuan ar ôl pump o'r gloch bob nos Wener byddai cannoedd o ddynion yn gadael y gwersyll ac yn llifo i gyfeiriad Glan Morfa gydag un peth yn unig ar ei meddyliau: meddwi. Nos Wener oedd eu cyfle cyntaf am seibiant ar ôl wythnos galed, a byddai digon o amser i dwtio'u hunain y diwrnod wedyn. Cyrhaeddai rhai ohonynt yno heb hyd yn oed newid o'u dillad gwaith budron a nifer, yn ôl pob golwg, heb ymolchi nac eillio ers y penwythnos blaenorol. Byddai'r arogl a adewid ganddynt yng nghelloedd gorsaf yr heddlu yn ddigon i godi cyfog, a'r llanast yn y dref yn erchyll. Yr ysfa gryfaf oedd torri eu syched ac erbyn saith, byddai holl dafarnau'r dref yn llawn a'r chwarae yn siŵr o droi'n chwerw. Dyna pryd y byddai'r celloedd yn dechrau llenwi.

Ymladd ymysg ei gilydd fyddai'r gweithwyr gan amlaf, er bod ffenestri mawr y siopau yn profi eu cynddaredd yn lled rheolaidd. Sylweddolwyd yn fuan iawn bod yn rhaid i'r heddweision lleol gael cymorth yn y dref dros y penwythnosau, felly galwyd plismyn o rannau eraill o Heddlu Gogledd Cymru, rhai gyda chymorth cŵn. Does dim byd tebyg i gyfarth, glafoer a dannedd bleiddgi i dawelu unrhyw sefyllfa. Ar ôl i'r gweithwyr ymosod ar nifer o'r heddweision dechreuodd rhai o bobol Glan Morfa gymharu'u tref â'r Gorllewin Gwyllt ar y penwythnosau. Doedden nhw ddim ymhell o'u lle.

Ychydig fisoedd ar ôl i'r gwaith adeiladu ddechrau,

roedd poblogaeth Glan Morfa a'r cylch wedi dyblu, gyda llawer mwy na dwbl y drafferth. Roedd fel petai lladron yr ardal wedi deffro i'r posibiliadau hefyd – doedd yr un erfyn yn saff yn unman – a chynyddodd y broblem gyffuriau.

Roedd gwrthwynebwyr y datblygiad wrth eu boddau'n atgoffa'r cefnogwyr o'r rhybudd a roddwyd ganddynt flynyddoedd ynghynt yn ystod y broses ymgynghori am y trafferthion i ddod, ond ar y llaw arall roedd nifer helaeth o fasnachwyr yr ardal wrth eu boddau'n cyfri'u henillion enfawr. Byddai barn y ddwy ochr yn llenwi papur newydd y fro yn wythnosol.

Ia, meddyliodd Jeff Evans wrth sefyll ar dop y llwybr, llofruddiaeth oedd y peth diwethaf roedd heddlu Glan Morfa ei angen.

Pennod 2

Erbyn i Jeff gyrraedd yn ei ôl i orsaf heddlu Glan Morfa roedd hi'n hwyr yn y prynhawn.

'Sut ma' hi'n mynd, Rob?' gofynnodd i'r sarjant ar ddyletswydd yn y ddalfa ar ei ffordd i mewn trwy'r drws cefn.

'Paid â sôn,' atebodd hwnnw. 'Dwi i fod wedi gorffen gweithio ers dau, a sbia arna i, ar f'enaid i, at fy ngheseilia yng ngharcharorion neithiwr o hyd. Rêl nos Wener. Un sy gen i ar ôl rŵan, dwi'n falch o ddeud, a dwi'n gobeithio y ca' inna fynd adra ar ôl cael gwared ar y diawl hwnnw. Hon ydi fy shifft ola cyn i mi fynd ar fy ngwyliau – hen bryd i mi gael seibiant o'r lle 'ma.'

'Ti rioed yn deud dy fod ti'n mynd a'n gadael ni, a ninnau i fyny at ein clustiau mewn achos mawr?'

'Ydw wir, 'ngwas i. Dwi wedi talu am wyliau yn Sbaen, a does yna ddim byd wneith fy nghadw fi yma, yli!'

Chwarddodd Jeff. 'Lle mae'r sarjant pnawn felly?' gofynnodd.

'Wedi cael ei alw i fyny at dy fòs newydd di. Ma' hi 'di dechra mynd i'r afael â phawb a phopeth fel tasa hi'n berchen ar y lle 'ma.'

'Lle ma' hi?'

'Yn hen swyddfa Irfon Jones drws nesa i'r ystafell gynhadledd.'

Pan gyrhaeddodd Jeff y fan honno roedd y drws yn

agored a gwelodd fod y Ditectif Brif Arolygydd Lowri Davies yn eistedd tu ôl i'r ddesg yn siarad i mewn i ffôn oedd yn ei llaw dde ac yn dal derbynnydd y ffôn arall oedd ar y ddesg yn ei llaw chwith. Rhoddodd y ffôn oedd yn ei llaw dde yn ôl yn ei grud a dechreuodd siarad i mewn i'r llall. Ar yr un pryd, pwyntiodd ei bys i gyfeiriad wyneb Jeff ac yna i gyfeiriad cadair wag wrth ochr wal y swyddfa. Eisteddodd Jeff a gwrandawodd arni'n cyfarth nifer o orchmynion at bwy bynnag oedd ar ochr arall y ffôn. Siaradodd yn gyflym, bron heb anadlu, ac yn sicr heb roi amser i'r gwrandäwr ymateb. Ymhen hanner munud rhoddodd y ffôn i lawr ac edrychodd ar nifer o bapurau ar y ddesg o'i blaen heb godi ei phen i edrych arno.

'Tynnwch y gôt ddyffl flêr 'na pan fyddwch chi yn fy swyddfa i plis, Sarjant Evans, a thrïwch edrych yn frwdfrydig, wnewch chi?'

Anadlodd Jeff yn drwm ond distaw cyn mentro ateb, ond ni chafodd gyfle i agor ei geg.

'Ers faint ydach chi wedi bod yn gwasanaethu yng Nglan Morfa?'

'Rhan fwya o 'ngyrfa,' atebodd. 'Heblaw am gyfnod yn y pencadlys rai blynyddoedd yn ôl.'

'A. Reit. Dach chi'n adnabod yr ardal, felly? Falch gen i glywed.'

'Yn eitha da,' atebodd, gan wybod bod ei adnabyddiaeth yn llawer gwell na hynny. Edrychodd Jeff arni yn eistedd yn ôl yn ei chadair, ei dwylo wedi'u plethu y tu ôl i'w phen yn hyderus awdurdodol. Synnodd Jeff ei gweld yn codi un goes a rhoi ei throed ar y ddesg. Gwisgai fŵts lledr du gyda bwcl mawr aur ar eu hochrau – esgidiau a edrychai'n llawer rhy drwm i ddynes weddol fechan.

'Be 'di'ch argraffiadau cyntaf chi o'r farwolaeth yma, Sarjant Evans?' gofynnodd. Tybiai Jeff iddi ddewis ei geiriau'n ofalus.

'Anodd deud,' atebodd. 'Dewch i ni gymryd mai llofruddiaeth rywiol sy ganddon ni ar ein dwylo. Does dim byd tebyg wedi digwydd yng Nglan Morfa ers blynyddoedd ... ers pan laddwyd merch ifanc leol gan lofrudd cyfresol, a dydi'r gŵr hwnnw ddim yn fyw mwyach. Cyn belled ag y gwn i, does yna neb lleol sy'n ffitio'r proffil ar gyfer llofruddiaeth fel hon.'

'Sy'n ein harwain ni i gyfeiriad y gweithwyr sy'n adeiladu'r pwerdy.'

'Bosib, ond ddylen ni ddim anwybyddu posibiliadau eraill,' atebodd.

'Ia wir, camgymeriad mawr fyddai hynny, Sarjant.' Edrychodd Lowri Davies arno'n fanwl, fel petai'n ceisio darllen ei feddwl.

'Be 'di'ch cefndir chi yn y job 'ma, os ga i ofyn?' holodd Jeff. 'Dwi'n rhyfeddu nad ydan ni wedi dod ar draws ein gilydd cyn heddiw.'

'Swyddog Staff y Prif Gwnstabl oeddwn i cyn dod yma, yn ymgynghori ynglŷn â materion troseddol oedd yn ymwneud â'i apwyntiad yn Gadeirydd Pwyllgor Troseddu ACPO,' atebodd, gan eistedd ymhellach ôl yn ei chadair, fel petai hi'n falch o'r cyfle i frolio'i hun.

'Mi ddylen ni i gyd fod yn falch iawn felly eich bod chi efo ni i arwain achos mor ddifrifol â hwn,' atebodd Jeff.

Ni wyddai Lowri Davies os oedd ateb Jeff yn ddiffuant ai peidio. Roedd wedi dechrau dysgu ei fod yn un anodd ei ddarllen.

'Reit,' meddai, gan dynnu'i throed oddi ar y ddesg a

sythu ei chorff. 'Dyma'r sefyllfa hyd yn hyn. Mi fydd tîm o swyddogion cynorthwyol yma y peth cynta yn y bore i osod y system gyfrifiadurol i fyny a dechrau ar y gwaith o gofnodi manylion yr achos. Mae gen i ddau ddwsin o dditectifs profiadol yn cyrraedd am ddeg ac mi fyddan nhw wedi'u rhannu fesul pâr i wneud eu hymholiadau. Mae'r post mortem am wyth y bore ac mi fydda i'n ôl o'r fan honno cyn gynted â phosib er mwyn cyfarwyddo'r timau. Mi fydda i hefyd wedi gosod tasgau i bawb cyn gadael heno. Y dasg gyntaf, wrth gwrs, ydi darganfod pwy ydi'r ferch. Yn y cyfamser, felly, dwi isio i chi archwilio'r rhestrau o bobol sydd ar goll, nid yn unig yn yr ardal hon ond ledled Prydain. Rhannwch ddisgrifiad o'r corff a llun ohoni yn eang. Wedyn, ewch i'r mortiwari a rhoi dillad y ferch mewn bagiau di-haint – yn ofalus – er mwyn gwneud ymholiadau ynglŷn â nhw cyn eu gyrru at y gwyddonwyr fforensig. Hefyd, gwnewch yn sicr fod pob plismon sydd wedi bod ar ddyletswydd, a swyddogion diogelwch y safle adeiladu a gwersyll y gweithwyr, yn gyfarwydd â'r digwyddiad. Efallai fod rhywun yn rhywle wedi gweld rhywbeth allan o'r cyffredin yn ystod y dyddiau diwetha. Mae gen i slot ar newyddion deg heno ar y radio a'r teledu. Fydda i ddim yn dweud gormod ar hyn o bryd, dim ond sôn am ddarganfyddiad y corff a disgrifiad byr ohoni, ac egluro na fydd cadarnhad o achos y farwolaeth nes i ni gael P.M. fory. Mi wna i apêl am wybodaeth ynglŷn ag unrhyw un sydd ar goll hefyd. Mi ddylai hynna fod yn ddigon i sicrhau diddordeb y wasg am rŵan.'

Llwyddodd Jeff i atal ei hun rhag ei hatgoffa o'i brofiad helaeth yn y maes.

Roedd hi'n tynnu am saith y noson honno pan gyrhaeddodd Jeff y marwdy yn Ysbyty Gwynedd. Gyda chymorth y staff, tynnodd ddillad ysgafn, smart, yr eneth oddi amdani: ei siaced las golau, ei chrys-T glas, ei bra ac, yn olaf, ei sgert lwyd. Fflachiai camera'r swyddog lleoliad troseddau wrth iddo fynd o gwmpas y gwaith yn dawel. Sylwodd Jeff fod y dillad yn rhai hafaidd er bod y tywydd wedi hen oeri bellach – doedd y ferch ddim wedi gwisgo ar gyfer bod allan yn yr awyr agored, yn amlwg. Doedden nhw'n sicr ddim yn ddillad y byddai rhywun yn eu gwisgo i buteinio o gwmpas gwersyll y gweithwyr chwaith. Beth oedd yr arwyddocâd, tybed? Edrychodd Jeff arni yn gorwedd yn ddiurddas ar y slab, ei gwallt coch trwchus, a fu unwaith yn gyrliog, yn gaglau tamp o amgylch ei hysgwyddau, gyda darn o wymon ynghlwm ynddo yn dyst i'w hanadliad olaf. 'Ble mae dy gyfrinachau?' gofynnodd Jeff iddi. 'Ble mae gweddill dy ddillad? Pwy wnaeth hyn i ti?'

Pan gyrhaeddodd yn ôl i orsaf yr heddlu ychydig wedi naw, roedd swyddfeydd y llawr cyntaf yn wag i gyd er bod sŵn y meddwon i'w glywed yn dod o'r ddalfa ar y llawr isaf. Doedd dim golwg o Lowri Davies er bod twmpath o waith papur ar ei desg. Fyddai neb yn dychmygu bod llofruddiaeth yn y cyffiniau heddiw, myfyriodd Jeff wrth edrych o'i gwmpas ar y llonyddwch. Beth ddigwyddodd i holl frwdfrydedd y Prif Arolygydd Davies, tybed?

Eisteddodd Jeff y tu ôl i'w gyfrifiadur a dechreuodd chwilio'r we am wybodaeth am wneuthurwyr a gwerthwyr dillad yr eneth. Dillad cyffredin oedden nhw i gyd, ar gael ledled y wlad ac ar ddwsinau o wefannau. Yna, edrychodd unwaith yn rhagor drwy'r cofnodion o bobol ar goll, heb ddarganfod unrhyw wybodaeth ddefnyddiol. Gyrrodd fanylion yr eneth a'i llun i holl heddluoedd Prydain, ac yna, am hanner awr wedi deg, paratôdd i fynd adref. Penderfynodd gadw'n glir o'r ddalfa gan ei bod yn amlwg, yn ôl y sŵn, bod mwy o feddwon wedi cael eu cludo yno. Wrth fynd allan trwy'r drws cefn at ei gar, daeth wyneb yn wyneb â Ditectif Brif Arolygydd Lowri Davies oedd ar ei ffordd i mewn i'r adeilad.

'Ro'n i'n meddwl eich bod chi wedi mynd adra,' meddai Jeff yn syn.

'Mi o'n i wedi addo bod adra am bryd o fwyd yn gynharach,' meddai. 'Ond dwi angen gweld sut le sy yng Nglan Morfa 'ma ar nos Sadwrn – gweld drosta i fy hun pa fath o lanast mae'r gweithwyr dros dro 'ma'n wneud. Dwi'n sylweddoli eich bod chi wedi bod yn y gwaith am hir heddiw'n barod, Sarjant ... awr fach arall?'

'Pam lai?' atebodd Jeff.

Sylwodd Jeff fod ei fòs newydd wedi newid ei dillad ers iddo'i gweld hi ddiwethaf. Erbyn hyn, gwisgai bâr o jîns denim glas tyn, ond gyda'r un bŵts du trwm. Roedd ganddi siaced ledr ddu amdani fel y rhai y bydd motobeicwyr yn eu gwisgo ac roedd yn ddigon hawdd gweld, hyd yn oed yng ngolau gwan y drws cefn, ei bod hi'n gwisgo colur – mwy nag y buasai Jeff wedi'i ddisgwyl yn y gweithle, yn enwedig o amgylch ei llygaid. Daeth arogl cryf ei phersawr i'w ffroenau, oedd yn dipyn o sioc i Jeff, er na wyddai yn iawn pam. Nid hwn oedd y tro cyntaf iddo gael ei synnu ganddi, ac roedd ei hymddygiad a'i hymarweddiad yn codi mwy o gwestiynau nag yr oedden nhw'n eu hateb. Ond dyna fo, meddyliodd, pawb at y peth y bo.

Piciodd Jeff yn ôl i'r swyddfa i nôl allwedd un o

gerbydau'r CID. Cerddodd y ddau at y car ac aeth Jeff rownd i ochr y teithiwr gyda'r bwriad o agor y drws iddi.

'Sarjant Evans.' Roedd llais Lowri yn galed a phendant. 'Peidiwch byth â meddwl am agor unrhyw ddrws i mi, na gadael i mi fynd o'ch blaen chi i unrhyw le. Deall?'

Nid atebodd Jeff. Cerddodd yn ôl at ddrws y gyrrwr ac ar ôl datgloi'r car dringodd i mewn.

'Lle dach chi isio mynd?' gofynnodd, ar ôl i Lowri Davies eistedd a chloi ei gwregys diogelwch.

'Rownd y dre unwaith neu ddwy i ddechrau. Dangoswch Glan Morfa i mi ar ei waethaf, Sarjant.'

Roedd Jeff wedi cael hen ddigon ar agwedd ei fòs newydd heb iddo dreulio diwrnod llawn yn ei chwmni hyd yn oed.

'Ylwch. Os oes ganddoch chi rwbath yn f'erbyn i, Brif Arolygydd, rŵan ydi'r amser i ddeud. Hefyd, mae gen i enw arall, a dim "Sarjant" ydi o. 'Dan ni mewn canrif newydd erbyn hyn.'

Roedd y Ditectif Brif Arolygydd yn fud. Edrychodd Jeff i'w chyfeiriad – roedd hi'n syllu'n syth yn ei blaen. Wel, roedd o wedi cael deud ei ddeud. Roedd y gweddill i fyny iddi hi.

Gyrrodd Jeff y car i gyfeiriad y stryd fawr ac yna unwaith neu ddwy o amgylch strydoedd canol y dref. Safai nifer o blismyn ar gonglau'r strydoedd yn cadw golwg ar y degau o bobol a oedd yn mynd a dod yn swnllyd rhwng yr amrywiol dafarnau. Roedd y rhan fwyaf yn ymddwyn yn ddigon derbyniol, ac un yn canu nerth esgyrn ei ben gyda photel yn ei law.

'Pam nad ydi hwnna'n cael ei arestio, neu o leia'n cael rhybudd, am wneud y fath sŵn?' gofynnodd Lowri Davies.

'Os mai canu ydi'r peth gwaetha mae o'n 'i wneud, gwell gadael llonydd iddo fo na thynnu dau neu dri o blismyn oddi ar y stryd er mwyn mynd â fo i'r ddalfa. Mi ddigwyddith rwbath llawer iawn mwy difrifol cyn bo hir i chi, fydd yn fwy haeddiannol o sylw'r hogia.'

Ymhen deng munud, gofynnodd Lowri, 'P'run ydi hoff dafarn y gweithwyr 'ma? Yr un mwyaf garw?'

'Y Rhwydwr am wn i, wrth yr harbwr. Mae 'na ddisgo neu garioci yno bob nos Wener a nos Sadwrn y dyddia yma ... a dim dyna'r unig dwrw yno chwaith.'

'Ewch â fi yno, i mi gael gweld.'

Parciodd Jeff y car nid nepell o'r dafarn a cherddodd y ddau i'w chyfeiriad.

'Ffansïo drinc?' gofynnodd Lowri.

Doedd y Rhwydwr ddim y math o le y buasai Jeff yn dewis mynd iddo heb fod gwir angen. 'Dim ond os dach chi wirioneddol isio un,' atebodd.

Cerddodd Lowri o'i flaen a gwthiodd rhwng tri dyn meddw oedd yn llenwi'r drws. Gwthiodd Jeff ar ei hôl hi, yn pryderu ynglŷn â'r canlyniadau petaent yn cael eu hadnabod, gan ei fod yn gyfarwydd, bellach, ag amryw o'r prif droseddwyr ymysg y gweithwyr.

Roedd y sŵn tu mewn yn ddychrynllyd. Mewn un ystafell fawr roedd goleuadau'r disgo'n trywanu'r tywyllwch â lliwiau, ac mewn ystafell arall roedd rhywun yn ceisio'i orau ac yn methu'n lân â dynwared llais Elvis Presley. Dewisodd Lowri wthio'i ffordd trwy'r dorf i gyfeiriad y bar yn ystafell y disgo. Dynion oedd y rhan fwyaf o'r cwsmeriaid ymhlith rhai merched lleol, y cyfan ohonynt yn llawn diod; rhai yn ceisio dawnsio ac eraill yn siglo yn y cysgodion, yn disgwyl am eu cyfle i berfformio neu fachu merch rydd cyn i'r noson ddod i ben. Sylwodd Jeff fod y merched lleol yn ogystal â'r dynion yn chwilio am sylw – a thybiai fod incwm nifer ohonynt wedi chwyddo cryn dipyn ers i'r gwaith ar y pwerdy ddechrau, gyda'r cyfle i fodloni chwant mwy nag un dyn yn ystod y gyda'r nos.

Mynnodd Lowri archebu'r diodydd, a chafodd Jeff ei synnu ganddi unwaith yn rhagor pan ddaeth yn ôl o'r bar hefo peint o gwrw chwerw bob un iddyn nhw.

'Fel hyn fydd hi bob nos Wener a nos Sadwrn?' gofynnodd y Ditectif Brif Arolygydd.

'Siŵr i chi, ac mi fydd hi 'run peth ym mhob tafarn arall yn y dref.'

'Sgwn i oedd ein geneth ni, y corff, yma yn ystod y nosweithiau diwethaf?' gofynnodd Lowri.

'Dyma'r union le i ddod i chwilio am helynt, mae hynny'n sicr. Dach chi wedi gweld digon?'

Nodiodd Lowri ei phen a llyncodd y ddau weddill eu diodydd. Wrth iddynt droi i adael gwthiodd dyn yn ei ugeiniau cynnar rhyngddynt. Un o weithwyr y pwerdy. Trodd ei gefn at Jeff i wynebu Lowri Davies a chododd ei lais uwch ben y miwsig.

'Paid â deud dy fod ti'n gadael yn barod,' meddai'n awgrymog wrthi.

Ceisiodd Lowri fynd heibio iddo, ond gafaelodd y dyn yn llabedi ei chot ledr gyda'i ddyrnau mawr caled.

'Dwyt ti ddim yn cael mynd heb ddawnsio efo fi.'

Suddodd calon Jeff. Dyma'n union roedd o wedi'i ragweld. Camodd ymlaen, ond cyn iddo gael cyfle i ymyrryd, gwibiodd llaw dde Lowri rhwng coesau'r llanc a gwasgu'n dynn, ac yr un pryd gwthiodd fathodyn yr heddlu i'w wyneb gyda'r llaw arall. Boddodd sŵn y miwsig uchel sgrech y llanc, oedd bellach yn ei ddyblau mewn poen. Cerddodd Lowri Davies allan fel petai dim byd wedi digwydd a dilynodd Jeff hi gan daro golwg dros ei ysgwydd, rhag ofn. Dynes a hanner oedd hon.

'Gweld eich bod chi'n medru edrych ar ôl eich hun,' meddai, yn ymwybodol y gallai pethau fod wedi troi'n llanast.

'Nid hwn ydi'r tro cynta i ryw feddwyn droi arna i. Reit, ewch â fi i'r gwersyll, wnewch chi?' atebodd Lowri, heb ymhelaethu ymhellach.

Jeff dorrodd y distawrwydd yn y car. 'Gawsoch chi bryd go lew adra heno felly?' gofynnodd.

Cymerodd Lowri eiliad neu ddwy i ateb. 'Do wir, neis iawn. A phopeth wedi'i baratoi i mi.'

'O, mae'ch gŵr yn dipyn o gogydd felly, ydi o?'

'Does gen i ddim gŵr,' meddai, wedi deall trywydd yr holi. 'Cymar sydd gen i.'

'Cyn belled â'ch bod chi'n hapus,' atebodd Jeff heb fath o amcan sut i fynd â'r drafodaeth ymhellach. 'Dyma'r gwersyll,' meddai o'r diwedd, yn falch o gael newid y pwnc.

Parciodd y car tu allan a diffodd yr injan. 'Mae 'na wyth neu naw mil yn byw yma ar hyn o bryd.'

'Ma' hi'n ddistaw iawn i weld.'

'Dim ond am eu bod nhw i gyd yn y dref,' eglurodd Jeff.

'Pa mor bell ydan ni o'r bae lle ffeindiwyd y corff y bore 'ma?'

'Hanner milltir ar y mwya. Ond wrth gwrs, dydi hynny'n golygu dim, nac'di? Y cwestiwn pwysig ydi lle cafodd hi ei rhoi yn y môr. Bydd yn rhaid i ni gael cyngor arbenigwr o dîm Gwylwyr y Glannau ynglŷn â'r llanw a'r cerrynt.'

'Dwi wedi gadael cyfarwyddyd i un o swyddogion yr ymchwiliad wneud hynny bore fory,' esboniodd Lowri, 'ar ôl i ni gael gwybod mwy am y corff gan y patholegydd ... pa mor hir y bu hi yn y dŵr ac ati.'

Roedd Jeff yn dechrau dod i sylweddoli nad oedd ei fòs newydd mor ddi-glem ag yr oedd wedi tybio.

'Meddwl oeddwn i,' parhaodd Lowri, 'pa mor ymosodol oedd ymddygiad y llanc 'na tuag ata i gynna ... a meddwl faint ohonyn nhw sy yma. Ai syrthio i ddwylo un o'r rhain ddaru'r ferch? Dyn ifanc, cryf – dieithryn efo rhyw ar ei feddwl a dim byd arall. Mae ganddon ni goblyn o lot o waith o'n blaenau, Jeff.'

Doedd hi ddim wedi'i alw wrth ei enw cyntaf o'r blaen, sylwodd Jeff. Oedd ei fòs newydd yn dechrau meddalu, tybed?

Yn sydyn, clywsant gnoc uchel ar ben to'r car. Neidiodd y ddau, ac ar amrantiad agorodd Jeff y drws a gweld un o swyddogion diogelwch y cwmni yn sefyll yno.

'O, Ditectif Sarjant Evans,' meddai â rhyddhad, 'wnes i ddim sylweddoli mai chi oedd 'na ... a bod ganddoch chi gwmni.'

Chwarddodd Jeff, yn falch fod Lowri yn chwerthin hefyd.

'Gwaith ydi hyn,' esboniodd, 'a dim byd arall.'

Taniodd yr injan a gyrrodd yn ôl i'r dref.

Pennod 3

Fel rheol byddai boreau Sul yn ddistaw yn nhref Glan Morfa, a neb ar y strydoedd heblaw gweithwyr y Cyngor yn clirio ar ôl y noson feddwol flaenorol, ond heddiw roedd nifer fawr o geir dieithr y tu allan i orsaf heddlu'r dref. Dechreuodd y neuadd gynhadledd lenwi yn araf gyda ditectifs, rhai yn lleol ac eraill wedi eu galw yno o ranbarthau eraill gogledd Cymru. Roedd y rhan fwyaf o'r wynebau yn gyfarwydd i Jeff gan ei fod wedi cydweithio â nhw ar ymchwiliadau mawr eraill.

Roedd Jeff wedi bod yn ei waith ers saith y bore, yn cwblhau a chofnodi'r ymholiadau a gychwynnodd y noson gynt ar system gyfrifiadurol yr ymchwiliad, neu 'y system' fel y'i gelwid, cyn ymuno â'r swyddogion eraill. Yn ôl ei arfer, dewisodd Jeff sedd yng nghefn yr ystafell gynhadledd, y lle gorau i wylio pawb yn cyrraedd fesul un a dau, nifer ohonynt yn cario cwpanau plastig o de neu goffi. Cofiodd Jeff nad oedd wedi cael cyfle i orffen ei baned – na'r frechdan facwn oedd yn ei boced chwaith – ac estynnodd amdanynt wrth i'r Ditectif Brif Arolygydd frasgamu i mewn i'r neuadd am un ar ddeg ar y dot.

Ceisiodd Lowri Davies roi'r argraff ei bod hi'n hynod hyderus er bod ei nerfau'n gwasgu'i stumog yn dynnach nag erioed, ond roedd hi'n benderfynol o guddio'r emosiwn hwnnw. Hwn oedd y tro cyntaf iddi annerch y fath gyfarfod.

Camodd ar lwyfan isel o flaen ei chynulleidfa, lle gallai weld bod pob llygad yn yr ystafell yn syllu arni. Roedd pawb yn disgwyl am ei harweiniad, a doedd ganddi hi ddim bwriad o'u siomi. Rhoddodd y bwndel o bapurau a ffeiliau roedd hi wedi'i gario o dan ei chesail ar fwrdd o'i blaen, ac yna camodd i sefyll i un ochr ohono. Tybiodd Jeff ei bod hi wedi dysgu tra oedd hi yng ngholeg yr heddlu i beidio dibynnu ar sicrwydd desg o'i blaen ar achlysur fel hwn. Gwisgai siwt dridarn debyg i'r un a wisgai'r diwrnod cynt, mewn pinstreip brown tywyll y tro hwn. Safodd yn fud am eiliad neu ddwy, ei dwylo ym mhocedi ei throwsus a'i siaced agored wedi'i hel tu ôl i'w breichiau er mwyn arddangos ei gwasgod. Ar ôl sganio wyneb pob unigolyn o'i blaen oedodd i syllu ar Jeff yn y cefn, oedd yn llyfu sôs coch oddi ar ei fysedd a glanhau briwsion ei frechdan oddi ar ffrynt ei gôt ddyffl flêr hefo hances bapur. Edrychodd Jeff i fyny mewn pryd i weld yr anfodlonrwydd yn ei llygaid.

'Dwi'n sylweddoli fod nifer ohonoch chi wedi teithio dwyawr a mwy i ddod yma'r bore 'ma, ac ar fyr rybudd hefyd,' dechreuodd y D.B.A. 'Ond gadewch i mi'ch atgoffa chi nad bwyty ydi'r ystafell hon. Mae cantîn ym mhen y coridor ac yno – ac yno yn *unig* – y byddwch yn bwyta o hyn allan.'

Gwyddai Jeff mai fo oedd ei tharged, ond ni wastraffodd y Ditectif Brif Arolygydd eiliad yn ychwanegol i drafod y mater.

'Reit,' parhaodd. 'Y corff. Dynes yn ei thridegau hwyr, wedi'i llofruddio. Ein cyfrifoldeb ni ydi darganfod y sawl sy'n gyfrifol, a dwi'n disgwyl i bob un ohonoch chi roi cant y cant i'r ymchwiliad nes bydd y llofrudd dan glo. Cant y cant, dach chi'n deall?' Treuliodd ddeng munud yn disgrifio sut ac yn lle y daethpwyd o hyd i'r ferch cyn troi at ganlyniad y post mortem.

'Does dim amheuaeth mai cael ei chrogi ddaru hi, a bod pwy bynnag wnaeth hynny wedi defnyddio nerth dychrynllyd i'w mygu gan wneud niwed ofnadwy i'w gwddf â'i ddwylo a gadael cleisiau amlwg ar du allan ei gwddf ac ar y tu mewn. Mae mwy o gleisiau o amgylch ei hwyneb, sy'n awgrymu ei bod hi wedi cael curfa sylweddol yn ystod yr ymosodiad – wrth iddi frwydro i geisio amddiffyn ei hun, mwy na thebyg. Mae mwy o gleisiau o amgylch ei gafl, sy'n awgrymu bod cymhelliad rhywiol i'r ymosodiad. Mae'r briwiau yn y fan honno yn hynod o frwnt. Efallai ei bod hi'n anymwybodol pan gafodd ei threisio ond wyddon ni mo hynny i sicrwydd. Tydan ni ddim wedi canfod olion o semen, ond mae'n debygol fod y troseddwr yn ymwybodol o dechnegau fforensig ac wedi gwisgo condom. Rhywun sydd â phrofiad blaenorol o droseddu fel hyn, efallai?'

Trodd Lowri i godi gwydraid o ddŵr oddi ar y ddesg tu ôl iddi. Cymerodd eiliad neu ddwy i drefnu'i meddwl.

'Caria 'mlaen fel rwyt ti, Lowri bach,' meddai Jeff o dan ei wynt. 'Os oes 'na rywun yn fama yn amau dy allu i arwain ymchwiliad fel hwn, rŵan 'di'r amser i gau eu cegau nhw.' Allai Jeff ddim esbonio'r peth, ond roedd o wedi cymryd ati, rywsut, ar ôl y noson gynt, er bod ei dull hi o weithredu, yn sicr, yn wahanol i bob swyddog arall roedd wedi gweithio gyda nhw.

Rhoddodd Lowri y gwydr yn ôl ar y ddesg a cherddodd yn araf o'r naill ochr i'r llwyfan i'r llall. Trodd at ei chynulleidfa.

'Does ganddon ni ddim syniad pwy ydi'r ddynes druan,' parhaodd. 'Mi ges i gyfle i ryddhau disgrifiad ohoni i'r cyfryngau neithiwr ac mi fydd mwy o fanylion yn cael eu cyhoeddi yn y papurau newydd fory. Mae'n syndod, yn fy marn i, nad oes neb wedi'i riportio hi ar goll hyd yma. Cofiwch fod dau ddiwrnod, o leia, ers iddi gael ei lladd. Ai dynes leol ydi hi, neu ddieithryn? Os mai ymwelydd ydi hi, gallai hynny egluro pam nad oes neb yn yr ardal wedi cysylltu â ni ynglŷn â hi. Does ganddon ni ddim syniad hyd yn hyn chwaith lle cafodd hi ei lladd. Mae'r patholegydd wedi tynnu sylw at farciau ar gefn ei sodlau sy'n arwydd pendant ei bod hi wedi cael ei llusgo ar draws tir garw, a thros bellter sylweddol. Mae llawer mwy o farciau llusgo ar y sawdl dde na'r un chwith, er bod rhywfaint i'w gweld ar y chwith hefyd. Mae'n hanfodol ein bod ni'n darganfod lle ddigwyddodd hynny. Efallai y bydd ganddon ni ryw fath o syniad lle i ddechrau ar ôl cael manylion y llanw yn ystod yr oriau cyn iddi gael ei darganfod.'

Cododd Jeff ei law i fyny yng nghefn yr ystafell.

'Ditectif Sarjant Evans?'

'Mi wnes i gysylltu â gwyliwr y glannau y peth cynta ...'

'Sefwch, os gwelwch chi'n dda, Sarjant Evans, er mwyn i ni i gyd cael eich clywed chi.'

Er ei bod wedi codi gwrychyn Jeff drwy dorri ar ei draws, gwyddai nad hwn oedd yr amser i dynnu'n groes. Safodd ar ei draed.

'Yn ôl Gwylwyr y Glannau, newydd ddechrau troi ers rhyw awr a hanner oedd y llanw pan ddarganfuwyd y corff fore ddoe, felly roedd y llanw wedi bod yn mynd allan am yn agos i chwe awr cyn hynny. Os – a dim ond os ydi hyn – y cafodd hi ei rhoi yn y dŵr y noson cynt, mae 'na bosibilrwydd cryf bod hynny wedi digwydd ar yr arfordir rhywle i'r dwyrain o'r bae lle daeth y corff i'r lan.'

'Pa mor bell?' gofynnodd y Ditectif Brif Arolygydd.

'Amcangyfrif go iawn y tro yma, bòs.'

'Galwch fi'n "Ma'am" plis, Sarjant Evans.'

'*Ma'am*.' Clywodd Jeff biffian chwerthin y plismyn o'i gwmpas ond dewisodd eu hanwybyddu. 'Dwy, dair milltir ... efallai mwy, ond mae'n debygol mai'r ochr honno o'r arfordir y dylen ni fod yn canolbwyntio arno. Ond cofiwch, mae hynny'n dibynnu'n hollol ar faint o amser y bu hi yn y dŵr. Gallai'r pellter fod gryn dipyn mwy os oedd hi yn y môr am ddeuddydd. Ac os ydi hynny'n wir, mi allai hi fod wedi cael ei rhoi yn y môr y naill ochr neu'r llall i'r bae lle'i cafwyd hi.'

'Reit. Felly, lle 'dan ni'n dechrau chwilio? Allwn ni ddim anwybyddu'r ffaith fod oddeutu deng mil o weithwyr dros dro yn yr ardal ar hyn o bryd. Mi wyddon ni nad oes neb lleol â hanes o drosedd debyg na hyd yn oed trais rhywiol mor ddifrifol â hwn. Heblaw bod rhywun wedi symud i'r ardal yn ddiweddar, wrth gwrs. Y cynta'n y byd yr ymchwiliwn ni i hanes pob un – ia, pob un – o'r gweithwyr dros dro yma, y gorau'n y byd. Ond, rhag methu neb, ddylen ni ddim rhuthro i wneud hynny. Y cam cyntaf ydi creu rhestr o bob cwmni sydd â chytundeb gyda'r prif adeiladwyr. Wedyn bydd yn rhaid i ni fynd at bob un o'r rheiny a gofyn am fanylion pawb maen nhw'n eu cyflogi. Efo'r wybodaeth honno, gallwn chwilio cronfeydd data cenedlaethol yr heddlu rhag ofn bod rhywun yn eu plith sydd â hanes o droseddu yn y dull hwn. Mi fydd yn waith araf, efallai yn cymryd misoedd, ond does ganddon ni ddim dewis.'

'Pwy fydd yn gwneud y rhan yma o'r gwaith?' gofynnodd llais o'r llawr.

'Mi fyddwch chi'n cael eich rhannu yn barau, yn ôl yr arfer mewn ymchwiliadau mawr fel hwn. Pawb ond Ditectif Sarjant Evans sydd i weithio ar ei ben ei hun a dilyn ei drwyn ble bynnag mae'r trywydd yn ei arwain, ond sydd i ateb yn bersonol i mi yn ddyddiol, neu'n amlach os ydi'r amgylchiadau yn awgrymu hynny. Deall, Sarjant Evans?'

'Ydw, Ma'am.' Doedd Jeff ddim yn mynd i ddadlau. Ciliodd ei wên. Gwelodd lygaid cenfigennus yn troi ac edrych arno, fel petai pawb yn holi pam yr oedd o'n cael ei drin yn wahanol, ac yn cael mwy o ryddid na hwy. Byddai pob swyddog arall yn derbyn tasgau penodol drwy'r System i'w cwblhau'n ddyddiol, ac yntau'n cael rhyddid i fynd lle mynno heb orchymyn. Nid hwn oedd y tro cyntaf iddo gael y fantais hon, chwaith. Pwy oedd yn edrych ar ei ôl o, tybed? Gwyddai pawb am ei lwyddiannau proffesiynol a'r anrhydedd a gafodd gan y frenhines am ei waith, ond doedd hynny'n golygu dim i'r ditectifs eraill yn yr ystafell.

'Mi fydd y timau yn cael eu rhannu'n ddau grŵp,' parhaodd y D.B.A., 'un grŵp i ddarganfod manylion y gweithwyr a'r llall i ddilyn ymholiadau eraill.'

'Ditectifs ... ac yn cael ein defnyddio fel clercod, myn diawl!' clywodd Jeff un a oedd yn eistedd heb fod ymhell oddi wrtho yn mwmial dan ei wynt.

'Ein tasg gyntaf, ar wahân i ddarganfod pwy ydi'r holl weithwyr, ydi ceisio dysgu pwy ydi'r ferch,' ymhelaethodd Lowri. 'Olion bysedd, DNA, cofnodion deintyddol ac yn y blaen. Mae ei dillad a samplau eraill o'i chorff yn cael eu gyrru i'r labordy yn y gobaith y cawn ni wybodaeth amdani yn fuan. Reit, mae manylion y timau i'w gweld ar yr hysbysfwrdd acw, ac mae 'na nifer o dasgau wedi'u paratoi ar eich cyfer chi yn barod. Dach chi i gyd wedi cael eich dewis i fod yma am eich bod yn dditectifs profiadol – os oes mater personol sy'n debygol o'ch rhwystro chi rhag rhoi eich holl ymroddiad i'r ymchwiliad yma hyd ei ddiwedd, dewch i 'ngweld i. Bydd cynhadledd eto heno am saith o'r gloch,' ychwanegodd cyn codi'i phapurau oddi ar y ddesg a cherddded allan o'r ystafell heb edrych yn uniongyrchol i lygaid neb.

Edrychodd Jeff ar weddill y cwmni. Os nad oedden nhw'n ymwybodol o'r Ditectif Brif Arolygydd Lowri Davies cyn heddiw, roedd y tri chwarter awr diwethaf wedi gwneud iawn am hynny. Gadawyd argraff o ddynes broffesiynol nad oedd yn gwastraffu amser; swyddog â'r ddawn i ysbrydoli heb i neb amau pwy oedd y meistr. Ystyriodd Jeff yr anawsterau a brofai merched proffesiynol wrth iddynt geisio dringo'n gyflym i reng mor uchel mewn byd gwrywaidd. Ai hynny oedd yn gyfrifol am ei hagwedd a'i hedrychiad dynol, tybed? Ni allai fod yn hawdd iddi ddyrchafu mewn swydd fel hon, er bod pethau'n haws i ferched nag yr oedden nhw. Ond ta waeth. Doedd hynny ddim yn fusnes iddo fo.

Yn sydyn sylwodd Jeff arni'n edrych arno trwy gil y drws, ac amneidiodd ei phen arno i'w alw draw ati. Dilynodd Jeff ei fòs i'w swyddfa.

Caeodd Lowri y drws a gorchymynnodd Jeff i eistedd. Eisteddodd hithau y tu ôl i'w desg.

'Reit, Sarjant Evans. Dydi'ch hawl arbennig chi i weithio ar eich pen eich hun ddim yn fy mhlesio fi ddim mwy nag y mae o i weld yn plesio gweddill y criw. Do, mi welais innau'r ymateb ar eu hwynebau nhw gynna hefyd. O'r hyn dwi'n ei glywed amdanoch chi, dydach chi ddim yn un da am weithio gydag eraill mewn tîm – ac nac ydi wir, dydi hynny ddim yn fy mhlesio fi o gwbwl.' Siaradai heb godi'i phen o'r papurau oedd ar ei desg.

Safai Jeff yn fud, yn sylweddoli fod y berthynas rwyddach a ddatblygodd rhyngddynt y noson cynt wedi'i llwyr hanghofio.

Siglodd Lowri Davies yn ôl yn ei chadair a rhoddodd ei throed dde ar dop y ddesg o'i blaen fel y gwnaeth y diwrnod cynt.

'Nid fy syniad i ydi rhoi'r rhyddid yma i chi, ond dwi ar ddeall fod y ffordd yma o redeg pethau wedi llwyddo yn y gorffennol. Mae 'na rywun uwch na fi sy'n meddwl y gellir defnyddio'ch dull ... anghyffredin ... chi o weithio er lles yr ymchwiliad. Ond cofiwch mai fi sy'n rhedeg y sioe a dwi'n mynnu cael gwybod cyfeiriad pob un o'ch ymholiadau chi. Deall?'

'Dim problem,' atebodd Jeff yn ufudd. Am unwaith, doedd o ddim yn sicr sut i ymateb. Petai ei bennaeth newydd yn ddyn, mi fuasai wedi cael llond ceg erbyn hyn. Doedd dim rheswm iddi fod mor ddiserch, a byddai unrhyw un o'i gyn-benaethiaid wedi cael gwybod hynny hefyd. Ond merch oedd hon – merch iau nag ef, a doedd o ddim yn sicr beth fyddai'r canlyniadau petai'n dechrau tynnu'n groes. Petai hi'n ymddwyn yn fwy benywaidd, meddyliodd, fyddai o ddim wedi cael ei daflu oddi ar ei echel mor hawdd. Ond cofiodd, ar y llaw arall, ei bod wedi dangos ei gwerth yn nhafarn y Rhwydwr. Tybed a oedd y gorchymyn i roi cymaint o ryddid iddo wedi cael ei roi iddi ar ôl eu taith o amgylch Glan Morfa'r noson cynt? Byddai hynny'n egluro'r newid syfrdanol yn ei hagwedd tuag ato.

'Dwi'n gweld i chi ddechrau arni'n fuan bore 'ma, a bod pob un o'ch ymholiadau chi wedi cael eu cofnodi ar y cyfrifiadur yn barod,' meddai, gan edrych ar sgrin cyfrifiadur yr ymchwiliad.

'Fel'na y bydda i'n gwneud petha ... a dyna pam ro'n i ar lwgu gynna,' mentrodd, gan wenu.

Caeodd Lowri ei gwefusau'n dynn ac ysgydwodd ei phen mewn arwydd o anobaith.

'Wel, dyna ni am rŵan ta, Sarjant Evans. Dwi'n gobeithio ein bod ni'n dallt ein gilydd. Mi weithiwn ni'n llawer gwell fel'na.'

Gan weld nad oedd Lowri yn bwriadu tynnu ei llygaid oddi ar sgrin y cyfrifiadur, cododd Jeff i adael.

'Caewch y drws ar eich ôl,' os gwelwch yn dda.'

Aeth Jeff am baned i'r cantîn lle roedd nifer o dditectifs yn trafod y tasgau a roddwyd iddyn nhw ar ôl y gynhadledd. Fel arfer, roedd rhai yn cwyno am y gwaith diflas o'u blaenau ac eraill yn cael blas ar ymholiadau mwy diddorol. Penderfynodd fod yn rhaid iddo ymyrryd yn sgwrs y ditectifs ar y bwrdd agosaf ato pan glywodd natur y drafodaeth yn newid.

'Wn i ddim be ddiawl ma' hi'n neud 'ma. Sgynni hi ddim profiad o waith ditectif, ac mae'r rhai sy wedi gweithio efo hi yn deud pa mor fyr ei thymer ydi hi efo pawb ym mhob man. Mae 'na bob math o straeon amdani ...'

Cododd Jeff o'i gadair ac aeth i eistedd ar yr un bwrdd â'r ditectifs cwynfanllyd.

'Gwrandwch 'ogia,' meddai. 'Siarad cantîn ydi peth fel'na, sy'n da i ddim. Mae'r Ditectif Brif Arolygydd Davies yma i'n harwain ni, waeth be 'dan ni'n feddwl ohoni. Beth bynnag ydi ei hanes hi, rhowch gyfle iddi, wnewch chi? Hwn ydi diwrnod cynta'r ymchwiliad, a Duw a ŵyr be sydd o'n blaenau ni. Ond dwi'n gwbod y gwnawn ni'n well wrth gyd-dynnu, o'r top i'r gwaelod.' Cododd heb ddisgwyl am ymateb, ac wrth ddrws y cantîn daeth wyneb yn wyneb â'r ddynes ei hun.

'A, Sarjant Evans. Fan hyn dach chi, ia, a chymaint o waith i'w wneud. Dwi angen i chi fynd i lawr at y cownter ffrynt ar unwaith. Mae 'na ddyn yno sy'n riportio bod ei wraig o ar goll.'

Pennod 4

Yng nghyntedd gorsaf yr heddlu safodd Jeff yn llonydd am eiliad tu allan i'r ystafell lle byddai'r cyhoedd yn cael eu cyfweld, a cheisiodd ddychmygu sut fath o sefyllfa roedd o am ei hwynebu yr ochr arall i'r drws. Tybed ai rhywun gyda'r bwriad o wastraffu amser yr heddlu oedd yno? Rhywun yn manteisio ar gyfle i dorri'i fol a mwydro'n ddiangen ynglŷn â diflaniad person flynyddoedd ynghynt? Byddai hynny'n digwydd yn aml ar ôl ddarlledìad tebyg i'r un a wnaeth Lowri Davies ar y teledu y noson cynt. Neu efallai fod rhywun eisiau cyfaddef i ladd y ferch, dim ond er mwyn cael sylw. Nid oedd Jeff erioed wedi deall cymhelliad pobol fyddai'n gwneud y fath beth – ac roedd hi'n syndod pa mor aml y digwyddai hynny.

Agorodd Jeff y drws yn araf a gwelodd ddyn mewnblyg yr olwg yn eistedd yn anghyfforddus ar gadair bren, ei ben yn isel a'i freichiau'n pwyso ar y bwrdd o'i flaen. Roedd hances boced a fu unwaith yn lân yn ei ddwylo. Syllodd Jeff arno, yn unig a diobaith yr olwg yn yr ystafell fechan ddieithr, wag. Doedd dim yn addurno'r waliau, dim ffenestr, dim dodrefn dianghenraid. Dim ond y dyn, a'r distawrwydd llethol ac eithrio sŵn y system awyru. Gwisgai'r dyn oferôls glas tywyll â botymau yn ymestyn ar hyd y blaen; y defnydd wedi'i staenio yma ac acw efo'r hyn a edrychai fel olew. Roedd ei wallt cyrliog brown yn dechrau britho ac yn denau bellach o amgylch y corun. Sylwodd Jeff hefyd fod ar ddwylo'r dyn, er ei fod wedi ceisio'u glanhau, olion o faw tywyll, yn enwedig o dan ei ewinedd. Olew eto, dychmygodd.

Cymerodd Jeff un cam i mewn a chaeodd y drws yn ddistaw ar ei ôl. Cododd y dyn ei ben i edrych arno ac amcangyfrifodd Jeff ei fod yn ei dridegau hwyr. Nid oedd yn ei adnabod. Roedd ei lygaid coch, blinedig, yn ddwfn yn ei wyneb tenau nad oedd, yn amlwg, wedi gweld rasel ers diwrnod neu ddau. Eisteddodd Jeff i lawr ar y gadair yr ochr arall i'r bwrdd.

'Ditectif Sarjant Evans. Be ga i wneud i chi?'

'Ma'r wraig 'cw 'di mynd.'

Wnaeth Jeff ddim ymateb.

'Dwi'm 'di gweld hi dros y penwythnos.'

'Ers pryd yn union?'

'Bore dydd Iau.'

'Ma' hi'n bnawn Sul rŵan. Pam na ddaethoch chi yma ynghynt?'

Oedodd y gŵr am ennyd cyn ateb yn ansicr gyda chryndod amlwg yn ei lais.

'Mi welais i'r newyddion ar y teledu neithiwr. Ac wedyn y bora 'ma. Y papurau newydd. Y corff yn y môr,' ychwanegodd, yn aflonydd yn ei gadair.

'Sut berthynas sydd ganddoch chi a'ch gwraig?'

Oedodd eto. 'Iawn,' atebodd o'r diwedd, heb edrych i lygaid y ditectif.

Nid oedd Jeff wedi'i argyhoeddi.

'Be ydi'i henw hi?

'Rhian.'

'A chitha?'

'Rhys. Rhys Rowlands. Ma' gen i garej fechan, Ty'n Sarn, tua chwe milltir allan o'r dre.'

Gwyddai Jeff am y busnes, er nad oedd wedi bod yno erioed. Busnes newydd oedd o, wedi'i sefydlu yn ystod y flwyddyn neu ddwy flaenorol heb fod fawr o'i angen, yn ei farn o.

'Fanno dach chi'ch dau yn byw?'

'Ia.'

'Yn hapus?'

'Ia,' meddai, gan edrych ar yr hances boced yn ei ddwylo.

Ochneidiodd Jeff yn uchel. 'Fedra i'm deall, Rhys,' meddai'n ddistaw gan ddefnyddio'i enw cyntaf yn fwriadol. 'Gŵr a gwraig, mewn perthynas hapus, medda chi. Pryd yn union welsoch chi Rhian ddwytha?'

'Bore dydd Iau pan aeth hi allan i'w gwaith.'

'Bore dydd Iau! Lle dach chi 'di bod tan rŵan?' Cododd Jeff ei lais ddigon i bwysleisio'i syndod.

'Ro'n i'n disgwyl iddi ddod adra. Dim ond pan glywis i am gorff y ddynes ar y traeth y gwnes i ddecha poeni go iawn.'

'Pryd oeddech chi'n ei disgwyl hi adra?'

'Rhwng pump a chwech nos Iau ... mewn pryd i wneud te fel rheol.'

'Arhoswch am funud, Mr Rowlands.' Roedd Jeff angen pwysleisio ei ryfeddod a'i anghrediniaeth. 'Mae'ch gwraig chi ar goll ers nos Iau a dim ond ar ôl clywed am y corff ar y traeth ar newyddion y teledu neithiwr ddaru chi ddechrau poeni. A hyd yn oed wedyn, mi wnaethoch chi ddisgwyl tan heddiw cyn cysylltu â'r heddlu.'

Nid atebodd Rhys Rowlands.

'Be oedd yn mynd trwy'ch meddwl chi nos Iau – yn ystod y gyda'r nos ac ar ôl i chi fynd i'ch gwely?'

‘Es i ddim i ’ngwely. Eistedd yn y gadair wnes i, i lawr grisiau, yn pendroni lle oedd hi.’

‘A be am ddydd Gwener, a dydd Sadwrn?’

‘Agor y garej a thrio gwneud rwbath. Cadw fy hun yn brysur.’

‘Ydi hyn, neu rwbath tebyg, wedi digwydd iddi erioed o’r blaen, Mr Rowlands?’

‘Naddo, erioed.’

‘Mae hyn yn swnio’n rhyfeddol iawn i mi, Mr Rowlands. Ac mae’n rhaid i mi ofyn hyn. Oes ’na bosibilrwydd bod Rhian wedi bod yn cael perthynas efo rhywun arall? Neu ydach chi wedi amau hynny?’

Syllodd Rhys ar y ddesg eto. ‘Na,’ atebodd yn ddistaw, ei lais yn crynu mwy nag erioed. ‘Fysa Rhian byth yn gwneud y fath beth i mi.’

‘Ydach chi wedi sôn wrth rywun o gwbwl ei bod hi wedi diflannu?’

‘Naddo, neb. Does ’na neb, dim ond ei chwaer hi.’

‘Lle oedd hi’n gweithio dydd Iau?’

‘Mae ganddi hi ddwy job ran amser. Yn y boreau roedd hi’n gweithio yn swyddfa Tom Elias, yr asiant tai ac eiddo – ella’ch bod chi’n gwybod am y busnes. Ac ar ôl cinio, roedd hi’n gwneud tipyn o oriau yn ysgrifenyddes i fusnes cludiant ei brawd yng nghyfraith, Gareth Morris.’

‘Gareth Morris, y cyn-gynghorydd?’

‘Ia. Mae o’n ŵr i Ceinwen, chwaer Rhian.’

‘Rhian yn gweithio’n galed felly?’

‘’Dan ni’n dau’n trio’n gorau i ddal dau ben llinyn ynghyd, chi. Dydi petha ddim wedi bod yn hawdd yn ddiweddar.’

‘Plant?’ gofynnodd Jeff.

'Na, yn anffodus. Roeddan ni wedi bod yn trio ... nes i Rhian golli babi rhyw dair blynedd yn ôl.'

'Sut oedd Rhian yn ystod y dyddiau olaf i chi 'i gweld hi?'

'Iawn, am wn i.'

'Am wn i?' Be dach chi'n feddwl, "am wn i"?'

'Wel, ella bod 'na rwbath ar 'i meddwl hi. Ond ddaru hi'm sôn.'

Galwodd Jeff am heddferch i aros yng nghwmni Rhys Rowlands er mwyn iddo gael mynd i adrodd yr hanes wrth y Ditectif Brif Arolygydd.

'Dach chi'n ei goelio fo, Sarjant Evans?' gofynnodd Lowri Davies ar ôl clywed yr hyn oedd gan Jeff i'w ddweud.

'Dwi ddim yn siŵr eto,' atebodd. 'Mae'n anodd iawn credu bod dyn sydd wedi colli'i wraig ers dyddiau yn dweud dim wrth neb, ac yna'n disgwyl dros nos cyn dod at yr heddlu ar ôl clywed bod corff wedi'i olchi fyny ar draeth yn yr ardal.'

'Ydi o'n gwybod ei bod hi wedi cael ei llofruddio?'

'Na. Dwi, na fo, ddim wedi sôn am hynny eto. A tydan ni ddim wedi cadarnhau, hyd yn oed, mai Rhian ydi'r corff. Mi ddangosa i'r dillad dynnais oddi ar y corff iddo fo mewn munud, i weld be fydd canlyniad hynny. Wedyn, os bydd angen, mi a' i â fo i'r mortiwari i weld all o ei hadnabod yn ffurfiol.'

Cerddodd Jeff yn ôl i mewn i'r ystafell gyfweld, ac ym mhresenoldeb yr heddferch dangosodd dri bag plastig di-haint i Rhys Rowlands, yn cynnwys y dillad a gymerwyd oddi ar gorff y ferch. Edrychodd Rowlands ar y siaced las golau, y crys T glas a'r sgert lwyd. Yn rhyfeddol, ddywedodd o ddim gair, dim ond edrych arnynt yn geg agored.

'Wel?' gofynnodd Jeff.

'Ia, dillad Rhian ydi'r rheina.'

Ni ddwedodd Rhys Rowlands air yn y car yn ystod y daith i'r marwdy yn Ysbyty Gwynedd. Penderfynodd Jeff beidio â'i holi ar y ffordd yno, ond synnodd drachefn nad oedd y gŵr wedi holi am amgylchiadau marwolaeth ei wraig.

Tynnwyd y lliain oddi ar wyneb y corff a orweddai yng nghapel gorffwys yr ysbyty. Safodd Rhys Rowlands yn llonydd a mud wrth ei hochr. Ymhen amser, gofynnodd Jeff;

'Wel?'

Trodd Rhys Rowlands i'w wynebu. 'Rhian,' meddai.

Roedd awgrym o ddagrau yn ei lygaid – yr arwydd cyntaf o emosiwn i Jeff ei weld ganddo.

'Mae'n ddyletswydd arna i i ddweud wrthach chi fod Rhian wedi cael ei llofruddio,' meddai. 'Yn ôl pob golwg, cafodd ei lluchio i'r môr rhyw dro ar ôl y weithred honno.' Edrychodd Jeff yn fanwl ar wyneb Rhys Rowlands ond ni allai ei ddarllen. Sioc, tybiodd. Ond efallai ddim.

Aeth y ddau o'r fan honno i Ty'n Sarn, cartref Rowlands a chyn gartref Rhian: bwthyn syml ar ochr ffordd gefn mewn rhan wledig o'r ardal. Wrth iddynt gyrraedd, sylwodd Jeff fod adeilad ac iddo do haearn rhychiog wrth ochr y tŷ – y garej a ddefnyddiai Rhys Rowlands i drin ceir, mae'n rhaid. Roedd nifer o hen geir wedi'u parcio tu allan a dau neu dri rhecsyn arall wedi'u gadael i bydru ar dir garw gerllaw, ymhlith mwy nag un hen beiriant wedi rhydu. Doedd dim dwywaith, roedd yr holl safle mewn llanast, a dim arwydd o lwyddiant ar gyfyl y lle. Dim rhyfedd felly fod yn rhaid i

Rhian gymryd dwy swydd i ennill mwy o arian.

Yno yn eu disgwyl roedd hanner dwsin o blismyn mewn dillad di-haint gwyn.

'Be ...?' dechreuodd Rowlands.

'Rhaid i ni edrych drwy'r tŷ yn fanwl rhag ofn bod unrhyw dystiolaeth neu wybodaeth berthnasol yma,' esboniodd Jeff. 'Efo'ch caniatâd chi, neu efo gwarant,' ychwanegodd.

'Wna i ddim ych rhwystro chi.'

'Pa un o'r ceir yma oedd Rhian yn ei ddefnyddio?' gofynnodd Jeff.

'Dim un. Roedd ganddi Ford Fiesta bach gwyrdd, CX02 PAR, a dwi'm wedi'i weld o ers bore dydd Iau.'

'Mae *O* wedi cyrraedd,' clywodd Jeff un o'r plismyn eraill yn sibrwd wrth ei gyd-weithwyr, gan gilwenu'n slei. Trodd Jeff i weld Ditectif Brif Arolygydd Lowri Davies yn cerdded o'i char i'w cyfeiriad, yn llawn hyder yn ei siwt dridarn dywyll. Fo? Doedd hi ddim wedi treulio diwrnod llawn yng nghyffiniau Glan Morfa eto, ac roedd rheolwr yr ymchwiliad wedi cael llysenw yn barod. Pwy welai fai arnyn nhw, ystyriodd Jeff. Bron y gellid dweud ei bod hi'n gofyn amdani – ond er gwaetha'i gwisg wrywaidd, a'i hagwedd hefyd, mater iddi hi oedd ei rhywioldeb, nid testun clecs cantîn i bobol heb ddim byd gwell i feddwl amdano. Penderfynodd y dylai fod yn gefn iddi yn ystod y dyddiau, neu'r wythnosau, nesaf pe bai angen – ond byddai'n siŵr o ddweud ei ddweud petai cwrs yr ymchwiliad yn crwydro'n ormodol oddi ar y llwybr cywir oherwydd unrhyw ddiffyg profiad ar ei rhan hi neu unrhyw un arall.

'Mr Rowlands? Ditectif Brif Arolygydd Davies,' meddai. 'Mae'n ddrwg iawn gen i am eich colled. Fel pennaeth yr ymchwiliad i lofruddiaeth Rhian, dwi'n addo i chi y gwnawn ni ein gorau i ddarganfod pwy oedd yn gyfrifol. Mi fyddwn yn troi pob carreg, yn dechrau efo'r tŷ 'ma.'

'Maen amlwg eich bod chi'n fy amau fi,' atebodd Rhys Rowlands mewn llais a swniai'n swil yn fwy nag yn ansicr.

'Dyma'n ffordd arferol ni o weithio, Mr Rowlands,' esboniodd y Ditectif Brif Arolygydd. 'Bydd angen archwilio'ch car chi hefyd, sy'n dal i fod y tu allan i orsaf yr heddlu yng Nglan Morfa. Ble mae'r goriadau?'

Tynnodd Rhys Rowlands nhw o'i boced a'u rhoi yn llaw Jeff.

'Sarjant Evans,' parhaodd Lowri Davies mor ffurfiol ac awdurdodol ag erioed. 'Mi ydw i angen i chi fynd â Mr Rowlands yn ôl i Lan Morfa. Wnewch chi oruchwylio archwiliad ei gar o, os gwelwch yn dda, tra bydd rhywun yn cymryd datganiad llawn ganddo. Mi wyddoch chi be sydd ei angen.'

Wrth yrru yn ôl i Lan Morfa, a Rhys Rowlands yn eistedd yn sedd y teithiwr wrth ei ochr fel petai mewn perlewyg, gadawodd Jeff i'w feddwl grwydro. Nid am y tro cyntaf, sylweddolodd pa mor unigryw oedd pob ymchwiliad i lofruddiaeth o'i gymharu ag unrhyw achos arall. Nid yn unig y mwrdwr ei hun, y ffaith fod bywyd diniwed wedi dod i ben cyn ei amser a thrwy drais, ond y ffordd yr oedd ymchwiliad yr heddlu yn aml yn taflu amheuaeth ar y dieuog, yn hytrach na'r cydymdeimlad gweddus. Pa un oedd Rhys Rowlands yn ei haeddu, tybed?

Pennod 5

'Sut ma'i'n mynd bore 'ma?' gofynnodd Jeff i Sarjant Rob Taylor wrth iddo edrych trwy gofnodion y ddalfa ar ei ffordd i'w swyddfa am wyth y bore trannoeth. Dyma'r peth cyntaf a wnâi bob bore – edrych pwy oedd dan glo a pham. 'Hei, ro'n i'n meddwl dy fod ti'n mynd ar dy wyliau ddoe, Rob?' ychwanegodd yn ddryslyd.

'Maen nhw wedi gofyn i mi wneud un shifft arall heddiw,' esboniodd, 'am eu bod nhw'n fyr, ond mi fydda i o'ma fel bwled am ddau.'

'Be sy'n digwydd bore 'ma felly?'

'Dydi hi ddim llawer gwell na bore ddoe, Jeff. 'Sat ti'n disgwyl llai o drafferth ar nos Sul na nos Sadwrn, ond mi oedd 'na uffern o ffeit yng nghlwb y gwersyll neithiwr. Cafodd un dyn botel yn ei wyneb – fasa'i fam o ddim yn ei nabod, y creadur! Mae 'na dri i mewn o achos hynny a thri arall wedi'u rhyddhau. Un am ddwyn copr o safle'r gwaith a dau o hogia ifanc y dre, y brodyr Martin, am fyrgleriaeth.'

'Rhywun arall lleol?'

'Dim ond Jaci Thomas am ddwyn y copr.'

'Argian, dydi hwnnw byth yn dysgu, nac'di? Does 'na ddim ond tri mis ers i'r diawl hurt ddod o'r carchar.'

'Gwranda, Jeff,' meddai Rob wrth i Jeff droi am y grisiau a oedd yn arwain at weddill yr adeilad. 'Gwylia dy gefn. Mae un neu ddau yn genfigennus dy fod ti'n cael rhyddid i chwilio fel fynni di tra maen nhw'n cael cymaint o oruchwyliaeth.'

'Paid â phoeni, 'rhen gyfaill. Mae fy sgwydda i'n ddigon llydan. Rhywun arall wedi cyrraedd eto?'

'Dim ond Fo,' atebodd Rob, a gwên ddireidus ar ei wyneb.

Roedd llysenw ei fòs newydd wedi lledaenu'n gyflym, sylweddolodd Jeff. Aeth i nôl paned o goffi o'r cantîn, ac roedd yn troedio ar hyd y coridor i gyfeiriad ei swyddfa pan glywodd lais Lowri Davies yn galw.

'Sarjant Evans. Yma. Rŵan.'

Ochneidiodd Jeff. Pam fod yn rhaid iddi fod mor ffurfiol ... ac mor flin? Cerddodd i mewn i'w swyddfa.

'A thynnwch y gôt flêr 'na, wnewch chi!'

Ufuddhaodd Jeff, a'i rhoi ar gadair wag gerllaw. Croesodd Lowri Davies ei thraed ar y ddesg o'i blaen ac eistedd yn ôl yn ei ffordd hyderus arferol. Roedd Jeff wedi dod i arfer efo'i siwtiau a'i hesgidiau trymion du erbyn hyn, ond synnodd o weld ei bod yn gwisgo crys a thei.

'Bore da,' meddai. 'Sut ydach chi bore 'ma ... a sut mae'ch cymar?' Ni wyddai ei hun a oedd ei gwestiwn yn ddiffuant ynteu a oedd mymryn o sinigiaeth ynghlwm ynddo. Ceisiodd ddarbwyllo'i hun mai ei natur hi oedd yn codi ei wrychyn, gan greu awyrgylch annifyr i weithio ynddi.

''Dan ni'n iawn, diolch,' atebodd, ac yn rhyfeddol, gwelodd Jeff fymryn o wên yn ei hateb. Ond wnaeth hi ddim para'n hir.

'Mi garia i 'mlaen efo fy mrecwast os nac'dach chi'n meindio,' meddai Jeff, gan godi ei gwpan blastig fymryn ar ôl gweld bod ganddi hithau fŵg ar y ddesg o'i blaen.

Eisteddodd yn y gadair wag wrth y ddesg heb wahoddiad.

'Reit ta,' dechreuodd Lowri Davies, gan anwybyddu sylw Jeff. 'Yn hwyr bnawn ddoe, Sarjant Evans, mi rois i orchymyn i chi ddod yn ôl i'r swyddfa 'ma efo Rhys Rowlands, i chi oruchwylio archwiliad ei gar ac i ofyn i rywun gymryd datganiad manwl ganddo. Dwi'n gweld y bore 'ma mai chi gymerodd y datganiad. Pam mynd yn groes i'm gorchymyn i?'

'Pan gyrhaeddais i yma, roedd dau o'r tîm archwilio yma'n barod, a swyddog fforensig. Pwy well felly i archwilio'r car? Penderfynais dreulio'r tair awr nesaf yn holi Rhys Rowlands yn drwyadl a chofnodi ei ddatganiad. Ro'n i wedi treulio pedair awr efo fo yn barod ac yn dechrau dod i'w nabod rywfaint. Yn fy marn i, byddai'n annoeth i rywun arall ddechrau o'r dechrau efo fo'r adeg honno, yn enwedig ar ôl yr hyn y bu o drwyddo ddoe.'

'Y rheswm tu ôl i 'ngorchymyn i oedd y byddai rhywun arall yn gallu rhoi ei farn ohono i mi ar ôl ei holi yn ogystal. O hyn ymlaen, dwi'n disgwyl i chi ufuddhau, Sarjant Evans. Ond ta waeth am hynny rŵan. Be ydi'ch barn chi ohono fo – ar ôl treulio *cymaint* o amser yn ei gwmni ddoe?'

Cymerodd Jeff lymaid o'i gwpan. 'Anodd deud,' meddai. 'Fedra i ddim penderfynu ydi o mewn sioc neu ydi o'n cuddio rwbath. Ella bod y ddau beth yn wir. Ond fedra i ddim coelio eu bod nhw'n gwpwl perffaith hapus. Mae'n amlwg nad oedd hi'n nefoedd arnyn nhw – byw yn ddigon tlawd – ond mae rwbath yn deud wrtha i bod 'na fwy iddi na hynny. Oes 'na rywun wedi gweld aelodau o'r teulu eto?'

'Oes. Mae chwaer Rhian, Ceinwen, a'i gŵr, Gareth, wedi cael eu gweld neithiwr. Mi welwch fod eu datganiadau ar y system yn barod. Ewch trwyddyn nhw plis, ac yna, ar ôl y gynhadledd bore 'ma, ewch i'w gweld nhw eto. Eu hail holi yn drwyadl. Mi fydda i'n edrych ymlaen i gael eich barn chi arnyn nhw. Mi welwch nad oes sôn am y ffaith fod Rhian yn gweithio'n rhan amser i Gareth Morris yn 'run o'u datganiadau. Wrth gwrs, doedd cynnwys y datganiad gymeroch chi neithiwr gan Rhys Rowlands ddim ym meddiant y swyddogion aeth i weld Mr a Mrs Morris. Efallai mai un o'r ddau ohonyn nhw welodd hi ddwytha. Wedyn, ewch i weld Tom Elias, y gwerthwr tai. Mi fydd yntau wedi cael ei holi gan un o'r timau yn y cyfamser, ond defnyddiwch eich profiad i lusgo cymaint ag y medrwch chi o wybodaeth allan ohono. A chofiwch, Sarjant Evans, mi fydd eich barn chi amdano yn bwysig i mi.'

Cododd Jeff ei gôt ddyffl ar ei ffordd allan a cherddodd ar hyd y coridor i'w ystafell ei hun. Roedd yn dechrau cyfarwyddo â ffordd Lowri Davies o weithio. Oedd, roedd rhywfaint o werth mewn cael barn mwy nag un person mewn ymchwiliad mawr fel hwn. Tybed fyddai'n rhaid iddo gyfaddef fod ganddi fwy o synnwyr nag a dybiodd i ddechrau? Amser a ddengys, meddyliodd.

Ychydig cyn hanner awr wedi naw eisteddai Jeff yng nghefn yr ystafell gynhadledd yn gwylio aelodau'r timau ymchwil yn cyrraedd fesul tipyn. Ymhen dim, roedd y stafell yn llawn – a neb yn bwyta nac yn yfed.

Roedd hi bron yn ugain munud i ddeg cyn i'r Ditectif Brif Arolygydd ymddangos. Gadael i bawb ddisgwyl er mwyn dangos pwy oedd y bòs oedd hi, tybiodd Jeff. Roedd yna dipyn o fân-siarad wrth iddi esgyn i'r llwyfan a chymryd ychydig mwy o amser nag oedd yn rhaid i drefnu ei phapurau ar y ddesg o'i blaen. Doedd dim angen gofyn beth oedd testun y clebran ymysg y dynion sinigaidd hyn nad oeddynt wedi arfer cael eu harwain gan ddynes.

Dechreuodd Lowri Davies trwy gyflwyno braslun o'r wybodaeth a ddysgwyd ers y diwrnod cynt. Enwodd Rhian yn ffurfiol, a rhannwyd manylion ei chefndir a'i theulu. Gan droi i sôn am weithwyr y pwerdy, esboniodd fod dros dri dwsin o gwmnïau yn gweithio ar y safle, yn cyflogi nifer helaeth o is-gwmnïau, heb sôn am unigolion annibynnol. Byddai'n haws cael mwy o wybodaeth yn ystod y diwrnod oedd o'u blaenau, meddai, gan fod gweithwyr pob swyddfa yn ôl wrth eu desgiau ar ôl y penwythnos. Gyda lwc, gobeithiai y byddai manylion cannoedd o weithwyr yn cael eu trosglwyddo ar ddisg i'r tîm ymchwil cyn diwedd y dydd.

'Mi fydd y rhan hon o'r ymchwiliad yn hynod o bwysig,' pwysleisiodd Lowri Davies. 'Mae'n hanfodol i'r holl wybodaeth fod yn fanwl gywir.'

Synhwyrodd Jeff ei bod hi'n ymwybodol o gwynion y ditectifs ynglŷn â chael eu defnyddio fel ysgrifenyddion. Arwydd arall ei bod hi o gwmpas ei phethau, meddyliodd.

'Be 'dan ni'n wneud o'r ffaith fod Rhys Rowlands wedi cymryd cymaint o amser i riportio bod ei wraig ar goll?' gofynnodd un o'r swyddogion.

'Ydi, mae hynny'n codi rhywfaint o amheuaeth ynglŷn â fo,' atebodd Lowri Davies, 'ac yn rhywbeth y dylai pawb, yn enwedig y tîm fydd yn ymchwilio i deulu Rhian, ei gymryd i ystyriaeth. Ond dim mwy na hynny ar hyn o bryd. Reit, mae pawb yn ymwybodol o'r ffeithiau erbyn hyn. Mi fydd llawer iawn mwy o waith i'w wneud ar ôl i ni gael y rhestr o enwau'r gweithwyr – fy mwriad ydi trefnu i'r ymholiadau i gefndir y rheiny gael eu gwneud gan staff nos y pencadlys, fel eich bod chi yn fama'n cael rhyddid i wneud ymholiadau mwy addas i dditectifs.'

Gwenodd Jeff. Roedd hon yn dysgu'n gyflym.

Pennod 6

Ffermdy mawr urddasol oedd Pedwar Gwynt, cartref Gareth a Ceinwen Morris, wedi'i leoli ym mhen lôn serth, breifat, tua hanner canllath o'r ffordd fawr. Roedd wedi cael ei adnewyddu yn ddiweddar i safon uchel, sylwodd Jeff wrth iddo barcio'i gar ger drws y tŷ.

Safai'r tŷ mewn llecyn agored oedd yn galluogi'r preswylwyr i fwynhau golygfa wych i bob cyfeiriad: y môr i'r gogledd a mynyddoedd Eryri i'r de yn y pellter, gyda dim ond tir amaethyddol o'i amgylch. Tybiodd fod yr enw a roddwyd i'r tŷ yn addas, yn enwedig ym misoedd y gaeaf. Gwelodd nifer o adeiladau twt wrth ochr a'r tu ôl i'r tŷ, a golwg arnynt fel petaent yn cael defnydd cyson. Roedd Porsche 911 Cabriolet gwyn gweddol newydd y tu allan i'r drws ffrynt yn arddangos y rhif CM 1. Digon o arian yn y fan hon, meddyliodd yr heddwas. Edrychodd o'i gwmpas. Hwn oedd yr unig gar a welai– oedd hynny'n beth rhyfedd, myfyriodd? Os oedd Ceinwen adref y diwrnod ar ôl i'w chwaer gael ei darganfod yn farw – wedi'i llofruddio – beth oedd hi'n wneud ar ei phen ei hun? Roedd Jeff wedi disgwyl y byddai rhywun yno i'w chysuro, o dan yr amgylchiadau. Curodd y drws, cymerodd gam yn ôl, a disgwyl.

Cafodd ei synnu braidd pan agorwyd y drws gan ddynes yn ei phedwardegau cynnar. Nid chwaer yn ei galar a safai yno, ond dynes wedi'i gwisgo'n fwriadol rywiol. Ni allai beidio â sylwi fod ei jîns glas golau a'i siwmper goch yn ddigon tyn i ddangos pob manylyn o'i chorff. Roedd pob blewyn o'i gwallt melyn cyrliog yn ei le, ac roedd ôl amser ac arian ar ei cholur. I orffen y darlun, roedd ei gwefusau wedi'u peintio yn union yr un lliw â'i siwmper. Na, nid dyma oedd Jeff yn ei ddisgwyl o gwbwl.

'Ia?' gofynnodd y ddynes heb fath o emosiwn.

'Ditectif Sarjant Evans, CID Glan Morfa.' Dangosodd ei gerdyn swyddogol. 'Dwi'n chwilio am Mrs Ceinwen Morris,' ychwanegodd, rhag ofn iddo fod wedi gwneud camgymeriad.

'Wel, Sarjant Evans, dach chi wedi dod o hyd iddi. Ond mae'ch pobol chi wedi bod yma yn barod. Mi ddaeth dau ohonyn nhw yma neithiwr.'

'Do, dwi'n sylweddoli hynny, Mrs Morris, ac yn ymwybodol o'r boen mae hyn yn siŵr o fod yn ei achosi i chi. Mae'n ddrwg gen i, ond mae petha'n symud ymlaen yn gyflym mewn ymchwiliad o'r math yma. Rwbath newydd yn codi'n gyson, wyddoch chi, ac mae'n rhaid i ni gael atebion. Os ydi'n well ganddoch chi i mi ddod yn ôl ryw dro eto... os oes ganddoch chi gwmni ...?' meddai, yn pysgota am wybodaeth.

'Na, ar ben fy hun ydw i. Dewch i mewn.'

Dilynodd Jeff hi drwy'r cyntedd. Doedd dim arwydd o alar yn ei cherddediad araf, rhywiol, nac yn arogl hudolus ei phersawr, sylwodd. Arweiniwyd ef i'r lolfa a oedd wedi'i addurno'n chwaethus, yn debyg iawn i weddill y tŷ. Edrychodd Jeff o'i gwmpas. Yn yr ystafell hon roedd hi wedi bod yn eistedd cyn iddo gyrraedd, yn ôl pob golwg, gan fod paned o de ar ei hanner a chopi o *Hello!* yn agored ar fwrdd isel. Ceisiodd ddychmygu sut y gallai rhywun ymlacio fel hyn oriau yn unig ar ôl darganfod bod ei chwaer wedi'i llofruddio. Ond wedi dweud hynny, gwyddai o brofiad fod pawb yn delio â galar yn wahanol.

'Oeddech chi a Rhian yn agos?'

Synhwyrodd Jeff fod y cwestiwn annisgwyl wedi ei synnu, ond roedd ganddi ddigon o hunanfeddiant i beidio â dangos hynny.

'Gymerwch chi baned?' gofynnodd, gan ddewis peidio cydnabod y cwestiwn yn syth.

'Na, dim diolch,' atebodd Jeff. 'Newydd gael un.' Celwydd, ond nid yno i gymdeithasu yr oedd o.

Eisteddodd Ceinwen Morris i lawr ar soffa ledr lydan a gwahoddodd Jeff i wneud yr un peth.

'I ateb eich cwestiwn chi – oedden, yn reit agos ... ond dim mor agos ag yr oedden ni flynyddoedd yn ôl.'

'Pryd oedd hynny?'

'Cyn i ni'n dwy briodi, am wn ni. Wyddoch chi fel ma' hi, Sarjant Evans. Weithiau mae bywydau pobol yn dilyn llwybrau gwahanol, er ein bod yn byw yn yr un ardal ac yn gweld ein gilydd yn aml. Doedd dim rheswm penodol ... fel'na mae petha'n digwydd weithia, ynte?'

'Oeddech chi'n ddigon agos yn ystod ei dyddiau olaf i wybod oedd rhywbeth yn ei phoeni hi?'

'Oeddwn, a na ydi'r ateb. Cyn belled ag y gwn i, doedd dim byd ar feddwl Rhian. Pam dach chi'n gofyn?'

'Mae'n bosib iawn fod Rhian wedi diflannu ers dydd Iau diwethaf. Ddaru Rhys ddim riportio ei bod ar goll tan hwyr fore Sul. Gweld hynna'n beth rhyfedd o'n i.'

'O, peidiwch â meddwl bod dim yn anghyffredin yn hynny, Sarjant. Un fel'na ydi Rhys, wedi bod erioed. Rhian oedd yn gwisgo'r trowsus a fyddai o ddim yn gwneud penderfyniad drosto'i hun, dim dros ei grogi. Wel, dim adra, beth bynnag.'

‘Sut berthynas oedd ganddyn nhw?’ gofynnodd Jeff. ‘Hapus?’

Oedodd Ceinwen cyn ateb a dechreuodd ffidlan efo’i hewinedd. ‘Wedi bod yn well, ’swn i’n deud. Wn i ddim oedd y briodas yn gweithio bellach, a deud y gwir, ond wnaethon ni erioed drafod y peth.’

‘Be oedd y rheswm am hynny – methiant y briodas dwi’n feddwl?’

‘Diffyg arian am wn i. Mi oedd petha’n iawn pan oedd Rhys yn gweithio yma.’

‘O! Roedd o’n gweithio yma?’

‘Fo oedd yn trin lorïau Gareth efo dau o beirianwyr eraill. Rhys oedd yn rheoli’r ddau arall yn y garej. Mi oedd o yn gwneud arian da’r adeg honno, ond ar ôl iddo adael a mynd i weithio iddo fo’i hun, mi aeth petha i’r wal.’

‘Pam wnaeth o adael?’

‘Mi ddechreuodd daflu’i bwysa o gwmpas. Dipyn gormod, yn ôl Gareth.’

‘Taflu’i bwysau?’

‘Cymryd gormod o gyfrifoldebau arno’i hun a gwneud penderfyniadau tu ôl i gefn Gareth. Roedd petha’n iawn pan oedd o’n cadw’i feddwl ar redeg y garej a chadw’r lorris ar y ffordd, ond dechreuodd roi cyfarwyddiadau i’r gyrwyr, a hyd yn oed gwneud penderfyniadau ynglŷn â’r cludo ei hun. Mi aeth hi’n goblyn o ffrae rhwng Gareth ac yntau un diwrnod ac mi gerddodd Rhys allan.’

‘Faint sy ’na ers hynny?’

‘Yn agos i ddwy flynedd bellach.’

‘A sut gafodd Rhian ei chyflogi gan eich gŵr?’

‘Mi ffeindiodd Rhys yn reit handi nad oedd rhedeg ei fusnes ei hun yn beth hawdd, a doedd ’na ddim digon o arian yn dod i mewn i'r tŷ. Wel, mae gwaed yn dewach na dŵr fel y gwyddoch chi, Sarjant Evans, ac mi ofynnais i Gareth ei chymryd hi mlaen yn ysgrifenyddes ran amser.'

'Oedd o angen ysgrifenyddes ar y pryd?'

'Fi oedd yn gwneud y gwaith cyn hynny, ac mi roddodd cyflogi Rhian gyfle i mi gael, sut ddeuda i ... mwy o amser i mi fy hun. Mwy o ryddid.' Gwenodd a chododd ei haeliau fymryn.

'Lwcus iawn.' Gwenodd Jeff yn ôl arni.

'Mae Gareth yn hoff iawn o'i ryddid. Dydi hi ddim ond yn iawn i minna gael fy siâr i felly, nac'di?'

Dewisodd Jeff beidio â chytuno efo hi, ond byddai'n siŵr o gofio'i hawgrym. 'Yn lle yn union oedd swyddfa Rhian?'

'Mae gan Gareth nifer o adeiladau ar dir mae'n berchen arno tua hanner milltir i lawr y ffordd. Yno mae ei swyddfa, a dyna lle mae o'n cadw'r lorris. Fanno mae'r garej lle oedd Rhys yn gweithio hefyd. Ystafell yn swyddfa Gareth oedd gan Rhian – roedd hi'n gwneud dyletswyddau derbynnydd hefyd pan oedd angen ... ateb y ffôn, delio efo ymholiadau, teipio llythyrau ac anfonebau a beth bynnag arall oedd Gareth isio iddi wneud.'

'Pryd welsoch chi Rhian ddwytha?'

'Fel y deudis i wrth eich cyd-weithwyr chi neithiwr, un pnawn ganol yr wythnos dwytha. Dydd Mercher, dwi'n meddwl, ond fedra i ddim bod yn berffaith saff. Mi es i ar draws i'r iard er mwyn i un o'r hogia olchi'r car i mi. Tra oedd o'n gwneud hynny, mi es i mewn i'r offis am sgwrs efo hi.'

'Sut oedd hi? Oedd rwbath ar ei meddwl hi ... yn ei phoeni hi?'

Symudodd Ceinwen Morris yn anghyfforddus ar y soffa. Croesodd ei choesau a'i breichiau a thynnodd ei llygaid oddi ar Jeff cyn ateb yn sydyn – yn rhy sydyn o lawer ym marn y ditectif profiadol. 'Fel y deudis i neithiwr wrth y ddau blismon arall, ac wrthach chi gynna hefyd, wn i ddim, a doedd dim arwydd o gwbwl bod dim ar ei meddwl hi.'

Cododd Jeff ar ei draed a rhoddodd ei gerdyn iddi. 'Os oes rwbath yn eich poeni chi, Mrs Morris, ynglŷn â llofruddiaeth eich chwaer, neu os ydach chi isio trafod unrhyw fater arall, rywbeth y gwnewch chi gofio amdano, ffoniwch fi, ddydd neu nos.'

Cerddodd y ddau allan o'r tŷ.

'Car neis,' meddai Jeff, yn cyfeirio at y Porsche.

'Mae Gareth yn gwybod sut i 'mhlesio fi.'

Edrychodd Jeff o'i gwmpas. 'Lle braf yn fama.'

'Iawn yn yr haf, ond fydd hi ddim yn hir rŵan cyn i wyntoedd y gaeaf ein taro ni, na fydd?'

'Mae ganddoch chi ddigon o le yma, does? Y tai allan 'ma i gyd dwi'n feddwl. Stablau ydyn nhw?'

'Ia, mae gen i ferlen y bydda i'n cystadlu mewn sioeau efo hi weithiau. Mae 'na ddwy ferch arall, ffrindiau, yn cadw'u ceffylau yma hefyd.'

'Ga i weld?' gofynnodd Jeff.

'Rhyw dro eto, Sarjant Evans. Mae gen i lot fawr ar fy meddwl ar hyn o bryd, ac mi hoffwn gael llonydd rŵan, os nac'dach chi'n meindio.'

'Wrth gwrs.' Dyna ymddygiad tebycach i rywun sydd newydd golli ei chwaer, tybiodd Jeff.

Bum canllath i lawr y ffordd fawr cyrhaeddodd Jeff leoliad busnes cludiant Gareth Morris. Roedd ffens uchel o amgylch yr iard a'r amryw adeiladau, gyda weiren bigog ar hyd y top. Gwelodd fod arwydd mawr melyn a brown uwchben y giât a'r geiriau 'Lorris Morris' yn fawr arno. Roedd Jeff yn gyfarwydd â'r loriau gan fod nifer ohonynt o gwmpas y lle, wedi'u peintio yn yr un lliwiau melyn a brown. Busnes llwyddiannus, yn sicr, meddyliodd. Sylwodd ar hen dŷ a edrychai fel petai'n cael ei ddefnyddio yn swyddfa, a dau adeilad anferth tu ôl iddo – un i gadw'r loriau dan do a'r llall, dyfalodd, oedd y garej i'w trin.

Gwyddai dipyn o hanes Gareth Morris. Roedd yn ddyn busnes llwyddiannus a fu'n gynghorydd ar un adeg ac yn llais cryf o blaid adeiladu'r pwerdy newydd ar dir Hendre Fawr. Ymladdodd yn ddi-baid i herio'r gwrthwynebwyr, a doedd dim amheuaeth ynglŷn â'r ffaith fod ei farn yn cael ei pharchu gan fwyafrif y gymuned. Roedd sôn iddo fod yn agos iawn i arweinydd y Cyngor Sir yn ystod cyfnod pan oedd llygredd yn dew yn y sefydliad hwnnw, er nad oedd dim cysylltiad pendant rhyngddo fo a'r rhai a brofwyd yn euog o gamymddwyn a throseddu flynyddoedd ynghynt. Doedd o ddim yn aelod o'r Cyngor bellach, wedi iddo golli ei sedd i UKIP ddwy flynedd ynghynt, ond parhaodd ei ymdrechion i gefnogi'r pwerdy bob cyfle a gâi. Doedd dim rhyfedd felly fod ei fusnes cludo wedi bod mor llewyrchus yn ystod y blynyddoedd diweddar. Cafodd lawer mwy na'i siâr o'r cytundebau gorau i gario pob math o nwyddau adeiladu a chontractau i baratoi'r tir ar gyfer y gwaith adeiladu.

Penderfynodd Jeff beidio â mynd yno i'w weld. Roedd yn well ganddo roi cyfle i Ceinwen a Gareth drafod ei ymweliad cyn iddo alw eilwaith. Teimlai ym mêr ei esgyrn fod mwy i'r berthynas rhwng Ceinwen, Gareth, Rhian a

Rhys. Ni wyddai beth yn union oedd yn ei gorddi, ond roedd yr hen deimlad anniddig hwnnw, yr un fyddai'n ei rybuddio fod rhywbeth o'i le, yn ei ôl.

Pennod 7

Aeth Jeff yn ei flaen i gyfeiriad Glan Morfa. Parciodd y car ym mhen pella'r stryd fawr a cherddodd i gyfeiriad siop asiant tai Tom Elias. Safodd y tu allan am ychydig yn edrych ar luniau a phrisiau'r tai ar werth yn y ffenestr. Merch ifanc oedd yr unig berson a welai yno a phenderfynodd fynd i mewn.

'Ydi Mr Elias ar gael os gwelwch chi'n dda?' gofynnodd.

'Arhoswch funud. Pwy ga i ddeud sy'n holi?'

'Heddlu.'

Aeth y ferch trwodd i'r ystafell gefn a daeth allan mewn chwinciad yn cael ei dilyn gan ŵr byrdew yn ei bumdegau hwyr, tua phum troedfedd a hanner ac wedi'i wisgo mewn siwt olau, smart. Roedd ei wallt twt wedi hen fritho. Estynnodd ei law dde a gwnaeth Jeff yr un fath.

'Mae'n ddrwg gen i gymryd eich amser chi, Mr Elias. Mi wn i eich bod chi wedi cael sgwrs efo 'nghyd-weithwyr yn barod, ond gan 'mod i'n blismon lleol, mi hoffwn ofyn un neu ddau o gwestiynau ychwanegol i chi.'

'Galwch fi'n Tom ar bob cyfrif, a dewch trwodd i'r swyddfa. Dwi wedi clywed amdanoch chi. Ditectif Sarjant Evans, 'te? Dach chi'n ddyn adnabyddus yn yr ardal 'ma.' Gwenodd arno. 'Dydw i ddim isio swnio'n anghwrtais, Sarjant, ond mae gen i bum munud a dim mwy, mae gen i ofn, cyn i mi orfod cyfarfod â darpar brynwyr yn un o 'nhai ymhen chwarter awr, a fedra i ddim bod yn hwyr rhag ofn i mi golli sêl.'

Aeth y ddau trwodd.

'Dim ond un neu ddau o gwestiynau felly,' cadarnhaodd Jeff.

'Cewch, tad. Coblyn o beth, te? A hogan mor neis hefyd. Rhian druan.' Eisteddodd Tom Elias yn y gadair fawr y tu ôl i'w ddesg a rhoddodd wahoddiad i Jeff eistedd ar y gadair arall o'i blaen.

'Ers faint oedd hi'n gweithio yma, Tom?'

'Tua dwy flynedd. Hogan dda, rhaid i mi ddeud. Y swyddfa 'ma fatha pin mewn papur. Colled fawr ar ei hôl hi.'

'Pa oriau oedd hi'n eu gweithio? Dwi'n dallt mai rhan amser oedd hi.'

'Ia, 'na chi. Naw bob bore tan un.'

'Cyn belled ag y gwyddon ni, doedd neb wedi gweld Rhian ar ôl diwedd y pnawn ddydd Iau. Oeddach chi'n ei disgwyl hi i mewn bore dydd Gwener?'

'Wel, nag oeddwn, Jeff. Mi ofynnodd hi i mi am y bore dydd Gwener i ffwrdd. Felly do'n i ddim yn ei disgwyl hi tan bore heddiw.'

'Pryd ofynnodd hi hynny?'

'Mi ffoniodd fi yn hwyr bnawn Iau ... na, roedd hi'n fin nos, tua saith os cofia i'n iawn, i ddeud bod rwbath wedi codi, a gâi hi beidio dod i mewn y bore wedyn. Lwcus bod Susan ar gael, a deud y gwir, ond wnes i rioed feddwl mai dyna'r tro olaf y byswn i'n siarad efo hi. Peth ofnadwy,' ychwanegodd, gan ysgwyd ei ben.

'Pryd ddaru chi glywed, neu sylweddoli, be oedd wedi digwydd iddi?'

'Am ddeng munud wedi naw y bore 'ma. Mi ffoniais ei ffôn symudol hi am ei bod hi'n hwyr. Doedd dim ateb.

Ffoniais y tŷ, ac mi ddeudodd Rhys wrtha i be oedd wedi digwydd.'

'Be oedd rhif ei ffôn symudol hi?'

Edrychodd Tom Elias trwy gyfeiriadur ei ffôn ei hun a rhoddodd y rhif i Jeff.

'Mae 'na awgrym bod rwbath wedi bod yn ei phoeni hi yn ddiweddar, Tom.'

'Ella wir.'

'Fedrwch chi ymhelaethu?'

'Fedra i ddim rhoi fy mys arno fo, ond doedd hi ddim yn hi ei hun, rywsut. Chydig yn ddistaw, 'swn i'n deud, nerfus hyd yn oed, ond dyna'r oll fedra i ddeud. Ylwch, Sarjant Evans ... Jeff ... rhaid mi fynd neu mi fydda i'n colli busnes, a fedar neb fforddio gwneud hynny, na fedar?'

'Dewch yn ôl ata i os gofiwch chi rwbath arall.' Rhoddodd Jeff gerdyn cysylltu iddo a cherdded allan trwy'r siop gan nodio ar y ferch a welsai ynghynt, oedd ar y ffôn. Edrychodd hithau yn ôl arno fel petai eisiau dweud rhywbeth wrtho. Gollyngodd Jeff gerdyn arall ar ei desg wrth basio a chadarnhaodd y ferch ei bod hi'n deall. Pan gyrhaeddodd Jeff ddrws ffrynt y siop, roedd Tom Elias y tu ôl iddo, yntau ar y ffordd i'w gyfarfod. Cerddodd y ddau i'r un cyfeiriad am eiliad neu ddwy cyn i Elias gyrraedd ei gar a gyrru ymaith. Cerddodd Jeff ychydig ymhellach cyn stopio'n stond. Allai o ddim cofio os oedd rhif ffôn symudol Rhian ar y system ai peidio. Doedd ei gŵr ddim wedi ei roi iddo – a chofiodd ei fod wedi esgeuluso gofyn amdano. Sut allai wneud y fath gamgymeriad? Tynnodd ei ffôn ei hun o'i boced a deialodd y rhif a gafodd gan Tom Elias. Ni chanodd y ffôn – dim ond neges yn dweud nad oedd y ffôn ymlaen. Oedd y batri wedi mynd yn fflat ers iddi ddiflannu, tybed, neu a oedd y ffôn wedi'i golli yn y môr? Ffoniodd y swyddfa ar unwaith a gofynnodd i rywun holi ei darparwr gwasanaeth yn y gobaith y byddai'n bosib olrhain lleoliad y ffôn. Gresyn na fuasai wedi meddwl am wneud hynny'r diwrnod cynt, meddyliodd.

Cerddodd yn ei ôl tua'r siop ac edrychodd drwy'r ffenestr, ac er bod y ferch yn dal i fod ar y ffôn, gwelodd Jeff a gwnaeth arwydd arno i ddod i mewn. Fel yr oedd o'n agor y drws, rhoddodd y ferch y ffôn i lawr a gwenu arno. Roedd yn ei hugeiniau cynnar, tybiodd Jeff, ychydig yn denau gyda gwallt cwta du.

'O, dwi'n falch eich bod chi wedi dod yn ôl,' meddai. 'Mae'n ddrwg gen i 'mod i ar y ffôn gynna.'

'Dim problem. Dwi'n cymryd mai Susan ydach chi.'

'Ia.'

'Ers faint dach chi'n gweithio yma, Susan?'

'Bron i flwyddyn, yn rhan amser, fatha Rhian.' Daeth dagrau i'w llygaid a defnyddiodd ei llaw i'w sychu. 'Fath ag *oedd* Rhian dwi'n feddwl,' ychwanegodd. Dechreuodd wylo, ac roedd ei thristwch yn amlwg yn ddiffuant. Rhoddodd Jeff amser iddi ddod ati ei hun.

'Oeddach chi'n agos at Rhian?'

'Oeddwn,' atebodd wrth sychu'i thrwyn gyda hances boced. 'Mi ddois i'w hadnabod yn dda yn ystod ein cyfnod efo'n gilydd yma, er ei bod hi'n gweithio yn y boreau a finna'n y pnawniau. Yn aml iawn ro'n i'n dod i 'ngwaith hanner awr yn gynnar a hitha'n aros yma am hanner awr i gael ei chinio cyn mynd i Lorris Morris am y pnawn. Roedd yn rhaid iddi weithio bob math o oriau i gadw'r mwnci 'na oedd hi'n alw'n ŵr.'

Cododd Jeff ei glustiau yn syth. 'Ei geiriau hi oedd y rheina, ta'ch disgrifiad chi?'

'Na, fysa Rhian byth yn deud y fath beth ond mi wn i'n iawn be oedd y sefyllfa yno. Doedd ganddo fo ddim gobaith o wneud bywoliaeth mewn garej allan yng nghanol y wlad fel'na, a chydig iawn o amser roedd o'n 'i dreulio efo hi ar ôl gwaith hyd yn oed. Blydi Walter Mitty bach ydi o, heb fawr o syniad be 'di be mewn gwirionedd. Syniadau mawr am adeiladu busnes garej fyddai'n gwerthu ceir moethus, a gorfod gyrru'i wraig allan i ennill bob ceiniog. Dyna fel oedd hi, coeliwch chi fi, ond doedd Rhian ddim yn sôn am y peth. Nid hogan felly oedd hi.'

'Oedd hi'n poeni am ei sefyllfa ariannol? Mae 'na rai wedi crybwyll fod rwbath ar ei meddwl hi yn ystod y dyddiau dwytha,' ychwanegodd Jeff.

'Ddaru hi erioed gwyno wrtha i, er ei bod hi'n amlwg be oedd y sefyllfa adra. Nid dyna oedd ar ei meddwl hi yn ystod yr wythnos neu ddwy ddwytha 'ma. Dyna pam ro'n i isio gair efo chi. Mae 'na rwbath arall, dach chi'n gweld. Ac mae hyn yn fy mhoeni inna rŵan hefyd, yn enwedig ar ôl be ddigwyddodd i Rhian.'

Edrychodd Jeff arni heb ddweud dim, gan aros iddi ymhelaethu yn ei hamser ei hun.

'Mi soniodd wrtha i fod rhywun wedi bod yn bihafio yn amheus tu allan i'r siop 'ma. Dyn reit arw yn olwg, medda hi. Ro'n i'n meddwl mai dychmygu'r peth oedd hi ... nes i hyn ddigwydd iddi. A dwi'n difaru f'enaid rŵan na fyswn i wedi gwneud rwbath am y peth ynghynt.'

'Wnewch chi fynd yn ôl i'r dechrau i mi plis, Susan, a deud y cwbwl wrtha i?'

'Rhyw bythefnos yn ôl ddechreuodd yr holl beth,'

meddai ar ôl saib byr i sychu ei llygaid. 'Roedd Rhian yn trin y peth yn dipyn o jôc pan ddaru hi sôn gynta. Mi oedd y boi 'ma'n loetran tu allan i ffenest y siop. Fel mae pobol yn ei wneud, wyddoch chi – edrych ar luniau a phrisiau tai ac ati. Ond mi oedd hwn yno am hir ac yn gwneud mwy o edrych i mewn i'r siop nag ar y lluniau yn y ffenest.'

'Arni hi?'

'Ia, arni hi. Ac mi ddaeth o'n ei ôl fwy nag unwaith. Yr un peth oedd yn digwydd bob tro, ond dechrau'r wythnos dwytha, dydd Llun, dwi'n meddwl, mi aeth Rhian i banig yn lân pan ddaeth o i mewn i'r siop.'

'Oedd Mr Elias yma ar y pryd?'

'Newydd fynd allan, yn ôl Rhian.'

Ystyriodd Jeff fod pwy bynnag oedd y gŵr wedi disgwyl i Tom Elias fynd. 'Be ddigwyddodd i wneud iddi banicio? Be wnaeth y dyn 'ma?'

'Dim llawer, dwi'm yn meddwl. Jyst ... ar ôl iddo stelcian yn amheus tu allan, mi roddodd o'r crîps iddi pan ddaeth o i mewn. Dim ond ei ffordd o, am wn i. Roedd hynny'n ddigon. Mi edrychodd ar fwy o fanylion tai tu mewn i'r siop, ond roedd hi'n amlwg i Rhian mai edrych arni hi oedd o y rhan fwya o'r amser. Digon i yrru ias i lawr ei chefn hi, medda hi.'

'Ddaru hi roi disgrifiad ohono?'

'Rwbath mawr, garw, blêr oedd yr unig beth ddeudodd hi.'

'Ydach chi wedi gweld y dyn yma, Susan?'

'Naddo. Wel, dim hyd y gwn i. Mi allwch fentro 'mod i wedi bod yn cadw golwg amdano bob cyfle. Ro'n i'n meddwl weithia mai mwydro oedd hi ... nes i hyn ddigwydd dros y penwythnos. Fedra i ddim coelio na ddaru hi ddeud wrth Rhys, na'i chwaer, neu rywun arall.'

'Ddywedodd hi wrth Mr Elias?'

Na, dwi'm yn meddwl. Wn i ddim fysa fo'n gwrando arni beth bynnag. Yr unig beth sy'n bwysig iddo fo ydi gwneud pres. Gwerthu tai a datblygu a ballu.'

'Datblygu? Wyddwn i ddim ei fod o'n datblygu hefyd.'

'Dewch i weithio yma am wythnos neu ddwy, Sarjant Evans, ac mi ddysgwch chi lot. 'Sach chi'n synnu faint o dai mae o wedi'u prynu a'u datblygu yn ystod y blynyddoedd dwytha. Jyst disgwyl i'r datblygiad newydd 'ma ddod oedd o, y pwerdy dwi'n feddwl, ac mae pob tŷ sydd ganddo fo yn llawn erbyn heddiw – neu wedi'u prynu gan y bobol Tsheinîs 'ma, y meistri mawr. Mae o hyd yn oed wedi datblygu un tŷ ffarm mawr yn westy, hefo stablau i gadw ceffylau rasio sy ar eu ffordd o Iwerddon i rasio ym Mhrydain. Plas Gwenllïan – siŵr eich bod chi'n gyfarwydd â'r lle – mae 'na le bwyta moethus yno hefyd, yn ôl y sôn.'

'Plas Gwenllïan? Fo sydd bia fanno, ia? Mae o'n agored ers dwy flynedd neu dair erbyn hyn, tydi?'

'Dyna chi. Argian, mae o wedi gneud pres ofnadwy ... ac yn awchu am fwy.'

'Un cwestiwn arall, a gobeithio nad ydach chi'n meindio i mi ofyn. Sut oedd Rhian yn gwisgo i ddod i'w gwaith?'

'Reit arferol am wn i. Pâr o jîns yn aml, er bod Mr Elias yn erbyn hynny. Rhoi'r argraff anghywir yn y siop, medda fo. Ond dydw i ddim yn siŵr be dach chi isio'i wybod.'

Gwenodd Jeff a phenderfynodd ofyn iddi yn blwmp ac yn blaen. 'Oedd hi'n gwisgo'n rhywiol, Susan? Mewn ffordd fysa'n denu dynion?'

'Na,' atebodd, gan wenu. 'Roedd hi'n gwisgo'n syml ac yn naturiol. Er ei bod hi'n ddel iawn efo'i gwallt hir coch a'i ffigwr lyfli, doedd hi ddim yn tynnu sylw ati'i hun yn y ffordd yna. Dach chi'n gwybod be dwi'n feddwl, tydach, Sarjant.'

'Dallt yn iawn, Susan. A diolch yn fawr i chi. Mi fydd angen i chi roi datganiad llawn ynglŷn â'r hyn 'dan ni wedi'i drafod. Mi fydd rhywun mewn cysylltiad cyn diwedd y dydd, ond os ydach chi angen siarad efo fi ryw dro, mae fy rhif personol i ar y cerdyn 'na. Ddydd neu nos, cofiwch.'

Eisteddodd Jeff yn ei gar am funud cyn cychwyn yr injan. Felly roedd Tom Elias wedi gwneud yn dda allan o'r datblygiad yn Hendre Fawr hefyd. Meddyliodd am Susan. Roedd hi wedi dangos llawer iawn mwy o alar am Rhian na'i theulu ei hun. A beth am y gŵr fu'n loetran o gwmpas y siop? Yn sicr, roedd o'n werth sylw pellach, er nad oedd disgrifiad ohono. O leia roedd yn ddechrau da, myfyriodd – mymryn o wybodaeth i gael gafael ynddo a rhoi hwb i'r ymchwiliad. Ond os oedd y dyn amheus yma yn cynhyrfu cymaint ar Rhian, pam na wnaeth hi sôn wrth Rhys amdano? Efallai mai'r straen ariannol ar eu perthynas oedd yn gyfrifol am hynny. A sut nad oedd hi wedi sôn wrth Ceinwen? Gallai ddeall pam na wnaeth hi ymddiried yn Rhys, ond roedd yn anodd ganddo gredu iddi beidio trafod y mater gyda'i chwaer ei hun, waeth pa mor anaml roedden nhw'n gweld ei gilydd.

Penderfynodd droi ei sylw'n ôl at Ceinwen Morris. Wedi'r cyfan, achos o lofruddiaeth oedd hwn ac roedd angen atebion i gwestiynau pwysig ar unwaith.

Pennod 8

Hanner awr yn ddiweddarach roedd car Jeff yn ôl o flaen Pedwar Gwynt, ac erbyn hyn, wrth ochr y Porsche 911 gwyn, roedd Porsche arall: Cayenne Turbo S gyriant pedair olwyn hefo'r rhif cofrestru GM 1. Gwyddai Jeff ei fod werth ymhell dros gan mil o bunnau – a doedd dim angen gofyn pwy oedd ei berchennog. Cyn iddo gyrraedd y drws fe'i agorwyd gan y dyn ei hun. Roedd Jeff yn gyfarwydd iawn â'i wyneb, fel yr oedd pawb arall yn yr ardal, er nad oeddynt wedi cyfarfod o'r blaen. Roedd ar fin estyn ei gerdyn adnabod o'i boced pan ddechreuodd Gareth Morris siarad, ei lais yn atsain fel taran.

'Dwi'n gwybod pwy ydach chi, Sarjant Evans. Peidiwch â deud eich bod chi wedi dod yn ôl yma eto i gynhyrfu 'ngwraig i, a chitha wedi bod draw unwaith heddiw yn barod.'

Dyn yng nghanol ei bedwardegau a safai o flaen Jeff, wedi'i wisgo mewn siaced o frethyn drud yr olwg a gwasgod o'r un defnydd, gyda chrys siec a thei sidan grand. Roedd ei drowsus melfaréd mwstard yn gweddu i'r sglein ar ei esgidiau lledr brown yn berffaith, ac edrychai fel bonheddwr gwledig yn hytrach na dyn lorris. Penderfynodd Jeff roi pin yn swigen y gŵr mawr o'i flaen.

'Wel fel hyn ma' hi, ylwch, Mr Morris bach. Mi fu Ceinwen yn hynod o gynorthwyol gynna, ond ers hynny mae 'na fater sylweddol wedi dod i fy sylw, un sy'n fy arwain i'n ôl yma yn unswydd i ofyn cwestiwn bach arall iddi. Mater pwysig iawn all ein harwain, o bosib, i gyfeiriad y llofrudd.' Os nad oedd hynny am agor y drws iddo, ni wyddai be fuasai'n gweithio. Gwelodd Morris yn pendroni am eiliad neu ddwy cyn ymateb.

'Mae'n swnio'n fater pwysig felly, Sarjant Evans, ac wrth gwrs, mi wnawn ni ein dau beth bynnag fedrwn ni i helpu'r heddlu i gael gafael ar bwy bynnag laddodd Rhian bach. Ond hoffwn ofyn i chi beidio â chymryd gormod o'i hamser hi, os gwelwch yn dda. Ma' hi wedi mynd trwy ormod o lawer yn ystod y diwrnod dwytha 'ma, ac mae'r galar yn ormod iddi.'

'Wrth gwrs,' atebodd Jeff. Galaru? Dim hanner cymaint â Susan yn swyddfa Tom Elias, meddyliodd.

Trodd Gareth Morris a cherdded i mewn i'r tŷ, gan gau drws ei swyddfa wrth basio. Dilynodd Jeff ef.

Aethant trwodd i'r lolfa lle roedd Ceinwen Morris yn eistedd ar y soffa ledr gyda hances yn ei llaw, yn sychu'i llygaid. Mae'n rhaid bod y gwynt wedi troi, meddyliodd Jeff, gan gofio'n sinigaidd am enw'r tŷ crand.

'Mae'n wir ddrwg gen i ddod ar eich traws chi eto, Mrs Morris, a chithau yng nghanol eich galar, ond fel ro'n i'n esbonio wrth Mr Morris, mae 'na damaid bach o wybodaeth bwysig wedi dod i'm sylw, sy'n golygu bod yn rhaid i mi ofyn i chi eto am eich cyfarfodydd olaf efo'ch chwaer. Mae'n bwysig i mi ofyn yr un cwestiwn i chi hefyd, Mr Morris, felly dwi'n falch iawn eich bod chi'ch dau yma.' Gwelodd Jeff lygaid Ceinwen yn gwibio i gyfeiriad ei gŵr ond ni allai benderfynu ai chwilio am gymorth oedd hi ai peidio. 'Er eich bod chi'n dweud nad oeddach chi wedi sylwi ar ddim o'i le yn agwedd Rhian, dwi'n gweld hynny'n beth od,' eglurodd. Synhwyrodd fod Gareth Morris ar fin torri ar ei draws, felly parhaodd Jeff yn gyflym er mwyn achub y blaen arno. 'Y rheswm dwi'n deud hynny ydi am fod rhywun yn aflonyddu ar Rhian yn ei gwaith.'

'Be?' meddai Gareth Morris yn uchel.

'Na, dim acw, Mr Morris, ond yn swyddfa Tom Elias.' Oedd Gareth Morris rhy gyflym i amddiffyn ei hun a'i gwmni?

'Sut felly, Sarjant?'

'Mi oedd 'na ddyn – dieithryn – wedi bod yn stelcian ger y siop fwy nag unwaith, ac roedd ei agwedd, yn amlwg, yn gwneud i Rhian deimlo'n annifyr.'

'Glywaist ti am hyn, cariad?' gofynnodd Morris i'w wraig.

'Naddo. Ddeudodd hi ddim byd wrtha i.'

'Dyna be dwi'n ei weld yn od, dach chi'n gweld, Mrs Morris. Mi ddigwyddodd hyn droeon yn ystod yr wythnos neu ddeg diwrnod diwetha, ac roedd hi wedi cynhyrfu digon i ddeud wrth y ferch arall sy'n gweithio yno – ond nid wrthach chi.' Parhaodd y ddau yn fud. 'Ddeudodd hi rwbath tra oedd hi'n gweithio acw, Mr Morris?'

'Naddo wir,' atebodd yntau. 'Wel, chlywis i ddim sôn, beth bynnag, ond mi hola i wrth gwrs.'

'Pryd welsoch chi Rhian ddwytha, Mr Morris?'

'Fel y deudis i wrth y plismyn ddaeth yma neithiwr, fel roedd hi'n gadael ei gwaith bnawn dydd Iau.'

'Be feddylioch chi pan fethodd hi ddod i'r gwaith bnawn Gwener, Mr Morris?'

'Wel ... dim byd, Sarjant, fel mae'n digwydd, gan fod Rhian wedi gofyn fysa hi'n cael y pnawn i ffwrdd.'

'Pryd ofynnodd hi hynny?'

'Cyn iddi adael bnawn Iau.'

'Ddaru chi ofyn pam?'

'Wel naddo, a ddaru hithau ddim deud chwaith. Rhyngddi hi a'i phetha, ond welis i ddim arwydd bod dim o'i le, a doedd hi ddim yn ymddangos fel tasa hi wedi cynhyrfu o gwbwl, yn fy marn i.'

'Faint o'r gloch, yn union, oedd hynny, Mr Morris?'

'Pump ar y dot, Sarjant. Dyna pryd roedd hi'n gadael bob dydd.'

'Wyddoch chi,' meddai Jeff, gan grafu'i ên yn araf, 'mae'n edrych yn debyg mai chi oedd yr olaf i weld Rhian.'

'Heblaw am y llofrudd, wrth gwrs,' awgrymodd Morris.

'Yn hollol,' atebodd Jeff ar unwaith. 'Sut aeth hi oddi acw?'

'Yn ei char, fel arfer. Ar ei phen ei hun,' ychwanegodd.

'A jyst er mwyn i mi gael gwneud cofnod, lle oeddach chi nos Iau, Mr Morris?'

Gwenodd Morris wrth ateb. 'Ro'n i adra erbyn hanner awr wedi pump ac yma fues i drwy'r nos ... ynte, cariad?' meddai, gan droi at ei wraig. 'Mae 'na lot o waith papur i'w wneud pan ydach chi'n rhedeg busnes, Sarjant – paratoi dogfennau ar gyfer y cyfrifydd ac ati – ac ar nos Iau fydda i'n arfer gwneud hynny. Rŵan, Sarjant, os nag oes rwbath arall, dwi'n meddwl bod Ceinwen wedi cael digon am heddiw.'

Cytunodd Jeff a gadawodd heb air arall.

Galwodd Jeff yn Ty'n Sarn ar y ffordd yn ôl i Lan Morfa, lle gwelodd fod Rhys Rowlands a'i ben dan fonet fan fach, ei ddwylo'n olew drostynt. Cododd ei ben pan glywodd sŵn y car yn dynesu, a cherddodd i gyfeiriad Jeff. Roedd ei lygaid yn wag a'i wedd yn wantan.

'Plis peidiwch â gweld bai arna i am fynd yn syth yn ôl i 'ngwaith,' meddai. 'Be arall fedra i wneud? Ista rownd y tŷ yn syllu ar y waliau? Waeth i mi fod yn y fama ddim.'

'Anodd gwybod be i'w wneud, dwi'n siŵr, Mr Rowlands – ond ylwch, mae 'na rwbath wedi codi ac mae'n rhaid i mi ofyn mwy o gwestiynau i chi mae gen i ofn.' Amneidiodd Rhys arno i ymhelaethu. 'I ddechrau, mae 'na sôn bod rhyw ddyn wedi bod yn ymddwyn yn amheus tu allan i siop Tom Elias yn ystod y deg diwrnod diwetha. Mi aeth i mewn un tro pan oedd Rhian yno ar ei phen ei hun a doedd hi'n licio dim arno fo. Ddaru hi sôn wrthach chi am y peth?'

'Naddo wir, dim gair, Sarjant.'

'Peth rhyfedd te? Dyn go arw'r olwg oedd o, a chan ei fod o wedi cynhyrfu cymaint arni hi, mi soniodd amdano wrth Susan yn y swyddfa, ond dim wrth neb arall. Ddim wrth ei chwaer, na Gareth – nac wrthoch chi.'

Cododd Rhys Rowlands ei ysgwyddau mewn arwydd nad oedd ganddo ateb.

'Pan sylweddoloch ei bod hi'n hwyr arni'n dod adra nos Iau, ddaru chi drio ffonio'i mobeil hi?'

'Do, fwy na hanner dwsin o weithia dwi'n siŵr, ond doedd hi ddim yn ateb. Pan driais i wedyn bore dydd Gwener, yr unig beth ges i oedd neges yn deud nad oedd y ffôn ymlaen.'

'Mae hyn yn bwysig rŵan, Mr Rowlands. Faint o'r gloch oedd hi pan ddaru chi fethu cael gafael arni y tro cynta?'

Meddyliodd am ennyd. 'Chydig wedi naw. Ia, dwi'n siŵr mai jyst ar ôl naw oedd hi. Mi adewais neges iddi gan obeithio bysa hi yn cysylltu yn ôl efo fi.'

'Pam disgwyl tan hynny, Mr Rowlands? Roedd hi'n darfod gweithio am bump o'r gloch, doedd?'

'Wel oedd, ond mi o'n i'n meddwl ella 'i bod hi wedi mynd i siopa ne rwbath.'

'Be, pedair awr o siopa?'

Nid atebodd Rowlands.

'Be aeth trwy'ch meddwl chi pan ddaru hi ddim ateb y ffôn?' Edrychodd Jeff i fyw ei lygaid.

'Meddwl ella 'i bod hi wedi digio efo fi.'

'Pam fysa hi'n gwneud hynny, Mr Rowlands?'

'Dwn i ddim.'

'Ai dyna'r rheswm i chi beidio'i riportio hi ar goll tan fore ddoe?'

Gwelodd Jeff fod Rhys Rowlands yn crebachu o'i flaen. 'O'n i'n meddwl 'i bod hi wedi 'ngadael i,' meddai.

'Oes yna rwbath dach chi ddim yn 'i ddeud wrtha i, Mr Rowlands?'

Nid atebodd.

'Ddaru Rhian sôn ei bod hi'n mynd i rywle ddydd Gwener? Dwi'n holi hynny am ei bod hi wedi gofyn i Tom Elias am fore i ffwrdd o'i gwaith ddydd Gwener, ac wedi gofyn yr un peth i Gareth Morris am yr un pnawn.'

'Ddeudodd hi ddim wrtha i ei bod hi'n bwriadu mynd i nunlla ddydd Gwener, Sarjant. Wir. Ma' pob dim dwi 'di ddeud wrthach chi yn efengyl.'

Ni wyddai Jeff a ddylai ei gredu neu beidio, ond o leia gwyddai fwy am berthynas Rhys a Rhian erbyn hyn.

'Un peth arall, Mr Rowlands,' meddai Jeff cyn gadael. 'Sut oedd Rhian yn gwneud efo'i chwaer a'i gŵr?'

'Iawn, am wn i. Roedd hi'n falch o'r gwaith, mae hynny'n sicr.'

'A sut berthynas sy ganddoch chi efo nhw?'

'Mae Ceinwen yn iawn, ond does gen i ddim llawer i'w ddeud wrtho fo.'

Pennod 9

Cyrhaeddodd Jeff yn ôl i orsaf heddlu Glan Morfa hanner awr cyn i'r gynhadledd ddechrau yn hwyr y prynhawn hwnnw. Aeth yn syth i swyddfa Lowri Davies er mwyn adrodd iddi'r hyn a ddysgodd yn ystod y dydd. Roedd drws ei swyddfa'n gilagored a gwelodd fod ei fòs newydd yn siarad ar ei ffôn symudol. Defnyddiodd ei llaw rydd i arwyddo ar Jeff i ddod i mewn ac eistedd i lawr ar y gadair wrth ochr y ddesg. Eisteddodd yno tra oedd hi'n gorffen sgwrs oedd yn amlwg yn un bersonol.

'Fyddi di adra o 'mlaen i felly, cariad,' meddai. 'Mi fydd hi'n wyth neu'n hwyrach arna i yn gorffen heno eto, ond dwi'n addo'i wneud o i fyny i ti. O, Pat – dos di yn dy flaen a bwyta. Does dim pwynt i ti aros amdana i ... iawn, cariad, caru ti hefyd.'

Doedd Jeff ddim yn sicr sut i ymateb. Ar ôl ei wahodd i mewn wnaeth hi ddim hyd yn oed trio celu natur bersonol ei sgwrs – a hithau hyd yma wedi ymddwyn mor broffesiynol. Pam tybed? O leia roedd o'n gwybod enw'r ferch rŵan, ac yn ôl pob golwg doedd Lowri Davies ddim yn ceisio cadw'r berthynas yn gyfrinachol.

'Eich cymar?' meddai, heb wybod beth arall i'w ddweud. 'Mi wn i o brofiad nad ydi bywyd personol yn hawdd efo'r oriau hir 'ma 'dan ni'n weithio.'

'Yn hollol,' meddai, gan wenu arno. Nid gwên hwyliog ond rhyw wên ddireidus, bron, a wnaeth iddo deimlo fymryn yn anghyfforddus. 'Reit, Sarjant Evans, be ddysgoch chi heddiw?' meddai, mewn llais mwy proffesiynol.

Cymerodd Jeff ugain munud i roi crynodeb o'r wybodaeth newydd iddi.

'Be wnewch chi ohonyn nhw?' gofynnodd Lowri ar ôl gwrando ar y cyfan.

'Dwi ddim yn hollol hapus efo 'run o'r tri i fod yn berffaith onest efo chi. Synnwn i ddim petai un neu fwy ohonyn nhw'n cadw rwbath yn ôl, ond fedra i ddim rhoi fy mys arno fo eto. Doedd petha ddim yn fêl i gyd ym mherthynas Rhys a Rhian. Fedra i ddim egluro, ond doedden nhw ddim yn ymddangos yn gwpwl hapus i mi. Mae Ceinwen yn ymddwyn fel actores – yn crio o flaen ei gŵr, ac fel petai'n malio dim pan mae hi ar ei phen ei hun. A dyna Gareth wedyn – y fi fawr sy'n trio rheoli pob sefyllfa. Dwi'n credu mai crafu wyneb y teulu yna 'dan ni.'

Anelodd Jeff at ei sedd arferol yng nghefn yr ystafell gynhadledd. Roedd hi'n tynnu am chwech erbyn hyn, a nifer o'r ditectifs yn edrych ar eu watshys ac yn meddwl am ei throi hi am adref. Digon teg, efallai, gan fod rhai wedi cychwyn gweithio ers saith y bore a chanddynt siwrne o ddwy awr o'u blaenau.

Cerddodd Lowri Davies i mewn a safodd wrth ochr y ddesg ar y llwyfan isel ym mlaen yr ystafell fel arfer. Synnodd Jeff pan welodd fod yr Uwch Arolygydd Irfon Jones y tu ôl iddi; eisteddodd yntau ar y gadair tu ôl i'r ddesg.

Lowri Davies arweiniodd y cyfarfod. Rhannwyd darganfyddiadau Jeff, gan roi'r pwyslais ar y dyn a fu'n aflonyddu ar Rhian tu mewn a'r tu allan i swyddfa Tom Elias, a rhoddodd y Ditectif Brif Arolygydd grynodeb o'r ffeithiau gan ddechrau hefo ffôn symudol Rhian: roedd hi wedi gadael ei gwaith yn Lorris Morris am bump o'r gloch nos Iau ac yn ôl Rhys, roedd ei ffôn yn canu am naw o'r gloch, ac wedyn yn hwyrach y noson honno. Dim tan fore trannoeth, yn ôl Rhys, roedd y ffôn yn anfon neges i ddweud ei fod wedi cael ei ddiffodd. Pam y bu i Rhian gymryd diwrnod i ffwrdd o'i gwaith ar y dydd Gwener? Roedd ei bwriad i wneud hynny yn amlwg cyn pump ar y nos Iau pan ofynnodd i Gareth Morris am hanner diwrnod o wyliau, ond wnaeth hi ddim cysylltu â Tom Elias gyda'r un cais tan tua saith yr un noson. Roedd hi'n dal i ddefnyddio'i ffôn am saith o'r gloch, felly. Cadarnhaodd ei chwmni ffôn fod yr alwad honno wedi ei gwneud am chwarter wedi saith ac wedi parhau am naw eiliad ar hugain. Digon o amser iddi ofyn cwestiwn i Tom Elias a chael ateb – ond doedd dim posib dweud o ble y gwnaethpwyd yr alwad. Pam na soniodd hi am y peth wrth Tom Elias cyn iddi adael y swyddfa am un o'r gloch y diwrnod hwnnw? Be ddigwyddodd rhwng un o'r gloch a phump iddi benderfynu peidio gweithio drannoeth? Gareth Morris, cyn belled ag y gwyddai'r heddlu, oedd y person olaf i'w gweld yn fyw am bump o'r gloch, a Tom Elias oedd yr olaf i siarad â hi am chwarter wedi saith. Oedd Rhian yn fyw pan geisiodd ei gŵr gysylltu â hi am naw o'r gloch? Roedd cofnodion ffôn tŷ Rhys Rowlands wedi cadarnhau iddo geisio cysylltu â hi nifer o weithiau rhwng naw a hanner nos. Lle oedd ei ffôn hi erbyn hynny, tybed?

Holodd un o'r plismyn a oedd Rhys dan lai o amheuaeth oherwydd y dystiolaeth ei fod wedi ceisio cysylltu â'i wraig gymaint o weithiau yn ystod y gyda'r nos.

'Dim o gwbwl,' atebodd Lowri Davies yn syth. 'Mae'n rhaid cadw ein meddyliau yn agored i bob posibilrwydd. Meddyliwch pa mor hawdd fuasai iddo ei lladd ac yna parhau i'w ffonio er mwyn ceisio cuddio'i euogrwydd.'

'Be am yr anafiadau i'w chorff?' gofynnodd yr un ditectif. 'Os oedd y trais rhywiol mor frwnt ag y mae'r patholegydd yn ei ddweud, mae'n anodd dychmygu mai ei gŵr oedd yn gyfrifol.'

'Dwi'n cytuno efo chi,' atebodd Lowri Davies. 'Ond yr unig beth yr hoffwn i bwysleisio ydi ein bod ni'n cadw meddwl agored ynglŷn â phawb a phopeth. Allwn ni ddim fforddio peidio amau Rhys Rowlands, na neb arall, ar hyn o bryd.'

Yn yr adroddiad gan bennaeth y tîm a oedd yn cysylltu â'r holl gwmnïau oedd yn cyflogi gweithwyr ar safle adeiladu'r pwerdy, cafwyd sicrwydd fod pob cwmni'n cydweithredu a bod manylion y gweithwyr wedi dechrau cael eu trosglwyddo. Hyd yma, roedd dros ddwy fil a hanner o enwau gweithwyr dros dro yn y system, a'r manylion hynny'n ddigon manwl i allu chwilio amdanynt ar gronfa wybodaeth droseddol genedlaethol yr heddlu. Yn barod, darganfuwyd bod mwy na deugain wedi eu cael yn euog o ryw fath o drosedd, a saith ohonynt ar ffo yn dilyn troseddau yn cynnwys dwyn, ymosodiadau ac un ymosodiad rhywiol. Roedd hwnnw wedi cael ei gyfweld yn ystod y dydd a'i ddileu o'r ymchwiliad cyn cael ei drosglwyddo i'r heddlu ym Manceinion, lleoliad ei drosedd flaenorol.

'Mi ydw i isio i bob dyn efo euogfarnau am drosedd rywiol neu unrhyw fath o ymosodiad, yn enwedig ymosodiad ar ferch, gael ei gyfweld,' meddai Lowri Davies. 'Nid cyfweliadau anffurfiol, ond cael eu holi'n drwyadl yma yn yr orsaf. Peidiwch â chymryd dim lol. Os bydd rhywun yn gwrthod dod efo chi, arestiwch nhw – tystiolaeth neu beidio. Peidiwch â phoeni am achos sifil yn eich erbyn: fi sy'n rhoi'r gorchymyn a fi fydd yn cymryd y cyfrifoldeb.'

O'i sedd yn y cefn, edmygodd Jeff ei bennaeth ifanc a oedd yn prysur ennill parch y rhai a fathodd ei llysenw ddyddiau ynghynt.

'Dwi'n sylweddoli faint o waith sydd o'ch blaenau chi,' parhaodd y Ditectif Brif Arolygydd. 'A dwi'n rhagweld y bydd angen cyfweld nifer fawr o ddynion. Fy mholisi i felly yw blaenoriaethu cyfweliadau'r rhai hynny sydd â record – trais ac ymosodiadau difrifol yn erbyn merched gyntaf, ymosodiadau anweddus yn erbyn merched nesaf, ymosodiadau difrifol yn erbyn dynion wedyn, ac yn y blaen.' Edrychodd ar ei nodiadau cyn parhau. 'Mae'r patholegydd wedi rhyddhau tipyn mwy o wybodaeth erbyn hyn. Fel y gwyddon ni, cafodd Rhian ei threisio'n rhywiol ond rydan ni wedi cael cadarnhad nad oes olion semen ar ei chorff na'i dillad. Rŵan ta, cyn i ni orffen, mi welwch fod yr Uwch Arolygydd Irfon Jones yma, ac mae o isio deud gair ynglŷn ag elfen arall o'r ymholiad.'

Eisteddodd Lowri Davies a chododd Irfon Jones ar ei draed.

'Mae cwynion yn dechrau dod i mewn gan y cyhoedd. Nid yn eich erbyn chi,' ychwanegodd. 'Roedden ni'n rhagweld hyn, ond mae'r sefyllfa wedi datblygu yn llawer cynt na'r disgwyl. Yn ystod y blynyddoedd diwethaf, fel mae rhai ohonoch chi'n gwybod, bu ymchwiliad cyhoeddus cyn i'r llywodraeth benderfynu adeiladu'r pwerdy ar dir Hendre

Fawr. Roedd teimladau cryf ar y ddwy ochr – rhai o blaid adeiladu ac eraill yn erbyn. Mae rhai pobol leol yn elwa'n fasnachol o'r gwaith adeiladu ac mae carfan, yn ddigon rhesymol, yn gweld bai ar y rhai a oedd o blaid y fenter am ddod â'r fath drafferthion cymdeithasol i'r dref. Erbyn heddiw, mae'r bai yn cael ei daflu ar y rheiny, nid yn unig am y llanast a'r meddwi, ond am lofruddiaeth Rhian hefyd. Y pnawn 'ma, mi fues i mewn cyfarfod cyhoeddus, a choeliwch fi, roedd rhai o'r cyhoedd yn flin iawn – yn cwyno bod yr heddlu wedi dod i'w gweld ddwy, dair neu bedair gwaith ac yn busnesa yn eu bywydau personol. Wrth gwrs, mi eglurais fod hyn yn debygol o barhau tra bydd yr ymholiad i lofruddiaeth Rhian Rowlands yn agored. Cadwch hyn i gyd mewn cof, ond tydw i ddim isio i'r sefyllfa ymyrryd â'ch gwaith chi. Byddwch yn amyneddgar. Dyna'r oll. Diolch.'

'Sut mae pethau'n mynd?' gofynnodd Irfon Jones i Jeff mewn cornel ddistaw ar ôl i'r mwyafrif adael. Er bod Irfon Jones wedi'i ddyrchafu i'r pencadlys, roedd parch proffesiynol cryf yn dal i fod rhwng y ddau ddyn. Ar ôl iddynt gydweithio ar sawl achos amlwg, daethai'r Uwch Arolygydd i adnabod Jeff, a'i ffordd unigryw o weithio, yn dda iawn.

'Go lew,' atebodd.

'Wyt ti'n edrych ar ôl dy fòs newydd, gobeithio?' Gwenodd Irfon Jones.

'Dydi hi ddim yr un hawsaf i edrych ar ei hôl.'

'Wel, cofia di dy fod ti wedi dy ddewis i weithio ochr yn ochr â hi, ei chymryd dan dy adain fel petai, am fod gen ti gymaint o brofiad.'

'Ac i bwy mae'r diolch am y fraint honno, deudwch?'

Gwenodd Irfon Jones eto. 'Paid â gofyn, ond mae'n dod o le uwch na fi.'

'Coeliwch fi, tydi hon ddim angen neb i edrych ar ei hôl.'

Ar ôl picio adref am fwyd a threulio amser amheuthun yng nghwmni'i deulu, aeth Jeff yn ôl i'r swyddfa am ddeg o'r gloch y noson honno. Roedd wastad yn teimlo'n euog yn ystod achos mawr fel hwn – er bod Meira, ei wraig, yn deall y sefyllfa a hithau unwaith yn blismones ei hun, roedd y ddau fach wastad yn holi pam nad oedd Dad adra i chwarae, darllen stori a rhoi cusan nos da iddyn nhw. Addawodd iddo'i hun y byddai'n gwneud iawn am ei absenoldeb cyn gynted ag y byddai'r achos drosodd.

Ar ôl cyrraedd ei ddesg, ffoniodd un o brif swyddogion diogelwch y cwmni adeiladu a threfnodd i fynd efo fo i'r bar ar wersyll y gweithwyr, er mwyn cael teimlad o'r lle a'r bobol. Hyd yn oed ar nos Lun roedd y bar yn orlawn, y rhan fwyaf yn dal yn eu dillad gwaith llychlyd a'u bryd, yn ôl pob golwg, ar yfed cymaint â phosib cyn amser cau. Ennill arian mawr a'i biso yn erbyn y wal, meddyliodd Jeff. Er nad oedd helynt i'w weld roedd ei olion yn ddigon plaen – roedd twll yn un o'r waliau a gwydr mewn drws wedi ei orchuddio â phren ar ôl i ddwrn neu droed fynd drwyddynt. Prin ei bod hi'n bosib cynnal sgwrs ynghanol y sŵn a'r cadw reiat.

Roedd Jeff wedi gweld digon. Sut yn y byd roedd rhywun yn dechrau chwilio am lofrudd mewn lle fel hwn?

Ychydig iawn o wybodaeth ychwanegol ddaeth i law yn ystod y dydd Mawrth, y trydydd diwrnod ar ôl canfod y corff. Dim mwy o dystiolaeth fforensig, dim mwy o wybodaeth ynglŷn â chefndir Rhian a Rhys a dim mwy o wybodaeth am gefndir Gareth a Ceinwen Morris chwaith. Doedd dim hanes o gar Rhian yn unman, nac unrhyw wybodaeth bellach gan ddarparwr gwasanaeth ei ffôn symudol. Gwnaethpwyd ymdrechion i geisio canfod mwy o wybodaeth ynglŷn â'r dyn a fu'n ymddwyn yn amheus tu allan i siop Tom Elias ond, yn rhyfeddol, doedd neb ond Rhian wedi'i weld – neb yn y stryd, neb yn y siopau cyfagos, dim un o'r cwsmeriaid eraill – neb o gwbwl. Parhaodd yr ymchwil digidol i gefndir y cannoedd o weithwyr dros dro gan dimau o sifiliaid oedd yn gweithio mewn shifftiau trwy'r dydd a'r nos. Drwy'r ymchwil di-baid hwn y daeth y datblygiad hollbwysig yr oedd pawb yn disgwyl amdano.

Pennod 10

Cafodd Jeff ei ddeffro yng nghanol y nos, neu i fod yn fanwl gywir, yn fuan fore Mercher, gan y sarjant oedd ar ddyletswydd yng Nglan Morfa.

'Jeff, mae *O* isio chdi i lawr 'ma ar dy union,' meddai.

'Argian, faint o'r gloch ydi hi? 'Di'r ddynes 'na byth yn cysgu?'

'Ma' hi'n ugain munud i bedwar, ac mae'r "ddynes 'na" fel ti'n 'i galw hi yma ers hanner awr dda. Mae 'na rwbath ar y go i ti. Ma' hi wedi galw hanner dwsin o'r hogia sy'n byw agosaf i'r stesion allan hefyd. Well i ti ddod lawr reit handi.'

Roedd Jeff yno ymhen ugain munud. Cerddodd i mewn trwy'r drws cefn fel arfer a daeth wyneb yn wyneb â'r sarjant a'i ffoniodd yn gynharach.

'Lle mae pawb?' gofynnodd.

'Yn y cantîn, ac mae *O* yno hefyd.'

'Well gen i dy glywed ti'n ei galw hi'n "y ddynes 'na",' meddai Jeff wrtho'n swta. 'Paid â mynd lawr i lefel yr hogia amharchus sy o gwmpas y lle 'ma.'

'Wel, fedri di ddim rhoi bai arnyn nhw Jeff, ar f'enaid i. Does dim ond isio i ti edrych ar ei hymddygiad hi ... mae 'na sôn ei bod hi'n byw efo rhyw hogan o'r enw Pat. Mae'r hogia'n siŵr o siarad dan amgylchiadau fel'na.'

'Yr unig beth sy'n bwysig i mi ydi 'i bod hi'n gwneud ei gwaith yn iawn – a hyd yn hyn, wela i ddim bai arni o gwbwl.' Diolchodd yn ddistaw nad oedd o wedi sôn wrth neb ei fod wedi ei chlywed yn sgwrsio â Pat. Trodd a cherddodd am y grisiau a daeth wyneb yn wyneb â Lowri Davies.

'Dach chi wedi cyrraedd, Sarjant Evans. Ewch i fyny i'r cantîn i nôl paned i chi'ch hun a dowch â hi efo chi i'r ystafell gynhadledd, plis. A brysiwch. Does dim amser i'w golli.'

I'w syndod, gwenodd Lowri Davies arno, a'r wên yn ddiffuant rywsut wrth iddi lacio ei rheol ei hun ynglŷn ag yfed yn y stafell gynhadledd. Oedd hi wedi clywed ei sgwrs efo'r sarjant arall, tybed? Gobeithiai'n wir nad oedd hi.

O fewn deng munud cynhaliwyd y cyfarfod yn yr ystafell gynhadledd, a oedd yn rhy fawr o lawer i gynulleidfa fechan Lowri Davies. Roedd yr wyth a eisteddai yno, gan gynnwys y Ditectif Brif Arolygydd, yn magu paneidiau o de neu goffi. Yn groes i'r arfer, eisteddai hithau ar gadair ymysg y lleill yn hytrach na sefyll ar y llwyfan o'u blaenau, a gwisgai jîns glas, crys T du a siaced gynnes yn hytrach na'i siwt arferol. Fodd bynnag, sylwodd Jeff ei bod hi'n dal i wisgo'r un esgidiau trymion du.

'Reit,' dechreuodd y Ditectif Brif Arolygydd. 'Yn ystod y nos, daeth y tîm sy'n ymchwilio i gefndir y gweithwyr dros dro ar draws enw Gwyddel sy'n gweithio yma ers chwe wythnos fel mwynwr, yn tyllu twneli o dan y môr fydd yn cael eu defnyddio i gario'r dŵr i oeri'r tyrbinau niwclear. Mi roddodd yr enw Joseph S. Flynn i'w gyflogwyr, a'r dyddiad geni 7 Awst 1986, sy'n golygu ei fod yn 31 oed. Yn ôl cofnodion y cyflogwyr, fe'i ganwyd yn Nulyn. Mi fethon ni ei olrhain drwy ddefnyddio'r manylion yna. Beth bynnag, mi fu'r eneth a oedd yng ngofal yr ymchwil yn giwt dros ben. Treuliodd oriau yn chwilio am amrywiadau o'r enw, a chwarae o gwmpas efo gwahanol ddyddiadau geni. Cyn hir, daeth ar draws yr enw Simon Flynn gyda'r dyddiad geni 8/7/86, sy'n debyg iawn i'r 7/8/86 a roddodd i'r cwmni adeiladu. Mae'r Simon Flynn hwnnw yn ffoadur o Ddulyn yn dilyn llofruddiaeth merch yn y ddinas honno ddwy flynedd yn ôl.

'Reit, does dim sicrwydd mai hwn ydi'n dyn ni eto, ond mi gysylltodd yr ymchwilydd â phencadlys y Garda Síochána ym Mharc Phoenix, ac yn oriau mân y bore 'ma gyrrwyd llun o Simon Flynn i ni. Doedd bòs Flynn ddim yn eithriadol o hapus pan gafodd ei godi o'i wely am chwarter wedi dau y bore 'ma i edrych ar y llun, ond pan ddaeth o ato'i hun, mi gadarnhaodd mai Simon Flynn ydi'r mwynwr sy'n gweithio iddo fo. Ac mae'n arwyddocaol, dwi'n siŵr y gwnewch chi gytuno, nad ydi Flynn wedi bod yn ei waith ers tridiau. Mae'n rhaid i ni fynd drwy'r holl wybodaeth sydd gan y Garda yn Nulyn amdano a phob cyhuddiad yn ei erbyn, ond y peth cyntaf i'w wneud ydi cael gafael ar Simon Flynn a dod â fo i'r ddalfa.'

'Ydan ni'n gwybod lle mae o'n lletya?' gofynnodd Jeff.

Edrychodd Lowri Davies ar ei nodiadau. 'Yn y gwersyll. Stafell 34, bloc 15, rhanbarth 6. Does dim amser i'w golli. Mi fydd y dynion yn dechrau deffro cyn bo hir, a chynta'n y byd i ni gyrraedd yno, gorau'n y byd. Sarjant Evans, chi fydd yn rheoli'r cyrch. Dwi'n awgrymu i chi fynd ag o leia un swyddog mewn iwnifform efo chi hefyd. I ffwrdd â chi.'

Cododd pawb ar ei union. Jeff oedd yr olaf o'r dynion i gerdded allan o'r ystafell, ac fel yr oedd yn cyrraedd y drws, gafaelodd Lowri Davies yn ei benelin a'i dynnu'n ei ôl. Edrychodd i fyw ei lygaid, ac aros nes i weddill y criw fynd yn ddigon pell.

‘Bydda’n ofalus, Jeff. Ohonat ti dy hun a phawb arall. Mae’r boi Flynn ’ma’n ddyn peryglus,’ rhybuddiodd.

‘Siŵr o wneud, D.B.A.,’ meddai, gyda gwên fach i geisio tawelu ei meddwl. ‘Sgynnoch chi ddim awydd dod efo ni?’

‘’Swn i wrth fy modd, Jeff. Ond fan hyn ydi fy lle i.’

Gwenodd Jeff arni cyn troi i ymadael. Roedd y D.B.A. newydd wedi dysgu sut i reoli ymchwil, a sylweddoli pwysigrwydd gadael i’r tîm wneud ei waith. Byddai hynny’n mynd â hi’n bell.

Ugain munud yn ddiweddarach aflonyddwyd ar y distawrwydd ym mloc 15, rhanbarth 6 gwersyll y gweithwyr, pan ddefnyddiwyd dyrnhwrdd haearn i chwalu drws ystafell 34 yn ulw. Os nad oedd sŵn yr ‘hen declyn ffyddlon’ yn ddigon, roedd y bloeddio a glywyd ar yr un pryd yn ddigon i ddeffro’r meirw.

Rhuthrodd pedwar o’r heddweision i mewn i’r ystafell wely fechan gan ei boddi â lampau llachar i geisio dallu’r preswylydd. Ond doedd neb yno. Yr unig beth a welodd y dynion oedd gwely gwag a llanast.

Mesurai’r ystafell tua phymtheg troedfedd o hyd ac wyth troedfedd ar draws. Roedd yno wely, cwpwrdd dillad a sinc i ymolchi, ac un ffenestr ar y wal oedd yn wynebu’r drws.

‘Reit,’ gorchymynnodd Jeff. ‘Pawb allan heb gyffwrdd dim. Rhaid trin yr ystafell yma fel lleoliad trosedd nes y byddwn ni’n gwybod yn wahanol. Un ohonoch i aros yma efo fi a phawb arall allan. Huw, aros di,’ meddai wrth un ohonynt. ‘Dau ohonoch chi i wneud ymholiadau i fyny ac i lawr y coridor yma a’r ddau arall i gadw golwg tu allan. Daliwch eich gafael yn unrhyw un sy’n ffitio disgrifiad

Flynn nes y bydd o'n gallu profi pwy ydi o.'

Wedi i'r gweddill fynd o gwmpas eu gwaith, gwisgodd Jeff a'r Ditectif Cwnstabl Huw Gruffydd siwtiau gwyn di-haint cyn mynd yn ôl i mewn i'r ystafell. Dechreuodd preswylwyr y bloc ddeffro a dangos diddordeb yn y sefyllfa, ond wnaeth yr un o'r gweithwyr ymyrryd â gwaith y plismyn. Efallai byddai pethau wedi bod yn wahanol chwe awr ynghynt pan oedden nhw'n llawn diod, ystyriodd Jeff.

Roedd ystafell Flynn yn fudr gyda dillad afiach wedi'u gadael ar draws y lle – ar y gwely, ar y llawr, mewn twmpath drewllyd yn y cwpwrdd dillad ac ar ei ben. Roedd Jeff wedi cymryd yn ganiataol fod gwaith mwynwr yn waith budr, ond edrychai fel petai rhan sylweddol o faw'r twneli yr oedd Flynn yn eu tyllu'n ddyddiol wedi cael ei adael yn yr ystafell, yn enwedig yn y sinc a oedd i fod yn wyn. Doedd y gwely'n ddim gwell a'r cynfasau arno yn amlwg heb gael eu newid ers amser maith.

Rhoddodd Jeff ddillad Flynn yn ofalus fesul un mewn bagiau di-haint. Doedd yna ddim byd o bwys yn y pocedi. Yr unig beth o ddiddordeb yn yr ystafell ar yr olwg gyntaf oedd gliniadur. Edrychodd Huw Gruffydd, a oedd yn dipyn o arbenigwr ar gyfrifiaduron, drwyddo tra chwiliodd Jeff ymhellach drwy weddill yr ystafell. Doedd dim llythyrau na dogfennau personol i'w gweld ar gyfyl y lle, hyd nes i Jeff edrych o dan fatres y gwely. Yn ddiddorol, gwelodd yno nifer o daflenni'n hysbysebu tai ar werth, rhai o siopau asiantau tai cyn belled â Llangefni, Amlwch, Benllech, Porthaethwy, Bangor a Chaernarfon. Ni welodd un o siop Tom Elias yno. Ni chredai am funud fod y Gwyddel yn ystyried prynu tŷ yng ngogledd-orllewin Cymru, felly pam roedd o wedi casglu'r taflenni? Rhoddai fet fod y rheswm yn llawer mwy sinistr. Y peth mwyaf arwyddocaol oedd bod ymgais, er mor aflwyddiannus, wedi ei wneud i'w cuddio dan y fatres.

Rhyfeddodd nad oedd unrhyw dystiolaeth o gyfrif banc ar gyfyl y lle. Gwyddai Jeff o brofiad fod mwynwyr, gan fod eu gwaith mor beryglus a brwnt, yn ennill cyflog sylweddol – cymaint â dwy fil o bunnau'r wythnos, yn enwedig pan fyddent yn gweithio oriau hir. Edrychodd dan y gobennydd budr ar y gwely a gweld tri chylchgrawn o natur rywiol, ond dim byd nad oedd modd ei brynu mewn unrhyw siop bapur newydd.

Sylwodd Huw ar Jeff yn edrych trwy'r cyhoeddiadau. 'Rwbath gwerth ei weld yna?' gofynnodd gyda gwên.

'Hy!' meddai Jeff, gan daflu'r cylchgrawn o'r neilltu.

'Efallai fydd hwn o fwy o ddiddordeb i chi, Sarj,' meddai Huw, oedd yn dal i astudio'r gliniadur.

Safodd Jeff wrth ei ochr er mwyn gweld yr hyn oedd ar y sgrin. 'Be ti 'di ffeindio?'

''Swn i'n deud bod hwn yn weddol newydd, ond be sy'n fy nharo i'n syth ydi nad oes dim wedi'i sgwennu arno. Dim ffeils Word, Memo na dim byd arall. Does dim byd ar e-bost, Skype na Messenger, na dim yn 'run o'r ffolderi chwaith – os nad ydi o wedi'u dileu nhw, wrth gwrs. Mae'r gliniadur 'ma'n hollol wag, heb ei ddefnyddio i wneud dim ... heblaw chwilio'r we a lawrlwytho lluniau.'

'A ...' meddai Jeff, ar binnau eisiau gwybod mwy.

'Ylwch, Sarj. Dim byd ond lluniau merched. Cannoedd ohonyn nhw. Mae rhai o'r lluniau'n bornograffig – ond does dim dynion yn y rheiny o gwbwl – ac eraill yn fwy diniwed. Ond edrychwch be sy'n gyffredin trwyddyn nhw i gyd. Mae gan bob un o'r merched wallt coch, hir, cyrliog.

Ylwch, pob un,' meddai Huw wrth symud o un llun i'r llall yn gyflym.

Edrychodd y ddau ddyn ar ei gilydd yn gegrwth.

'Gwallt yn union fel oedd gan Rhian.' Teimlodd Jeff ryw ias yn lledu trwy'i gorff. 'Edrycha drwy hanes ei chwilio ar y we,' ychwanegodd.

Gwelodd y dynion yn syth ei fod wedi edrych ar bob math o safleoedd pornograffig anghynnes, a lawrlwytho lluniau ohonynt, ond bob rŵan ac yn y man, yng nghanol y pornograffi, roedd o wedi edrych ar safleoedd nifer o asiantau tai o fewn hanner can milltir i Lan Morfa. Roedd siop Tom Elias yn un ohonynt. Tynnodd Huw sylw Jeff at y ffaith nad oedd y gliniadur wedi cael ei ddefnyddio i chwilio'r we ers wythnos union. Dim ers y dydd Mercher, y diwrnod cyn i Rhian gael ei gweld am y tro olaf. Oedd o wedi bodloni ei chwant ffiaidd y diwrnod canlynol, tybed? Ac yn bwysicach, lle oedd y diawl cas rŵan?

Gadawyd plismon mewn iwnifform y tu allan i'r ystafell, rhag ofn i rywun geisio ymyrryd â'r lle cyn i'r gwyddonwyr fforensig gyrraedd.

Roedd hi wedi saith o'r gloch y bore erbyn hyn, ac ymholiadau'r plismyn eraill wedi darganfod nad oedd neb wedi gweld y Gwyddel, fel yr oedd o'n cael ei alw yn y bloc, ers sawl diwrnod. Cyn i Jeff adael daeth gŵr parchus yr olwg, o gwmpas ei hanner cant ac yn gwisgo crys a thei, at Jeff yn cario ffeil o bapurau nad oedd yn hynod o drwchus. Cyflwynodd ei hun fel swyddog personél y cwmni a oedd yn cyflogi Simon Flynn.

'Clywed eich bod chi wedi cael eich deffro yn fuan bore 'ma,' meddai Jeff, gan wenu ac ysgwyd ei law.'

'Do, gan ryw ddiawliaid o blismyn,' meddai, gan wenu'n

ôl. 'Popeth yn iawn siŵr. Dwi'n dallt y sefyllfa. Ylwch, dwi wedi bod yn y swyddfa yn nôl ei ffeil bersonol o, a dyma hi i chi fynd trwyddi.'

'Diolch,' meddai Jeff. 'Dwi'n cymryd eich bod chi'n ei adnabod o?'

'Dim ond drwy'r gwaith, nid yn bersonol. Fi oedd yr un ddaru'i gyfweld o cyn i'r cwmni ei gyflogi.'

'Sut un oedd o?' gofynnodd Jeff yn awyddus.

'Nodweddiadol o be welwch chi yn y busnes yma, Sarjant. Roedd o'n teithio ledled y byd i wneud yr un math o waith. Mwyngloddio. Gwaith corfforol caled a pheryglus, ond yn siwtio'r rheiny sy isio ennill arian da heb fath o gyfrifoldebau. Dyna'r math o ddynion sy'n dilyn y gwaith 'ma i ble bynnag mae o i'w gael. Dynion ifanc fel rheol. Maen nhw'n rhoi'r gorau iddi pan fyddan nhw'n barod i setlo lawr a magu teulu. Mi oedd Flynn, fel y mwyafrif, yn weithiwr da ac yn weithiwr caled, ond fiw i neb godi twrw efo fo, ne 'san nhw ar eu tinau yn syth. Byr iawn 'i dymer. Roedd o'n gweithio hyd at ddeuddeg awr y dydd, neu'r nos, gan ein bod ni wrthi rownd y cloc. Does 'na ddim golau dydd lle mae dynion fel hyn yn gweithio, dach chi'n gweld.'

'Doedd o ddim yn cael llawer o amser iddo'i hun felly,' meddai Jeff.

'Wel nag oedd, ond er i mi ddeud ei fod o'n gweithio oriau hir a chaled, mae 'na sôn ei fod o wedi diflannu o'i waith yn ystod ei shifft unwaith neu ddwy, o leia.'

'Ond mi fyddai'n dod yn ei ôl wedyn?'

'Yn ôl pob golwg. Mi fysa wedi bod yn ddigon hawdd iddo wneud hynny heb i'w fforman sylwi.'

'Dyna ffordd handi o gael alibi, 'te? Oedd ganddo fo gar, wyddoch chi?'

'Ddim i mi fod yn gwybod. Dydi dynion fel fo ddim angen car mewn gwaith fel hyn. Mae 'na lun diweddar ohono fo yn y ffeil 'na – croeso i chi wneud copi o unrhyw beth liciwch chi, ond i mi gael y ffeil yn ôl wedi i chi orffen.'

Diolchodd Jeff iddo.

'Lle aflwydd wyt ti wedi mynd, Flynn?' meddai wrtho'i hun ar y ffordd yn ôl i'r car.

Pennod 11

Cnociodd Jeff ar ddrws swyddfa Lowri Davies a chamodd i mewn heb ddisgwyl am ateb. Roedd yn awyddus i adael iddi wybod canlyniad cyrch y bore hwnnw, ond cafodd sioc pan welodd ei bod wrthi'n gwisgo amdani. Roedd y jîns a'r crys T yr oedd yn eu gwisgo'n gynharach yn swp ar y gadair a Lowri ar ganol rhoi ei blows mwy ffurfiol amdani. Gwelodd Jeff dipyn mwy ohoni nag yr oedd wedi bargeinio amdano, a throdd ar ei sawdl gan gau'r drws yn sownd ar ei ôl. Disgwyliodd.

'Dewch i mewn,' galwodd ei fòs ymhen rhyw hanner munud.

Cerddodd Jeff i mewn a'i gweld yn rhoi'r dillad oedd ar y gadair mewn bag bach. Cododd ei phen.

'Sori,' ymddiheurodd Jeff.

'Dim rhaid i chi boeni. Wna i mo'ch brathu chi.'

Methodd Jeff benderfynu a oedd tinc o hiwmor yn ei llais. Nid hwn oedd y tro cyntaf iddo deimlo ychydig yn anghyfforddus yn ei chwmni. Ni allai esbonio'r teimlad – nid anesmwythyd oedd yn peri pryder o unrhyw fath oedd o, dim ond ei fod yn methu'n glir â'i darllen hi. Roedd yn dolc yn ei hyder – yn enwedig gan ei fod yn ymfalchïo yn ei allu i ddarllen sefyllfaoedd a natur pobol. Efallai ei fod o wedi taro ar ei debyg yma, meddyliodd.

Eisteddodd i lawr a dechreuodd ddweud yr hanes wrthi. Heb amheuaeth, y Lowri Davies broffesiynol a welai Jeff o'i flaen erbyn hyn, a phob arlliw o'r cellwair wedi diflannu. Torrai ar ei draws bob hyn a hyn er mwyn cadarnhau ambell fanylyn, yn union fel y byddai'n disgwyl i unrhyw uwch swyddog ei wneud. Ac er iddo'i alw'n 'ti' ben bore, doedd dim arwydd o'r anffurfioldeb hwnnw bellach.

'Edrych yn debyg mai hwn ydi'n dyn ni felly, dach chi'n cytuno?' gofynnodd y D.B.A. ar ôl i Jeff orffen.

'Ella wir. Mae cryn dipyn yn ein harwain ni i'r canlyniad hwnnw, does?' Dwi'n gobeithio y cawn ni wybod mwy am gynnwys y gliniadur cyn diwedd y dydd ar ôl iddo gael ei archwilio gan yr arbenigwyr. Wnewch chi ystyried rhyddhau llun o Flynn i'r wasg a'r cyfryngau heddiw?'

'Ddim yn syth,' atebodd Lowri Davies. 'Dwi isio i chi ddangos y llun i un neu ddau o'r tystion gynta, Sarjant. Edrychwch be fedrwch chi ddarganfod. Ond cyn hynny, edrychwch trwy ei ffeil gyflogaeth yn fanwl, rhag ofn bod rhywbeth ynddi fydd o ddefnydd i ni.'

Trwyddi'n fanwl, wfftiodd Jeff! Doedd yr un ffordd arall o wneud y fath beth. Fel tasa fo wedi landio yno'n syth o'r coleg heb brofiad yn y byd. Roedd bron ag egluro un neu ddau o bethau iddi am waith ditectif, ond llwyddodd i gau ei geg. 'Iawn,' cytunodd, heb ddadl. Beth oedd y pwynt? Cododd ar ei draed. 'Ond brecwast gynta,' ychwanegodd. 'Dwi ar lwgu.'

'Ia. Syniad da,' cytunodd ei fòs. 'O, un peth arall. Mae fy mhrofiad i yn dweud bod amgylchiadau fel hyn yn datblygu'n well trwy rannu gwybodaeth yn bersonol. Meddyliwch faint o wybodaeth sydd ym meddiant swyddogion dros y dŵr yn Iwerddon ynglŷn â Flynn a'i droseddu. Dwi newydd gysylltu â swyddfa Comisiynydd y Garda yn Nulyn ac maen nhw'n gyrru un o'u swyddogion yma yn hwyrach heddiw i weithio hefo ni. A ninnau efo nhw, wrth gwrs. Chi fydd ein cyswllt ni, Sarjant Evans, ac mi fyddwch chi'n gweithio mewn partneriaeth â phwy bynnag gaiff ei yrru drosodd nes bydda i'n dweud yn wahanol, dallt? Mi fyddwch yn parhau yn yr un swyddogaeth, yn union fel rydach chi rŵan – yn gweithio law yn llaw â gweddill yr ymchwiliad ac ateb i mi'n bersonol. Ond o heddiw ymlaen mi fydd yna ddau ohonoch chi, yn rhannu pob darn o wybodaeth o'r ddwy ochr i Fôr Iwerddon. Gwnewch drefniadau i'r Garda aros mewn gwesty yma, wnewch chi? Dim un rhy foethus, rhag ofn mai o 'nghyllid i y bydd y bil yn cael ei dalu.'

Trodd Jeff a cherdded o'r ystafell heb air arall. Aeth yn ôl i'w swyddfa'i hun a chymerodd ychydig o funudau i ganolbwyntio ar orchwylion y diwrnod o'i flaen. Ffoniodd y cantîn ac archebodd frecwast llawn iddo'i hun, un digon swmpus i'w gadw i fynd am weddill y diwrnod pe byddai raid. Roedd yn tueddu i gytuno â barn y D.B.A. y buasai cyfraniad y Garda Síochána yn werthfawr i'w hymchwiliad yng ngogledd Cymru – yn dibynnu'n union ar bwy ddeuai i gydweithio ag ef, wrth gwrs. Cyn belled â'i fod yn foi profiadol, heb yr awydd i ddechrau taflu ei bwysau o gwmpas. Byddai'n rhaid croesi'r bont honno eto. Dechreuodd edrych ymlaen at gyfarfod swyddog y Garda a chael darganfod mwy am hanes Flynn a'i ddrwgweithredoedd yn Nulyn.

Ugain munud yn ddiweddarach cerddodd Jeff i mewn i'r cantîn lle roedd gweddill y ditectifs a fu ar eu traed ers oriau mân y bore mewn grŵp rownd un bwrdd, yn bwyta ac yn sgwrsio'n ddistaw. Tybiodd Jeff mai digwyddiadau'r bore oedd ar flaen eu tafodau. Roedd hanner dwsin o blismyn lleol wrth fyrddau eraill, ond roedd y Ditectif Brif Arolygydd yn eistedd ar ei phen ei hun wrth fwrdd mewn cornel, ac yn dechrau ar ei brecwast hithau. Penderfynodd Jeff nad oedd y sefyllfa rhyngddynt yn mynd i gael y gorau arno, waeth pwy oedd ar fai – os, yn wir, oedd bai ar unrhyw un. Beth oedd y pwynt o weithio'n glòs efo'r Garda Síochána ac anwybyddu'r berthynas yn nes adra? Cododd ei hambwrdd oddi ar y cownter a chariodd ei frecwast i gyfeiriad y ditectifs eraill.

'Dach chi'n iawn, hogia?' gofynnodd.

Gan fod eu cegau'n llawn, cafodd ateb ganddynt ar ffurf arwyddion. Yn hytrach nag eistedd i lawr yn eu mysg, cerddodd yn ei flaen at fwrdd Lowri Davies. Gwyddai fod y criw ditectifs yn rowlio'u llygaid ar ei gilydd y tu ôl i'w gefn, ond ta waeth am hynny.

'Isio cwmni?' gofynnodd.

Symudodd y D.B.A. ei hambwrdd i'r naill ochr i wneud lle iddo, ac wedi i Jeff roi ei blât llawn ar y bwrdd, eisteddodd i lawr.

'Hartan go iawn gewch chi efo'r holl gig coch 'na,' meddai Lowri Davies, 'yn enwedig efo dau wy a bara saim hefyd.'

'Brecwast diwrnod llawn ydi peth fel hyn,' atebodd Jeff, gan edrych ar y tost a'r marmalêd oedd ar ei phlât hi. 'Mae datblygiad heddiw yn union be oeddan ni ei angen, tydi?' parhaodd Jeff.

'Ydi, diolch i'r ferch 'na wnaeth y gwaith ymchwil yn ystod y nos. Dydi hi ddim hyd yn oed yn blismones – ac i feddwl ei bod hi wedi cymryd arni ei hun i ddilyn syniad di-sail fel'na a chael canlyniad cystal. Mae'n haeddu canmoliaeth, dach chi ddim yn meddwl?'

'Yn sicr. Ond cofiwch, fedra i ddim deud 'mod i'n berffaith hapus efo teulu Rhian chwaith. Mae 'na rwbath yna sy'n fy nghorddi, ond wn i ddim yn iawn be.'

'Wneith o ddim eich corddi hanner gymaint â'r bacwn a'r selsig na.' Gwenodd Lowri Davies, yna edrychodd arno yn fwy difrifol. 'Dydach chi ddim i weld mor frwdfrydig â'r hogia acw,' meddai, gan amneidio tuag at fwrdd y ditectifs.

'Wel,' dechreuodd Jeff, 'mi wn i fod y dystiolaeth gawson ni bore 'ma yn gryf, ond annoeth fyddai i ni ganolbwyntio ar un lle yn unig. Dyna 'marn i, o leia.'

'Dwi'n falch o gael eich barn chi, Sarjant,' meddai, gan godi o'r bwrdd, 'a'ch cwmni,' ychwanegodd, yn ddigon uchel i'r gweddill ei chlywed.

Roedd yr awyrgylch yn yr ystafell gynhadledd yn frwdfrydig dros ben y bore hwnnw. Cafodd nifer o'r ditectifs dasgau newydd i'w cyflawni, rhai llawer mwy diddorol na'r ymholiadau trefniadol roedd y system wedi'i chwydu allan iddyn nhw yn ystod y dyddiau blaenorol. Ond roedd nifer o gwestiynau heb eu hateb: lle yn union y cafodd Rhian ei llofruddio, ble cafodd hi ei thaflu i'r môr, a ble oedd ei char hi?

Treuliodd Jeff yr awr ddilynol yn mynd trwy ffeil Simon Flynn. Trefnodd i wneud copïau o lun y Gwyddel, digon ar gyfer pob un o dditectifs yr ymchwiliad a mwy. Doedd dim llawer o wybodaeth yn y ffeil, heblaw bod gan Flynn brofiad o weithio fel mwynwr yn Rwsia, De America a De Affrica ar wahanol gyfnodau yn ystod y blynyddoedd diwethaf. Os oedd hynny'n wir, dim rhyfedd nad oedd y Garda Síochána wedi medru cael gafael arno yn dilyn y llofruddiaeth yr oedd dan amheuaeth ohoni. Gwelodd nodyn ar y ffeil yn dweud bod Flynn wedi brolio iddo orfod dianc o Dde Affrica rai misoedd ynghynt, ar ôl iddo hanner lladd rhyw ddyn ym Mwynglawdd Diemwnt Petra, yn dilyn cwffes yn ymwneud â chwyn yn ei erbyn. Doedd dim mwy o wybodaeth na hynny. Nodwyd dau gyfeiriad gwahanol ar ei gyfer yn Nulyn – ond doedd dim diben iddo gychwyn ar yr ymholiadau yn y fan honno nes i'r swyddog o'r Garda gyrraedd.

Ychydig ar ôl hanner dydd penderfynodd fynd draw i siop yr asiant tai, Tom Elias, ac roedd yn falch o weld bod Susan yno. Byddai wedi medru ffonio ymlaen llaw i wneud yn siŵr y byddai ar gael am sgwrs, ond weithiau roedd yn well ganddo alw i weld tystion neu rai oedd dan amheuaeth heb rybudd, gan fod eu hymateb yn aml yn fwy diffuant. Doedd dim golwg o Tom Elias.

'Sut ydach chi, Susan,' gofynnodd. 'Welsoch chi'r dyn yma erioed?' ychwanegodd yn syth, gan roi llun Flynn ar y ddesg o'i blaen.

Edrychodd y ferch ar y llun am ychydig eiliadau. 'Do, dwi'n siŵr 'mod i wedi gweld hwn o gwmpas y lle 'ma. Hongian o gwmpas unwaith neu ddwy wythnos dwytha a'r wythnos cynt. Wel, ella nad ydi "hongian o gwmpas" yn ddisgrifiad cywir. Edrych ar luniau tai ar werth yn y ffenest oedd o, ond ro'n i'n meddwl 'i fod o'n beth rhyfedd iddo ddod yn ôl fwy nag unwaith. Ond wrth gwrs, mae hynny'n digwydd o dro i dro pan fydd rhywun yn chwilio am dŷ.' Yna sylweddolodd beth oedd y rheswm am y cwestiwn. 'Oes ganddo fo rwbath i'w wneud efo mwrdwr Rhian?' gofynnodd, a'i llaw ar ei cheg a'i llygaid yn llydan agored wrthi iddi wneud y cysylltiad.

'Wel, fedrwn ni ddim bod yn saff, Susan, ond mae'n

bosib mai hwn oedd y dyn ddaru Rhian sôn wrthach chi amdano. Yr un ddaru ei ypsetio hi yn y siop 'ma.'

Anadlodd Susan yn ddwfn ac yn gyflym. 'Ond dwi 'di gweld hwn, a wnes i ddim sylweddoli mai'r un boi oedd o. Argian, ydi hi'n saff i mi weithio yma d'wch?'

Yr eiliad honno, agorodd drws ffrynt y siop a cherddodd Tom Elias i mewn.

'A, Sarjant Evans, y ... Jeff,' meddai. Yna sylwodd ar gyflwr Susan. 'Be sy'n bod, Susan bach?' gofynnodd iddi gan edrych arnynt mewn penbleth.

'Ella mai hwn laddodd Rhian,' atebodd Susan, wedi cynhyrfu'n lân ac yn chwifio'r llun o flaen trwyn ei chyflogwr. 'Ac mae o wedi bod yma, Mr Elias. Dwi wedi'i weld o tu allan 'ma fwy nag unwaith.'

Edrychodd Tom Elias ar y llun. 'Welais i rioed mohono fy hun,' meddai. 'Efallai mai dychmygu petha wyt ti, Susan. Ynte, Jeff? Peidiwch â gwrando arni. A pheidiwch chi â phoeni, Susan. Dwi'n siŵr na ddaw o ar gyfyl y lle 'ma eto, os y bu o yma erioed o'r blaen.'

Gafaelodd Tom Elias ym mraich Jeff a'i hebrwng tuag at y drws.

'Mi fysa'n well gen i tasach chi'n peidio ag ypsetio fy staff i fel'na, Jeff. Y peth dwytha dwi angen ydi ei cholli hithau hefyd.'

'Dwi'n dallt yn iawn,' meddai Jeff er mwyn cadw'r ddysgl yn wastad, er nad oedd o'n deall o gwbwl. P'run bynnag, roedd o wedi cael yr wybodaeth roedd o'i angen, er bod agwedd Tom Elias dipyn bach yn rhyfedd. Ond cofiodd eiriau Susan – dyn am ei geiniog oedd Elias, a be fuasai dyn felly yn ei wneud heb ysgrifenyddes i gadw'r siop yn agored iddo yn ystod ei absenoldeb?

'Ydych chi'n sicr nad ydach chi wedi'i weld o eich hun, Tom?'

'Naddo wir, a dwi'n bendant o hynny, Jeff,' meddai.

Trodd a chododd ei law i ffarwelio â Susan cyn ymadael, a gwelodd Tom Elias, heb oedi, yn cerdded i mewn i'w swyddfa ei hun a'i ffôn symudol wrth ei glust. Caeodd y drws ar ei ôl. 'Dyn busnes, dyn arian,' meddai Jeff wrtho'i hun. 'Ar gymaint o frys i ennill y geiniog nesaf.'

Pennod 12

Safodd Jeff ar y palmant tu allan i'r siop ac edrychodd o'i gwmpas. Gwyddai fod y ditectifs eraill wedi dechrau holi pobol yn lleol ynglŷn â'r gŵr amheus a welwyd gan Rhian, ond doedd neb wedi gweld llun o Flynn tan rŵan. Wrth gwrs, allai Rhian druan ddim cadarnhau mai Flynn oedd yr un a fu'n codi ofn arni, ond roedd Jeff yn ffyddiog y gallai, hefo copi o'r llun yn ei law, ddod yn nes at y gwir.

Sylwodd ar gaffi bychan yn union gyferbyn â siop Tom Elias – ble well, meddyliodd, i gadw golwg ar y siop a gwylio'r staff yn mynd a dod? Ystyriodd y lluniau pornograffig ar liniadur Flynn. Merched â gwallt hir, coch, trwchus i gyd, yn union fel Rhian. Dyna oedd yn ei blesio, mae'n rhaid, neu fod rheswm seicolegol yn ei dynnu at ferched o'r fath. Ai dyna pam fod Susan, a'i gwallt du cwta, wedi osgoi ei sylw? Er lles Susan, gobeithiodd ei fod o'n iawn.

Gwthiodd ddrws y caffi yn agored a chanodd y gloch uwch ei ben wrth iddo fynd trwyddo. Roedd y lle'n wag heblaw am ddwy ddynes oedrannus yn yfed te a sgwrsio wrth un bwrdd. Cerddodd Jeff at y cownter lle roedd cas gwydr yn llawn cacennau. Cyn iddo gael ei demtio i archebu un, ymddangosodd dynes ganol oed weddol drom, ei gwallt cyrliog yn dechrau britho, o'r ystafell gefn.

'Pnawn da,' cyfarchodd ef â gwên fawr. 'Be fysach chi'n lecio?'

'Dipyn o wybodaeth os gwelwch yn dda,' atebodd, gan ddangos ei gerdyn swyddogol. 'Ga i air efo'r perchennog, neu pwy bynnag sy'n gyfrifol am y caffi 'ma heddiw, plis?'

'Fi 'di honno,' atebodd. 'Ynglŷn â Rhian Rowlands, ia? 'Dan ni i gyd wedi dychryn yma, chi. Methu coelio'r peth. Roedd Rhian yn dod yma'n aml ... ofnadwy 'te –bod y fath beth yn digwydd mewn tref fach fel hon. Yr hen bwerdy 'ma 'di'r bai, siŵr i chi, a'r rapsgaliwns 'na sy 'di dŵad i fildio'r lle. Dwn i'm wir.' Ysgydwodd ei phen mewn anobaith.

'Ella'ch bod chi'n iawn,' cytunodd Jeff. Gwyddai o brofiad nad oedd pwynt dadlau, beth bynnag oedd ei farn ei hun. Dangosodd y llun iddi. 'Ydach chi wedi gweld hwn o gwmpas yn ddiweddar?' gofynnodd.

Edrychodd y ddynes arno yn fanwl am nifer o eiliadau. 'Dwi'n siŵr bod hwn wedi bod yma fwy nag unwaith. Ista yn y ffenest bob tro a chymryd oriau i yfed dwy baned o goffi. Licio sbio ar y byd yn mynd heibio, ma' raid. Os na fyddai bwrdd gwag wrth y ffenest pan ddeuai i mewn, mi fyddai'n symud yno gynted ag y byddai bwrdd yn dod yn rhydd.'

'Sawl gwaith fu o yma?'

'Dwywaith dair, o leia ... a doedd Megan yn licio dim arno fo.'

'Megan?'

'Ia, hi sy'n gweini yma. Arhoswch am funud. Meg!' gwaeddodd i gyfeiriad y gegin. 'Ty'd yma am funud. Rhywun isio gair efo chdi.'

Ymhen dim, ymddangosodd merch ddeniadol iawn tuag ugain oed yn gwisgo barclod gwyn dros sgert gwta ddu a blows o'r un lliw. Ni allai Jeff beidio â sylwi fod ganddi hithau wallt coch tywyll, yn hir a thrwchus ac yn cyrlio dros ei hysgwyddau. Doedd hi ddim yn annhebyg i Rhian – nac i'r lluniau ar liniadur Flynn. Ceisiodd ei orau i beidio â dangos beth oedd ar ei feddwl rhag ei brawychu.

'Meg,' meddai'r perchennog, 'deud wrth y plisman yn fama am y boi anghynnes na welist ti y diwrnod o'r blaen.'

'Sglyfath!' meddai'r ferch yn syth.

'Be wnaeth o i haeddu'r fath ddisgrifiad?' gofynnodd Jeff. Rhoddodd wên ar ei wyneb yn bwrpasol er mwyn ysgafnu'r cwestiwn.

'Dim ond y ffordd oedd o'n sbio arna i. Mynd trwydda i, digon i godi cyfog arna i, cofiwch.'

'Hwn oedd o?' Dangosodd Jeff y llun.

'Ia, dyna fo.'

'Pryd oedd o yma ddwytha?'

Meddyliodd y ferch. 'Arhoswch am funud rŵan. Doeddwn i 'mond yn gweithio pedwar diwrnod wythnos dwytha, felly ma' raid mai dydd Iau oedd hi felly, wythnos i heddiw. Tuag amser cinio 'swn i'n deud. Dyna pryd welais *i* o yma ddwytha.'

'Dwi ddim isio'ch dychryn chi, ond mae hyn yn bwysig,' pwysleisiodd Jeff. 'Os welwch chi'r dyn yma eto, ffoniwch yr heddlu'n syth, wnewch chi? Y rhif brys.'

Edrychodd y ddwy ar ei gilydd yn geg agored. Doedd dim angen mwy o esboniad.

Wrth gerdded allan o'r caffi, edrychodd Jeff yn ôl ar draws y ffordd tuag at siop Tom Elias, lle gwelai Susan yn siarad ar y ffôn tu ôl i'w desg. Wythnos yn ôl, roedd Rhian wedi bod yno yn gwneud union yr un peth ... am y tro olaf. Yr union ddiwrnod yr oedd Simon Flynn yn y caffi, yn eistedd yn y ffenest lle gallai ei gwylio. Pam roedd o wedi bod yn gwylio Rhian, tybed, a merch bengoch arall yr un mor hardd – ac yn iau – yn gweini arno yn y caffi? Ystyriodd y sefyllfa wrth iddo gerdded at y car. Beth oedd wedi mynd drwy feddwl Flynn? Daeth i'r casgliad fod Megan yn ferch eithriadol o lwcus, o gofio cynnwys y gliniadur. Oedd Flynn wedi dilyn Rhian i swyddfa Lorris Morris, meddyliodd? Penderfynodd y byddai'n rhaid iddo wneud ymholiadau i hynny ar unwaith.

Roedd hi ymhell wedi dau cyn iddo gyrraedd iard Morris. Gwelodd Porsche sgleiniog y dyn ei hun tu allan i'r swyddfa. Cnociodd ar y drws a cherdded i mewn heb wahoddiad. Eisteddai Ceinwen wrth y ddesg o'i flaen, tu ôl i ddesg y dderbynfa.

'Pnawn da, Mrs Morris,' meddai gan holi'i hunan pa ochr o Ceinwen roedd o am ei gweld heddiw.

'O, Sarjant Evans,' meddai'n ddistaw a thorcalonnus wrth godi o'i chadair.

Doedd y gŵr mawr ei hun ddim ymhell felly, meddyliodd Jeff, a chyn iddo agor ei geg ymddangosodd Gareth Morris o'r ystafell gyferbyn. Roedd yn amlwg bod posib clywed pob gair o'r ystafell honno. Fel arfer, roedd ei lais fel taran.

'Helô, Sarjant Evans. Mae'n rhaid bod datblygiad pwysig i ddod â chi yma i'n gweld ni ... eto ... yn hytrach na bod allan yn chwilio am lofrudd Rhian druan.'

'Dewisodd Jeff beidio ag ateb. Yn hytrach, eisteddodd ar ochr desg Ceinwen – nid yn unig er mwyn dangos mymryn o amarch, ond hefyd er mwyn pwysleisio nad oedd agwedd fawreddog a bygythiol Gareth Morris yn amharu dim arno. Yn rhyfeddol, ni ddangosodd Morris arwydd o wrthwynebiad, na Ceinwen chwaith.

'Y rheswm 'mod i yma, Mr a Mrs Morris, ydi fy mod i wedi darganfod bod rhywun wedi bod yn gwylio Rhian tra oedd hi'n gweithio yn swyddfa Tom Elias dydd Iau dwytha, cyn iddi deithio yma i ddechrau gweithio i chi. Mae'n bwysig, felly, 'mod i'n gofyn i chi oedd hi'n bosib fod yr un person wedi ei dilyn hi yma.'

'Pwy oedd o, Sarjant? Oes ganddoch chi lun ohono fo?' gofynnodd Gareth Morris yn syth.

'Oes, fel mae'n digwydd. Ond sut gwyddoch chi mai dyn oedd o?' gofynnodd.

'Wel ... wel ... os ... os mai'r person hwnnw laddodd Rhian, ma'n rhaid mai dyn oedd o, siŵr Dduw.' Roedd yn amlwg ar wyneb Gareth Morris nad oedd wedi arfer cael neb yn herio'i farn.

'Os dach chi'n deud, Mr Morris.' Doedd Jeff ddim mewn hwyliau i ddechrau chwarae gemau efo 'run o'r ddau. 'Dyma'r dyn a fu tu allan i'r siop,' meddai, gan ddangos y llun o Flynn.

Edrychodd Gareth Morris ar y llun yn sydyn – yn rhy sydyn iddo allu adnabod yr wyneb. 'Welais i rioed mohono fo o gwmpas y lle 'ma, na nunlle arall chwaith.' Gafaelodd yn y llun a'i chwifio dan drwyn ei wraig. 'Dwyt titha ddim wedi'i weld o chwaith, nag wyt, cariad,' meddai.

'Naddo,' cytunodd Ceinwen yn ufudd.

'Ydach chi'n siŵr rŵan, Mrs Morris?' Rhoddodd Jeff ail gyfle iddi.

'Oes rhaid i mi ofyn eto i chi, Sarjant Evans? Mae Ceinwen wedi mynd trwy ormod yn ystod y dyddiau dwytha 'ma i gael ei chroesholi ganddoch chi bob munud. Dangoswch dipyn mwy o deimlad tuag ati wir, ddyn.'

'Wel, fel hyn ma' hi, welwch chi, Mr Morris,' atebodd

Jeff, gan godi ar ei draed fel ei fod yn edrych i lawr ar Morris a'i wraig. 'Dyma'r trywydd gorau i ni ddod ar ei draws hyd yma, ac er mwyn Rhian, mi wna i ei ddilyn o – a phob trywydd arall – yn drylwyr. Ac os oes trywydd arall yn codi, a hwnnw'n gofyn am ateb gan y naill neu'r llall ohonoch chi, wel, gallwch fentro y bydda i yma eto. Dyna'r unig ffordd y medrwn ni ddal pwy bynnag ddaeth â bywyd eich chwaer i ben, Mrs Morris.'

Trodd ar ei sawdl a cherdded allan heb aros am ymateb. Ystyriodd yr hyn roedd o wedi'i ddysgu. Doedd Flynn ddim wedi bod yno. O bosib, ond allai o gredu Gareth Morris? Roedd Morris a'i wraig yn dangos arwyddion o fod yn elyniaethus. Pam, tybed? Roedd wedi disgwyl agwedd fwy positif o gofio mai un o'u teulu nhw a laddwyd.

Yr alwad nesaf oedd modurdy Ty'n Sarn. Fel y tro cynt, roedd Rhys Rowlands yn gweithio, a golwg welw arno.

'Unrhyw newydd, Sarjant?' gofynnodd pan ddaeth Jeff yn ddigon agos ato.

Ni wastraffodd Jeff amser. Tynnodd y llun o Flynn o'i boced a'i ddangos iddo, a syllodd Rhys Rowlands arno gryn dipyn yn hwy nag y gwnaeth Gareth Morris hanner awr ynghynt. 'Ydach chi wedi gweld y dyn yma?' gofynnodd.

Parhaodd Rhys Rowlands i syllu ar y llun. 'Naddo wir, Sarjant. Pwy ydi o?'

'Rhywun sy wedi bod yn ymddwyn yn od tu allan i siop Tom Elias yn ddiweddar,' esboniodd. 'Ella fod ganddo ddiddordeb yn Rhian.'

Ochneidiodd Rhys Rowlands yn uchel ond ddywedodd o ddim gair.

'Mr Rowlands. Sut ddaeth Rhian i weithio i Tom Elias?'

'Trwy Gareth. Roedd o'n gwybod ei bod hi'n chwilio am fwy o waith ... i ennill mwy o arian. Fo roddodd hi mewn cysylltiad â Tom os dwi'n cofio'n iawn.'

'Maen nhw'n adnabod ei gilydd felly?'

'Mae rhaid 'u bod nhw, ond wn i ddim sut, chwaith. Clwb golff neu rwbath, ma' siŵr.'

Ar y ffordd oddi yno, ystyriodd Jeff y berthynas rhwng Gareth Morris a Tom Elias. Oedden nhw'n ffrindiau, neu'n gwneud busnes efo'i gilydd? Gallai Elias fod wedi cysylltu â Morris ar ôl iddo adael ei swyddfa a chyn iddo gyrraedd iard Morris – ond i ddweud beth? Wedi'r cwbwl, roedd Elias yn defnyddio'i ffôn symudol pan adawodd Jeff y siop. Ond pam gwneud hynny? Oedd o'n hel meddyliau amheus heb fod angen, tybed? Wedi'r cwbwl, doedd dim dwywaith mai Flynn oedd dan amheuaeth.

Galwodd Jeff yn harbwr Caergybi yn hwyrach yr un prynhawn ac aeth yn syth i swyddfa'r heddlu er mwyn cadarnhau fod pawb oedd ar ddyletswydd yno yn gyfarwydd â hanes Flynn, a bod pob un ohonynt wedi gweld y ddau lun ohono: yr un a gafwyd gan y Garda Síochána, er ei fod wedi'i dynnu sawl blwyddyn ynghynt, a'r un diweddar o'i ffeil personél yn y gwaith. Roedd Jeff wedi gwneud digon o gopïau o'r ddau. Cafodd groeso mawr yn y swyddfa honno, fel y cawsai bob tro, ond gwyddai yn syth fod rhywbeth cyfrinachol ar droed. Edrychodd ditectifs y porthladd ar ei gilydd am gadarnhad y naill a'r llall cyn egluro i Jeff beth oedd yn mynd ymlaen.

Yn ôl y swyddogion, roedd Gwyddel wedi teithio trwy'r porthladd ychydig ynghynt ar ei ffordd o Iwerddon i Newmarket efo dau geffyl rasio, ac roedd wedi awgrymu iddyn nhw roi bet ar un o'r ceffylau a fyddai'n rhedeg ras yno ymhen ychydig ddyddiau. Ceffyl ifanc oedd o, un nad oedd wedi rasio o'r blaen, ac ni wyddai neb beth oedd ei hanes. Roedd ods o 33/1 arno ac roedd pob un o'r dynion wedi rhoi pumpunt mewn amlen gyda'r bwriad o osod y bet. Yn ôl pob golwg, roedd yr un dyn wedi rhoi cyngor tebyg nifer o weithiau yn y gorffennol, a phob ceffyl wedi ennill ei ras. Dyn oedd yn gwybod ei betha, cytunodd pawb. Rhoddwyd cynnig i Jeff ymuno â'r fenter – a pham lai, meddyliodd. Doedd pumpunt ddim yn llawer i'w golli. Wedi iddo gadarnhau fod pawb yn gyfarwydd â'r achos a chysylltiad Flynn ag ef, dymunodd yn dda iddyn nhw a ffarwelio.

Yn ddiweddarach y noson honno, dychwelodd Jeff yn ôl i'w swyddfa i dreulio awr neu ddwy dawel i ddarllen yr wybodaeth a roddwyd ar y system yn ystod y dydd. Erbyn deg o'r gloch, roedd o wedi cael digon. Amser mynd adref. Cerddodd i lawr y coridor a gwelodd olau o dan ddrws swyddfa Lowri Davies, a oedd ynghau. Synnodd o glywed sŵn merched yn chwerthin oddi mewn, ac roedd y temtasiwn i fusnesa yn ormod i'w wrthsefyll. Curodd ar y drws.

'Dewch i mewn,' galwodd llais Lowri Davies.

Cerddodd i mewn a gwelodd y D.B.A. yn eistedd y tu ôl i'w desg a merch yn eistedd yn y gadair gyferbyn â hi – a'r ddwy ohonyn nhw'n gwenu. Safodd Lowri Davies a gwnaeth y ferch arall yr un fath. Roedd hi'n ferch tua deugain oed, dipyn go lew yn dalach na Jeff, ac yn hynod o olygus gyda gwallt tywyll trwchus yn llifo dros ei hysgwyddau. Syllai ei llygaid mawr brown arno. Fedrai Jeff ddim peidio â sylwi fod ei chorff yn llenwi pob modfedd o'i throwsus lledr du, tyn, a bod ei hesgidiau sodlau uchel yn gwneud iddi edrych hyd yn oed yn dalach. Mae'n rhaid mai hon oedd Pat, meddyliodd, ond beth aflwydd roedd hi'n ei wneud yn y swyddfa yr adeg yma o'r nos?

Lowri Davies siaradodd yn gyntaf. 'Ditectif Sarjant Jeff Evans. Hoffwn eich cyflwyno chi i Ditectif Sarjant Aisling Moran o'r Garda Síochána. Mae Aisling yma i'n cynorthwyo ni, a hi fydd yn gweithio law yn llaw â chi o hyn ymlaen.'

Ni wyddai Jeff ble i droi. Ceisiodd yn ofer i gelu ei syndod ond roedd yr edrychiad ar wyneb Lowri Davies yn arwydd ei fod wedi methu'n llwyr.

'Mae'n bleser cyfarfod â chi, Sarjant Moran,' meddai, ac estynnodd ei law i'w chyfeiriad.

Rhoddodd hithau ei llaw gynnes ynddi. 'Aisling, os gwelwch yn dda, Jeff,' meddai yn yr acen Wyddelig harddaf a glywodd Jeff erioed. 'Yn enwedig os ydan ni am weithio efo'n gilydd am sbel.' Gwenodd yn glên arno.

'Ewch ag Aisling i'w gwesty os gwelwch yn dda, Sarjant Evans,' meddai Lowri Davies. 'Dwi'n siŵr ei bod hi wedi blino ar ôl ei thaith. Mi wela i di yn y bore, Aisling. Mi gawn ni ddechrau trafod bryd hynny.'

'Siŵr iawn, Lowri,' atebodd. 'Fory, felly.'

Cododd Jeff y ddau fag a oedd yn amlwg yn perthyn i'w gyd-weithwraig newydd. Ar ôl cyrraedd y gwesty cariodd Jeff y bagiau i'r dderbynfa a gwnaeth drefniadau i'w chasglu am hanner awr wedi wyth y bore wedyn.

Ar y ffordd adref ystyriodd pa mor gyfeillgar a chyfarwydd â'i gilydd oedd y ddwy ddynes. Tybed oedden nhw yn adnabod ei gilydd cynt? A be fysa Pat yn ei ddweud, dyfalodd, cyn ei geryddu ei hun am feddwl y fath beth.

Pennod 13

Trodd pob pen yn yr ystafell gynhadledd pan gerddodd Jeff i mewn yng nghwmni ei gyd-weithwraig newydd ac eistedd yng nghefn yr ystafell. Doedd o ddim yn gweld pam y dylai symud yn nes at y blaen dim ond oherwydd bod Aisling Moran yn cadw cwmni iddo.

Cyflwynodd Lowri Davies ei gydymaith i'r gweddill a datgan y byddai ei chynllun hi i gydweithio yn sail i sefydlu ymarfer da rhwng heddluoedd rhyngwladol mewn amgylchiadau o'r fath yn y dyfodol. Pwysleisiodd y byddai'r aelod diweddaraf o'r tîm yn gweithio ochr yn ochr â Jeff ond bod rhyddid i bawb fynd ati i drafod unrhyw fater a fyddai'n codi. Fel y disgwyl, llanwodd yr ystafell â sibrydion rhai o'r dynion oedd yn credu fod Jeff, unwaith eto, wedi cael yr ochr orau i'r fargen.

Y cydsyniad y bore hwnnw oedd mai Simon Flynn oedd y llofrudd a'i fod unwaith yn rhagor wedi ffoi yn dilyn ei drosedd, fel y gwnaeth yn Iwerddon. Addawodd Lowri Davies y byddai'r holl wybodaeth oedd amdano ym meddiant y Garda yn cael ei lwytho i'r system, diolch i Ditectif Sarjant Moran.

Meddyliodd Jeff yn galed cyn cynnig barn a fyddai'n siŵr o gael ei anwybyddu neu hyd yn oed ei wrthod fel syniad twp, ond roedd o wedi hen arfer â chlywed ei gyd-weithwyr yn anghytuno â fo. Cododd ei law a daliodd lygad Lowri Davies.

'Sarjant Evans,' meddai'r D.B.A.

'Mi wn i faint o dystiolaeth sydd yn erbyn Flynn yn barod, ac mae'n tyfu bob dydd. Ond dwi'n meddwl mai camgymeriad fyddai i ni gau pob drws i syniadau eraill ynglŷn â phwy bynnag sy'n gyfrifol am lofruddio Rhian.'

'Be yn union sy ganddoch chi dan sylw, Sarjant Evans?' Sylwodd Jeff ar dôn llais ei fòs newydd yn newid, a synhwyrodd nad oedd hi'n hoffi i neb dynnu'n groes iddi yn gyhoeddus.

'Agwedd ei chwaer hi, a'i gŵr hi hefyd petai'n dod i hynny,' atebodd. 'Mae rwbath o'i le yn y fanno. Rwbath na fedra i roi fy mys arno hyd yma. Er enghraifft – pam na wnaeth Rhys Rowlands riportio ei bod hi ar goll am gymaint o amser? Pam mae ei chwaer hi'n ymddwyn mor wahanol pan fydd hi yng nghwmni ei gŵr, Gareth Morris? Mae'n llawn galar yn ei gwmni o, ond yn ymddwyn yn hollol ddifater pan nad ydi o yno. Dwi'n amau eu bod nhw'n cuddio rwbath. Wn i ddim be eto, ond mi fydda i'n siŵr o ffeindio allan. Yn sicr, dydyn nhw ddim am ddatgelu unrhyw fanylyn heb gael eu holi'n uniongyrchol am y peth.'

'Ond mae'n wir, tydi, fod anghytundeb rhyngddyn nhw?' sylwodd Lowri Davies. 'Arian sylweddol ar y naill ochr i'r teulu ac ychydig iawn yr ochr arall. Ffrae rhwng Gareth a Rhys yn y gweithle yn gorfodi Rhys i adael, ac yna Rhian yn mynd yn ôl i weithio i Lorris Morris. A dweud y gwir, does dim rhyfedd bod arwyddion o straen, nac oes? Fel'na mae teuluoedd weithiau, fel mae llawer ohonan ni'n gwybod.'

'Bosib mai sioc ac adwaith i lofruddiaeth Rhian ydi'r achos,' meddai un o'r ditectifs eraill. 'Fysa hi ddim y tro cynta i ni weld peth tebyg.'

'Cywir,' cytunodd Lowri Davies. 'Ond mi ddisgwyliwn

ni nes y byddwn ni wedi clywed yr hyn sy gan Ditectif Sarjant Moran i'w ddweud cyn gwneud unrhyw benderfyniad. Ar ôl cael gwybod hynny efallai bydd yn rhaid pwysleisio mwy ar agwedd y teulu. Aisling,' meddai, gan droi at aelod newydd y tîm, 'hoffwn i chi dreulio amser heddiw yn rhannu'ch gwybodaeth â Ditectif Sarjant Evans. Wedyn, bydd ganddon ni well syniad i ba gyfeiriad y bydd yr ymchwiliad yn mynd. Cofiwch bawb,' ychwanegodd, gan droi yn ôl at y gweddill, 'fod car Rhian yn dal i fod ar goll – a wyddon ni ddim ble y lladdwyd hi. Mae digon i'w wneud.'

Ar y ffordd allan, daeth Lowri Davies ato a sibrwd yn ei glust.

'Ar ôl hynna, Sarjant Evans, ydach chi'n siŵr mai chi ydi'r person gorau i gydweithio efo Aisling Moran ynglŷn â Flynn?'

'Yr unig beth wnes i, D.B.A., oedd awgrymu na ddylen ni roi'n hwyau i gyd yn yr un fasged. Yn fy mhrofiad i o achosion fel hyn mae'n gamgymeriad canolbwyntio ar un elfen mor gynnar yn yr ymchwiliad.'

'Ia, mi glywais i be ddwedoch chi. A phawb arall hefyd, Sarjant Evans. Os oes ganddoch chi syniadau tebyg eto, gadewch i mi wybod gynta, plis, cyn dweud wrth bawb arall.'

'Ond mewn cynhadledd, yng nghwmni pawb sy'n cymryd rhan yn yr ymchwiliad, y dylai mater fel'na gael ei drafod – yn agored. Efallai fod sawl un arall yn cytuno efo fi ond eu bod nhw ofn agor eu cegau.'

Culhaodd llygaid Lowri Davies er bod y tân ynddynt yn amlwg. 'Eich rhan chi yn yr ymchwiliad hwn, Ditectif Sarjant Evans, ydi dilyn fy arweiniad *i*. Peidiwch â meiddio tynnu'n groes i mi o flaen pawb fel yna eto. Dallt?'

'Dallt yn iawn,' atebodd Jeff, gan geisio peidio â chodi ei lais. 'Ond peidiwch â meddwl am eiliad y gallwch chi reoli ymchwiliad fel hwn ar eich pen eich hun. Mae achos o lofruddiaeth yn haeddu gallu, profiad ac ymennydd pob un ohonon ni.'

'Dim ond i chi gofio mai fi sy'n rheoli'r ymchwil a dewis i ba gyfeiriad mae o'n mynd. Os nad ydach chi'n cytuno efo hynna, mi ddo i o hyd i rywun arall sy'n barod i gamu i'ch sgidia chi. Mi ro i amser i chi ystyried y peth, ond peidiwch â chymryd yn rhy hir. Rŵan, yn y cyfamser, dysgwch gymaint ag y medrwch chi gan Aisling a gadewch i mi wybod y canlyniadau gynted â phosib. A chofiwch eich bod chi ar brawf o hyn ymlaen, Sarjant Evans.' Trodd a'i adael.

Sylwodd Jeff, ac nid am y tro cyntaf y bore hwnnw, fod Aisling wedi gwisgo ychydig yn fwy ffurfiol na'r noson cynt. Er hynny, doedd y sgert lwyd dynn i lawr bron at ei phengliniau a'r sodlau uchel yn gwneud dim i guddio'i hedrychiad hudolus. Aeth y ddau i nôl cwpaned o goffi o'r cantîn cyn mynd trwodd i swyddfa Jeff. Tynnodd Aisling siaced ei siwt a'i rhoi ar y bachyn y tu ôl i'r drws a thynnodd ei siwmper dynn i lawr yn dwt. Eisteddodd y ddau ochr yn ochr fel bod modd iddynt astudio unrhyw bapurau gyda'i gilydd, a thaflodd Aisling ei phen i un ochr i hel ei gwallt yn ôl cyn dechrau ar y gwaith.

'Dyn drwg, cas, ydi Simon Flynn,' meddai. 'Mi ddechreua i efo llofruddiaeth Siobhan Monaghan, merch yn ei phedwardegau, yn Nulyn ychydig dros ddwy flynedd yn ôl. Darganfuwyd ei chorff mewn llyn ar gyrion y ddinas un bore. Roedd hi bron yn noeth, wedi ei chrogi a'i threisio'n rhywiol. Gwnaethpwyd yr ymholiadau arferol i'w chefndir heb fawr o lwc i ddechrau. Asiant tai oedd hi, yn rhedeg ei busnes ei hun.'

Yn gegrwth, trodd Jeff i wynebu Aisling ond ni ddywedodd air.

'Parhaodd yr ymchwiliad am wythnosau heb fath o gliw,' meddai. 'Yna, wrth ymchwilio i'r tai a werthwyd drwy ei busnes hi, mi ddaethon ni ar draws un achos diddorol iawn. Ychydig fisoedd ynghynt, gwerthwyd tŷ yn perthyn i wraig weddw mewn oed o'r enw Margaret Ryan am €250,000. Cyfaill i Monaghan oedd y prynwr. Erbyn gweld, roedd darpar brynwr arall wedi rhoi cynnig o €300,000 gerbron – cynnig na chafodd ei drosglwyddo i Mrs Ryan – a threfnodd Siobhan Monaghan i'w chyfaill werthu'r tŷ ymlaen yn syth i'r cwsmer arall hwnnw am €310,000.'

'Gan dwyllo Mrs Ryan allan o €60,000 felly,' rhyfeddodd Jeff.

'Yn hollol,' atebodd Aisling. 'Camarwain ei chwsmer a gwneud iddi gredu mai'r ddau gant a hanner oedd y cynnig gorau, yna rhannu'r €60,000 rhyngddynt. Roedd Mrs Ryan druan mewn cartref henoed ar y pryd – a rhywsut, daeth ei theulu hi i ddeall beth oedd wedi digwydd.'

'Ei theulu hi?' Cododd Jeff ei aeliau. 'Pwy oedd y rheiny?'

'Roedd Mrs Ryan yn perthyn o bell i deulu mawr sy'n rhan o'r is-fyd yn Nulyn, ac mae cangen arall o'r un teulu yn byw yn Swydd Kildare. Hefyd, roedd hi'n fodryb i Simon Flynn. Roedd mam Flynn yn chwaer i Margaret Ryan.'

Pwysodd Jeff yn ôl yn ei gadair er mwyn ystyried y sefyllfa cyn gofyn ei gwestiwn nesaf. 'Pa mor dreisgar ydi teulu Mrs Ryan?'

'Faswn i ddim yn lecio'u croesi nhw.'

'A'r berthynas rhwng Simon Flynn a'r teulu hwnnw?'

'Dydi o ddim yn un o'u cylch mewnol, ond mae amheuaeth ei fod wedi cael ei alw i mewn fwy nag unwaith i ... "sortio anawsterau" allech chi ddeud.'

'Yn dreisiol?'

'Wrth gwrs. Dyna'r unig fath o fusnes mae Flynn yn ei ddallt. Cofiwch mai mwynwr ydi o, dyn caled heb fawr o addysg yn dilyn bywyd caled.'

'A beth am berthynas Flynn efo'i fodryb Margaret?'

'Yn ôl pob golwg, roedden nhw'n agos iawn. Digon agos i ni droi'n sylw ato fo. Er nad oedd ganddo lawer o record ar y pryd, roeddan ni'n ymwybodol o'i gysylltiad â'r teulu Ryan. Er bod Siobhan Monaghan wedi'i threisio'n rhywiol, doedd dim DNA estron, o semen er enghraifft, ar ei chorff. Doedd dim tystiolaeth fforensig arall ar y corff chwaith, yn anffodus, gan iddi fod yn y dŵr cyhyd. Felly mi aethon ni i'r afael â Flynn yn syth. Yn anffodus roeddan ni'n rhy hwyr yn cyrraedd tŷ Flynn. Efallai ei fod o yn ein disgwyl ni. Ta waeth, wrth chwilio trwy'r bin yn ei ardd fe ddaethon ni ar draws un dilledyn – nicyrs – yn perthyn i Siobhan, a'i DNA hi drosto.'

'Diddorol,' atebodd Jeff. 'Mae Flynn yn hoff o gadw cofrodd, ydi? Ond edrychwch faint o nodweddion sy'n gyffredin rhwng eich llofruddiaeth chi a llofruddiaeth Rhian. I ddechrau, mae'r ddwy yn asiantau tai. Perchennog neu ysgrifenyddes – doedd dim gwahaniaeth i Flynn, dwi'n siŵr. Mae'r ddwy yn cael eu crogi a'u treisio'n rhywiol ac mae'r ddwy yn cael eu darganfod wedi'u gadael mewn dŵr. Hefyd, mae yna bosibilrwydd cryf fod y cythraul wedi defnyddio condom yn y ddau achos. Profiad ydi peth felly – roedd o'n gwybod yn iawn be oedd o'n wneud. Yr un *modus operandi*, mwy neu lai.'

'Mae mwy o debygrwydd hefyd, Jeff, ond mi ddo i at hynny mewn munud. Doedd dim golwg o Flynn yn unman wedi hynny, ond mi ddiflannodd merch arall o'r enw Mary Walsh yn Swydd Wexford ymhen tri mis. Asiant tai oedd honno hefyd, a does neb wedi ei gweld hi ers hynny. Dim sôn amdani ... na chorff.'

'Oes rhyw gysylltiad arall, ar wahân i'r ffaith fod y ddwy yn gwerthu tai?'

'Dim, heblaw bod dyn tebyg iawn i Flynn wedi'i weld gan dri thyst tu allan i'r siop lle roedd Mary Walsh yn gweithio. Ac mae 'na fwy – dwi wedi cadw'r gorau tan yn olaf.'

Tynnodd Aisling ddau lun allan o'i ffolder. 'Dyma'r ferch gyntaf, Siobhan Monaghan,' meddai, gan wyro ymlaen i roi'r llun ohoni o dan drwyn Jeff, 'a'r ail, Mary Walsh.' Rhoddodd yr ail lun ar y ddesg wrth ochr y cyntaf.

Doedd hyd yn oed arogl mwyn ei phersawr mor agos iddo ddim yn ddigon i dynnu sylw Jeff yr eiliad honno. Syllodd yn fud ar y ddau lun. Dwy ferch brydferth ym mlodau eu dyddiau gyda gwallt coch, trwchus, yn cyrlio dros eu hysgwyddau. Bron y buasai rhywun yn gallu eu camgymryd am chwiorydd. Ond yr hyn a darodd Jeff yn fwy na dim oedd y tebygrwydd rhwng y ddwy a Rhian Rowlands, a fyddai'n hawdd wedi edrych fel y drydedd chwaer. Pwysodd Jeff yn ôl yn ei gadair yn syfrdan, ei feddwl ar garlam.

Edrychodd i lygaid Aisling. 'Mae hyn yn wybodaeth sylweddol,' meddai. 'Fedra i ddim cofio gweld MO mor debyg yn fy nydd. Does dim dwywaith fod Flynn yn llofrudd cyfresol. Oes cofnod iddo gyflawni troseddau tebyg cyn y digwyddiadau yma?'

'Oes, o fath,' atebodd Aisling, yn mynd trwy ei phapurau cyn ateb. 'Roedd digwyddiad annifyr iawn tra oedd o yn yr ysgol. Mi ymosododd ar ferch wyth oed yng nghornel y cae chwarae un amser cinio. Trio ymosod arni'n rhywiol oedd o, ond gan mai dim ond naw oed oedd o ar y pryd fu dim achos yn ei erbyn. Creodd hynny dipyn o stŵr, fel y bysach chi'n disgwyl, rhieni'r ferch am ei waed o ac ati. Symudwyd Flynn i ysgol arall, un ar gyfer plant gydag anawsterau dysgu, a dyna fu diwedd y mater. Fe'i cafwyd yn euog o ddinoethi'i hun tu allan i wersyll haf merched ifanc pan oedd o'n bymtheg oed, ond dim mwy na hynny.'

'Gadwch i ni ystyried y cwbwl eto, Aisling. Mae gan Flynn hanes o ymosodiadau rhywiol eu natur ers ei fachgendod, er nad oes prawf iddo droseddu'n ddifrifol ers pan oedd o'n naw oed.'

'Heb gael ei ddal, yn fwy tebygol,' ychwanegodd Aisling.

'O edrych ar ei hanes, synnwn i ddim,' cytunodd Jeff. 'Ond yn dilyn y twyll ar ei fodryb, roedd o â'i fryd ar ddial ar y ferch a oedd yn gyfrifol am hynny, a chododd yr ysfa rywiol ynddo unwaith eto. Llofruddiaeth Siobhan Monaghan oedd y canlyniad. Rhaid i ni ddychmygu felly fod y profiad rhywiol hwnnw, y pleser a gafodd, os mai dyna'r disgrifiad cywir, wedi atgyfodi'r awydd hwnnw ynddo, a bod y chwant dychrynllyd wedi'i orfodi i wneud yr un peth eto. Hynny yw, lladd Mary Walsh mor fuan ar ôl llofruddiaeth Siobhan Monaghan.'

'Ond y broblem, wrth gwrs, ydi nad oes ganddon ni syniad be mae o wedi bod yn 'i wneud ers iddo adael Dulyn ddwy flynedd a mwy yn ôl. Mae o wedi teithio'r byd, yn ôl pob golwg. Faint o ferched mae o wedi'u gadael yn farw ar ei ôl, tybed?'

'Be sy'n fy mhoeni i, Aisling, ydi lle mae o rŵan a beth wnaiff o nesa. Os ydi o wedi llofruddio Mary Walsh mor fuan ar ôl lladd Siobhan Monaghan, oes yna rywun arall yn yr ardal mewn perygl ar hyn o bryd?'

Edrychodd Aisling Moran yn chwilfrydig i wyneb Jeff. 'Dwi'n amau eich bod chi'n cyfeirio at rywun yn benodol,' meddai.

'Ydw, Aisling. Mae merch o'r enw Megan yn gweithio mewn caffi gyferbyn â'r siop asiant tai lle oedd Rhian yn gweithio.' Dywedodd Jeff yr hanes yn ei gyfanrwydd wrthi.

Roedd yn rhaid lawrlwytho'r wybodaeth ddiweddaraf yma i'r system gyfrifiadurol, ac roedd Aisling eisoes wedi paratoi adroddiad ysgrifenedig manwl er mwyn gwneud hynny. Edmygodd Jeff ei phroffesiynoldeb. Roedd o'n dechrau cymryd ati, sylweddolodd. Yn broffesiynol, wrth gwrs.

Treuliwyd yr awr nesaf yn rhoi crynodeb o'r cyfan i Lowri Davies. Ar ôl gorffen, dywedodd y D.B.A., 'Efallai fod yr wybodaeth hon yn ddigon i newid eich barn chi ynglŷn â chyfeiriad yr ymchwiliad, Sarjant Evans,' meddai'r D.B.A. ar ôl iddi glywed y cyfan.

Gwelodd Jeff awgrym o wên hunanfoddhaus ar ei hwyneb.

'Dim yn gyfan gwbwl,' atebodd heb oedi. 'Mi gadwa i lygad manwl ar bob agwedd arall hefyd, nes bydd pob tamaid o'r dystiolaeth yn ein meddiant ni.'

Diflannodd unrhyw awgrym o wên oddi ar wyneb Lowri Davies, gan ei bod hi'n ddigon call i werthfawrogi profiad Jeff, os nad ei ddulliau. 'Awgrymwch be ddylai ein cam nesaf ni fod, felly, Sarjant Evans,' mynnodd.

'Sicrhau nad ydi o'n gwneud yr un peth eto, fel y gwnaeth o i Mary Walsh yn Swydd Wexford o fewn wythnosau iddo ladd Siobhan Monaghan,' atebodd Jeff yn syth. 'Rhaid i ni warchod y ferch ifanc, Megan, er nad ydi hi'n gweithio mewn siop asiant tai. Mae ymddygiad Flynn yn ei phresenoldeb hi wythnos i ddoe yn fy mhoeni i. Efallai mai ei ddiddordeb yn Rhian y diwrnod hwnnw ddaru ei hachub hi. Pwy a ŵyr? Ar ben hynny, mae angen gyrru timau i siopau asiantau tai ar draws Môn, Arfon a gweddill Gwynedd ar unwaith, er mwyn i ni fod yn berffaith saff nad oes merched yn gweithio yno sy'n ateb disgrifiad tebyg i'r tair sydd wedi'u llofruddio yn barod.'

'Call iawn, Sarjant Evans,' cytunodd Lowri Davies. 'Be wyt ti'n feddwl, Aisling?' gofynnodd.

'Ia, mi ydw innau'n cytuno hefyd, Lowri. Atal ymosodiad arall ydi'r dasg bwysicaf,' atebodd Aisling.

Rhyfeddodd Jeff at anffurfioldeb ei fòs at y Wyddeles, ac yntau'n dal yn Sarjant Evans ac yn 'chi' bob gafael. Doedd y peth ddim yn taro deuddeg, meddyliodd.

Yna edrychodd y D.B.A yn syth i lygaid Jeff. 'Wel, Sarjant Evans,' meddai. 'Ydi'ch barn chi tuag at gyfeiriad yr ymchwiliad wedi newid o gwbwl ers y peth cynta' bore 'ma?' Bron nad oedd hi'n edrych yn falch o fedru ei roi yn ei le o flaen eu cyd-weithwraig newydd.

Cododd Jeff ei ddwylo fel petai'n ildio. Nid hwn oedd yr amser i ddadlau ymhellach, er y byddai wedi medru cyflwyno ei achos yn gryf.

Ar hynny, daeth cnoc ar y drws a cherddodd yr Uwch Arolygydd Irfon Jones i mewn i'r ystafell – roedd yng Nglan Morfa, meddai, er mwyn cyfarfod ag aelodau o'r cyhoedd oedd yn bryderus gan fod hanes Flynn, a'r ffaith ei fod ar ffo, yn dechrau lledaenu. Ar ôl ei gyflwyno i'r swyddog o'r Garda Síochána, rhoddwyd trosolwg o'r amgylchiadau iddo yntau hefyd.

Gwrthododd yr Uwch Arolygydd gynnig Lowri Davies i giniawa gyda hi ac Aisling yn fonheddig, gan fod ei gyfarfod yn dechrau ymhen hanner awr. Chafodd Jeff ddim gwahoddiad.

'Sut mae petha'n mynd?' gofynnodd yr Uwch Arolygydd wrth i'r ddau ddyn wylio'r merched yn cerdded i gyfeiriad y cantîn. 'Mae gen ti ddwy i edrych ar eu holau erbyn hyn.'

'Peidiwch â sôn,' atebodd Jeff. 'Fues i erioed yn y fath sefyllfa. A tydi Lowri Davies ddim yr hawsaf i weithio efo hi, os ga i fod yn berffaith onest.'

Trodd Irfon Jones i'w wynebu. 'Gwranda, Jeff,' meddai. 'Does dim dwywaith ei bod hi'n ddynes alluog. Mae hi wedi ei dyrchafu'n sydyn yn y job 'ma ac mae ganddi ddigon o brofiad o ystyried ei hoed, ond nid o anghenraid y math o brofiad sy gen ti mewn ymchwiliad mawr fel hwn. Mae angen i ti edrych ar ei hôl hi, Jeff. Ei chymryd hi dan dy adain, fel soniais i o'r blaen. Dwi'n gwybod y gelli di wneud hynny heb iddi sylweddoli.'

'Haws deud na gwneud, coeliwch fi,' atebodd.

Chwarddodd Irfon Jones. Gwyddai yntau fwy am y sefyllfa nag yr oedd o'n barod i'w ddatgelu. 'Gyda llaw,' parhaodd yr Uwch Arolygydd. 'Sut mae pawb adra? Y plantos yn tyfu'n sydyn ma' siŵr.'

'Maen nhw'n dda iawn, diolch, ond dwi'n gweld llai ohonyn nhw nag erioed. Mae Meira'n dallt, wrth gwrs – mae ganddi hi ddigon o brofiad yn y job i wybod sut bwysau sy arnon ni yn dilyn llofruddiaeth fel hon – ond tydw i ddim wedi gweld rhyw lawer ar Twm bach a Mairwen yr wsnos yma. Mae hynny'n anodd.'

'Cofia fi at Meira, wnei di?' Camodd Irfon Jones i gyfeiriad y grisiau gan adael Jeff wrth ddrws ei swyddfa.

Pennod 14

Doedd dim amheuaeth erbyn hyn fod ffocws yr ymchwiliad wedi symud, ac mai Simon Flynn oedd yn cael holl sylw pawb. Wel, sylw pawb ond Jeff Evans.

Gwyddai Jeff fod hynny'n berffaith ddealladwy dan yr amgylchiadau, ond fel ym mhob ymchwiliad arall yn ystod ei yrfa, roedd yn barod i dderbyn yr annisgwyl, beth bynnag fyddai hwnnw. Er hynny, byddai'n rhaid iddo feddwl ddwywaith cyn tynnu'n groes i Lowri Davies yn gyhoeddus eto. A ddylai chwarae'n saff, tybed, yn groes i'w reddf?

Roedd hi'n tynnu at bedwar y pnawn erbyn i Jeff deithio, yng nghwmni Aisling Moran, i'r caffi bach gyferbyn â siop Tom Elias i weld Megan. Roedd ditectifs eraill yn teithio ledled y dalgylch ar yr un perwyl, sef chwilio am – a rhybuddio – genethod oedd â gwalltiau tebyg i Rhian a Megan, ac a oedd yn gweithio yn llygad y cyhoedd, ynglŷn â'r perygl posib o gyfeiriad Flynn.

Cododd pen Megan pan glywodd y gloch uwchben y drws. Roedd hi'n dipyn prysurach yn y caffi bychan y tro hwn.

'Gawn ni air, os gwelwch yn dda?' holodd Jeff.

'Allwch chi ddisgwyl am bum munud, plis?' gofynnodd Megan, gan edrych ar berchennog y caffi. 'Dwi ar fin gorffen fy shifft ac ma' gin i lwyth o waith clirio.'

'Wrth gwrs,' atebodd Jeff. 'Dwy baned o goffi, felly, plis. Hynny'n iawn efo chi?' meddai, gan droi at Aisling.

Amneidiodd y Wyddeles â'i phen a gwenodd.

Eisteddodd y ddau i lawr wrth un o'r byrddau agosaf at y ffenestr.

'Dyna siop Tom Elias,' meddai Jeff, gan bwyntio ar draws y ffordd. 'Ac wrth y bwrdd yma roedd Simon Flynn yn eistedd wythnos i ddoe pan oedd Rhian yn gweithio yno am y tro diwethaf.'

Edrychodd Aisling ar draws y stryd yn bryderus. 'Dwi'n dallt rŵan pan rydach chi wedi dod â fi yma. Jeff,' meddai. 'Mae Megan yn debyg iawn i'r lleill, er ei bod hi ddeng mlynedd a mwy yn iau na nhw. Ac i feddwl ei bod hi wedi gweini arno fo'r diwrnod hwnnw ... tra oedd o'n cynllunio i ladd Rhian, mae'n debyg. Mi wn i ei fod o wedi targedu merched sy'n gweithio mewn siopau asiantau tai hyd yma – ond o wybod ei fod o wedi dod i gysylltiad â Megan, pa mor hir y pery hynny, tybed? Ai'r ysfa i dreisio a lladd sy bwysica iddo, neu'r elfen o ddial ar asiantau gwerthu tai?

'Anodd deud,' atebodd Jeff. 'Ditectif ydw i, nid seicolegydd – er y byddai'n handi iawn petai'r ddau broffesiwn yn croesi weithiau. Be sy'n tynnu dyn tuag at ddynes neilltuol, sgwn i, neu ddyn at ddyn a dynes at ddynes, petai'n dod i hynny?'

Daeth Megan â dwy gwpaned o goffi draw cyn i Aisling gael cyfle i ateb, gan egluro y byddai'n dychwelyd am sgwrs ymhen ychydig funudau.

'Be sy'n eich denu chi at berson arall, Jeff ... yn ddyn neu'n ddynes?' gofynnodd Aisling ar ôl i Megan fynd yn ddigon pell. Edrychodd yn syth i'w lygaid.

'Personoliaeth yn fwy na dim, 'swn i'n meddwl.'

'Ond nid dyna sut mae rhywun yn cael ei ddenu gynta, Jeff, nage? Fel yr ydan ni'n dau yn gwybod, dydi personoliaeth yn golygu dim i rywun fel Flynn, nac'di?'

‘Holi amdana i yn bersonol ydach chi, neu ofyn am fy marn am bersonoliaeth Flynn?’ Gwenodd arni.

‘Y ddau, efallai, Jeff.’ Roedd hi’n dal i syllu i’w lygaid, ac yn gwenu. ‘Mi welais i’r ffordd yr edrychoch chi arna i neithiwr pan ddaru Lowri ein cyflwyno ni. Nid eich cyhuddo chi na gweld bai arnoch chi ydw i. Dim ond sylw ydi o. Dwi’n cydnabod ’mod i’n ddynes atyniadol, a dwi’n hoff o wisgo’n ... wel, mewn ffordd sy’n tynnu sylw. Dim yn aml mae merch fel fi, ditectif neu beidio, yn cael cyfle i ofyn cwestiwn fel yma i ddyn nad ydi hi’n ei adnabod yn dda.’ Oedodd am ennyd. ‘Ond gan mai cwestiwn proffesiynol ydi o, yn ymwneud â’n hymchwiliad ni, hoffwn wybod be ’di’r ateb.’

‘Mae’n ddrwg gen i. Wnes i ddim sylweddoli ’mod i wedi bod mor amlwg.’ Oedodd i geisio ystyried ei bersonoliaeth ei hun ochr yn ochr â phersonoliaeth Flynn, a methu. ‘Ond gan eich bod chi’n dditectif profiadol, mi atebaf gystal ag y medra i,’ parhaodd. ‘Mae rhai merched yn gallu troi pen unrhyw ddyn, ac rydach chi’n un o’r rheiny, Aisling. Siarad yn broffesiynol ydw inna rŵan hefyd, cofiwch, ond rhaid i mi gyfadda nad ydw i’n ddigon o foi i esbonio pam na sut mae gwerthfawrogi edrychiad dynes – neu ddyn – yn gallu datblygu’n drais rhywiol. Yr eglurhad gorau y galla i ei gynnig ydi mai rwbath yn ddwfn yn natur y treisiwr sy’n gyfrifol – yn y genynnau, ella, neu ganlyniad rhyw brofiad erchyll.’

‘Mae’r natur ddynol yn beth cymhleth iawn.’

‘Ydi siŵr,’ cytunodd Jeff. Heb feddwl, gofynnodd y cwestiwn oedd wedi bod ar ei feddwl drwy’r dydd. ‘Pam, Aisling, fod Lowri Davies yn eich galw chi yn ôl eich enw cynta, ac yn cyfeirio ata i yn fwy ffurfiol?’ Gwelodd y ferch o’i flaen yn sythu ac yn cymryd gwynt dwfn. ‘Wedi’r cyfan,’ parhaodd Jeff, 'er mai newydd ei chyfarfod hi yn ystod y dyddia dwytha 'ma ydw i, dach chi'n ei nabod hi ers llai byth o amser. Er ei bod hi'n fòs arnon ni'n dau, Aisling ma' hi'n eich galw chi bob tro. Dim bod ots gen i, cofiwch. Dim ond gofyn ydw i, gan ein bod yn trafod y natur ddynol. Ydi'r ffaith eich bod chi'ch dwy'n ferched yn egluro'r peth?' Gwyddai Jeff yn syth fod ei gwestiwn olaf yn agos iawn at y byw, ond doedd o ddim yn disgwyl yr ateb a gafodd.

'Am fod Lowri a finna'n adnabod ein gilydd ers dros ddwy flynedd,' meddai, 'ac yn ffrindiau.'

Am unwaith, roedd Jeff yn gegrwth. Cyn iddo gael amser i ymateb daeth Megan i ymuno â nhw.

'Dyna ni,' meddai gydag ochenaid. 'Wedi gorffen. Dwi mor falch eich bod chi wedi dod yn ôl heddiw – dwi wedi bod yn poeni ynglŷn â'r dyn 'na. Mae straeon yn dew drwy'r dre, a dwi'm yn gwybod be sy'n wir ... neu os ydw i'n saff ai peidio.'

Torrodd Jeff ar ei thraws. 'Cyn i ni fynd ymhellach, Megan, ga i'ch cyflwyno chi i Ditectif Sarjant Moran?'

Gwenodd y ddwy ar ei gilydd a throdd Jeff yn ôl at y pwnc dan sylw. 'Be dach chi 'di glywed felly?'

'Bod 'na ryw foi o gwmpas y gwaith adeiladu 'na sy wedi lladd rhywun yn Werddon, a bod y polîs yn ama mai fo laddodd Rhian. Mi oedd y cwestiynau ofynsoch chi i mi ddoe a'r llun ddangosoch chi yn awgrymu hynny hefyd – a dwi isio gwbod ai'r boi nes i syrfio ydi'r un dach chi'n chwilio amdano.'

'Y peth dwytha dwi isio'i wneud ydi'ch dychryn chi heb fod angen, Megan, ond 'dan ni yma heddiw i'ch cynghori chi i fod yn wyliadwrus ac yn ofalus.'

'Fo *oedd* o felly?' Roedd yr ofn yn amlwg yn llygaid y ferch ifanc.

Edrychodd Jeff ac Aisling ar ei gilydd. 'Ia, mae'n debygol iawn mai fo oedd o, ac mi ydan ni'n chwilio amdano mewn cysylltiad â llofruddiaeth Rhian,' cadarnhaodd Jeff.

'Ro'n i'n meddwl. Mi oedd 'na rwbath amdano fo, chi, rwbath yn ei lygaid o. Ond pam dod yma yn unswydd i siarad efo fi? Mae 'na filoedd o ferched o gwmpas y lle 'ma – dach chi am roi rhybudd ar y newyddion ne rwbath?'

Oedodd Jeff am funud i ystyried faint i'w ddweud wrthi. Penderfynodd, dan yr amgylchiadau, ei bod hi'n haeddu gwybod y gwir. 'Am ein bod ni'n amau ei fod o'n ffansïo merched efo gwallt coch 'run fath â chi.'

Rhoddodd Megan ei llaw dros ei cheg agored. 'Fi a Rhian,' meddai. 'Roedd pobol yn deud ein bod ni fel dwy chwaer o gwmpas y lle 'ma.'

'Lle dach chi'n byw?' gofynnodd Aisling.

'Ar ffarm teulu fy nghariad ar hyn o bryd.'

'Oes 'na rywun fedar gadw cwmni i chi am chydig ddyddiau nes byddwn ni wedi dod o hyd iddo fo?'

'Dwi gam o'ch blaen chi,' atebodd Megan yn falch. 'Mae 'nghariad i, Dewi, am ddod yma i fy nôl i. Mi fydd o yma mewn dau funud.' Trodd at Aisling. 'Gwyddeles ydach chi, te? Ma' raid na chi sy'n chwilio amdano fo'r ochr arall i'r dŵr, felly?'

Roedd Aisling wrthi'n cadarnhau hynny pan agorodd drws y caffi. Gwenodd Megan pan ymddangosodd clamp o ddyn ifanc cryf yr olwg, ymhell dros ddwy droedfedd, wrth eu hochrau. Gwenodd yntau er nad oedd ganddo syniad pwy oedd y ddau ddieithryn oedd yn cadw cwmni i'w gariad, ac esboniodd Jeff y cyfan iddo. Addawodd y byddai'r heddlu'n cadw golwg ar y fferm, ond rhywsut gwyddai fod Megan mewn dwylo diogel. Diolchodd am hynny.

Wrth iddynt adael y caffi roedd Tom Elias yn cau a chloi drws ffrynt ei siop.

'Cau'n gynnar heno, Tom?' galwodd Jeff.

'O, y ... Jeff. Sut ydach chi? Ia, cau awr yn gynnar. Mynd i weld cwsmer a neb i warchod y siop ... Susan wedi gorfod mynd adra ...'

'Wrth gwrs,' meddai Jeff. 'Wyddwn i ddim mai chi sy berchen ar Blas Gwenllïan tan yr wsnos yma,' ychwanegodd, yn pysgota am fwy o wybodaeth. 'Lle neis iawn am fwyd, meddan nhw, ond dwi 'rioed wedi cael cyfle i fynd.'

'Ia, dyna chi, Jeff. Er mai fi sy'n dweud, chewch chi ddim bwyd nac awyrgylch gwell yn yr ardal 'ma. Dewch acw ryw dro am swper – a fi fydd yn talu.'

'Diolch yn fawr, Tom. Mi gofia i hynna,' meddai'n syth, gan godi'i law ar y gwerthwr tai wrth gerdded oddi wrtho.

'Dyn cyfeillgar iawn yr olwg,' meddai Aisling.

'Bòs Rhian Rowlands,' atebodd Jeff, 'ac ydi ... rhy gyfeillgar os rwbath. Mae o'n nabod Gareth Morris, brawd yng nghyfraith Rhian, yn ôl pob golwg.'

'Dwi'n gweld na fedrwch chi ollwng eich amheuaeth ynglŷn â'r ochr honno o'r ymchwiliad.'

Meddyliodd Jeff am funud a phenderfynu peidio ag ymateb yn uniongyrchol. 'Wel, 'dan ni wedi cael cynnig swper am ddim,' meddai. 'Oes ganddoch chi ffansi dod i Blas Gwenllïan hefo fi heno, Aisling? Dwi jyst â marw isio cael golwg ar y lle, a 'swn i'n gwerthfawrogi cwmni.'

'Dim heno, mae'n ddrwg gen i, Jeff. Dwi'n mynd am bryd o fwyd efo Lowri. Rhyw noson arall?'

'Siŵr iawn,' cadarnhaodd Jeff. 'Ond deudwch i mi, os

nad ydi hi'n gyfrinach fawr, sut ydach chi'ch dwy yn nabod eich gilydd mor dda?'

'Dydi hi ddim yn gyfrinach o gwbwl, Jeff,' mynnodd Aisling. 'Mi fu Lowri a finna ar gwrs efo'n gilydd ddwy flynedd a hanner yn ôl.'

'Wela i.'

'Cwrs ym Manceinion gan INTERPOL a'r Asiantaeth Droseddau Genedlaethol,' ychwanegodd Aisling, yn ymwybodol fod Jeff ar binnau am fwy o wybodaeth. 'Mi gafodd y Garda wahoddiad i yrru un ditectif yno, er nad ydan ni o dan awdurdod yr Asiantaeth ym Mhrydain.'

'A chi gafodd eich gyrru?'

'Dyna chi. Cwrs oedd o i greu swyddogion ym mhob un o ardaloedd yr heddlu, ym Mhrydain a'r tu hwnt, i weithredu yn gyswllt pan fydd angen mewn achosion o droseddu rhyngwladol difrifol ... achosion fel hwn. Roedd Lowri a finna'n dod ymlaen yn dda, o'r diwrnod cynta.'

'Wel, mwyhewch eich cinio heno, felly, ac mi aildrefnwn ni ar gyfer ein swper ninnau.'

'Ardderchog.'

Roedd Jeff ar dân eisiau gofyn a oedd Pat am fod yn bwyta hefo nhw heno hefyd, ond penderfynodd y byddai'n well iddo beidio. A beth bynnag, pa fusnes oedd hynny iddo fo? Dim rhyfedd fod Lowri Davies mor awyddus i weithio law yn llaw â chyswllt o'r Garda Síochána, meddyliodd, a hithau'n gwybod yn iawn mai'r unig aelod o'r Garda oedd yn gymwys i wneud hynny oedd ei ffrind, Aisling Moran.

Wrth ffarwelio ag Aisling, ni ddychmygodd Jeff am funud y byddai'n ei gweld hi – a Lowri Davies – cyn toriad gwawr.

Pennod 15

Newydd fynd i gysgu oedd Jeff pan gafodd ei ddeffro gan y ffôn wrth ochr ei wely am chwarter wedi hanner nos. Dysgodd fod car Rhian Rowlands wedi'i ddarganfod heb fod ymhell o'r arfordir, tua chwe milltir i'r dwyrain o'r bae lle daethpwyd o hyd i'w chorff wythnos union yn ôl. Wrth iddo yrru yno, ceisiodd ddeall sut na chafodd y car ei ddarganfod ynghynt, ond daeth yr ateb yn amlwg wedi iddo gyrraedd. Yn sicr, hwn oedd y llecyn mwyaf anghysbell yn ardal Glan Morfa – a doedd gwynt a glaw mân y noson oeraidd yn gwneud dim i wella'i argraff o'r lle. Parciodd wrth ochr car yr heddlu a fan fach wen wrth ymyl giât yng ngheg lôn breifat gul a mwdlyd. Er bod y lôn bron â'i chau gan ddrain gwelodd olau gwan a symudiadau yn y pellter. Gobeithiodd fod rhywun go gall wedi cymryd cyfrifoldeb am y safle – er bod naw diwrnod wedi mynd heibio bellach ers i Rhian ddiflannu, roedd yn bosib bod rhai olion fforensig wedi goroesi.

Cododd Jeff gwfl ei gôt ddyffl dros ei ben, galwodd yn uchel a daeth plismon ifanc a dyn arall tuag ato o'r tywyllwch. Eglurodd yr heddwas ifanc nad oedd wedi mentro yn agos i'r car, ond yn hytrach wedi ymddiried yn y manylion a roddwyd iddo gan y gŵr a'i darganfu. Yn falch o'r ganmoliaeth roddodd Jeff iddo am ei waith, dechreuodd yr heddwas egluro'r cefndir.

'Meirion Jones, ydi'r gŵr bonheddig yma. Ffarmwr,'

eglurodd yr heddwas. 'Fo ddaeth ar draws y car, sydd ddau gan llath i fyny'r ffordd 'ma. Tua dwy awr sydd ers hynny – a does neb arall wedi bod ar gyfyl y lle.'

'Oes 'na ffordd arall at y car?' gofynnodd Jeff.

'Nagoes,' cadarnhaodd y ffermwr, dyn byrdew dros ei hanner cant gydag wyneb coch, yn gwisgo côt law a oedd wedi gweld dyddiau llawer gwell, a chap stabl llawn tyllau ar ochr ei ben. 'Dyma'r unig ffordd i mewn ac allan. Heb fynd ar draws y caeau, dwi'n feddwl,' ychwanegodd.

'Reit,' gorchymynnodd Jeff. 'Mi symudwn ni ein ceir ni fel eu bod nhw'n cau'r ffordd – hanner canllath bob ochr i'r giât yma – nes y byddwn ni wedi archwilio'r lle yn ei gyfanrwydd yng ngolau dydd.'

Wedi gwneud hynny, parhaodd Jeff i holi Meirion Jones. 'Chi sy berchen y tir yma?'

'Na, ei ddal o ydw i. Newydd ddod â defaid mynydd yma o lethrau'r Wyddfa ydw i ar gyfer y gaeaf.'

'Pryd oedd hynny?'

'Ganol yr wsnos dwytha.'

'Fedra i ddim dallt sut na ddaru chi ddod ar draws y car ynghynt, Mr Jones.'

'Dwi ddim wedi bod yma rhyw lawer, a deud y gwir ... wedi bod yn symud defaid a dechrau paratoi ar gyfer yr ŵyn. Ond mi ffoniodd y dyn sy'n ffarmio'r tir drws nesa i mi yn gynharach heno i ddeud 'i fod o wedi colli pum dafad yn ystod y nosweithiau dwytha – mae 'na hanas o ddwyn defaid rownd ffor'ma – ond doedd o ddim yn sicr pa noson oedd hi. Felly dyma fi'n penderfynu dod am sbec. Mae hi jyst y noson am y math yna o beth, dach chi ddim yn meddwl? Rhyw hen ladron ddiawl. Ro'n i'n amau bod rwbath o'i le pan welis i'r ffordd roedd y giât wedi'i chau.

Dach chi'n gweld, dan ni ffarmwrs yn nabod ein clymau – a dim fy nghwlwm i oedd ar y cortyn 'na sy'n dal y giât yn ei lle. Es i lawr, a myn coblyn i, dyma fi'n gweld y car. Sut ddiawl aeth o yno, wn i ddim wir. Ffordyn bach gwyn. Mae o wedi'i adael yng nghefn yr hen dŷ, lle na fysa neb yn 'i weld o heb fynd yno i chwilio.'

'Fiesta CX02 PAR,' ychwanegodd y plismon. 'Mr Jones roddodd y rhif i mi.'

'Ia, mi welis i ar y newyddion 'ych bod chi'n chwilio am gar yr hogan bach 'na gafodd ei lladd, a meddwl bysa'n well i mi ffonio'n syth yn hytrach na disgwyl tan fory.'

'Oes 'na rwbath arall y dylen ni wybod amdano rŵan, cyn mynd dim pellach?'

'Dim hyd y gwn i, er 'mod i wedi meddwl 'i fod o'n beth rhyfedd bod y bŵt yn 'gorad, a drws y dreifar hefyd. Yn union fel car wedi'i ddwyn.'

'Be sy 'na yr ochor arall i'r car?' gofynnodd Jeff.

'Dim byd ond cae bychan a dibyn i'r môr yr ochor draw.'

Clywodd y tri sŵn car yn agosáu yn y pellter a goleuadau yn taro'r cloddiau ganllath i lawr y ffordd. Arhosodd y car a chlywyd sŵn dau ddrws yn cau yn glep. O'r tywyllwch gwelai Jeff amlinell dau berson yn cerdded i'w cyfeiriad, dwy ddynes, fel y daeth hi'n amlwg wrth iddynt ddod yn nes. Doedden nhw ddim wedi gwisgo'n addas o gwbwl ar gyfer y tywydd na'r tirlun, er bod ganddynt gotiau gwrth-ddŵr ysgafn oedd yn eu harbed rhag y gwaethaf o'r glaw.

'Be s'gynnon ni, Sarjant Evans?' gofynnodd Lowri Davies. Wrth ei hochr roedd Aisling Moran yn gwisgo'r un trowsus lledr tyn ag yr oedd amdani pan gwrddodd Jeff â hi am y tro cyntaf.

Rhoddodd Jeff adroddiad am y sefyllfa.

'Ychydig iawn fedrwn ni wneud heno,' meddai Lowri Davies. 'Gwell disgwyl am olau dydd. Ond mi fydd yn rhaid i rywun warchod y safle tan hynny.'

'Debyg iawn,' cytunodd Jeff. 'Ond mi fysan ni'n edrych yn hurt petaen ni ddim yn taro rhyw fath o olwg dros y safle rŵan. Rhag ofn bod corff arall yno, er enghraifft,' meddai.

'Well i chi gael golwg felly, Sarjant. Mi ddisgwyliwn ni yn ôl yn fy nghar i.'

'Iawn. Diolch bod yr hen gôt ddyffl 'ma gen i, te?' ychwanegodd yn ddireidus.

Gofynnodd Jeff i Meirion Jones ei arwain at y car, gan ei siarsio i ddilyn yn ôl ei draed ei hun rhag ymyrryd ag unrhyw dystiolaeth. Gan afael mewn lampau mawr pwrpasol diflannodd y ddau i lawr y llwybr mwdlyd. Yn amlwg, doedd neb wedi byw yn y bwthyn ers amser maith iawn. Roedd y to wedi hen ddiflannu a thyfiant uchel yn llenwi'r gofod y tu mewn i'r waliau. Cafodd Jeff ei hebrwng i gyfeiriad cefn y tŷ a dyna lle gwelodd y Ford Fiesta gwyn rhwng yr adeilad a wal hen feudy. Ar ôl siarsio'i dywysydd i aros o'r neilltu symudodd yn nes at y car. Doedd dim diben dechrau archwiliad manwl yng nghanol y nos ond roedd Jeff eisiau bod yn sicr nad oedd yn esgeuluso'i ddyletswydd. Ni welodd fawr o ddim i'w ddiddori, ond roedd yn eitha amlwg fod glaw y dyddiau blaenorol wedi treiddio i bob twll a chornel o'r car, y tu mewn a'r tu allan. Roedd yn debygol fod y car wedi bod yno ers y diwrnod y diflannodd Rhian. Pwy oedd yn gwybod am y ffermdy, tybed, ffermdy a safai mewn lle mor anial? Oedd hi'n bosib bod Simon Flynn yn gyfarwydd â lle fel hwn?

Cerddodd y ddau yn eu holau ac aeth Jeff i eistedd yn sedd gefn car Lowri Davies. Yng nghanol arogl cryf persawr y ddwy, dechreuodd ddisgrifio lleoliad a chyflwr y car iddynt – nid bod llawer o wybodaeth i'w gyflwyno. Ond o leia roedd Jeff yn fodlon nad oedd corff arall yn y car nac yn agos iawn ato, waeth beth fyddai golau dydd yn ei ddatguddio.

'Swper neis heno, ferched?' gofynnodd yn ysgafn ar ei ffordd allan o'r car.

Ni chafodd ateb.

Roedd y glaw wedi cilio ymhell cyn iddi wawrio ac roedd gwynt main y bore wedi dechrau sychu'r tir o amgylch Tyddyn Drain erbyn deg o'r gloch. Gadawyd i'r swyddogion fforensig a'r swyddogion lleoliad troseddau yn eu siwtiau di-haint gwyn wneud eu gwaith cyn i neb arall fynd ar gyfyl y lle. Cymerodd hynny dair awr dda. Wedi hynny, ehangwyd ardal y chwilio ymhellach draw i gyfeiriad yr arfordir, a dechreuwyd ar y dasg anodd o godi'r Ford Fiesta ar dryc arbenigol a'i gludo oddi yno, er mwyn ei archwilio'n fanwl mewn amgylchiadau mwy addas.

Er y chwilio manwl rhwng y ffordd fawr a'r bwthyn ni welwyd unrhyw beth y gellid ei ystyried yn dystiolaeth – dim hyd yn oed olion teiars y Fiesta ei hun. Roedd y rheiny wedi hen ddiflannu yn y glaswellt hir a'r gwlybaniaeth. Cerddodd rhesi o blismyn yn araf ac yn agos at ei gilydd dros diroedd y tyddyn i gyfeiriad y môr, ond chawsant hwythau ddim lwc chwaith. Gyrrwyd timau o blismyn yn bellach ar hyd yr arfordir i'r ddau gyfeiriad – ac o'r fan honno y daeth yr unig ddarn defnyddiol o dystiolaeth, sef un esgid. Esgid chwith dynes, un goch gyda sawdl reit uchel fyddai'n fwy tebygol o gael ei gwisgo i fynd allan gyda'r nos nag i'r swyddfa.

Lwc pur oedd iddi gael ei darganfod o gwbwl. Cafodd un o'r plismyn gip ar rywbeth coch rhwng y creigiau heb fod yn bell o'r dibyn, ac roedd angen tipyn o ymdrech i'w chael hi allan o'i chilfach heb wneud gormod o niwed iddi. Ar ôl rhoi'r esgid yn ddiogel mewn bag tystiolaeth a rhoi sylw manylach i'r tir o amgylch y dibyn, safodd Jeff Evans rhwng Lowri Davies ac Aisling Moran. Edrychodd y tri i gyfeiriad y môr hanner can troedfedd islaw, mewn distawrwydd heblaw am sŵn y tonnau ysgafn yn taro'r creigiau.

'Rhaid i ni ystyried, ar hyn o bryd, mai esgid Rhian ydi hon,' datganodd Jeff i dorri ar y distawrwydd. 'Yr esgid chwith ydi hi – roedd llai o farciau ar y sawdl honno,' cofiodd. 'Mae'n debygol felly ei bod hi wedi colli'r esgid arall cyn iddi gael ei llusgo ar draws y tir 'ma. Doedd dim marciau eraill ar ei chorff hi, nag oedd?' gofynnodd. 'Dim arwydd ei bod hi wedi disgyn, cael ei thaflu yn erbyn y creigiau brwnt 'ma?'

'Na,' atebodd Lowri Davies mewn llais tyner. 'Ond os mai o'r fan hon y lluchiwyd hi, mi fuasai wedi disgyn yn syth i'r dyfnder heb daro'r creigiau, mae'n debyg.'

'A bron y medrwch chi weld y traeth bychan lle golchwyd hi i fyny, y tu draw i safle'r pwerdy newydd, dim mwy na chwe neu saith milltir i ffwrdd.'

'Mi fyddai wedi bod yn hawdd i rywun ei llusgo – neu ei chario – o'r bwthyn yn fan'cw hefyd,' mentrodd Aisling.

'Yn sicr,' cytunodd Jeff. 'Petai hi wedi cael ei llusgo, efallai y byddai 'na farciau yn dal i fod ar y glaswellt. Mae hynny'n bosib, o leia. A does dim sôn am yr esgid arall chwaith. Ydi hynny'n golygu fod rhywun wedi ei chario hi o'r car? Rhywun gweddol gryf felly.'

'Cryf fel Simon Flynn?' awgrymodd Aisling. 'Mae sôn iddo allu codi pwysau aruthrol – fysa rhywun ddim yn disgwyl llai, o ystyried ei waith bob dydd.'

Lowri Davies wnaeth y sylw nesaf. 'Gadewch i ni ystyried ei bod hi wedi ei chludo yma ym mŵt ei char ei hun – a dwi'n siŵr y gwneith fforensig gadarnhau hynny cyn bo hir. Os felly, wyddon ni ddim eto lle lladdwyd hi. Ond mae'r llofrudd yn amlwg yn gyfarwydd â'r fferm yma, yn enwedig os daeth o â hi yma yn ystod y nos – lle anghysbell a fyddai'n rhoi digon o amser iddo ddianc, a digon o gyfle i wneud hynny heb gael ei weld.'

'Ydi Flynn yn ffitio i mewn i'r categori hwnnw, tybed?' holodd Jeff.

'Rydan ni'n dyfalu gormod heb ddigon o ffeithiau rŵan,' meddai Lowri Davies, ond chymerodd y ddau arall fawr o sylw.

'Ydi Flynn yn medru gyrru car, Aisling?' gofynnodd Jeff.

Meddyliodd y Wyddeles am funud cyn ateb. 'Cyn belled ag y gwyddon ni, does dim trwydded yrru yn ei ffeil. Ond tydi hynny ddim yn golygu na all o yrru car, wrth gwrs.'

'Ac mae hynny'n dod â ni yn ôl i'r un lle yn union,' meddai Jeff eto. 'Bod rhywun wedi dod â hi yma o ble bynnag y cafodd hi ei lladd.'

'A sut aeth o o'ma wedyn?' holodd Aisling.

Pennod 16

Ganol y prynhawn hwnnw dechreuodd Jeff geisio cadarnhau pwy oedd perchennog yr esgid goch. Trodd i wynebu Aisling Moran, oedd wrth ei ochr.

'Mi fyswn i'n falch o gael eich barn chi, Aisling,' meddai rai eiliadau cyn cyrraedd drws siop asiant tai Tom Elias, 'am y bobol y byddwn ni'n eu cyfarfod pnawn 'ma. Gawn ni weld ydi'ch asesiad chi yn debyg i f'un i.'

'Wnewch chi ddim gweld bai arna i os ydw i'n anghytuno, na wnewch?' atebodd Aisling gyda gwên.

Roedd Jeff yn gwenu'n ôl arni pan ddaeth y ddau wyneb yn wyneb â Tom Elias, a oedd ar y ffordd allan o'i siop.

'A, Tom,' meddai Jeff cyn i'r asiant eiddo gael amser i agor ei geg. 'Mater wedi codi yn ystod y dydd heddiw sy'n golygu bod yn rhaid i ni gael gair â chi a Susan. Dyma Ditectif Sarjant Moran o'r Garda Síochána yn Nulyn sy'n rhoi cymorth i ni efo'n hymchwiliad i lofruddiaeth Rhian.'

'Prynhawn da,' meddai Aisling, gan ymestyn ei llaw ato.

Edrychodd Tom Elias braidd yn ddryslyd wrth gymryd ei llaw. 'O, ia,' meddai. 'Mi glywis i si am ryw Wyddel rydach chi'n chwilio amdano. Mae'na wir yn hynny felly.' Trodd yn ôl at Jeff. 'Gobeithio nad ydach chi'n mynd i ypsetio Susan eto, Jeff. Well i mi aros efo hi, dwi'n meddwl ... rhag ofn.'

'Dim problem o gwbwl, Tom. Ond mi hoffen ni gael gair efo chi ar eich pen eich hun i ddechrau, os gwelwch chi'n dda.'

'Â chroeso. Dewch trwodd i'm swyddfa i.'

Cerddodd y tri heibio Susan, a oedd yn eistedd wrth ei desg ac yn siarad ar y ffôn ar y pryd. Nodiodd Jeff a gwenodd arni wrth basio. Gwnaeth hithau'r un peth.

Caeodd Elias ddrws ei swyddfa. 'Be ga i wneud i chi?' gofynnodd yn glên.

'Mi gawson ni hyd i gar Rhian heddiw, a heb fod ymhell ohono mi ddaethon ni ar draws esgid yn perthyn i ferch. Yr esgid hon,' meddai, gan ei dangos i Elias yn y bag plastig di-haint. 'Mi fydd profion fforensig yn siŵr o ddatgelu ai esgid Rhian ydi hi ai peidio, ond mi gymerith hi ddiwrnod neu ddau i ganlyniadau'r profion DNA ein cyrraedd ni. Dwi'n siŵr eich bod chi'n gwerthfawrogi fod amser yn brin mewn ymchwiliadau fel hyn, felly tybed fedrwch chi ddeud wrtha i a welsoch chi Rhian yn gwisgo esgid fel hon?'

Edrychodd Tom Elias yn fanwl ar gynnwys y bag plastig. 'Naddo, welais i mo Rhian yn gwisgo esgid fel'na.'

'Mi ydach chi'n swnio'n sicr iawn, Mr Elias,' meddai Aisling wrtho.

'Ydw, Sarjant Moran, oherwydd dim sgidia o'r math yna oedd Rhian yn eu gwisgo. Dim yn fama, o leia. Sgidiau fflat, mwy cyfforddus, oedd ganddi bob amser. Dim 'mod i'n arfer sylwi, nag yn gwybod llawer am sgidiau merched – ond 'swn i wedi sylwi petai hi'n gwisgo sgidia fel'na efo'r blydi jîns 'na oedd amdani dragywydd.'

'O?'

'Ro'n i'n deud y drefn wrthi'n gyson, yn gofyn iddi wisgo rwbath mwy addas ar gyfer y swyddfa. Ond na, un fel'na oedd hi. Fyswn i wedi'i diswyddo hi droeon tasa hi ddim mor dda wrth ei gwaith. Rhedeg y lle 'ma fel watsh. Druan.'

'Diolch i chi, Tom. Rydan ni isio gofyn yr un cwestiwn i

Susan rŵan ... ella 'i bod hi wedi sylwi ar rwbath. Mi wyddoch chi sut mae'r merched 'ma.' Edrychodd Jeff i gyfeiriad Aisling er mwyn gwneud yn siŵr ei bod yn deall ei gymhelliad am ofyn y cwestiwn, a phan welodd ei bod yn rowlio'i llygaid i'w gyfeiriad, gwyddai eu bod ar yr un donfedd.

Wedi cyflwyno Aisling i Susan, gofynnwyd yr un cwestiynau iddi hithau. Safodd Tom Elias yn y cefndir er na cheisiodd ymyrryd â'r holi.

'Na, dim dyna'r math o sgidia oedd Rhian yn eu gwisgo,' meddai'n gadarn. 'Ond cofiwch, fues i erioed am noson allan efo hi – a dim esgid gwaith ydi honna, naci? Faswn i ddim wedi meddwl bod Rhian yn un am fynd allan rhyw lawer, yn enwedig i lefydd lle bysa rhywun yn gwisgo i fyny mewn sgidia fel'na.'

Diolchwyd i'r ddau ac fe'u hebryngwyd i'r drws gan Tom Elias.

'Os fedra i wneud rwbath arall i helpu, Jeff,' meddai, 'cofiwch, dim ond gofyn sy raid.'

'Diolch, Tom. Mi gofia i.'

'A chofiwch hefyd am fy ngwahoddiad i chi fynd am bryd o fwyd i Blas Gwenllïan.'

Trodd Jeff i edrych ar Aisling a gwelodd hi'n nodio'n gudd arno.

'Be am fwrdd i ddau am wyth o'r gloch heno, Tom?' gofynnodd.

'A chroeso, Jeff. I chi a'r wraig, ia?'

'Naci, i Sarjant Moran a finna, Tom. Mae'n bwysig ein bod ni yn Heddlu Gogledd Cymru yn edrych ar ôl ein cyd-weithwyr Gwyddelig.'

'Deall yn iawn,' atebodd Tom Elias. 'Mi drefna i bopeth

i chi,' ychwanegodd, gan wincio'n slei ar Jeff.

Gwyddai Jeff nad oedd Tom Elias yn deall o gwbwl.

'Be ddysgoch chi yn fan'na rŵan?' gofynnodd Jeff i Aisling wrth gerdded oddi wrth y siop. 'Ac fel y gwyddoch chi, nid sôn am y sgidia ydw i.'

'Wel, bron ei fod o'n rhy awyddus i helpu,' atebodd. Oeddech chi'n ei nabod o cyn llofruddiaeth Rhian?'

'Nag oeddwn.'

'Os felly, mae o'n llawer rhy gyfeillgar hefyd. Ond y peth a darodd fi oedd nad ofynnodd yr un o'r ddau lle gawson ni gar Rhian, na'r esgid. Mi fysach chi'n meddwl mai dyna fysa'r cwestiwn cyntaf.'

'Hollol,' atebodd. 'Edrych ymlaen am eich swper heno, Aisling?'

'Wrth gwrs.' Oedodd am eiliad hir i edrych ar ei chyd-weithiwr. 'Dwi'n dechrau gweld eich bod chi'n ddyn penderfynol iawn, Jeff. Wnewch chi ddim gollwng unrhyw drywydd, na wnewch, waeth be ydi'r dystiolaeth yn erbyn Simon Flynn? A waeth be mae Lowri yn ei orchymyn.'

'Sut fedra i wrthod gwahoddiad i gael golwg o gwmpas Plas Gwenllïan, deudwch?' atebodd Jeff gydag osgo fwriadol ddiniwed. 'Ond cyn hynny, dwi isio gweld sut dderbyniad gawn ni pnawn 'ma gan Ceinwen, chwaer Rhian, a'i gŵr.'

Roedd y ddau Porsche tu allan i swyddfa fechan Lorris Morris, ac eiliadau yn unig ar ôl i Jeff barcio car sgwad yr heddlu ochr yn ochr â'r cerbydau moethus, ymddangosodd Gareth Morris yn nrws yr adeilad, yn gwgu. Llanwodd y drws gyda'i goesau ar led a'i ddwy law yn gorffwys ar ei wast, yn gwthio'i siaced wlân yn ôl gan arddangos gwasgod o'r un brethyn. Oedd o wedi cael rhybudd eu bod ar eu ffordd, tybed?

'Wel, Sarjant Evans, be gai wneud i chi heddiw *eto*?' gofynnodd Morris.

'Fel y deudis i tro dwytha – yn berffaith eglur hefyd, Mr Morris – os oes angen trafod unrhyw ddatblygiad newydd efo chi neu Mrs Morris, mi ddof yn ôl yma. Rŵan ta, oes posib cael munud neu ddau o'ch amser gwerthfawr chi a Mrs Morris, er mwyn dal llofrudd Rhian?'

Cerddodd Jeff heibio i Morris i mewn i'r adeilad, gydag Aisling yn dynn ar ei sodlau. Dilynodd Morris nhw yn dawel. Cododd Ceinwen, oedd y tu ôl i'w desg, ar ei thraed gan edrych heibio'r ditectifs ar ei gŵr i chwilio am ryw fath o eglurhad.

'Welsoch chi'r esgid yma o'r blaen?' gofynnodd Jeff iddi heb ei chyfarch, gan roi'r bag plastig ar y ddesg o'u blaenau.

Gareth atebodd. 'Naddo, welis i mohoni o'r blaen, Sarjant. Dwi'n cymryd bod hyn yn gysylltiedig â llofruddiaeth Rhian. Lle gafoch chi hyd iddi?'

'Dau funud, plis, Mr Morris,' cyfarthodd Jeff arno i'w dawelu. Trodd i wynebu Ceinwen, a gwelodd nad oedd yn rhaid iddo ofyn mwy.

Llanwodd ei llygaid â dagrau, a rhoddodd Gareth ei fraich o amgylch ei hysgwyddau. 'Mi oedd gan Rhian bâr o sgidia fel hyn,' atebodd o'r diwedd, 'ond welis i mohonyn nhw ganddi ers talwm iawn.'

'Welsoch chi hi yn eu gwisgo nhw fama erioed, tra oedd hi'n gweithio, dwi'n feddwl?'

Ysgydwodd Ceinwen ei phen. 'Na, fysa hi byth yn eu gwisgo nhw i'r gwaith. Os dwi'n cofio'n iawn, ryw Ddolig

… ddwy neu dair blynedd yn ôl … y gwelis i hi'n eu gwisgo nhw ddwytha.'

'Mr Morris,' trodd Jeff i'w wynebu. 'Ddaru chi sylwi sut sgidia oedd Rhian yn eu gwisgo ar y dydd Iau hwnnw, pan welsoch chi hi ddwytha?'

'Wel naddo siŵr. Dydi rhywun fel fi ddim yn sbio ar y ffasiwn betha. Lle gafoch chi hyd iddyn nhw beth bynnag?' gofynnodd am yr eilwaith.

'Ar yr arfordir, ar ben clogwyn. Mae'n debygol mai o'r fan honno y cafodd hi ei lluchio i'r môr.'

Trodd Ceinwen ei phen i gesail ei gŵr ac roedd yn amlwg bod ei dagrau erbyn hyn yn llifo.

'Dyna fo, cariad, 'na fo …' Ceisiodd Gareth Morris yn ofer i'w chysuro.

'Mae'n wir ddrwg gen i, Mrs Morris,' meddai Jeff. 'Does dim byd arall i'w adrodd ar hyn o bryd. Mi wnawn ni eich gadael chi rŵan.'

'Diolch, Sarjant,' meddai Gareth Morris, yn barchus erbyn hyn.

Eisteddodd Jeff ac Aisling yn y car.

'Wel?' gofynnodd Jeff.

'Doedd 'na ddim llawer o groeso i ddechra, nag oedd?' meddai Aisling. 'Ond mi newidiodd ei gân unwaith y sylweddolodd o pam roeddan ni wedi galw. Ac mi ofynnodd o'n syth o ble daeth yr esgid – na, mi gyfeiriodd at y ddwy os dwi'n cofio'n iawn.'

'Rydan ni wedi dysgu felly fod gan Rhian sgidia fel hyn, neu rai tebyg, o leia. Ac os mai ei hesgid hi ydi hon, mae'n debygol nad oedd hi'n eu gwisgo yn ystod y dydd, yn ei gwaith. Mae hynny'n golygu ei bod hi wedi mynd adra i newid ar ôl gorffen ei gwaith ... arhoswch yma am funud, Aisling. Mae gen i un cwestiwn arall i'w ofyn i Mr Morris.'

Neidiodd o'r car a diflannodd yn ei ôl i mewn i'r adeilad. Ymhen llai na munud, roedd yn ei ôl yn sedd y gyrrwr.

'Yn union fel roeddan ni'n amau,' meddai Jeff. 'Pâr o jîns glas oedd Rhian yn eu gwisgo yn ei gwaith ddydd Iau dwytha, nid y sgert roedd hi'n ei gwisgo pan ddarganfuwyd ei chorff. Mi aeth hi adra i newid felly, ryw dro ar ôl iddi orffen ei gwaith a chyn iddi gael ei llofruddio – pryd bynnag oedd hynny. Sgwn i be fydd gan ei gŵr i'w ddeud ynglŷn â hynny?'

Ymhen ugain munud roedd Rhys Rowlands yn syllu ar gynnwys y bag plastig yn nwylo Jeff Evans.

'Mae honna'n debyg iawn i esgid Rhian. Wel, mi oedd ganddi bâr tebyg, beth bynnag, er nad oedd hi'n eu gwisgo nhw'n aml. Lle mae'r llall?' gofynnodd.

'Dim ond hon 'dan ni wedi dod o hyd iddi.'

'Yn lle?' gofynnodd Rhys, er na wyddai'n sicr oedd o eisiau gwybod ai peidio.

'Ar yr arfordir, yn agos i lle rhoddwyd hi yn y môr, yn ôl pob golwg. Fanno oedd ei char hi hefyd.' Dewisodd Jeff ei eiriau'n ofalus.

'Lle yn union, Sarjant Evans?'

'Ar dir rhyw fwthyn bach o'r enw Tyddyn Drain.'

Ochneidiodd Rhys yn ddigon uchel i ysgogi Jeff i ofyn cwestiwn arall iddo.

'Be mae'r fan honno yn ei olygu i chi, Mr Rowlands?'

'Dim ond 'mod i'n gwbod am y lle, ac mi oedd hitha'n gyfarwydd iawn â'r tŷ hefyd.'

'Sut felly?' Cododd Jeff ei aeliau a chiledrych ar Aisling.

‘Am ein bod ni’n dau wedi bod yno efo’n gilydd yn edrych ar y lle un tro, ond roedd hynny sbel go lew yn ôl. Tua dwy neu dair blynedd yn ôl, pan oedd pethau’n well arnon ni ... yn ariannol dwi’n feddwl. Roeddan ni’n meddwl prynu’r lle pan ddaeth o ar y farchnad gynta. Ond pan ffraeais i efo Gareth a dechra fy musnes fy hun yn fama – wel, fel y gwyddoch chi, mi aeth petha’n draed moch braidd.’

Dewisodd Aisling newid y trywydd. ‘Mi ddwedoch chi fod Rhian yn gyfarwydd iawn â Thyddyn Drain, Mr Rowlands. Be yn union oeddach chi’n olygu?’

‘Tom Elias oedd yn ei werthu. Hyd y gwn i, mae’r tir yn dal ar werth. Roedd hi’n siŵr o fod yn gyfarwydd â’r lle o hyd, felly.’

Edrychodd Jeff ac Aisling ar ei gilydd, er nad oedd y cyfan yn glir o bell ffordd.

‘Gawn ni fynd yn ôl at y sgidia am funud, os gwelwch yn dda, Mr Rowlands? Roeddach chi’n dweud bod gan Rhian rai tebyg. Oes modd cadarnhau ydi sgidia Rhian yn dal i fod yma?’

‘Mi chwilia i yn y llofft os liciwch chi.’

Heb ddisgwyl am wahoddiad dilynodd y ddau dditectif Rhys Rowlands i fyny’r grisiau. Roedd yn weddol amlwg nad oedd dynes wedi bod yn agos i’r tŷ ers wythnos. Doedd y gwely ddim wedi’i wneud ac roedd dillad budron y gŵr gweddw blith draphlith dros y llawr a’r gadair ger y ffenest. Chwiliodd Rhys Rowlands yng ngwaelod wardrob Rhian.

‘Na, dydyn nhw ddim yma. Does ’na nunlla arall yn y tŷ ’ma y gallan nhw fod.’

‘Un peth arall, Mr Rowlands,’ meddai Jeff, gan edrych yn syth i’w lygaid i chwilio am unrhyw fath o ymateb. ‘Mi fu Rhian adra ar ôl iddi orffen ei gwaith ddydd Iau wsnos dwytha.'

'Argian! Sut gwyddoch chi hynny?' meddai'n syn.

'Be oedd hi'n ei wisgo i fynd i'w gwaith y diwrnod hwnnw?'

Nid atebodd Rhys Rowlands a methodd Jeff â phenderfynu ai chwilio am ateb fyddai'n argyhoeddi oedd o.

'Ma'n ddrwg gen i. Fedra i ddim cofio,' atebodd o'r diwedd. 'Digon posib 'mod i yn y garej pan adawodd hi'r tŷ.'

'Wel, mi fedrwn ni gadarnhau,' meddai Aisling, 'mai jîns glas oedd amdani pan adawodd hi Lorris Morris am bump o'r gloch. Sgert oedd hi'n wisgo pan ddarganfuwyd ei chorff. Mae'n rhaid felly ei bod hi wedi dod adra i newid.'

'A chofiwch eich bod chi wedi deud wrthan ni'n barod na welsoch chi hi fin nos,' atgoffodd Jeff ef.

'Mi o'n i allan am dri chwarter awr ... na, awr neu fwy ma' siŵr, ddiwedd y pnawn. Es i allan i brofi sut oedd car un o 'nghwsmeriaid i'n dreifio, un ro'n i wedi bod yn ei drin y diwrnod hwnnw. Gan 'mod i'n hapus efo'r ffordd roedd o'n mynd, mi es i â'r car yn ôl i'r cwsmer wedyn. Fo roddodd lifft yn ôl adra i mi.'

'A'r amseroedd, Mr Rowlands?' gofynnodd Jeff.

'Rhwng tua phump a chwech. A deud y gwir, ro'n i'n disgwyl ei gweld hi adra pan gyrhaeddis i yn ôl.'

'Enw'r cwsmer?'

'Andy Hughes, y postman. Mae pawb yn nabod hwnnw. Ewch i ofyn iddo fo.'

'Diolch, Mr Rowlands. Mi fyddwn ni'n siŵr o wneud.'

'Deudwch i mi, Mr Rowlands,' gofynnodd Aisling, 'oedd

hi'n arferiad gan Rhian i newid yn syth ar ôl dod adra o'i gwaith?'

'Anaml iawn,' atebodd.

'Un peth cyn i chi fynd,' meddai Rhys Rowlands o ddrws y tŷ. 'Fedra i ddim peidio â sylwi ar eich acen Wyddelig chi,' meddai wrth Aisling. 'Mae 'na sôn eich bod chi'n chwilio am ryw Wyddel sy'n gweithio ar safle'r pwerdy. Oes 'na gysylltiad?'

Jeff atebodd. 'Oes,' meddai. 'Rydan ni'n ymchwilio i'r posibilrwydd mai fo oedd wedi bod yn cynhyrfu Rhian yn siop Tom Elias. Ydach chi'n siŵr na wnaeth hi sôn amdano fo wrthach chi? Roedd y peth yn amlwg yn ei phoeni hi.'

'Naddo wir, Sarjant,' atebodd. 'Soniodd hi ddim. Ond wrth edrych yn ôl, synnwn i ddim bod rwbath yn ei phoeni hi yn ystod ei dyddiau olaf.'

'Eich barn chi, Aisling?' gofynnodd Jeff pan oedd y ddau yn ôl yn y car ac yn gyrru oddi yno.

'Wel, mi fydd yn rhaid i ni gadarnhau ei stori efo'r postman, ond fedra i ddim bod yn sicr o'r dyn. Dim o bell ffordd. Ond o leia 'dan ni'n gwybod bod cysylltiad rŵan, waeth pa mor annelwig, rhwng Simon Flynn a Thyddyn Drain. Mi fysa fo wedi gallu gweld manylion gwerthu Tyddyn Drain yn siop Tom Elias.'

'Bosib iawn, Aisling. Bosib iawn.'

Pennod 17

Edrychodd pawb ar Jeff ac Aisling yn cerdded i mewn i'r ystafell gynhadledd y noson honno a gwneud eu ffordd tua'r cefn trwy fân glebran y gweddill. Newydd ddechrau oedd y cyfarfod, a Lowri Davies ar fin manylu ar ddigwyddiadau'r diwrnod.

Eglurodd fod olion croen dynol a'r mymryn lleiaf o waed wedi eu darganfod ym mŵt car Rhian. Er nad oedd canlyniadau'r profion arnynt wedi dod yn ôl o'r labordy, edrychai'n debyg mai yn y bŵt y cludwyd Rhian i Dyddyn Drain o ble bynnag y lladdwyd hi. Gan fod tu mewn y car yn wlyb, nid oedd wedi bod yn bosib, hyd yn hyn, i archwilio sedd y gyrrwr nac unman arall am ffibrau, olion bysedd na D.N.A. pwy bynnag a yrrodd y car yno.

Er nad oedd golwg o fag llaw Rhian yn unman, roedd ei phwrs o dan sedd y gyrrwr – a oedd wedi'i guddio yno yn fwriadol, tybed, ynteu a oedd wedi disgyn yno wrth iddi ymladd â'i llofrudd? Y peth mwyaf arwyddocaol oedd bod ynddo fil dau gant a thri deg pum punt mewn arian parod a derbynneb o beiriant loteri. Darganfuwyd bod perchennog y dderbynneb wedi dewis pum rhif cywir yn y Loteri Genedlaethol y dydd Mercher blaenorol, a bod yr arian wedi'i hawlio mewn siop bapurau newydd a oedd hefyd yn swyddfa bost. Gwnaethpwyd ymholiadau yn y fan honno a chafwyd cadarnhad mai dynes o'r un disgrifiad â Rhian a hawliodd yr enillion am chwech o'r gloch ar y nos Iau – y diwrnod y bu iddi ddiflannu.

Oedodd Lowri Davies am rai eiliadau er mwyn i'w chynulleidfa gael cyfle i amsugno'r wybodaeth. Roedd yr ystafell yn dawel wrth i bawb ystyried sut y bu i Rhian ennill y loteri a chael ei llofruddio oriau yn ddiweddarach.

'Beth oedd hi'n wisgo pan aeth hi i hawlio'r arian?' gofynnodd Jeff.

Cyfeiriodd Lowri Davies y cwestiwn tuag at y ddau dditectif a fu'n holi perchennog y siop bapurau newydd. Cadarnhawyd bod y ferch wedi'i gwisgo'n smart, fel petai ar fin mynd allan am y noson, gydag esgidiau sodlau uchel coch am ei thraed. Pan ofynnodd y siopwr iddi beth oedd hi'n bwriadu 'i wneud efo'i henillion, dywedodd ei bod am roi syrpréis i'w gŵr a mynd â fo am bryd o fwyd arbennig y noson honno.

Gofynnodd Lowri Davies i Jeff rannu'r hyn a ddysgodd o ac Aisling yn ystod y dydd. Eglurodd bopeth yn fanwl.

'Mae pethau'n dechrau gwneud synnwyr rŵan ynglŷn â symudiadau olaf Rhian,' meddai Jeff i gloi. 'Mae'n gorffen ei gwaith am bump a mynd adref, erbyn deng munud wedi pump, ddeudwn ni, ac yn darganfod wedi hynny ei bod hi wedi ennill arian ar y loteri. Dydi ei gŵr hi ddim adra, ond gwyddai Rhian na fyddai o'n hir yn unman. O gofio'u sefyllfa ariannol, byddai cael noson allan mewn tŷ bwyta moethus yn beth anghyffredin – ac annisgwyl iawn. A chofiwch, mae Rhian yn dewis mynd â'i gŵr allan am bryd arbennig yn hytrach na chynilo'r arian. Mae hi'n newid o'i dillad gwaith a gwneud ei hun yn barod i fynd allan cyn hawlio'i henillion am chwech o'r gloch. Mi wyddon ni hefyd ei bod wedi ffonio Tom Elias am saith o'r gloch i ofyn am wyliau y bore wedyn. Pwy allai weld bai arni? Ar ôl gweithio mor galed i gadw dau pen llinyn ynghyd, dyma gyfle prin i fwynhau ei hun.'

'Mae 'na un peth sydd ddim yn ffitio i'ch amserlen chi, Sarjant Evans,' meddai'r D.B.A. 'Roedd Rhian wedi gofyn i Gareth Morris am wyliau yn ystod y prynhawn hwnnw, cyn mynd adra os dwi'n cofio'n iawn.'

'Cywir,' cytunodd Jeff. 'Ella ei bod hi wedi darganfod ei lwc yn gynharach yn y dydd, neu wedi bwriadu cymryd gwyliau'r prynhawn Gwener beth bynnag, am reswm arall. Ta waeth am hynny, mi fedrwn ni, erbyn hyn, fod yn weddol saff o'i symudiadau hi tan tua chwech o'r gloch.'

'Gawsoch chi amser i gysylltu efo'r postman – perchennog y car roedd Rhys yn ei drin?'

'Newydd wneud. Dim ond ar y ffôn, ond dwi'n ei nabod o'n ddigon da, ac mae o'n cadarnhau symudiadau Rhys i'r funud.'

'Be wyddon ni am Dyddyn Drain?' gofynnodd Lowri Davies, gan eistedd ar y bwrdd a oedd ar y llwyfan. Edrychai fel petai'n dechrau cyfarwyddo â'i safle newydd yn bennaeth achos mor fawr. Sylwodd Jeff hefyd, gyda balchder, fod aelodau'r timau ymchwil wedi hen ddechrau ymddiried ynddi. 'Welais i ddim arwydd ar gyfyl y lle fod y tir ar werth,' ychwanegodd.

Cododd un o'r ditectifs ei law. 'Mae un o arwyddion asiantaeth Tom Elias wrth geg y lôn sy'n arwain at y bwthyn,' esboniodd. 'ond mae'n edrych yn debyg ei fod wedi bod yno ers tro. Mae o wedi pydru, a'r clawdd wedi tyfu drosto. Dyna pam na welson ni o y tro cynta. Dwi wedi cyfweld perchennog Tyddyn Drain ond all hwnnw ddim rhoi unrhyw oleuni ar yr achos. Mae'r tir ar werth ers bron i dair blynedd a tydi o ddim wedi bod ar gyfyl y lle ers iddo rentu'r tir i Meirion Jones.'

'Bydd yn rhaid i ni ofyn i Tom Elias pryd oedd o yno ddwytha,' meddai Lowri Davies. 'Ella 'i fod o wedi mynd â darpar brynwr yno ryw dro.'

'Mae'n bosib y gwela i o yn hwyrach heno,' awgrymodd Jeff. Wnaeth neb ofyn iddo ymhelaethu.

Cododd ditectif arall ei law er mwyn tynnu sylw'r D.B.A. – doedd dim amheuaeth erbyn hyn mai hi oedd yn rhedeg y sioe, a phawb yn parchu hynny.

'Ar ôl i mi glywed mai Tom Elias sy'n gwerthu Tyddyn Drain,' meddai'r ditectif, 'mi es i yn ôl a chwilio trwy'r stwff gawson ni o stafell Simon Flynn. Yng nghanol y papurau mae taflen manylion gwerthu Tyddyn Drain, ac ar hwnnw mae cyfarwyddiadau ar sut i gyrraedd yno.'

Aeth yr ystafell yn ddistaw. Edrychai'n amlwg felly fod Flynn wedi bachu'r manylion tra oedd o'n loetran o gwmpas y siop ac yn gwylio Rhian.

'Pa mor hir oedd o wedi bod yn cynllunio i'w lladd hi a chael gwared â'r corff, tybed?' gofynnodd Jeff.

'Ond mae'n rhaid i mi ddeud,' meddai'r ditectif eto, 'fod taflenni ar gyfer nifer o dai, tir a ffermydd eraill ganddo fo hefyd. Doeddan nhw i gyd ddim mewn mannau mor anghysbell â Thyddyn Drain.'

'Peth arall a ddarganfuwyd heddiw,' ychwanegodd Lowri Davies, 'ydi bod dyn sy'n ateb disgrifiad Flynn wedi bod yn loetran tu allan i siopau asiantau tai ym Mangor, Caernarfon a Llangefni, ond aeth o ddim i mewn i 'run o'r swyddfeydd hynny.'

'Oes 'na ferched efo gwallt hir coch yn gweithio yn un ohonyn nhw?' gofynnodd Aisling yn syth.

'Nac oes.'

'Wel,' parhaodd Aisling. 'Mae'n edrych yn debyg iawn

bod hynny'n dod â ni'n ôl at ei gefndir yn Iwerddon felly. Targed Flynn, yn y blynyddoedd diweddar, ydi merched, rhai sy'n gweithio mewn, neu'n berchen ar, asiantaethau tai, gyda'r un math o wallt â'r ferch a dwyllodd ei fodryb. Fedrwn ni ddim diystyru'r sylw dalodd o i Megan, sy'n gweithio yn y caffi gyferbyn â siop Mr Elias, na'i ddiddordeb yn y lluniau pornograffig oedd yn ei ystafell ac ar ei liniadur, ond dwi'n credu mai'r ffaith fod y merched yn gysylltiedig ag asiantaethau tai sy'n peri iddo fo fod isio'u niweidio, yn fwy na dim.'

'Wel, mae'n amlwg be ydi'n blaenoriaeth ni felly,' meddai Lowri Davies. 'Dal Flynn cyn iddo wneud rwbath tebyg eto. Pawb i ddod yn ôl yma erbyn hanner awr wedi naw bore fory, os gwelwch yn dda – yn y cyfamser dwi am i bob un ohonoch chi feddwl sut a lle ddylen ni chwilio amdano, a phwy y medrwn ni ofyn iddyn nhw am gymorth er mwyn cael gafael ynddo cyn gynted â phosib.'

Gwenodd Jeff iddo'i hun. Roedd cynnwys pawb o'r tîm ymchwil yn y dasg o feddwl am syniadau yn ffordd dda o sicrhau y byddai pawb yn ei chefnogi.

Tynnodd Lowri Davies ar lawes côt Jeff fel yr oedd o'n gadael yr ystafell yng nghwmni Aisling Moran.

'Deudwch wrtha i, pam ydach chi'n meddwl ymweld â Tom Elias eto heno? Fysa hi ddim yn well i chi fynd adra'n gynnar, deudwch? Dipyn o seibiant efo'ch teulu?'

'Mae'r hyn sy gen i ar y gweill heno'n gymysgedd o waith a hamdden, D.B.A.,' eglurodd. 'Mae Aisling a finna am fynd allan am swper. Eich tro chi oedd hi neithiwr, 'te?'

'A sut mae Tom Elias yn gysylltiedig â hynny? Tydi o ddim yn dod efo chi, siawns?' gofynnodd.

Chwarddodd Jeff. 'Nac ydi wir, ond i'w westy o rydan

ni'n mynd. Plas Gwenllïan, un o'r llefydd gorau am fwyd yn yr ardal 'ma, yn ôl y sôn.'

Meddyliodd Lowri Davies am ennyd cyn ateb. 'Os na fyswn i'n gwybod yn well, Ditectif Sarjant Evans, mi fyswn i'n amau nad ydach chi'n canolbwyntio ar brif drywydd yr ymchwiliad fel y gwnes i ei orchymyn.'

'Twt lol, D.B.A.,' atebodd Jeff yn gellweirus, 'mae dyletswydd arna i, yn does, i edrych ar ôl fy nghyd-weithwraig Wyddelig, a hithau'n gymaint o gymorth i ni.' Gwenodd ar Aisling. 'Ac ella, os ydi Tom Elias yno, y cawn ni gyfle i ofyn cwestiwn neu ddau iddo fo. Mi fydd treuliau'r noson ar eich desg chi cyn bo hir,' ychwanegodd.

'Gawn ni weld am hynny, wir,' atebodd ei bennaeth.

Trodd Jeff i wynebu Aisling a oedd wedi clywed pob gair. 'Ylwch, ma' hi'n tynnu am saith yn barod,' meddai. 'Os a' i â chi i'ch gwesty rŵan, fyddwch chi'n barod erbyn chwarter i wyth?'

'Mi wna i 'ngorau,' meddai hithau.

'Mwynhewch eich noson,' galwodd Lowri Davies ar eu holau wrth iddynt adael.

Pennod 18

Am ddeng munud i wyth, a hithau'n nos Sadwrn, cerddodd Aisling Moran i lawr y grisiau i gyntedd ei gwesty. Roedd Jeff yn disgwyl yno amdani.

Wrth ei gwylio'n cerdded tuag ato, rhyfeddodd Jeff at ei harddwch. Roedd yn anodd credu mai hon oedd y ferch y bu'n gweithio ochr yn ochr â hi drwy'r dydd. Gwisgai'r un trowsus lledr du, tyn, ag oedd amdani pan welodd Jeff hi gyntaf, a lampau cyntedd y gwesty'n adlewyrchu ar y defnydd i arddangos siâp ei chorff wrth iddi symud. Roedd ei bronnau yn amlwg o dan ddefnydd tenau ei thop gwyn gwddf isel, a dechreuodd Jeff ddychmygu sut berthynas yn union oedd ganddi â Lowri Davies. Na, ceryddodd ei hun, gan geisio chwalu'r darlun o'i ben. Byddai'n rhaid iddo geisio celu ei atyniad ati heno, ac ymddwyn fel gŵr bonheddig yn ei chwmni – ond gwyddai fod Aisling yn dditectif profiadol. Fyddai hi'n gallu synhwyro'r effaith a gâi arno? Neu tybed a oedd hi'n chwarae ag o, fel llygoden fach?

'Mae'r car tu allan i'r drws,' meddai Jeff, 'ond mae'r gwynt yn fain.'

Rhoddodd Aisling y siaced wlân ddu yr oedd yn ei chario yn llaw Jeff, er mwyn iddo ei helpu i'w gwisgo. Ac yntau mor agos iddi, ni allai osgoi arogl ei phersawr meddwol. Gwenodd Aisling arno wrth godi ei gwallt trwchus tywyll tros goler ei siaced.

Agorodd Jeff ddrws y gwesty a cherddodd y ddau i lawr y tri gris i'r pafin llydan lle roedd tacsi yn aros amdanynt. Eisteddodd Aisling yn y sedd gefn a llithro ar ei thraws i eistedd y tu ôl i'r gyrrwr, gan adael lle i Jeff ddringo i mewn wrth ei hochr. Cychwynnodd y tacsi, a gwelodd Jeff lygaid y gyrrwr yn gwibio bob hyn a hyn i edrych ar adlewyrchiad Aisling yn y drych ôl.

'Tacsi? Do'n i ddim yn disgwyl y fath driniaeth,' meddai Aisling.

'Doeddech chi rioed yn disgwyl i mi yrru adra a ninna'n cael ein tretio gan berchennog un o dai bwyta mwya moethus yr ardal?'

Roedd golwg boenus ar wyneb Aisling. 'Gwrandwch, Jeff. Dim ond gofyn ydw i, ond ydi hi'n briodol i ni dderbyn cynnig fel hyn gan ddyn sy'n rhan o'r ymchwiliad?'

'Cwestiwn da, Aisling,' meddai, yn ddistaw fel na allai'r gyrrwr glywed. 'Mi sylwoch chi pa mor awyddus oedd Tom Elias i'n helpu ni. Rhy awyddus, fel y dwedoch chi'ch hun. 'Dan ni wedi cael gwahoddiad am bryd moethus fydd yn gwneud twll go lew yn elw ei fusnes heno. Y cwestiwn dwi'n ofyn i mi fy hun, Aisling, ydi pam. Be mae o isio? Fy ngobaith i ydi y byddwn ni'n cael yr ateb heno.'

'Mae Lowri yn llygad ei lle, felly, yn tydi? Rydach chi'n dal i ddilyn mwy nag un trywydd yn yr ymchwiliad 'ma.'

'Mwynhewch eich noson,' meddai Jeff, gan anwybyddu'r sylw. 'A chofiwch mai gwaith ydi hwn, wedi'r cwbwl.' Gwenodd arni.

Roedd Aisling Moran yn dechrau dod i ddeall Ditectif Sarjant Jeff Evans, ond roedd llawer mwy i'w ddarganfod. Gwenodd yn ôl arno.

Ymhen deng munud trodd y tacsi oddi ar y ffordd fawr

ac i lawr y lôn hir, goediog i Blas Gwenllïan. Daeth i aros o flaen y brif fynedfa.

'Ga i dalu i ti ar y ffordd adra, Meic?' gofynnodd Jeff.

'Dim problem, Jeff,' meddai'r gyrrwr. 'Mi wn i lle i gael gafael arnat ti os wnei di rynar.' Chwarddodd wrth yrru ymaith.

Adeiladwyd y plasty pedwar llawr ddwy ganrif ynghynt, a doedd y datblygiadau diweddar, drud, iddo ddim wedi amharu ar ei urddas gwreiddiol. Roedd y golau cynnes a ddeuai trwy'r ffenestri mawr yn wahoddiad bendigedig ar noson mor oer.

Cododd Jeff ei law yn ysgafn er mwyn ei rhoi ar gefn Aisling i'w hebrwng tuag at y drws ffrynt, ond newidiodd ei feddwl cyn iddo'i chyffwrdd.

'Ydach chi'n ddigon cynnes allan yma am funud bach, Aisling?' gofynnodd. ''Swn i'n lecio cael golwg sydyn o gwmpas cyn mynd i mewn.'

Cytunodd, a cherddodd y ddau rownd i ochr y tŷ. Roedd stablau modern wedi'u hadeiladu yn y cefn, ac roedd lloc arbennig i ymarfer ceffylau gerllaw. Yma ac acw gwelodd Jeff nifer o loriau cludo ceffylau a charafannau. Y gweision fyddai'n cysgu yn y rheiny, tybiodd. Ym mysg y cerbydau roedd JCB mawr, a edrychai allan o le rywsut. Roedd yn amlwg fod defnydd mawr ar y lle gan berchnogion ceffylau rasio, er mwyn gorffwys eu hanifeiliaid ar y daith rhwng Iwerddon a thir mawr Prydain.

'Ffordd gyfleus iawn i Simon Flynn ddianc yn ôl i Iwerddon, tydi?' gofynnodd Aisling. 'Pa mor hawdd fysa hi iddo guddio yn un o'r bocsys ceffylau 'na a disgwyl i gael ei hebrwng adra ar y fferi?'

'Digon hawdd ma' siŵr, yn enwedig os ydi o'n nabod

rhywun sy'n gysylltiedig â'r busnes. Mae'n bosib ei fod o wedi mynd yn barod.'

Tynnodd Jeff ei ffôn o'i boced a galw ei gyd-weithwyr yn Harbwr Caergybi i awgrymu eu bod yn archwilio bob cerbyd oedd yn gysylltiedig â chludo ceffylau ar y ffordd i Iwerddon.

Erbyn hyn roedd yr oerni wedi gafael ynddynt, a brysiodd y ddau yn ôl i gyfeiriad y drws ffrynt. Cerddodd y ddau i mewn i gyntedd crand a chynnes, gan sylwi'n syth ar y darluniau niferus o geffylau rasio enwog ar y waliau. Daeth dyn bychan canol oed mewn siwt ffurfiol ddu a thei o'r un lliw atynt ar unwaith.

'Mae bwrdd wedi'i drefnu i ni,' meddai Jeff. 'Evans ydi'r enw.'

'A, ia. Cyfeillion Mr Elias, ynte? 'Dan ni wedi bod yn eich disgwyl chi. Ga i gymryd eich siaced chi?' gofynnodd i Aisling.

'Dim am funud,' atebodd hithau. 'Dwi angen cynhesu dipyn gynta.'

Rhoddodd y gŵr hanner ymgrymiad iddi, i ddangos ei fod yn deall. 'Wnewch chi fy nilyn i, os gwelwch yn dda?' gofynnodd.

Arweiniwyd y ddau i ystafell fawr ac ynddi gadeiriau cyfforddus a thân agored. Roedd bar bychan mewn un cornel. Eisteddodd y ddau ger y tân a daeth y gŵr byr â bwydlen yr un iddynt. Rhoddodd y rhestr win o flaen Jeff.

'Mae Mr Elias yn mynnu eich bod chi'n dewis beth bynnag liciwch chi, yn fwyd a gwin. Fo sy'n talu am bopeth heno, medda fo.' Gwenodd yn hollwybodus. 'Diodydd, tra dach chi'n dewis?'

Archebodd Aisling jin a thonic. 'Yr un peth i minna, os gwelwch yn dda ... dau ddwbl,' ychwanegodd.

Edrychodd y ddau ar ei gilydd ar ôl i'r gweinydd eu gadael. 'Sgwn i faint o bobol sy'n gwybod am y trefniant yma heno?' meddai Jeff yn ddistaw.

Ymhen dau funud, rhoddwyd eu diodydd o'u blaenau, ac archebodd y ddau eu bwyd. Ddeng munud yn ddiweddarach, hebryngwyd hwy trwodd i'r ystafell fwyta foethus. Gosodwyd y byrddau yn ddigon pell oddi wrth ei gilydd i roi preifatrwydd i bob cwsmer, sylwodd Jeff, ac roedd eu hanner yn llawn o bobol oedd eisoes yn bwyta. Arweiniwyd y ddau at fwrdd mewn cornel gweddol dywyll ym mhen draw'r ystafell, y gornel fwyaf preifat heb os, lle roedd cannwyll wedi'i goleuo eisoes ar eu cyfer. Tynnodd Aisling ei siaced gyda chymorth Jeff a rhoddodd hi i'r gweinydd. Eisteddodd y ddau i lawr a symudodd Jeff y gannwyll i'r naill ochr.

'Dyma ramantus, ynte?' meddai Aisling.

'Ac i gyd er budd yr ymchwiliad,' atebodd yntau. 'Ac er cof am Siobhan Monaghan a Mary Walsh – heb anghofio Rhian. Rhaid i ni gofio mai dyna'r rheswm rydan ni yma.'

'Rheswm, neu esgus?'

Penderfynodd Jeff anwybyddu'r sylw.

Ymhen dim, cyrhaeddodd y cwrs cyntaf – cregyn bylchog i Jeff, ffiled o facrell i Aisling a hanner potel o Chateau Mirambeau 2014 i'w rhannu. Ni fu fawr o siarad wrth i'r ddau fwyhau'r bwyd, er bod sylw Jeff yn cael ei dynnu tuag at y cysgodion a deflid gan olau'r gannwyll ar grys gwyn Aisling wrth iddi wyro ymlaen i fwyta.

I gydfynd â'r ail gwrs, llwyn o gig oen yr un, daeth potel o Semonlon Haut-Medoc 2012. 'Dewis da,' meddai'r gweinydd wrth roi mymryn i brofi yng ngwydryn Jeff. 'Dwi'n gweld eich bod chi'n gyfarwydd â gwinoedd gorau

Ffrainc.' Ar ôl rhoi mesur bychan yn eu gwydrau, rhoddodd y botel i lawr a'u gadael.

Dechreuodd y ddau fwyta.

'Mwynhau?' gofynnodd Jeff ymhen ychydig.

'Pleserus iawn,' atebodd Aisling. 'Bron cystal â chig oen Gwyddelig.' Gwenodd arno.

'Be 'di hyn ... cymharu gwledydd? Nid yn Stadiwm y Mileniwm na Stadiwm Aviva ydan ni, Aisling!'

'Na ... mae 'na bethau llawer mwy corfforol yn digwydd yn fan'no, does?'

Gwenodd Jeff arni, gan nad oedd ganddo syniad sut i ymateb iddi.

'Be sy ar eich meddwl chi, Jeff?'

'Ga i fod yn berffaith onest?'

'Wrth gwrs.'

'Llofruddiaeth tair dynes ... a'r hyn dwi'n 'i weld o 'mlaen.'

'Fedrwch chi ddim rhoi'r gorau i waith am funud?' gofynnodd Aisling.

Daeth delwedd o wynebau Meira a'r plant i'w feddwl. 'Dwi'n meddwl mai canolbwyntio ar waith fysa orau, Aisling. Ond plis peidiwch â 'nghamddallt i ...' Roedd ar fin dweud wrthi ei fod yn briod, ac yn hapus, pan dorrodd Aisling ar ei draws.

'Peidiwch chitha â meddwl bod yn rhaid i chi egluro, Jeff.' Ar draws y bwrdd, cyffyrddodd Aisling yn ei law, am eiliad yn unig, cyn ei chipio i ffwrdd.

Dechreuodd Jeff deimlo'n anesmwyth. Ai camgymeriad oedd dod â hi yma? Oedd hi wedi synhwyro ei atyniad tuag ati, tybed? Oedd o wedi ei hannog? Roedd yn rhaid iddo newid y pwnc, ond penderfynodd beidio ymhelaethu am ei sefyllfa bersonol.

'Be dach chi'n feddwl o'r lle 'ma?' gofynnodd Jeff wrth iddynt fwyta'u pwdinau.

'Ardderchog,' atebodd Aisling. 'Yn union fel yr awgrymodd Tom Elias – un o'r llefydd gorau i fwyta yn yr ardal, 'swn i'n tybio.'

'Y math o le y bysa gwraig sydd wedi ennill y loteri yn mynd â'i gŵr am bryd arbennig, dach chi'n meddwl?'

'Yn sicr.' Sylweddolodd Aisling beth oedd trywydd cwestiwn Jeff. 'A hithau'n gweithio i'r perchennog hefyd.'

'Sgwn i allwn ni ffeindio allan? Roedd Rhian yn bwriadu ffonio i archebu bwrdd ar y nos Iau, doedd? Fel arfer mae llyfr, neu ddyddiadur, yn cael ei ddefnyddio i gofnodi archebion mewn lle fel hwn, yn does?'

'Neu gyfrifiadur, wrth gwrs.'

'Be am i ni obeithio mai papur a phensel maen nhw'n 'i ddefnyddio yng nghefn gwlad Cymru,' meddai Jeff. 'Fysach chi'n barod i ymuno efo fi mewn twyll bychan er lles yr ymchwiliad, Aisling?'

Gwenodd arno. 'Siŵr iawn. Dwi'n gêm am rwbath.'

Roedd Jeff ar fin gorffen datgelu ei gynllun pan ddaeth Tom Elias at y bwrdd yn wên o glust i glust.

'Popeth yn iawn? Bob dim yn eich plesio chi'ch dau?' Eisteddodd i lawr ar un o'r cadeiriau gwag wrth y bwrdd heb wahoddiad. Wel, ei westy o oedd hwn, a fo oedd yn talu, ystyriodd Jeff, felly pwy oedd o i ddadlau?

Canmolodd Jeff y lle i'r cymylau, ond ar yr un gwynt gwnaeth yn siŵr nad oedd Elias yn teimlo'n rhy gyfforddus. 'Mae rhywbeth annisgwyl wedi codi'i ben ynglŷn â llofruddiaeth Rhian yn ystod y dydd, rwbath yr hoffwn eich holi ynglŷn â fo.'

Roedd yn amlwg nad oedd Elias wedi disgwyl y byddai'r

sgwrs yn troi at faterion swyddogol, ac yntau wedi bod mor hael â'r ddau dditectif.

'Dewch trwodd efo mi i'r lolfa,' awgrymodd, ei wyneb yn difrifoli fymryn. 'Mi gawn ni frandi bach yn fanno, lle mae hi dipyn distawach ... er mwyn i ni gael llonydd.'

Yn y lolfa fach glyd, wag, gosododd y gweinydd dri Remy Martin mawr ar y bwrdd o'u blaenau.

'Reit ta, Jeff, be sydd yn eich poeni chi?' gofynnodd Tom Elias, gan eistedd yn ôl yn ei gadair gyfforddus a mwytho'r gwydryn brandi yng nghledr ei law.

Gwnaeth y ddau arall yn union yr un peth, fel eu bod yn edrych fel ffrindiau yn mwynhau diod fach gyda'i gilydd ar ôl pryd da, yn hytrach na dau blismon yn holi tyst yn dilyn achos o lofruddiaeth.

'Tyddyn Drain,' meddai Jeff, gan edrych arno'n ofalus i ddisgwyl am adwaith y dyn o'i flaen. Doedd dim.

'Tyddyn Drain?'

'Ia. Chi ydi'r asiant sy'n gwerthu'r lle, ynte?'

'Wel ia, ond sut mae'r lle yn berthnasol?' Symudodd fymryn yn anghyfforddus yn ei gadair.

'Dyna ble ddaru ni ddarganfod car Rhian heddiw.'

'Peidiwch â deud?' Edrychai yn debyg bod ei syndod yn ddiffuant.

'Pryd fuoch chi yno ddwytha, Tom?'

'Fisoedd yn ôl,' atebodd. 'Does neb wedi dangos diddordeb yn y lle ers talwm iawn rŵan. Dim hyd yn oed y perchennog. Mae o'n cael arian bach del am osod y lle.'

'Wel, dyna'r cwbwl, Tom,' meddai Jeff. 'A fedrwn ni ddim ond diolch o galon i chi am noson mor bleserus. Esgusodwch fi,' ychwanegodd, 'rhaid i mi fynd i'r lle chwech.' Rhoddodd arwydd i Aisling tu ôl i gefn Elias wrth godi ar ei draed, a gadawodd yr ystafell.

Ddau neu dri munud yn ddiweddarach, ar ôl canmol moethusrwydd y gwesty, dechreuodd Aisling gwyno wrth Tom Elias ei bod yn teimlo'n sâl. Roedd hi bron â llewygu, meddai, yn boeth, ac yn fyr o wynt. Tynnodd waelod ei chrys allan o'i throwsus lledr a'i chwifio'n wyllt o gwmpas ei hwyneb er mwyn ceisio oeri ei hun. Wrth geisio'i chysuro, gwelodd Tom Elias, a'r gweinydd a ruthrodd yno o'r cyntedd i gynnig cymorth, lawer mwy nag yr oedden nhw wedi'i ddisgwyl.

'Mi fydda i'n iawn ... ond peidiwch â 'ngadael i. Diod o ddŵr ... os gwelwch yn dda, meddai'n egwan wrth orweddian yn y gadair isel, yn parhau â'r sioe a fyddai wedi ennill gwobr mewn unrhyw theatr.

Tra oedd y cyntedd yn glir, cymerodd Jeff y cyfle i edrych ar y dyddiadur oedd ar ben y ddesg. Llamodd ei galon pan welodd mai hwn oedd llyfr archebion y bwyty. Edrychodd yn gyflym yn ôl i'r dydd Iau hwnnw pan ddiflannodd Rhian, a gwelodd gofnod o fwrdd i ddau am hanner awr wedi saith dan yr enw Mrs Rowlands. Roedd y cofnod wedi'i groesi allan mewn inc lliw gwahanol i'r ysgrifen wreiddiol. Trodd Jeff dudalennau'r llyfr yn ôl i'w priod le a cherddodd yn ôl i'r lolfa.

Synnodd y ddau ŵr yng nghwmni Aisling pa mor gyflym y bu iddi ddod ati'i hun a thwtio'i dillad.

'Dwi newydd alw am dacsi,' meddai Jeff, 'ac mi fydd yma ymhen pum munud.'

'Gawn ni fynd allan am dipyn o awyr iach plis, Jeff?' gofynnodd Aisling.

'Wrth gwrs,' meddai, gan ddiolch i Tom Elias unwaith eto.

'Un eiliad,' meddai Tom Elias yng nghlust Jeff wrth iddo gyrraedd y drws. Siaradodd yn ddistaw yn ei glust. 'Pam na wnewch chi ganslo'r tacsi, Jeff? Mae stafell ar eich cyfer chi'ch dau i fyny'r grisiau ... os liciwch chi. Fydd neb ddim callach, coeliwch fi.' Rhoddodd winc slei i Jeff.

Edrychai'n debyg fod yr asiant tai a pherchennog Plas Gwenllïan yn benderfynol o gael Jeff Evans ar ei ochr, un ffordd neu'r llall.

'Be ddeudodd o?' gofynnodd Aisling pan oedd y ddau yn gyrru ymaith yn y tacsi.

'Blacmel,' atebodd Jeff. 'Dim byd arall.'

'Blacmel?' gofynnodd.

'Ia. Cynnig gwely i ni am y noson oedd o. Twt lol, a ninnau 'mond newydd gyfarfod. Does gan rai pobol ddim cywilydd, nagoes?'

Gwenodd Aisling arno. Na, doedd hi ddim yn gallu ei ddarllen o gwbwl.

Rhannodd Jeff yr wybodaeth oedd yn y dyddiadur.

'Pam na wnaethoch chi ofyn iddo'n blwmp ac yn blaen am y dyddiadur?'

'Wn i ddim wir, Aisling. Roedd rwbath yn deud wrtha i mai dyna'r ffordd orau i fynd o'i chwmpas hi. Dyna'r cwbwl.'

Pennod 19

Yn gynharach y noson honno parciodd Range Rover newydd wrth ochr carafán ar barc moethus ar lan y môr dair milltir i'r de-orllewin o dref Glan Morfa. Roedd perchnogion y garafán wedi teithio yno o gyffiniau Lerpwl er mwyn ei chlirio a'i pharatoi cyn ei gadael dros fisoedd y gaeaf. Gwelsant ar unwaith nad oedd pethau fel y dylen nhw fod. Doedd y cyrtens ddim fel roedden nhw wedi cael eu gadael bythefnos ynghynt, ac wrth i'r perchnogion fentro rownd y cefn, gwelsant fod ffenestr wedi'i malu. Pan agorwyd y drws daeth yn amlwg fod rhywun wedi bod yn byw ac yn cysgu ynddi. Ffoniodd y perchnogion yr heddlu yn syth – ac i'w syndod, cyrhaeddodd dau gar yno o fewn munudau. Nid oeddynt, wrth reswm, yn ymwybodol fod yr heddlu lleol yn chwilio am ddyn ar ffo.

Ar ôl esbonio i'r perchnogion fod yr heddlu'n chwilio am ddyn yn dilyn llofruddiaeth yn yr ardal, aethpwyd â hwy i westy lleol i aros. Byddai'r heddlu'n cadw golwg ar y garafán rhag ofn i'r person a oedd wedi bod yn cysgu yno ddychwelyd.

Uwchben harbwr Caergybi, ac ymhell o olwg heddlu'r porthladd, safai dyn yn gwylio'r prysurdeb islaw iddo – y ceir, y carafannau, y lorïau ac ambell focs ceffyl yn disgwyl mewn ciwiau i fyrddio'r fferi i Ddulyn. Llechai Simon Flynn wrth ymyl Cofadail Skinner a hyd yn oed o'r fan honno gallai weld bod yr heddlu, yn ôl pob golwg, yn archwilio'r cerbydau yn llawer mwy manwl nag arfer, yn enwedig y lorïau a'r bocsys ceffylau.

Doedd y Gwyddel mawr ddim yn mwynhau bywyd ffoadur, ac ni allai ddirnad sut y bu i'r heddlu ganfod lle roedd o, a chwilio'i ystafell, mor gyflym. Oedd, roedd wedi bod ar ffo ers amser maith erbyn hyn, ond roedd hi wedi bod gymaint yn haws pan oedd o'n gweithio dramor, lle gallai fyw ei fywyd heb ofni cael ei adnabod na'i ddal. Heddiw, ar dir Prydeinig, roedd yr heddlu ar ei sodlau a byddai'n rhaid iddo ddarganfod ffordd i ddianc yn ôl i'w famwlad – yn gyflym. Gwyddai nad Iwerddon oedd y lle gorau i fynd o dan yr amgylchiadau, ond doedd ganddo ddim dewis arall. Yno roedd ei deulu, y rhai allai ei helpu i gael pasbort ffug arall a'r papurau fyddai'n angenrheidiol iddo eu cael er mwyn teithio i wlad lle nad oedd neb yn ei nabod. Dramor, gallai weithio yn fwynwr neu ofalu am ddiogelwch personol unrhyw un oedd â'r modd i dalu am ei wasanaeth. Byddai'n fodlon gwneud unrhyw beth i ddod allan o'i dwll presennol.

Parhaodd i edrych ar y cerbydau yn cael eu harchwilio islaw a phenderfynodd na allai, erbyn hyn, ystyried croesi i Ddulyn fel yr oedd wedi'i obeithio. Byddai wedi bod mor hawdd iddo guddio yn un o'r bocsys ceffylau yn y gwesty, oedd ddim mwy nag awr ar droed oddi wrth yr harbwr. Ciciodd ei hun nad oedd wedi mentro croesi yn syth wedi i'r heddlu chwalu drws ei ystafell. Ers hynny roedd wedi bod yn teithio ar droed, y rhan fwyaf o'r amser yn ystod oriau tywyll y nos, a doedd teithio felly ar draws caeau dieithr ddim yn bleserus o gwbwl.

Er bod gan Flynn faint fynnir o arian parod yn ei boced,

y miloedd yr oedd wedi'u hennill yn ystod yr wythnosau blaenorol, ni allai eu gwario. Byddai'n siŵr o gael ei adnabod petai'n mentro i siop neu archfarchnad i brynu bwyd. Roedd o wedi meddwl ei fod yn glyfar yn defnyddio enw ffug pan gyrhaeddodd yn yr ardal – ond doedd o ddim wedi bod yn ddigon clyfar, mae'n rhaid.

Yr oedd tridiau wedi mynd heibio ers iddo dorri i mewn i garafán ym mhen draw'r parc carafannau cyfagos. Roedd wedi tybio y byddai rhan helaeth o berchnogion y carafannau wedi eu gadael dros y gaeaf – ac er bod goleuadau i'w gweld mewn un neu ddwy ohonynt gyda'r nos, dewisodd un yng nghysgod coeden fawr. Penderfynodd fod y cysgod, a'r bwyd oedd mewn tuniau ac yn y rhewgell, yn werth y risg a gymerodd. Bonws oedd y cwpwrdd yn llawn gwirod.

Edrychodd Flynn o'i gwmpas a pharatôdd i droedio yn ôl am y garafán. Taflodd gipolwg i lawr ar yr harbwr unwaith eto cyn gadael, gan ystyried sut y byddai'n teithio ar draws Môr Iwerddon. Yn y tywyllwch, cerddodd yn ofalus ar draws y tiroedd yr oedd yn dechrau cyfarwyddo â hwy, ac ymhen yr awr cyrhaeddodd y clawdd oedd yn amgylchynu'r parc carafannau. Arhosodd yno am rai munudau, rhag ofn. Roedd Simon Flynn wedi dysgu sut i fod yn gyfrwys a gofalus yn ystod ei flynyddoedd ar ffo, ac roedd ei synhwyrau'n finiog. Arhosodd ar ei gwrcwd yng nghysgod y clawdd, yn craffu yng ngolau'r lleuad a gwrando'n astud. Synhwyrodd fod rhywbeth o'i le, yna gwelodd symudiad nid nepell oddi wrtho. Rhewodd. Clywodd lais tawel yn dod o'r ochr arall i'r clawdd. Clywodd eiriau yn cael eu sibrwd. 'Na, dim byd eto. Drosodd.' Saib. 'Am faint dach chi isio i ni gadw llygad? Drosodd?'

Gwyddai Flynn ar unwaith fod rhywun yn siarad dros donfeddi radio, ac mai heddwas oedd y rhywun hwnnw. Doedd ganddo ddim dewis ond i aros yn ei unfan, mor ddistaw a llonydd ag y gallai, nes iddi ddechrau gwawrio'r bore canlynol. Mae'n rhaid bod yr heddlu wedi penderfynu rhoi'r gorau i wylio'r safle ar doriad gwawr. Clywodd, ac yna gwelodd, gar heddlu yn agosáu, a dod i stop ger y garafán yn y pellter. Yn y golau gwan gwelodd dri pherson yn ymddangos o'r cloddiau o amgylch gwahanol rannau o'r cae, a dau arall yn dod allan o'r garafán. Disgwyliodd am awr arall cyn symud o'i guddfan.

Penderfynodd y byddai'n rhaid iddo adael yr ardal – a'r wlad – cyn gynted â phosib. Ond sut?

Pennod 20

Cyn i ganlyniadau archwilio'r garafán gyrraedd yr heddlu, roedd hi'n amhosib cadarnhau mai Simon Flynn fu'n llochesu ynddi a dwyn bwyd a gwirod ohoni – ond doedd dim dewis ond cymryd yn ganiataol mai Flynn oedd y tresmaswr. Yn ôl Lowri Davies yn ei chynhadledd y bore hwnnw, byddai cadarnhad o'r olion bysedd a gafwyd yno yn eu meddiant cyn diwedd y dydd, ond byddai'n cymryd tipyn mwy o amser i ddadansoddi olion y DNA yno. Yn y cyfamser, byddai ymholiadau trylwyr yn parhau yn yr ardal.

'Gawsoch chi swper neis, neithiwr?' gofynnodd Lowri Davies pan oedd Jeff ac Aisling ar fin gadael yr ystafell.

'Ardderchog diolch, D.B.A.,' atebodd Jeff. 'Ydach chi'n cytuno, Aisling?' gofynnodd, gan droi ati yn chwilio am ymateb.

'Bwyd bendigedig a lle ardderchog i fwyta,' meddai Aisling.

Roedd Jeff yn disgwyl i'w bennaeth ofyn am fwy o fanylion, ond wnaeth hi ddim. Oedd hi wedi cael yr hanes yn barod, tybed?

'Wel mi ddarganfyddon ni mai'r fan honno roedd Rhian yn meddwl mynd am bryd y noson ddiflannodd hi,' ychwanegodd.

'A ble yn union mae hynny'n ein harwain ni, Sarjant Evans?'

'Wn i ddim wir. Mae'n ddarn bychan o'r jig-so sy'n egluro bwriad Rhian y noson honno. Ond pam dewis mynd i dŷ bwyta ei bòs, tybed? Mae nifer o lefydd eraill llawn cystal yn yr ardal ... wel, *bron* cystal. A pham na wnaeth hi sôn wrth Tom Elias ei bod yn bwriadu mynd i Blas Gwenllïan pan ffoniodd hi i ofyn iddo am y bore canlynol i ffwrdd o'i gwaith? Ac os oedd o'n gwybod am gynlluniau Rhian, tydi o ddim wedi sôn wrthan ni.'

'Mae ateb digon syml i hynna, mae'n siŵr i chi, Sarjant,' atebodd Lowri Davies, yn dewis peidio rhoi llawer o bwys ar dybiaeth Jeff. 'Cofiwch i ba gyfeiriad mae'r ymchwiliad yma'n mynd.'

Roedd Jeff ar fin ateb pan welodd un o ysgrifenyddion yr ymchwiliad yn brysio tuag atynt gyda thamaid o bapur yn ei llaw.

''Dan ni newydd gael galwad ffôn, Ma'm, gan ddyn oedd yn hel mwyar duon hwyr efo'i gi ar lwybr yn agos i Lyn Alaw. Mae o wedi dod ar draws darn o ddillad isa a bag llaw ... un coch.'

'Ffoniwch o yn ôl ar unwaith,' atebodd Lowri Davies, 'a dywedwch wrtho am beidio cyffwrdd dim, peidio gadael neb arall yn agos i'r lle, a disgwyl am yr heddlu.' Trodd i wynebu'r ddau arall. 'Sarjant Evans, ewch yno os gwelwch yn dda, er mwyn asesu oes gan hyn rwbath i'w wneud â'n hymchwiliad ni.' Oedodd. 'Ewch ag Aisling efo chi hefyd. Os dwi'n cofio'n iawn mi oedd dŵr yn agos i leoliad y llofruddiaeth yn Iwerddon. Aisling – rydach chi mewn sefyllfa i benderfynu oes unrhyw debygrwydd rhwng y safle yma a safle'ch llofruddiaeth chi.'

Cymerodd hanner awr dda i'r ddau gyrraedd y llecyn a oedd ger yr argae yng ngwaelod y llyn, lle tawel ers i'r pysgota orffen ar y llyn dair blynedd ynghynt. Dim ond un dyn oedd yno – dyn yn ei chwedegau gydag adargi du blewyn hir ar dennyn yn un llaw a bag hanner llawn o fwyar duon yn y llall. Fflachiodd Jeff ei gerdyn gwarant o'i flaen a gwelodd ar ei union fod y gŵr wedi sylweddoli arwyddocâd ei ddarganfyddiad. Roedd pawb yn yr ardal yn ymwybodol o lofruddiaeth Rhian.

'Be 'di'r hanes?' gofynnodd Jeff.

'Dwi wedi gwneud yn union fel ddeudodd y ddynas ar y ffôn,' meddai'r dyn yn frysiog. 'Y ci 'ma ffeindiodd nhw ... a do'n i ddim yn gwbod be i wneud pan ddaeth o a phâr o nicyrs i mi yn ei geg. A dim jyst unrhyw bâr o nicyrs ydyn nhw chwaith, fel gwelwch chi. Mae'r bag coch yn y brwyn wrth ochr y coed 'na yn fan'cw. Tydw i na'r ci wedi cyffwrdd yn hwnnw.' Pwyntiodd tuag at lecyn tua hanner canllath i ffwrdd.

Er mwyn peidio â llygru unrhyw dystiolaeth ar y tir gofynnodd Jeff i'r gŵr egluro ble yn union yr oedd o wedi troedio. Yna, ar ei ben ei hun ac yn araf, gan edrych o'i gwmpas yn fanwl, dilynodd y llwybr cystal ag y gallai. Roedd wedi gwisgo menig di-haint gwyn a gorchudd o ddefnydd tebyg dros ei esgidiau. Ni welodd ddim byd arall o ddiddordeb. Roedd y darn tir wedi bod yn faes parcio ar un adeg er bod tyfiant trwchus yn cuddio hynny erbyn hyn. Y nicyrs welodd Jeff gyntaf: rhai glas tywyll o ddefnydd tebyg i sidan yn ôl bob golwg – yn stribedi tenau o ddefnydd tryloyw. Doedd o ddim yn ddilledyn y byddai rhywun yn ei wisgo bob dydd – nac yn un hynod o gyfforddus chwaith, dyfalodd Jeff. Pryd fyddai dynes yn gwisgo'r math hwn o ddilledyn? Nid i fynd i'r gwaith bob dydd, yn sicr. Er bod y ci wedi symud y dilledyn eisoes, dewisodd beidio â'i symud drachefn. Cymerodd gam arall gofalus yn nes at y bag llaw coch oedd yn gorwedd ymysg y llystyfiant – yr un coch yn union â'r esgid, sylweddolodd Jeff ar unwaith.

Gan symud y bag llaw cyn lleied â phosib, agorodd ef. Roedd yn llawn o'r geriach arferol – colur, mân bapurau, crib, paced o hancesi papur ac ati. Agorodd sip y boced ochr a gwelodd drwydded yrru. Tynnodd hi allan ac edrychodd ar enw'r perchennog. Rhian Rowlands, Ty'n Sarn. Ar ei gwrcwd, yn llonydd, caeodd ei lygaid ac ochneidiodd yn ddistaw. Yn ôl pob golwg, dyma lle daeth bywyd Rhian Rowlands i ben cyn ei amser.

Erbyn i Lowri Davies, y ffotograffydd a'r gwyddonwyr gyrraedd, roedd Jeff ac Aisling wedi diogelu'r safle cyfan gan ddefnyddio'r tâp trosedd priodol. Roedd perchennog y ci yn dal i eistedd gerllaw, yn dal i afael yn dynn yn ei fag o fwyar duon, a sylweddolodd Jeff ei fod yn crynu fel deilen. Roedd sioc ei ddarganfyddiad wedi'i daro'n llawn erbyn hyn.

'Sut mae'r lle 'ma'n cymharu â'r lleoliad trosedd yn Iwerddon, Aisling?' gofynnodd Lowri Davies.

'Roedd mwy o ddŵr yno,' meddai, 'ond mi fysach chi'n synnu pa mor debyg ydi fama i'r llecyn lle gadawyd corff Siobhan Monaghan. Yn y dŵr oedd hi, wrth gwrs, ond wedi dweud hynny, mae'r ddau le mor debyg. Ac yn y môr gafodd corff Rhian ei waredu, ynte? Dwi'n credu bod Flynn yn cael ei ddenu at bresenoldeb dŵr, rhywsut neu'i gilydd. A does yna ddim posib osgoi'r cysylltiad hwnnw.'

'A chitha, Sarjant Evans?'

'Os ydi llofruddiaethau Flynn yn ei ddenu o at ddŵr, pam fan hyn? A sut mae o, dyn dieithr i'r ardal, yn gwybod am y lle? A pham ei symud hi o un lle i'r llall – cymryd y risg o'i rhoi hi ym mŵt ei char ei hun a'i gyrru'r holl ffordd i Dyddyn Drain, ei chario dros y caeau ac yna'i thaflu hi dros y dibyn. Pam ddim jyst ei gadael hi yn fama? Sut y gallodd dyn fel Flynn ddod ar ei thraws rhwng tua chwech a rhyw dro ar ôl saith, amser cymharol fyr, y noson honno? A sut y gallodd o ddod â hi i le fel hyn i'w threisio'n rhywiol a'i mygu?'

'Ein swyddogaeth ni,' meddai Lowri Davies, 'ydi darganfod hynny.'

'Un peth sy'n sicr,' parhaodd Jeff, gan edrych yn syth i lygaid ei fòs, 'mae'r darganfyddiad yma'n codi mwy o gwestiynau nag y mae'n eu hateb, yn enwedig os mai Flynn a'i lladdodd hi. Mae'n ddyletswydd arnon ni i gyd i gadw meddyliau agored. Dyna ydi fy marn i, a waeth i chi ei glywed o rŵan ddim.'

'Iawn, Sarjant. Dwi'n parchu'ch barn chi.'

Roedd wyneb anfoddog Lowri Davies yn arwydd ei bod, o'r diwedd, yn dechrau dod i ddeall ei bwynt. Ond yn eironig ddigon, dechreuodd Jeff amau ei hun.

Ymhen tair awr, roedd y timau archwilio wedi gorffen eu gwaith ger Llyn Alaw. Doedd dim mwy o dystiolaeth yno – dim hyd yn oed olion car Rhian. Ond doedd dim olion teiars eraill yno chwaith, gan y byddai'r cwbwl, mwy na thebyg, wedi'u chwalu gan wynt a glaw'r wythnos gynt.

Cyrhaeddodd Jeff ac Aisling Ty'n Sarn. Safai Rhys Rowlands, fel arfer, yn ei oferôls budron o flaen drysau'r garej. Dangoswyd y bag llaw coch iddo.

'Ia, Rhian oedd bia hwnna,' meddai. 'Lle gafoch chi hyd iddo fo?'

Rhoddodd Jeff yr ateb. 'Wyddoch chi am y lle?' gofynnodd.

'Gwn, ond dwi ddim wedi bod yno ers blynyddoedd.'

'Be am y bag?'

'Pur anaml roedd hi'n ei ddefnyddio fo, Sarjant Evans,' eglurodd Rhys. 'Yr un fath â'r sgidia coch 'na. Roeddan nhw'n dod allan ar gyfer achlysuron arbennig ... welais i mohoni'n eu defnyddio ers tro.'

'Be am hwn?' Dangosodd Jeff y bag di-haint yn cynnwys y dilledyn isaf.

'Be amdano fo?'

'Roedd o wrth ochr y bag. Mae'n debygol iawn mai Rhian oedd yn ei wisgo.'

Gwelodd Jeff ac Aisling y syndod yn taro wyneb Rhys Ellis fel gordd. 'Wel, welais i 'rioed mohono fo. Ma' hynny'n saff i chi. Doedd Rhian byth yn gwisgo petha fel'na, cyn belled ag y gwn i.'

'Ystyriwch hyn, Mr Rowlands,' meddai Jeff, yn gwneud ei orau i beidio â'i gynhyrfu'n ormodol. 'Ar y noson y lladdwyd hi, roedd Rhian yn gwisgo dillad reit smart – roedd hi wedi newid o'i dillad gwaith. Sgidia coch a bag llaw coch ... a rŵan rydan ni'n credu ei bod hi'n gwisgo'r nicyrs yma. Oedd hi'n gwisgo ar gyfer achlysur arbennig efallai?'

Gwyliodd y ddau dditectif Rhys Rowlands yn anadlu'n drwm cyn ymateb. 'Fel dach chi'n deud,' meddai, 'mae'n rhaid bod ganddi noson arbennig wedi'i threfnu ... efo rhywun.'

'Doeddech chi ddim yn ymwybodol o hyn, Mr Rowlands,' parhaodd Jeff, 'ond roedd Rhian wedi ennill arian ar y loteri'r diwrnod cynt – ychydig dros fil o bunnau. Ac yn ôl ein hymholiadau ni, roedd hi wedi trefnu i fynd â chi allan am bryd o fwyd arbennig i Blas Gwenllïan. Dyna oedd yr achlysur arbennig, yn ôl pob golwg. Rŵan 'ta, ydach chi'n siŵr nad ydach chi wedi gweld y nicyrs yma o'r blaen?'

'Yr unig beth fedra i feddwl, Sarjant Evans, ydi bod Rhian wedi'u prynu nhw pan aeth hi i Fangor efo'i chwaer tua mis yn ôl. Dwi'n cofio iddi ddod adra yn cario bag Debenhams, ond wn i ddim be oedd ynddo fo.'

'Ydi'r bag yma o hyd?' gofynnodd Aisling.

'Dim syniad, ond mae croeso i chi edrych.'

Heb roi amser iddo ailfeddwl, diflannodd Aisling i fyny'r grisiau i'r llofft ac ailymddangos ymhen rhai munudau yn cario bag Debenhams. Gwenodd ar Jeff wrth estyn derbynneb til iddo o waelod y bag.

'Yng ngwaelod y wardrob oedd o, ac mae'r dderbynneb yma'n dangos iddi dalu wyth bunt a hanner can ceiniog am y nicyrs fis union yn ôl.'

'Wel dyna fo,' meddai Jeff. 'Mae'n edrych yn debyg bod Rhian wedi bwriadu rhoi noson arbennig i chi ... mewn mwy nag un ffordd, Mr Rowlands.'

Agorodd llygaid a cheg Aisling mewn syndod at ei eiriau amrwd.

Llanwodd llygaid Rhys â dagrau.

'Ro'n i'n synnu eich bod chi mor frwnt efo fo, Jeff,' meddai Aisling pan oedd y ddau ohonynt yn ôl yn y car.

'Mae 'na rwbath sy ddim yn taro deuddeg yn fanna, Aisling. Fedra i ddim rhoi fy mys arno fo eto, ond ers i mi gyfarfod y boi, dwi wedi cael y teimlad ei fod o'n celu rwbath. A pheth arall, tybed ai Rhys oedd yn mynd i gael amser da ganddi, ynteu rhywun arall? Dim ond gair y dyn ddaru roi ei henillion iddi sy ganddon ni mai mynd â'i gŵr am fwyd oedd ei bwriad hi.'

'Be nesa felly?'

'Os oedd Ceinwen efo hi yn Debenhams y diwrnod hwnnw, sgwn i be fydd ganddi hi i'w ddweud? Mae dwy chwaer yn debygol o rannu cyfrinachau – a synnwn i ddim ei bod hitha wedi bod yn celu rwbath hefyd.'

Dim ond un Porsche, yr un pedwar gyriant, oedd tu allan i swyddfa Lorris Morris, a diolchodd Jeff pan welodd y llall tu allan i Pedwar Gwynt.

'Cymerwch chi'r awenau, Aisling. Ella gewch chi well hwyl ... wyddoch chi, un ddynes yn holi'r llall,' awgrymodd Jeff. Wnaeth Aisling ddim ateb.

'O, chi sy 'na,' meddai Ceinwen pan agorodd y drws iddynt.

'Gawn ni ddod i mewn?' gofynnodd Aisling, gan gamu i fyny'r stepen heb ddisgwyl am ateb.

Yn y lolfa, wnaeth Aisling ddim gwastraffu amser. 'Mi ddo i yn syth at y pwynt, Mrs Morris. Welsoch chi'r rhain erioed o'r blaen?' Dangosodd y bag yn cynnwys y nicyrs iddi.

'Wel, nid f'un i ydi o. Mae o'n edrych yn beth rhad iawn i mi.'

'Ai Rhian oedd pia fo?'

'Sut fyswn i'n gwybod hynny?'

'Am ein bod ni'n ymwybodol fod Rhian yn eich cwmni chi pan brynodd hi hwn yn Debenhams ym Mangor fis union yn ôl.' Doedd hynny ddim yn berffaith wir ond gamblodd Aisling y byddai Ceinwen yn ei chredu.

'Mi o'n i yn Debenhams efo hi, oeddwn, ond dydw i ddim yn cofio be brynodd hi.'

'Dilledyn bach digon rhywiol, dach chi ddim yn meddwl?' awgrymodd Aisling. 'Nid y math o beth y bysa Rhian yn ei wisgo bob dydd?'

'Mae'n dipyn o syndod i mi fod Rhian yn gwisgo rwbath fel'na o gwbwl, a deud y gwir,' atebodd.

'Sut oedd perthynas rywiol Rhian a Rhys, Ceinwen?'

'Sut dach chi'n disgwyl i mi wybod y fath beth?'

'Am fod chwiorydd yn rhannu cyfrinachau, yn deall ei gilydd.'

'Wel doedd Rhian a finna ddim ... ddim y math *yna* o beth, beth bynnag.'

'Oedd ganddi hi ddyn arall ar y slei, Ceinwen?' Edrychodd Aisling i fyw ei llygaid, gan ennyn parch Jeff am ei hagwedd uniongyrchol. 'Roedd hi'n ferch ddeniadol, a hi oedd piau hwn,' parhaodd Aisling, gan chwifio'r bag plastig o flaen trwyn Ceinwen. 'Welodd Rhys erioed mohono fo. Ar gyfer pwy oedd hi wedi ei brynu felly? Mae'n bwysig i ni gael gwybod os oedd dyn arall yn ei bywyd hi. Dewch, Ceinwen, deudwch.'

'Yn fy marn i, mai hi'n hynod o annhebygol fod gan Rhian gariad, a does gen i ddim syniad o gwbwl pam y bysa hi'n prynu – a gwisgo – nicyrs fel'na.'

Wrth y drws ffrynt ar y ffordd allan, trodd Jeff at Ceinwen. 'Wyddoch chi fod Rhian wedi darganfod ei bod hi wedi ennill arian ar y loteri y diwrnod y lladdwyd hi?' gofynnodd.

Newidiodd wyneb Ceinwen. 'Faint?' gofynnodd.

'O, mae hynny'n gyfrinachol.'

Trodd y ddau a'i gadael, heb air arall.

'Mi fyswn i'n rhoi cyflog mis i wybod pwy ma' hi'n ffonio rŵan,' meddai Jeff wrth iddynt yrru i lawr y dreif.

Gwenodd Aisling, ond roedd ei meddwl ar grwydr. 'Ydach chi wedi ystyried bod Rhian wedi trefnu i gyfarfod Simon Flynn?' gofynnodd.

'Na, 'swn i ddim yn meddwl. Dim ar ôl be ddeudodd Susan yn y siop. Ond 'swn i'n synnu dim petai hi'n bwriadu gweld rhywun arall.'

'Lle awn ni rŵan?' gofynnodd Aisling, ar ôl saib byr.

'Wel, mi fyswn i'n hoffi mynd i Debenhams ym Mangor, ond gan ei bod hi'n ddydd Sul, mi fydd yn rhaid i ni ddisgwyl tan bore fory. Ma' hi wedi bod yn wythnos hir a dwi awydd noson gynnar, am newid.'

Dangoswyd y dderbynneb a'r bag yn cynnwys y dilledyn isaf i reolwraig adran dillad merched Debenhams y bore canlynol. Edrychodd honno ar y dderbynneb ac yna trwy'r cyfrifiadur ar y ddesg o'i blaen. Cododd y ffôn a gofynnodd i'r person ar yr ochr arall ddod i'r swyddfa.

'Mi ydach chi'n ffodus,' meddai. 'Mae'r ferch a werthodd hwn yn gweithio heddiw.'

Clywyd cnoc ar y drws a cherddodd geneth yn ei hugeiniau cynnar i mewn. Roedd yn eneth smart ond yn gwisgo gormod o golur, fel nifer helaeth o staff y siop.

'Dyma Helen,' meddai'r rheolwraig. Esboniwyd natur yr ymholiad iddi.

'O, dwi'n cofio'r ddwy ddynes yn iawn. Dwy chwaer, os gofia i, un efo gwallt coch a'r llall yn felyn, ond o botel 'swn i'n meddwl. Dwy gês, yn enwedig y flondan. Roedd y llall dipyn yn swil yn prynu'r nicyrs, er nad oedd rheswm iddi fod ... mae lot fawr o ferched yn prynu petha fel'na yma bob dydd, wyddoch chi, o bob oed hefyd,' eglurodd, gan edrych ar Jeff.

'Cadwch at y ffeithiau,' siarsiodd y rheolwraig hi'n llym.

'Na, na. Cariwch 'mlaen, plis,' mynnodd Jeff. 'Cesys, dach chi'n ddeud?'

'Wel, yr un gwallt melyn fwy na'r llall, fel o'n i'n deud. Doedd dim ots ganddi hi 'mod i'n clywed eu sgwrs nhw. Roedd y ddynes arall, yr un gwallt coch, isio prynu dillad isa rhywiol i ... sut ddeudodd hi? I roi tân yn ôl yn ei phriodas, neu rwbath fel'na. Ac roedd y ddwy yn chwerthin wrth edrych trwy'r dillad isa, yn awgrymu be fysa'n ei ddenu fo a ballu.'

Ar y ffordd yn ôl i Fôn penderfynodd Jeff ofyn barn ei gyd-weithwraig. 'Wel, Aisling, dach chi'n ddynes ddeniadol sy'n ... gwybod sut i wisgo'n atyniadol, os ga' i siarad yn blaen. Be ydi'ch barn chi?'

'I ddechrau, doedd Rhian ddim wedi arfer gwisgo'r math yma o ddilledyn, ac yn amlwg, mae Ceinwen yn fwy profiadol. Ond mae dau gwestiwn yn codi, yn does? Pam na ddaru Ceinwen ddweud yr holl stori wrthan ni gynna?'

'A'r ail?' meddai Jeff.

'Cwpwl priod yn eu tridegau hwyr neu eu pedwardegau cynnar, a'u perthynas gorfforol wedi dirywio. Pam, tybed?'

'Mae'n edrych yn debyg fod Rhian yn gwneud tipyn o ymdrech i achub y briodas – nid yn unig trwy weithio oriau hir mewn dwy swydd ac edrych ar ôl y tŷ, ond trwy geisio tanio'r sbarc rhyngddi hi a'i gŵr hefyd. Mae hi'n ennill ar y loteri, yn gwneud trefniadau i wledda yng nghwmni'i gŵr ac yn rhoi ei dillad mwya rhywiol amdani ar gyfer y noson.

'Dwi'n meddwl y gallwn ni anghofio'r syniad fod gan Rhian ddyn arall ar y slei,' meddai Aisling.

'Mi ydw i'n tueddu i gytuno efo chi. Ond rŵan ta, lle mae Mr Flynn yn ffitio i mewn i'r pictiwr?'

Pennod 21

Pan gyrhaeddodd y ddau yn ôl i orsaf heddlu Glan Morfa roedd y Ditectif Brif Arolygydd Lowri Davies yng nghanol trafodaeth ddwys yr olwg gyda'r Uwch Arolygydd Irfon Jones. Oedodd Jeff ac Aisling wrth ddrws ei swyddfa pan sylwon nhw ar dôn y sgwrs.

'Na, na, dewch i mewn,' meddai Irfon Jones gan ymestyn ei law i'w gwahodd yn nes.

Tynnodd Lowri Davies ddwy gadair arall rownd y ddesg, caewyd y drws ac eisteddodd pawb i lawr.

'Mae'r Uwch Arolygydd newydd fod mewn cyfarfod a drefnwyd gan un o gynghorwyr y dref ar ran y cyhoedd,' dechreuodd Lowri Davies. 'Mae nifer ohonyn nhw'n cwyno eu bod yn cael ymweliadau parhaus gan dditectifs. Mae sawl un wedi cael ei gyfweld gymaint â hanner dwsin o weithiau – ac un neu ddau dros ddwsin o weithiau hyn yn oed. Mae rhai wedi gorfod gwneud wyth neu naw o wahanol ddatganiadau yn barod, un yn ychwanegu at y llall, ac mae pobol yn cwyno bod eu hamser yn cael ei wastraffu heb fod angen.'

'Ond dyna sut mae ymchwiliad fel hwn yn cael ei gynnal,' ymatebodd Jeff. 'Os oes tamaid newydd o wybodaeth yn dod i'n meddiant, rhaid i ni edrych i mewn i hynny, ac yn aml mae'r ymchwil pellach hwnnw'n golygu fod yn rhaid gofyn cwestiynau newydd i rai sydd wedi cael eu gweld droeon yn barod. Dyna ydi pwrpas y System, te?

Taflu tasgau ymchwil allan fel nad ydan ni'n methu dim.'

'Fedra i ddim gweld ein bod ni angen ymddiheuro am hynny, dan yr amgylchiadau,' ychwanegodd Lowri Davies. 'Mae ganddon ni ddyletswydd i ganfod y llofrudd, ac mae gan bob un o drigolion yr ardal gyfrifoldeb i roi cymorth a chefnogaeth i ni.' Gwyddai'r ddau ddyn pa mor bwysig oedd hi i gadw'r cyhoedd yn hapus, er gwaetha delfryd Lowri Davies o arwain ymchwiliad didrafferth.

'Mae merched y dre ofn mynd allan ar eu pennau eu hunain tra bydd y llofrudd yn rhydd,' meddai Irfon Jones, 'a wela i ddim bai arnyn nhw. Ar y llaw arall, mi ges i fy nghornelu gan brif swyddogion y safle adeiladu bore 'ma. Maen nhwythau'n cwyno fod y cyhoedd yn troi yn eu herbyn. Ar ôl misoedd – neu, yn hytrach, flynyddoedd – o gynllunio i adeiladu'r pwerdy, yr ymgynghoriad â'r cyhoedd, yr ymchwiliad cyhoeddus, eu holl ymdrech i blesio pawb, maen nhw'n profi mwy o elyniaeth nag erioed tuag at y prosiect. A tydi o ddim yn helpu bod dau ddwsin arall o'r gweithwyr dros dro wedi cael eu harestio am eu bod ar ffo rhag y gyfraith mewn rhannau eraill o Brydain. Mae'r cyhoedd yn gofyn cwestiynau, wrth reswm. Faint mwy ohonyn nhw sy'n beryglus? Ar ben hynny, mae'r meddwi a'r cwffio ... mae nifer wedi cael eu dal yn gyrru dan effaith alcohol, un yn dilyn damwain lle cafodd plentyn ei anafu. Mae'n ddealladwy fod pobol yn gofyn be mae'r heddlu yn 'i wneud ynghylch y peth.'

'Mae 'na fai ar y wasg,' meddai Jeff. 'Maen nhw'n gorliwio pob stori. Sbïwch faint o wybodaeth sy'n cael ei gyhoeddi ynglŷn â'r Gwyddel 'ma. Mae'n amlwg bod yr hacs wedi bod yn brysur y ddwy ochr i Fôr Iwerddon gan gyhoeddi pob tamaid o wybodaeth am Flynn a'r cyfan mae o'n cael ei amau ohono. Maen nhw hyd yn oed wedi cyhoeddi llun o Flynn. Nid bod hwnnw fawr o iws – hen lun ydi o, a dydi'r ansawdd ddim yn grêt chwaith. Ella y dylsan ni gyhoeddi llun mwy diweddar ohono.'

Cytunodd Lowri Davies a gwelodd Jeff fod Irfon Jones yn nodio arno'n slei.

'Mae'r wybodaeth sy'n cael ei gyhoeddi gan y wasg yn gywir, wrth gwrs,' meddai Aisling, 'ac mae'n amlwg bod cydweithio agos rhwng y wasg Brydeinig a'r wasg yn Nulyn.'

'Be am gynnal cynhadledd i'r wasg gynted â phosib, a gofyn i deulu a chydnabod Rhian Rowlands chwarae rhan flaenllaw?' cynigiodd y Ditectif Brif Arolygydd. 'Defnyddio'r elfen ddynol, y golled a'r tristwch, ac ailapelio am gymorth y cyhoedd – gwneud iddyn nhw ddallt fod yr heddlu'n gwneud eu gorau.'

Gwelodd Jeff wên fechan ar wyneb Irfon Jones. Roedd y geiniog wedi disgyn.

'Pwy gawn ni, Sarjant Evans?' gofynnodd Lowri Davies.

'Wel, rhaid cael Rhys wrth gwrs,' awgrymodd Jeff.

'Ceinwen?' cynigiodd Aisling.

'Yn sicr,' atebodd y D.B.A. 'Ac mi ofynnwn ni i Susan yn siop Tom Elias, a Megan o'r caffi gyferbyn, gan ei bod wedi gweld Flynn y pnawn hwnnw.'

'Be am Gareth Morris a Tom Elias. Wedi'r cwbwl, nhw oedd yn ei chyflogi hi,' meddai Irfon Jones.

'Pam lai? Fyddwn ni ddim gwaeth â gofyn,' atebodd Jeff, er nad oedd ganddo lawer o ffydd y byddent yn awyddus i gymryd rhan.

'Mi adawa i'r trefniadau i chi, Sarjant Evans,' meddai Lowri Davies, 'ac mi drefna inna efo'r wasg ... teledu, radio a'r papurau newydd i gyd. Mi drïwn ni gynnal y gynhadledd pnawn 'ma am bump, er mwyn iddi gael ei darlledu ar newyddion chwech a dal papurau newydd bore fory. Does 'na ddim llawer o amser, felly ffwrdd â chi, Sarjant Evans.'

Gwenodd Irfon Jones wrth i Jeff adael yr ystafell.

Dechreuodd yr ystafell gynhadledd lenwi am hanner awr wedi pedwar y prynhawn hwnnw. Roedd Lowri Davies wedi bod ar binnau ers pan wnaethpwyd y penderfyniad. Ei sioe hi oedd hon a hi oedd yn gyfrifol am ei chynnal, ei chyflwyno a'i rheoli mewn dull a fyddai'n dod â'r canlyniad gorau posib. Gwyddai yn iawn mai un cyfle fyddai aelodau'r wasg ei angen i chwalu ei threfniadau a throi'r wybodaeth i siwtio'u hagenda eu hunain. Mewn ystafell ar wahân, eisteddai Rhys, Ceinwen, Susan a Megan. Roedd Jeff wedi sylwi nad oedd Ceinwen a Rhys wedi teithio yno efo'i gilydd– a doedd Gareth Morris ddim wedi cyrraedd i gefnogi ei wraig, er ei fod ar ei ffordd, yn ôl Ceinwen. Doedd dim hanes o Tom Elias chwaith. Ffoniodd Jeff ei swyddfa a deall nad oedd o'n bwriadu mynychu'r gynhadledd gan fod Susan yno i gynrychioli'r busnes, a bod neb arall ar gael i ofalu am y siop. Siŵr iawn, meddyliodd Jeff.

Ar ben pump o'r gloch hebryngwyd y teulu a'r tystion drwodd i ystafell y gynhadledd a oedd, erbyn hyn, yn llawn i'r ymylon. Roedd fflachiadau'r camerâu yn ddigon i'w dallu wrth iddynt gerdded ar hyd y llwyfan. Cyrhaeddodd Gareth Morris fel yr oedd y criw yn eistedd i lawr tu ôl i'r bwrdd hir o flaen y gynulleidfa, a gwthiodd ei ffordd i'r sedd nesaf at ei wraig, rhyngddi hi a Rhys Rowlands, heb ddweud gair wrth y naill na'r llall. Doedd dim arwydd o'i natur hyderus arferol.

Eisteddai Lowri Davies yn y canol, wrth ymyl Rhys, a'r ddwy ferch, Susan a Megan, yr ochr arall iddi. Dechreuodd drwy gydymdeimlo â Rhys a'r teulu yn eu colled, datgan trefn y gynhadledd a phwysleisio nad oedd caniatâd i'r wasg ofyn unrhyw gwestiynau i neb ond iddi hi. Aeth ymlaen i drafod llofruddiaeth Rhian a'r ansefydlogrwydd yn yr ardal yn dilyn y drosedd erchyll, a'r lleoliadau o ddiddordeb: siop Tom Elias, y llecyn ger Llyn Alaw a Thyddyn Drain. Gofynnodd i bawb a fu yng nghyffiniau'r mannau hynny yn ystod y deng niwrnod diwethaf i gysylltu â'r heddlu, hyd yn oed os nad oeddynt wedi gweld unrhyw beth anarferol. Rhoddwyd disgrifiad o gar Rhian a'i lun ar sgrin fawr.

Yna, yn ei ddagrau, darllenodd Rhys Rowlands ddatganiad am ei golled oddi ar ddarn o bapur oedd yn ei law grynedig. Gwnaeth Ceinwen ddatganiad tebyg, a gwnaeth hithau apêl am wybodaeth, gyda thipyn llai o emosiwn. Rhoddodd Gareth ei fraich o amgylch ei hysgwyddau heb lawer o deimlad gweledol.

Parhaodd Lowri Davies gan ddweud bod yr heddlu'n awyddus i siarad â Gwyddel a fu'n gweithio ar safle adeiladu'r pwerdy newydd ar dir Hendre Fawr, gan fod dyn yn ateb ei ddisgrifiad wedi cael ei weld o gwmpas siop Tom Elias ac yn y caffi gyferbyn. Cyflwynwyd Megan, gan nodi iddi weini arno ar y diwrnod y diflannodd Rhian. Fflachiwyd goleuadau'r camerâu arni hithau. Pan ofynnodd Lowri Davies am gwestiynau o'r llawr roedd nifer o'r newyddiadurwyr yn ysu am y cyfle.

Cododd un dyn yn y cefn ei law ac amneidiodd Lowri Davies â'i phen arno.

'Dydi hi ddim yn gyfrinach eich bod chi'n chwilio am

ddyn o'r enw Simon Flynn sy'n ffoadur yn dilyn llofruddiaeth yn Nulyn ddwy flynedd yn ôl,' meddai'r gŵr. 'Fel y gwyddoch chi, mae ei lun o ym meddiant y wasg. Ai fo yn unig sy dan amheuaeth o lofruddio Rhian Rowlands?'

'Mae'n hynod bwysig ein bod ni'n cael sgwrs efo Mr Flynn cyn gynted â phosib,' atebodd Lowri Davies, 'ac mi fuaswn i'n gofyn iddo fo gerdded i mewn i'r orsaf heddlu agosaf ar unwaith. Dwi hefyd yn apelio ar y cyhoedd am eu cymorth. Os oes unrhyw un yn gwybod lle mae Simon Flynn, cysylltwch â ni ar unwaith, os gwelwch yn dda.'

'Oes rheswm i feddwl bod Flynn yn dal yn yr ardal hon?' gofynnodd llais arall.

'Mae amheuaeth ei fod o wedi defnyddio carafán yn agos i dref Glan Morfa i lochesu yn ystod y dyddiau diwetha, ond mae o bellach wedi gadael fanno. Cyn belled ag y gwyddon ni, does ganddo ddim car na modd o gael un. Felly mae'n rhaid i ni ystyried y posibilrwydd ei fod yn dal yn y cyffiniau.'

'Pa mor sicr ydach chi mai Flynn sy'n gyfrifol am lofruddio Rhian?'

'All neb – a ddylai neb fod – gant y cant yn sicr heb fwy o dystiolaeth, ond mae dyn yn ateb disgrifiad Simon Flynn wedi bod yn y siop lle roedd Rhian yn gweithio, ac yn ymddwyn yn amheus yn y caffi ar draws y lôn.'

'Ac mae o wedi llofruddio mewn modd tebyg yn Iwerddon, wrth gwrs,' meddai'r un llais.

'Mae hynny'n wir – neu o leia mae'n cael ei amau.'

'Ac mi oedd y ferch a lofruddiwyd yn Nulyn yn gysylltiedig â'r busnes gwerthu tai, a chanddi hithau hefyd wallt coch cyrliog hir.'

'Cywir,' atebodd Lowri Davies.

Disgynnodd distawrwydd dros yr ystafell.

'Oes ganddoch chi lun mwy diweddar ohono y medrwch chi ei rannu efo ni?'

'Fuaswn i ddim yn gwrthwynebu i chi gael copi o'r llun a gymerwyd ohono pan ddechreuodd weithio yn safle'r pwerdy,' atebodd Lowri Davies. 'Mae hwnnw ym meddiant yr heddlu ac mi gewch gopïau digidol ohono ar ddiwedd y cyfarfod yma.'

Doedd Lowri Davies ddim wedi disgwyl y cwestiwn nesaf.

'Faint o'r gweithwyr dros dro ar safle adeiladu'r pwerdy sydd wedi'u harestio yn ystod y pythefnos diwetha 'ma? Faint o ffoaduriaid peryglus o rannau eraill o Brydain? Ac yn bwysicach, faint sydd yn dal ar ôl yn ein cymuned ni?'

'Mae'r heddlu'n cydnabod bod nifer o bobol ddieithr yn yr ardal yma ar hyn o bryd, ac rydan ni'n gwneud ein gorau i ddarganfod pob manylyn am bob un ohonyn nhw. Oes, mae amryw wedi cael eu harestio fel rydach chi'n honni, ac mae'r gwaith o ddarganfod mwy o droseddwyr yn parhau.'

'Biti na fysa'r gwaith hwnnw wedi ei wneud fisoedd yn ôl,' meddai'r un dyn. 'Efallai y byddai Flynn wedi cael ei arestio cyn cael y cyfle i gyffwrdd yn Rhian Rowlands.'

Dyma'r union sefyllfa yr oedd Lowri Davies wedi bod yn ceisio ei hosgoi, ond neidiodd ar y cyfle i rannu ei chenadwri â'r cyhoedd.

'Mae'n anffodus nad oedd manylion cywir Simon Flynn ar gael ynghynt. Enw ffug ddefnyddiodd o pan gafodd ei gyflogi, ac o dan amgylchiadau arferol does dim angen i'r heddlu archwilio manylion pawb sy'n dod i ardal ar gyfer gwaith. Ond hoffwn ddarbwyllo'r cyhoedd ein bod ni'n gwneud ein gorau i gadw'r ardal yma'n ddiogel ac mai dim ond gyda chymorth yr holl drigolion y medrwn ni ddod â'r mater yma i glo. Byddwch yn amyneddgar. Mae ar y cyhoedd ein hangen ni, ac mae'r heddlu angen y cyhoedd. Felly mi hoffwn i'r cydweithrediad hwn barhau, os gwelwch yn dda. Rŵan, dyma gloi'r cyfarfod. Diolch yn fawr i chi i gyd.' Cododd ar ei thraed cyn i neb gael cyfle i ofyn cwestiwn arall.

Rhyfeddodd Jeff fod Lowri wedi dod drwy'r gynhadledd gystal. Ond gwyddai fod y wasg yn siŵr o enwi Flynn ac awgrymu'n gryf mai fo lofruddiodd Rhian – ac y byddai ei lun wedi'i gyhoeddi ar y gwefannau newyddion o fewn yr awr. Efallai nad oedd hynny'n ddrwg o beth, ond tynnwyd meddwl Jeff yn ôl at deulu Rhian. Roedd wedi sylwi nad oedd Rhys wedi hyd yn oed taro golwg i gyfeiriad Ceinwen na Gareth Morris drwy'r gynhadledd. Beth oedd y sefyllfa yn fanno, tybed?

Awr yn ddiweddarach darlledwyd digwyddiadau'r gynhadledd ar newyddion S4C a llanwyd sgriniau ledled Cymru â llun diweddar o wyneb Simon Flynn, y dyn a oedd, yn ôl yr adroddiad, yn gyfrifol am lofruddio Rhian Rowlands. Yn sicr, byddai mwy o fanylion yn y papurau dyddiol y bore wedyn.

Ond fel y digwyddodd pethau, doedd dim rhaid disgwyl tan hynny i ddarganfod lleoliad y Gwyddel.

Pennod 22

Roedd Jeff ar fin mynd adref am ugain munud i naw y noson honno pan ganodd ei ffôn symudol. Edrychodd ar y sgrin a gwelodd ddwy lythyren: 'N N'.

Beth oedd Nansi'r Nos eisiau heno, tybed? Roedd y ddynes leol wedi bod yn hysbysydd gwerthfawr iawn iddo dros y blynyddoedd, er gwaetha'r llysenw amheus a roddodd iddi, ac anaml roedd hi'n cysylltu heb achos da. Tarodd y botwm gwyrdd i ateb.

'Sut wyt ti, Nansi?'

'Jeff bach, ty'd i 'ngweld i rŵan hyn. Dwi 'di cael hanes y boi Flynn 'ma sy 'di bod ar y teli gynna.'

'Argian, Nansi! Lle mae o?'

'Dim dros y ffôn, Jeff. Ma' hi'n stori rhy gymhleth. Ty'd yma rŵan, a blydi brysia. Mae o'n trio mynd yn ôl i Werddon heno.'

Cychwynnodd Jeff yn syth i gartref Nansi'r Nos ar stad dai cyngor ar gyrion y dref. Parciodd ei gar yn y stryd nesaf a cherddodd weddill y ffordd. Eithriad oedd i Nansi ofyn iddo fynd i'w gweld hi yno – fel arfer byddai'n ei chyfarfod mewn rhyw gornel dywyll neu ran anghysbell o'r dref. Mae'n rhaid bod yr wybodaeth oedd ganddi yn bwysig. A dweud y gwir, roedd Jeff ar binnau erbyn iddo ei gweld yn disgwyl amdano ar stepen ei drws.

'Brysia, ty'd i mewn,' meddai, a chaeodd y drws ar ei ôl.

O ystyried yr awr, roedd Nansi'n weddol sobr. Gwisgai jîns glas tyn a siwmper gwddf isel, a digonedd o golur, yn ôl ei harfer. Doedd hi ddim wedi newid ei delwedd yn yr ugain mlynedd ers iddo'i chyfarfod – yr unig beth a oedd wedi newid oedd Nansi ei hun, druan. Doedd y blynyddoedd ddim wedi bod yn garedig wrthi.

'Reit, be sy gin ti i mi heno, Nansi?'

'Rho dy din i lawr yn fan'cw, Jeff, ac mi gei di wybod digon blydi buan, 'mond i chdi ddal dy wynt am funud a gwrando arna i. Mae'r holl dre 'ma'n berwi ar ôl y niws heno. Wyt ti'n cofio'r tro dwytha i Jaci Thomas fynd i'r carchar am ddelio mewn stwff wedi'i ddwyn? Wel, fel gwyddost ti, mi ddeudodd mai ei frawd o, Alun, oedd bia'r cwch mawr 'na oedd ganddo fo yn yr harbwr, i nadu'r cops rhag 'i gymryd o.'

Cadarnhaodd Jeff ei fod yn cofio'n iawn.

'Wel mi aeth Alun â fo i Borth Amlwch. Mae o wedi bod yn pysgota oddi arno bob dydd ers hynny ... busnas bach reit ddel. Pan ddaeth o yn 'i ôl i'r cei heno ar ôl bod yn 'sgota trwy'r dydd, daeth y boi 'ma allan o'r cysgodion yn slei ato fo. Gwyddel oedd o, ac yn cynnig dwy fil o bunna, cash, i Alun i fynd â fo drosodd i Werddon. Mae Alun yn siŵr mai'r boi Flynn 'ma ydi o.'

'Be ddeudodd Alun wrtho fo?'

'Y bysa fo'n mynd â fo drosodd am dair mil, a'i fod o isio mil yn ei law i selio'r dîl, cyn mynd â fo ar y llanw peth cynta bora fory. Ro'dd Alun isio gweddill y pres cyn cychwyn yn y bora, medda fo. Mae Alun, fel pawb arall o gwmpas 'ma yn nabod Rhian a Rhys, ac mae'n fodlon siarad efo chdi.'

'Lle ga i afael arno fo?'

Cododd Nansi ei ffôn symudol a gwneud galwad sydyn. 'Fydd o yma ymhen pum munud,' meddai, yn gyffro i gyd.

Pwtyn byrdew yn ei bedwardegau oedd Alun Thomas, ei

wyneb yn goch gan flynyddoedd o haul a gwynt hallt y môr a'i ddwylo caled fel padelli ffrio ac yn greithiau mân i gyd. Roedd y ddau ddyn yn adnabod ei gilydd ond fu gan Alun erioed fawr i'w ddweud wrth Jeff gan fod ei frawd yn ymwelydd cyson â'r celloedd yng ngorsaf heddlu Glan Morfa. Cofiodd Jeff fod Jaci wedi bod yn y ddalfa yn ystod y dyddiau diwethaf.

'Rhaid i chi ddallt,' dechreuodd Alun Thomas yn syth, 'dim helpu'r copars ydw i, ond gwneud be sy'n iawn er mwyn Rhian Rowlands.'

'Siŵr iawn,' atebodd Jeff, i gadw'r ddysgl yn wastad.

'Ac wrth gwrs, os oes 'na wobr i'w gael am ffendio'r Gwyddal 'ma i chi, gora'n y byd,' ychwanegodd.

'Wel, siŵr iawn,' ategodd Nansi, yn awyddus i roi ei phig i mewn.

'Fedra i ddim addo hynny ar fyr rybudd fel hyn,' atebodd Jeff. 'Ond mi wna i be fedra i.'

'Digon teg. Rŵan 'ta, wrthi'n tacluso'r cwch o'n i ar ôl dod i'r lan gynna. Gwneud petha'n barod ar gyfer fory, pan ddaeth y boi 'ma ata i a chynnig dwy fil i mi fynd â fo drosodd i Werddon. Wel, mae'r cwch 'cw'n ddigon abal i wneud y daith ac mi chwifiodd swp o bres o 'mlaen i. Mi wyddwn fod yr heddlu'n chwilio am Wyddel yn dilyn mwrdwr Rhian, ac mi ddeudis i y byswn i isio tair mil am gymryd y fath risg.'

Gwenodd Jeff arno heb ddweud gair.

'Wel, i ddechra, y peth cynta ddaeth i fy meddwl i oedd bod y boi yn cymryd uffern o risg yn dod ata i fel'na. Ma' raid 'i fod o'n desbret. Mi benderfynis i y byswn i'n sbragio arno fo – ond roedd yn rhaid i mi wneud sioe dda ohoni, doedd? Mi ddeudis i nad oedd y llanw'n ddigon uchel i mi fynd allan tan saith bore fory, ac y byswn i'n disgwyl amdano fo ar y cei chydig cyn hynny. Mi fynnis i 'mod i'n cael mil ganddo fo'r munud hwnnw ... doedd o ddim yn lecio'r syniad, ond doedd ganddo ddim llawer o ddewis, nag oedd?' Tynnodd Alun Thomas bentwr o arian parod o'i boced i'w ddangos, a'i stwffio'n ôl drachefn.

'Hwn oedd o?' gofynnodd Jeff, gan ddangos llun o Flynn i Alun.

Edrychodd y pysgotwr arno. 'Ia, dim dowt. Mi welis i 'i lun o ar y teli hefyd. Be sy'n mynd i ddigwydd rŵan, 'ta?'

'Dwi isio i ti ymddwyn fel petai dim o hyn wedi digwydd. Anghofia am y Gwyddel a'r sgwrs yma efo fi – dim gair wrth neb arall, dallt? Jyst dos o gwmpas dy betha bore fory fel tasa dim byd o'i le.'

'Be am y pres 'ma ges i ganddo fo?'

'Pa bres?' gofynnodd Jeff gyda gwên.

Wedi i Alun Thomas adael, trodd Jeff at Nansi, oedd wedi bod yn annaturiol o dawel yn ystod ymweliad y pysgotwr. 'Lle mae hyn yn dy adael di, Nansi?' gofynnodd. 'Mae Alun yn ymwybodol o'r trefniant sy rhyngddon ni rŵan, tydi? Oes posib iddo fo agor ei geg?'

'Paid â phoeni, Jeff. Mi fedra i watshad ar ôl fy hun.'

Gwyddai Jeff nad oedd amser i oedi – a bod unrhyw obaith o dreulio amser hefo'i wraig wedi'i ddryllio. Roedd hi'n tynnu am ddeg yn barod. Ffoniodd Lowri Davies, ac erbyn iddo gyrraedd yn ôl i orsaf yr heddlu, roedd hi ac Aisling Moran yn disgwyl amdano, yn awyddus i glywed yr holl stori. Galwyd ar ddwsin o dditectifs yr ymchwiliad a threfnwyd iddynt gyfarfod yn y swyddfa am bedwar yn y bore. Doedd dim llawer o ddiben i Jeff fynd adref.

Pennod 23

Y broblem fwyaf yn ystod oriau mân y bore hwnnw oedd nad oedd gan neb syniad lle roedd Simon Flynn, nac o ba gyfeiriad y byddai'n dod at y porthladd bychan a adeiladwyd i allforio copr o Fynydd Parys ledled y byd. Byddai'n rhaid i'r heddlu baratoi'n fanwl. Oedd Flynn yn disgwyl yn y cyffiniau'n barod? Os felly, byddai symudiadau'r plismyn yn chwalu'r holl ymgyrch cyn ei ddechrau. Trefnwyd i oleuadau'r strydoedd cyfagos gael eu diffodd er mwyn i oriau cynnar y bore fod fel y fagddu, a gwisgai'r heddweision gyfarpar i weld yn y tywyllwch. Roedd hofrennydd yr heddlu yn disgwyl ym maes y Llu Awyr yn y Fali.

Erbyn i Alun Thomas gyrraedd ei gwch am hanner awr wedi chwech, fel yr oedd hi'n dechrau gwawrio, roedd dau blismon yn cuddio ar ei fwrdd ac amryw eraill mewn conglau yma ac acw. Edrychai fel petai'r cei yn deffro, fel ar unrhyw fore arall, gyda sawl pysgotwr yn paratoi eu cychod ar gyfer y llanw. Fyddai neb o'r tu allan fymryn callach mai plismyn oedd rhai o'r rheiny heddiw.

Disgwyl oedd Jeff hefyd, yng nghwmni Aisling Moran, a hynny mewn hen adeilad oedd yn edrych i lawr dros y cei. Filltir i ffwrdd roedd Lowri Davies, yn gorchwylio'r holl fenter yng nghefn fan fawr ac ynddi bob math o offer i wrando ar, a chysylltu â phawb a oedd ynghlwm â'r ymgyrch. Roedd pawb yn ei le ers oriau, yn aros. Lle oedd o? O ba gyfeiriad fyddai o'n cyrraedd? Ddeuai o o gwbwl? Yr unig gysur oedd ei fod wedi rhoi cyfran o'r arian i Alun yn barod – pwy fyddai'n troi ei gefn ar gyfle i ddianc ar ôl talu blaendal mor hael?

Am ddeng munud i saith daeth gair fod symudiad yn y coed rhwng Pen Cei a'r harbwr bychan islaw. Yn raddol, daeth siâp person i'r amlwg yn y golau gwan, yn symud yn araf a gwyliadwrus. Cyrhaeddodd waelod yr allt a diflannu i gyfeiriad Lôn y Cei cyn ailymddangos ar ochr ddwyreiniol y cei. Rhoddwyd y gorchymyn i bawb aros yn eu llefydd nes iddo agosáu at gwch Alun Thomas, oedd erbyn hyn yn arnofio'n braf ar godiad y llanw, ei berchennog i'w weld ar y bwrdd yn paratoi am y diwrnod o'i flaen. Roedd mwy o blismyn ger y cei yn barod i neidio ar y ffoadur pan ddeuai'r amser.

Roedd y Gwyddel o fewn ychydig lathenni i'r cwch pan gododd un o'r plismyn o'i guddfan eiliadau yn rhy gynnar a cheisio taclo Flynn ar ei ben ei hun. Doedd o ddim hanner digon o ddyn i'r mwynwr caled, a chododd Flynn yr heddwas oddi ar ei draed a'i luchio i mewn i'r môr. Tarodd y plismon ei ben yn ochr y cwch ar ei ffordd i lawr a disgynnodd yn anymwybodol i'r dŵr. Neidiodd dau heddwas ar ei ôl i'w achub, a rhedodd Flynn nerth ei draed i gyfeiriad y dwyrain a chreigiau Llam Carw gerllaw, yn manteisio ar reddf y plismyn eraill i achub eu cyd-weithiwr. Ar yr un pryd, rhedodd Jeff ac Aisling allan o'u cuddfan ac i gyfeiriad y maes parcio uwch ceg yr harbwr, lle gwelsant Flynn yn rhedeg ar hyd llwybr yr arfordir i gyfeiriad Llaneilian a Phwynt Lynas. Rhedodd y ddau ar ei ôl. Wedi iddi ddeall beth oedd yn mynd ymlaen, gyrrodd Lowri Davies geir a phlismyn eraill i gyfeiriad Pwynt Lynas i'w gyfarfod, ac roedd hofrennydd yr heddlu ar ei ffordd o'r Fali.

Gwelai Jeff ac Aisling gefn Flynn yn rhedeg o'u blaenau bob hyn a hyn, a rhyfeddodd Jeff pa mor chwim oedd y Gwyddel mawr. Gwerthfawrogodd hefyd pa mor gyflym a ffit oedd y Wyddeles wrth ei ochr. Ar ôl chwarter awr roedd y pellter rhwng y ffoadur a hwythau wedi lleihau – ond beth ddigwyddai petaent yn dal i fyny ag o, ac yntau mor gryf a chaled?

Roedd Simon Flynn wedi blino'n llwyr pan redodd rownd cornel greigiog, serth ar un darn o'r llwybr, a dod wyneb yn wyneb â dau blismon mewn iwnifform oedd yn rhedeg tuag ato o'r cyfeiriad arall. Ar yr un pryd, cyrhaeddodd yr hofrennydd i hofran yn isel uwch ei ben. Ni wyddai Flynn lle i droi, yn enwedig pan gyrhaeddodd Jeff ac Aisling o'r ochr arall.

'Gorweddwch i lawr!' Daeth y llais dros uchelseinydd yr hofrennydd – ac er syndod i bawb, dyna'n union a wnaeth Simon Flynn.

Rhoddodd un o'r plismyn mewn iwnifform efyn llaw am ei arddyrnau y tu ôl i'w gefn, a dywedwyd wrtho ei fod yn cael ei arestio ar amheuaeth o lofruddio Rhian Rowlands.

'Wnes i ddim cyffwrdd ynddi, pwy bynnag ydi hi!' gwaeddodd Flynn.

'Mae 'na faterion eraill hefyd,' meddai Aisling Moran, a sylwodd Flynn ar ei hacen ar unwaith. Ni ddywedodd air arall.

Penderfynwyd chwilota trwy ei ddillad yn y fan a'r lle. Roedd ganddo dros bedair mil o bunnau a ffôn symudol yn ei feddiant, ond dim arf o unrhyw fath. Ymhen ugain munud yr oedd yn eistedd yng nghefn un o geir yr heddlu, yn ymwybodol fod ei daith ar ben. Dri chwarter awr yn ddiweddarach safai Flynn o flaen y sarjant ar ddyletswydd yn y ddalfa yng Nglan Morfa.

Tra oedd Flynn yn cael ei archwilio gan feddyg yr heddlu, a'i holl ddillad yn cael eu rhoi mewn bagiau plastig di-haint, cynhaliwyd cynhadledd y bore. Llongyfarchodd Lowri Davies yr holl blismyn oedd ar ddyletswydd y bore hwnnw, a chadarnhaodd fod y plismon a anafwyd ym Mhorth Amlwch yn gwella yn yr ysbyty.

'Job dda iawn,' parhaodd. 'Ond mae llawer iawn mwy o waith i'w wneud. Mae'r cyfreithiwr ar ddyletswydd wedi cyrraedd i gynrychioli Flynn, a chawn amser i'w holi'n fanwl yn hwyrach y bore 'ma. Ditectif Sarjant Evans – chi fydd yn gwneud hynny yng nghwmni Ditectif Sarjant Moran. Rhaid cofio bod angen holi Flynn am ddigwyddiadau yr un mor ddifrifol yr ochr arall i Fôr Iwerddon yn ogystal â llofruddiaeth Rhian Rowlands. Y blaenoriaethau ar hyn o bryd ydi mynd i grombil ffôn symudol Flynn er mwyn canfod ei gysylltiadau, a dysgu am ei symudiadau yn yr wythnosau diwethaf. Mae angen gyrru ei ddillad i'r labordy, yn ogystal â'r eitemau gawson ni yn ei ystafell a pha bynnag dystiolaeth y mae'r meddyg wedi'i ganfod wrth ei archwilio'n bersonol. Mae'r amser yn brin ac mae'n rhaid i ni ddysgu cymaint ag y medrwn ni cyn i ni ei gyhuddo'n swyddogol o lofruddio Rhian. Felly ffeindiwch y dystiolaeth angenrheidiol. Cynhadledd eto am chwech o'r gloch heno.'

Cymerodd Jeff ac Aisling y cyfle i newid o'r dillad yr oeddynt yn eu gwisgo ar gyfer ymgyrch y bore cyntaf, ac i gael tamaid o frecwast, cyn meddwl am gynllunio'r cyfweliad â Flynn.

‘Sut deimlad ydi cael eich dwylo ar Flynn o’r diwedd, Aisling?’ gofynnodd Jeff wrth dyrchu i mewn i’w frechdan bacwn, ei fysedd yn sôs coch drostynt.

‘Digon rhyfedd,’ atebodd. ‘Mae’r Garda wedi bod yn awyddus i gael gafael arno ers dwy flynedd bellach – a dyma fo, yn y ddalfa. Ond wn i ddim os gawn ni gyfle i’w roi o flaen ei well yn Nulyn chwaith. Chi yng ngogledd Cymru fydd yn siŵr o gael y cyfle cyntaf i’w erlyn, a Duw a ŵyr pryd gawn ni ein bachau arno.’

‘Dim ots am hynny, rŵan, Aisling. Mi ddylan ni fod yn ddiolchgar nad ydi Flynn yn rhydd i niweidio mwy o ferched – yn y wlad yma a thu hwnt.’

‘Fedra i ddim anghytuno efo hynny.’

Am ugain munud wedi un ar ddeg y bore hwnnw roedd y ddau dditectif, un o ogledd Cymru a’r llall o’r Garda Síochána, mor barod ag y gallent fod i ddechrau cyfweld y Gwyddel mwyaf treisgar a droediodd ardal Glan Morfa erioed. Dygwyd ef o’r gell yn y ddalfa gan ddau blismon mewn iwnifform ac, yng nghwmni ei gyfreithiwr, rhoddwyd ef i eistedd yn un o’r ystafelloedd cyfweld. Dilynwyd hwy gan Jeff ac Aisling. Ar ôl dechrau’r tâp ac adrodd y rhaglith angenrheidiol, rhoddwyd y rhybudd swyddogol iddo. Paratôdd Jeff i ddechrau’r holi, ond rhoddodd y cyfreithiwr ei law i fyny cyn iddo ofyn y cwestiwn cyntaf.

‘Ga i ddweud, cyn dechrau,’ meddai, ‘mai fy nghyngor i i Mr Flynn ydi i beidio ag ateb yr un cwestiwn, a datgan nad oes ganddo sylw i’w wneud. Yn erbyn fy nghyngor, mae Mr Flynn yn mynnu ateb eich holl gwestiynau, hyd y gall o – ac wrth gwrs, ei ddewis o ydi hynny.’

Roedd syndod amlwg ar wynebau’r ddau dditectif ac

roedd y rhyfeddod yn llawer mwy pan wenodd Flynn o glust i glust wrth edrych arnynt, o un i'r llall. Roedd ei wên bron yn ddiniwed, ac ni allai Aisling guddio'i hansicrwydd na'i hanesmwythder wrth i'w wên aros arni hi.

Symudodd Jeff i wyro ymlaen yn ei gadair. 'Mi wyddoch chi pam rydach chi yma?'

'Am fy mod i wedi lladd dwy ddynes yn Werddon ddwy flynedd yn ôl,' atebodd, heb lol nac oedi.

'I ddechrau, arestiwyd chi'r bore 'ma am lofruddio Rhian Rowlands bron i bythefnos yn ôl, a lluchio'i chorff i'r môr heb fod ymhell oddi yma.'

'Tasa Duw yn fy lladd i'r munud 'ma, nes i ddim cyffwrdd ynddi. Naddo wir, ar fedd fy mam. Ma' hynna'n efengyl i chi.'

'Wyddoch chi am bwy ydw i'n sôn? Rhian Rowlands? Merch oedd â gwallt hir, coch?' gofynnodd Jeff, gan ddewis peidio ag ymateb yn uniongyrchol i'w sylw.

Nid atebodd Flynn.

'Yn gweithio mewn siop gwerthu tai. Mi wyddon ni i chi fod yn y siop honno fwy nag unwaith, ac mewn caffi gyferbyn â'r siop hefyd.' Dechreuodd yr olwynion ym mhen Flynn droi. 'Mi'ch gwelwyd chi yn y cyffiniau, ac yn y caffi, ar y dydd Iau y bu i Rhian ddiflannu. Ydach chi'n cofio'r weinyddes yn y caffi? Merch a gwallt tebyg i Rhian ganddi. Yn debyg iawn, a deud y gwir, i'r ferch a laddwyd.'

Edrychai Flynn fel petai ar fin dweud rhywbeth, ond newidiodd ei feddwl. Roedd llygaid y tri arall arno: ar ei lygaid tanllyd, ei freichiau noeth, cyhyrog a'i ddwylo anferth wrth iddo redeg ei fysedd yn ôl ac ymlaen drwy ei wallt seimllyd. Arhosodd pawb yn fud am rai eiliadau cyn i Flynn siarad o'r diwedd.

'Ylwch,' meddai. 'Mae gen i broblem. Fedra i ddim helpu fy hun weithia.' Llanwodd ei lygaid â dagrau, gwasgodd ei ddyrnau'n dynn a tharodd y ddesg o'i flaen yn drwm nifer o weithiau.

'Pa fath o broblem?' gofynnodd Jeff.

Agorodd Flynn ei galon iddynt. Yn rhyfeddol, ychydig iawn o gwestiynau roedd yn rhaid eu gofyn iddo. A'i gorff yn grynedig, siaradai drwy ei ddagrau a gwelodd Jeff fod Aisling yn nodio'i phen mewn cytundeb pan soniodd y carcharor am rai o'r pethau a ddigwyddodd yn Iwerddon. Sylweddolodd fod corff ac ysbryd y dyn o'u blaenau wedi eu torri'n llwyr.

Parhaodd yr holi manwl am ddwy awr, ond er ei fod yn fodlon cyfaddef i'r ddwy lofruddiaeth yn Iwerddon, gwadodd ei fod wedi gwneud unrhyw niwed i Rhian Rowlands.

Yn y diwedd, torrodd y cyfreithiwr ar draws ei gleient.

Gwrandwch,' meddai. 'Mae Mr Flynn wedi bod yn hynod o gynorthwyol hyd yn hyn. Mae'n emosiynol, yn amlwg, ac mae'n hen bryd iddo gael seibiant. Yn ogystal, mi fyswn i'n hoffi cael gair preifat efo fo. Gawn ni hanner awr os gwelwch yn dda?'

Cytunodd Jeff, a dygwyd Flynn a'i gyfreithiwr yn ôl i'r gell. Edrychodd Jeff ac Aisling ar ei gilydd heb ddweud gair, gan ystyried y cyfweliad syfrdanol.

Pennod 24

Yn gwisgo siwt las tywyll dri darn, crys a thei denau wedi'i chlymu mewn dolen, eisteddai Lowri Davies tu ôl i'w desg yn disgwyl yn awyddus am adroddiad o'r cyfweliad â Flynn. Roedd y siom yn amlwg ar ei hwyneb pan dorrwyd y newyddion iddi.

'Fyswn i ddim yn disgwyl iddo gyfadde'n syth,' meddai. 'Ond megis dechrau ydan ni, te? Be dach chi'ch dau yn 'i wneud ohono fo beth bynnag?'

Edrychodd Jeff ac Aisling ar ei gilydd. Aisling atebodd gyntaf.

'Y darlun cyntaf ges i oedd o ddyn peryglus iawn fysa'n gwenu'n braf i'ch wyneb chi tra mae o'n cynllwynio rwbath dychrynllyd.'

'Y ffordd ddaru o wenu pan ddechreuon ni ei holi fo, dach chi'n feddwl?' gofynnodd Jeff. 'Roedd o'n ymddwyn fel petai'n hurtyn, bron.'

'Ia,' cytunodd Aisling. 'Yn enwedig pan oedd o'n syllu'n syth arna i. Ond wedyn, yr ail argraff oedd o ddyn sy wedi bod yn ffoadur am bron i dair blynedd ac wedi syrffedu ar y bywyd hwnnw. Mae o'n derbyn ei fod wedi'i ddal, ac yn awyddus i fwrw'i fol a chyfaddef y cwbwl lot. Mae wedi cyfaddef i ladd y ddwy ferch yn Iwerddon, a hyd yn oed wedi dweud lle y cafodd o wared â chorff yr ail.'

'Popeth ond lladd Rhian felly,' nododd y D.B.A. 'Ond be am y cysylltiad â'r merched yma – Rhian a Megan, sydd mor debyg i'r merched yn Iwerddon? Y ffaith iddo fynd o gwmpas siopau asiant tai ac ati? Mae'n rhaid mai fo gafodd ei weld yn gwneud hynny – mae'n sefyll i reswm,' mynnodd.

'Mae hynny'n mynd yn ôl i'w blentyndod, medda fo,' parhaodd Aisling. 'Roedd ganddo obsesiwn efo un o'i athrawon yn yr ysgol pan oedd o'n ifanc iawn, dynes ddeniadol o'r un disgrifiad, yn ôl pob golwg, pwy bynnag oedd hi. Ac er ei fod yn ifanc, dwi'n amau'n gryf mai atyniad rhywiol o ryw fath oedd tu ôl i hynny. Mi gofiwch yr achos pan ymosododd ar eneth yr un oed â fo yn yr ysgol? Wel, yr athrawes honno oedd yn gyfrifol am ddod â'r achos hwnnw i'r amlwg, ac mi drodd yn ei herbyn yn syth. Ei chasáu hi hyd yn oed, a hynny ar ôl ei heilunaddoli. Pan dwyllwyd ei fodryb gan asiant gwerthu tai flynyddoedd yn ddiweddarach – dynes yr un ffunud â'r athrawes efo'r un gwallt coch hir, cyrliog – roedd ganddo reswm da, yn ei farn o, i wneud niwed iddi.'

'Mae'n edrych yn debyg felly,' meddai Jeff, 'mai edrychiad y merched yn unig, bellach, sy'n ei gymell i'w targedu.'

'Ie – ac roedd Rhian yn disgyn i mewn i'r un categori. A Megan i raddau hefyd, er nad ydi hi'n gweithio mewn swyddfa asiant tai nac yn athrawes.'

'Mae o'n cyfaddef hynny. Mae'n cyfaddef hyd yn oed mynd o gwmpas yr asiantaethau tai eraill yn y cyffiniau i chwilio am ferched pengoch, ac mai felly y daeth ar draws Rhian – ond mae'n gwadu gwneud unrhyw niwed iddi. Ydi, mae'n cyfaddef ei stelcian hi, ond dyna'r oll. Dim mwy.'

'Be mae o'n ddweud am ei symudiadau ar ôl gadael y caffi y dydd Iau hwnnw?'

'Aeth yn ôl i'r gwersyll ar fws, medda fo.'

'Ac wedyn?'

'Dim syniad eto,' meddai Jeff. 'Dyna lle oeddan ni wedi cyrraedd pan ofynnodd ei gyfreithiwr am seibiant.'

'Fedra i ddim ei goelio fo,' meddai Lowri Davies. 'Na deall pam na wneith o gyfaddef i lofruddio Rhian pan mae o'n berffaith hapus i gyfaddef i ladd y ddwy arall yn Iwerddon.'

'Efallai ei fod o'n benderfynol o dreulio ei gyfnod dan glo yn Iwerddon, yn nes at ei deulu, yn hytrach nag mewn cell ym Mhrydain.' Oedodd Jeff am ennyd. 'Os mai fo laddodd Rhian, wrth gwrs,' ychwanegodd.

'Peidiwch â dechrau ar y tac yna eto, Sarjant Evans.' Edrychodd ei fòs arno'n flin. 'Parhewch i'w gyfweld yn drwyadl, ac mi wna innau drefniadau i holi gyrrwr y bws aeth â fo yn ei ôl i'r gwersyll ... os mai dyna ddigwyddodd, ac unrhyw deithwyr eraill oedd yn yr un bws, rhag ofn bod rhywun arall yn ei gofio.'

Ymhen deng munud roedd Jeff ac Aisling ar eu ffordd yn ôl i'r ystafell gyfweld lle roedd Flynn a'i gyfreithiwr yn disgwyl amdanynt. Wrth gerdded trwy'r ddalfa, gwelodd Jeff gip ar Sarjant Rob Taylor yn cerdded i mewn trwy'r drws allanol.

'Helô, Rob ... ro'n i bron â cholli nabod arnat ti,' gwenodd Jeff ar ei gyfaill. 'Ti'n edrych yn dda efo'r lliw haul 'na. Gest ti wyliau braf, dwi'n cymryd? Wedi ymlacio'n llwyr, dwi'n siŵr.'

'Dyna'n union sut ro'n i'n teimlo tan i mi ddod yn ôl i fama,' chwarddodd yntau.

'Wel ma' gin i ddigon i dy gadw di'n brysur heddiw,' meddai Jeff. 'Mi wela i di'n nes ymlaen.'

Aeth yn ôl i gyfweld Flynn.

‘Roeddach chi’n deud eich bod chi wedi dal bws yn ôl i’r gwersyll ar y dydd Iau hwnnw, bythefnos yn ôl. Dywedwch yr hanes wrthan ni. Faint o’r gloch oedd hyn?’

‘Yn gynnar yn y pnawn.’

‘Aethoch chi allan wedyn?’

‘Naddo. Mi gysgais am dipyn yn fy stafell gan ’mod i’n gweithio’r shifft nos o chwech y noson honno tan chwech y bore wedyn, ond es i ddim i ’ngwaith, fel mae’n digwydd.’

‘Lle oeddach chi nos Iau ar ôl chwech o’r gloch felly?’ gofynnodd Jeff yn awyddus.

‘Yn fan hyn,’ atebodd.

‘Be?’ Cododd llais Jeff mewn syndod.

‘Ia. Mi ges i fy nghloi i fyny yma ar ôl ffeit ym mar y gwersyll y noson cynt. Do’n i ddim wedi gwneud dim o’i le, ond gan ’mod i yno mi ges i fy arestio ’run fath â phawb arall. Mi o’n i’n reit ffyddiog na fyswn i’n cael fy nghyhuddo, ond mi wnes i ddefnyddio enw ffug, jyst rhag ofn.’

Edrychodd Jeff ac Aisling ar ei gilydd yn gegrwth. Gwelsant fod y cyfreithiwr yn gwenu.

‘Enw ffug?’ Os oedd hynny’n wir, ei fod yn y ddalfa’r noson honno, dyna’r alibi gorau iddo ei glywed erioed. Allai o ddim bod wedi lladd Rhian.

‘Wel ia siŵr, atebodd Flynn. ‘Mi ddefnyddiais enw ffug, Patrick Delaney, a rhoi dyddiad geni ffug hefyd, ond fedra i ddim cofio hwnnw rŵan. Petawn i wedi rhoi fy manylion fy hun, mi fasach chi wedi darganfod ’mod i ar ffo yn dilyn y ddwy lofruddiaeth yn Iwerddon. Dyna pam rois i enw ffug arall i’r cwmni dwi’n gweithio iddo. Ewch i chwilio’ch cofnodion, os liciwch chi.’

Roedd y datganiad wedi taro’r ddau dditectif yn galed, ac arwyddocâd yr wybodaeth annisgwyl yn gwawrio arnynt.

Stopiodd Jeff y cyfweliad a galw am blismon arall i gadw cwmni i Aisling tra oedd o'n ymchwilio i honiadau Flynn yn swyddfa'r ddalfa. Edrychodd trwy gofnodion y ddalfa ar gyfer y noson honno, a daeth ar draws manylion carcharor a roddodd yr enw Patrick Delaney. Cafodd ei arestio am chwarter i chwech nos Iau, ychydig cyn i Rhian hawlio ei henillion loteri. Gwelodd mai'r rheswm y cafodd o a dwsin o ddynion eraill eu harestio oedd affrâe yn dilyn cwffio ym mar y gwersyll y noson cynt. Anafwyd dau yn ddrwg a gwnaethpwyd niwed i'r adeilad a'r dodrefn yno. Rhyddhawyd y carcharor Delaney am chwech y bore canlynol pan ddarganfuwyd nad oedd wedi cymryd rhan yn y sgarmes.

Gwelodd Jeff mai Rob Taylor oedd sarjant y ddalfa'r noson honno, o chwech gyda'r nos tan chwech y bore ... noson hir. Galwodd arno.

'Ti'n cofio'r carcharor yma?' gofynnodd, gan dynnu ei sylw at y cofnod.

Meddyliodd Rob am funud. 'Ydw. Uffern o Wyddel mawr caled, os dwi'n cofio'n iawn, ond ches i ddim trwbwl o gwbwl ganddo fo y noson honno chwaith. Ddoth o i mewn fel oen bach a bihafio'i hun tra oedd o yma.'

'Fysat ti'n 'i nabod o rŵan?' gofynnodd Jeff.

'Siawns y byswn i. Pam?'

'Wel, mi wyddost ti erbyn hyn ein bod ni wedi arestio Simon Flynn bore 'ma am lofruddio Rhian Rowlands. Wel, mae Flynn newydd ddweud wrtha i mai fo roddodd yr enw Patrick Delaney y noson honno. Mae hynny'n golygu fod Flynn yn y ddalfa pan laddwyd Rhian.'

Newidiodd wyneb Rob Taylor pan sylweddolodd fod Gwyddel wedi bod yn y ddalfa ac yntau, y sarjant ar ddyletswydd, wedi methu â darganfod fod y Garda Síochána yn chwilio amdano.

'Paid â hel meddyliau, Rob. Yn amlwg, doedd dim tystiolaeth i'w gyhuddo y noson honno, a dim achos felly i gymryd ei olion bysedd na'i DNA, felly doedd dim bai arnat ti.'

'Hmm ... ond lle ddiawl mae hynny'n gadael dy ymchwiliad di i lofruddiaeth Rhian?'

'Duw a ŵyr, Rob,' atebodd Jeff. 'Duw a ŵyr, wir. Tyrd, awn ni trwodd i'r ystafell gyfweld i ti gael golwg ar Flynn, i weld os wyt ti'n ei gofio fo.'

Edrychodd Rob ar y carcharor yn eistedd tu ôl i'r bwrdd ac aeth y ddau allan drachefn.

'Ia, Jeff. Fo ydi o. Bendant!'

Dychwelodd Jeff at Aisling, Flynn a'r cyfreithiwr, ac ailddechreuwyd y cyfweliad. Esboniodd Jeff fod cofnodion y ddalfa yn cadarnhau ei bresenoldeb yno am ddeuddeg awr o chwech ar y nos Iau hyd chwech o'r gloch fore trannoeth, a bod y sarjant ar ddyletswydd yn cadarnhau iddo roi'r enw ffug Patrick Delaney.

'Lle oeddach chi o chwech o'r gloch fore dydd Gwener ymlaen?' gofynnodd Jeff. Trodd i wynebu'r cyfreithiwr. 'Ni ddaethpwyd o hyd i gorff Rhian tan y bore Sadwrn,' esboniodd.

'Ro'n i wedi colli shifft yn y gwaith,' meddai Flynn. 'Ac yn awyddus i wneud yr amser i fyny. Ro'n i yno am wyth, ac mi fues i'n gweithio tan wyth nos Wener.'

'Ac wedyn?'

'Wedi blino'n llwyr. Ges i ddau neu dri pheint ym mar y gwersyll, ella pump, ac i 'ngwely.'

'A be am y dyddiau canlynol?'

'Gweithio deuddeg awr bob dydd tan ddydd Mawrth pan glywais i fod yr heddlu yn chwilio amdana i. Meddyliais yn syth eich bod chi wedi dod i wybod mai enw ffug rois i ar y nos Iau, a'ch bod chi wedi sylweddoli pwy o'n i. Mi wyddwn i mai camgymeriad oedd rhoi manylion mor debyg i fy rhai cywir i swyddogion y gwaith, ac unwaith y clywis i eich bod chi'n holi amdana i, wel, dianc oedd yr unig beth ar fy meddwl i. Ond does gen i ddim car, a mynd yn ôl adra oedd fy unig opsiwn, neu dyna feddyliais i. Dianc rhag cael fy nal am be wnes i yn Iwerddon o'n i, heb air o gelwydd. Wnes i ddim cyffwrdd yn y ddynes gwerthu tai 'na. Coeliwch fi.'

'Pam aethoch chi i'r siop 'ta?'

Crafodd Flynn ei ben unwaith yn rhagor fel petai mewn penbleth. 'Pan welais i hi, mi ddaeth y diafol sy yndda i allan ... mae'n digwydd bob hyn a hyn, yn enwedig pan fydda i'n sbio ar luniau merched ...' Daeth deigryn i'w lygad eto. 'Fedra i ddim helpu fy hun.'

'Be fysa wedi digwydd iddi petaech chi wedi cael eich cyfle?'

Dechreuodd Simon Flynn grynu trwyddo. 'Mi fyswn i wedi gwneud rhywbeth mawr iddi, sarjant. Ond wnes i ddim, coeliwch fi, wnes i ddim.'

Daeth y cyfweliad i ben a gwyddai Jeff, ac Aisling hefyd, mai'r gamp nesaf fyddai rhannu'r wybodaeth ddiweddaraf efo Lowri Davies. Doedd yr un o'r ddau yn edrych ymlaen at wneud hynny.

Pennod 25

Os oedd siom yn amlwg ar wyneb Lowri Davies yn gynharach yn y dydd, roedd hi saith gwaith gwaeth yn ystod yr awr a gymerodd i Jeff ac Aisling drafod ail gyfweliad Simon Flynn gyda hi. Cofiodd Jeff, wrth edrych arni'n ceisio dadansoddi'r wybodaeth ddiweddaraf, mai hwn oedd y tro cyntaf iddi arwain ymchwiliad mor fawr. Er ei bod wedi gwneud argraff dda ar uwch swyddogion y llu, doedd pethau ddim yn troi allan fel yr oedd wedi gobeithio. Gwyddai Jeff, gyda'i flynyddoedd o brofiad, fod ymchwiliadau i lofruddiaethau yn bethau anwadal iawn, ond doedd Lowri ddim eto wedi dysgu disgwyl yr annisgwyl.

Doedd hi ddim yn edrych yn llawer gwell pan ddechreuodd y gynhadledd am chwech o'r gloch, gan fod nifer o'r ymholiadau a wnaethpwyd yn y cyfamser yn tueddu i gadarnhau'r hyn a ddywedodd Flynn.

'Mae gyrrwr y bws yn ei gofio,' meddai'r D.B.A., 'a dau o'r teithwyr eraill hefyd. Disgynnodd oddi ar y bws wrth ymyl y gwersyll am ugain munud wedi dau ond welodd neb mohono nes iddo gael ei arestio ychydig cyn chwech o'r gloch. Ac wrth gwrs, mi oedd Rhian yn fyw ar y pryd.'

'Sut fuon ni mor flêr na wnaethon ni ddarganfod hyn yn gynt, deudwch?' gofynnodd un o'r ditectifs nad oedd yn lleol i Lan Morfa. 'Roedd llun o Flynn ar gael i bob un ohonon ni.'

Esboniwyd fod Sarjant Rob Taylor wedi bod ar ei wyliau ers hynny, bod un o'r plismyn a ddeliodd â Flynn y noson honno wedi bod yn wael a'r llall i ffwrdd ar gwrs estynedig.

'Hefyd,' parhaodd y D.B.A. 'Rydan ni wedi cadarnhau ei fod o wedi gweithio dan ddaear am ddeuddeg awr yn dilyn ei ryddhau, er ei bod hi'n amhosib rhoi cyfrif am bob munud o'r amser hwnnw. Ond wedi dweud hynny, mae'n annhebygol iawn ei fod o wedi medru mynd yn agos i Lyn Alaw na Thyddyn Drain yn y cyfamser, heb ddefnydd car. Ond un peth sy'n sicr – treuliodd awr neu fwy ym mar y gwersyll ac yn y cantîn ar ôl gorffen gweithio ar y dydd Gwener. Mi weithiodd am ddeuddeg awr o wyth o'r gloch y bore ar y dydd Sadwrn, ac yna bob diwrnod tan y dydd Mawrth pan glywodd ein bod ni'n chwilio amdano. Dyna pryd ddechreuodd o feddwl am ffoi.'

'Oes 'na unrhyw fanylion fforensig?' gofynnodd Jeff.

'Mae'r gwyddonwyr wedi bod yn brysur ers dyddiau,' atebodd Lowri Davies, gan ochneidio. 'Does 'na ddim olion ffibrau o'r dillad gawson ni yn stafell Flynn yn agos i gar Rhian, nac ar unrhyw ddilledyn yn perthyn iddi hi. Mae'r un peth yn wir am y dillad yr oedd o'n eu gwisgo pan gafodd ei arestio y bore 'ma, a hyd yn hyn does dim olion amheus dan ei ewinedd nac yn unman arall ar ei gorff. Yn fyr, does yna ddim olion fforensig i'w gysylltu fo â llofruddiaeth Rhian. Dim o gwbwl.'

'A'i ffôn symudol?' gofynnodd Jeff eto.

'Rydan ni'n dal i dderbyn yr wybodaeth honno, ac mi gawn ddarlun llawn cyn bo hir. Ond mae'r cwmni ffonau wedi cadarnhau iddo ffonio siop asiant tai Tom Elias a busnes Lorris Morris yn ystod y dyddiau cyn llofruddiaeth Rhian.'

'Mae hynny'n cadarnhau ei gysylltiad â hi,' nododd llais arall o'r llawr.

'Ydi,' meddai Jeff pan welodd Lowri Davies yn amneidio arno i ateb. 'Mae Flynn yn ddigon parod i gyfaddef i'r llofruddiaethau yn Iwerddon, cofiwch, ac yn cyfaddef, hyd yn oed, fod ganddo ddiddordeb amhriodol yn y merched o'r un disgrifiad yn yr ardal yma. Mae'n edrych yn debyg bod ganddo atyniad tuag at ferched pengoch yn dilyn digwyddiadau yn ystod ei blentyndod – ac mae'n mynd ati yn unswydd i lawrlwytho lluniau pornograffig o ferched tebyg oddi ar y we. Mi wyddom ei fod wedi bod wrthi'n gwneud hynny yn ystod yr wythnosau diwethaf, ac mae'n bur debyg bod hynny wedi'i arwain o i siopau asiantaethau tai yng ngogledd Cymru, gan gynnwys siop Tom Elias. Mae o'n cyfaddef hyn hefyd, a'i fod wedi bod yn stelcian Rhian – a oedd, yn anffodus, yr un ffunud â'r ddwy a laddodd yn Iwerddon. Dwi'n bendant ei fod o wedi bwriadu ei lladd hi, ond – ac mae hwn yn ond mawr – mae hynny'n amhosib fel y gwyddon ni erbyn hyn. Mae'n amlwg nad fo oedd yn gyfrifol.' Oedodd Jeff am eiliad neu ddwy yng nghanol y distawrwydd anghyffredin yn yr ystafell gynhadledd. 'Mae hon yn sefyllfa anodd iawn i'w chredu, ond dyna'r ffeithiau i chi,' meddai i gloi.

Cododd Lowri Davies ar ei thraed. 'Aisling, oes yna amheuaeth o gwbwl bod cyd-droseddwr wedi bod yn gweithio efo Flynn yn achos y llofruddiaethau yn Iwerddon?'

'Na, dim hyd y gwyddon ni,' atebodd. 'Dydi ein hymholiadau ni erioed wedi dadlennu hynny, a fu dim amheuaeth o gyd-droseddwr chwaith.'

'Efallai y bydd rhaid i ni ddechrau ystyried y

posibilrwydd hwnnw rŵan,' atebodd y D.B.A. 'Dwedwch wrthan ni, Aisling, sut mae'r Garda yn ymateb i'r hyn rydan ni wedi'i ddysgu heddiw?'

'Mae tîm yn chwilota'r man lle dywedodd Flynn iddo waredu'r ail gorff, corff Mary Walsh, ac rydan ni'n dechrau ar y broses o wneud cais i'w estraddodi. Mae Gwarant Ewropeaidd i'w arestio yn weithredol ar hyn o bryd, felly fydd hi ddim yn hir.'

'Mae'n edrych yn debyg, felly, mai eich carcharor chi, y Garda, ydi o. Does dim tystiolaeth i ddod â fo o flaen llys barn yma yng Nghymru, heblaw torri i mewn i garafán, a dwyn bwyd a diod ohoni – a'r ymosodiad ar y plismon ddaru geisio'i arestio fo bore 'ma. Dwi ddim yn gweld hynny'n ddigon o reswm i'ch atal chi rhag mynd â fo i Ddulyn i'w erlyn.'

Safai Jeff yng nghefn yr ystafell. Awgrymodd fwy nag unwaith na ddylai ei bennaeth dibrofiad roi ei hwyau i gyd mewn un fasged, ond yn dilyn y datblygiadau diweddaraf, roedd yn rhaid iddo gyfaddef nad oedd ganddo syniad lle arall i'w rhoi.

Y bore canlynol penderfynodd Jeff ymweld â Rhys Rowlands er mwyn trafod y datblygiadau diweddaraf cyn i'r wybodaeth gael ei rhannu gan y wasg. Byddai wedi gallu codi'r ffôn, ond roedd yn awyddus i weld ymateb Rhys i'r newydd. Yn y diwedd, ni allodd Jeff weld unrhyw ymateb – ond doedd hynny ddim yn hollol annisgwyl gan nad oedd y gŵr gweddw wedi dangos llawer o emosiwn ers diflaniad ei wraig. Oedd, roedd rhyw fath o dristwch o'i gwmpas, ond teimlai Jeff nad oedd Rhys yn ymddwyn fel dyn oedd newydd golli ei wraig mewn amgylchiadau mor dreisgar.

Cofiodd mai Rhian, yn ôl pob golwg, oedd wedi bod yn ceisio achub eu priodas. Tybed oedd ei brofedigaeth wedi rhoi rhyw fath o ryddhad i Rhys?

O'r fan honno, aeth Jeff i siop Tom Elias, lle roedd yn falch o weld fod Susan ar ei phen ei hun. Dywedodd cyn lleied â phosib wrthi, dim ond digon iddi wybod nad oedd y Gwyddel mewn sefyllfa i wneud niwed i neb bellach. Roedd ei rhyddhad yn amlwg. Cadarnhaodd nad oedd hi wedi derbyn galwad ffôn gan ddyn ag acen Wyddelig yn ystod yr wythnosau blaenorol.

Roedd Megan yn y caffi gyferbyn hefyd yn falch o gael gwybod na fyddai'n gweld y Gwyddel eto, ac ar ôl ffarwelio â hi trodd Jeff i gyfeiriad Pedwar Gwynt, lle roedd Ceinwen ar ei phen ei hun. Agorodd y drws iddo a'i wahodd i mewn.

'Paned?' gofynnodd.

Synnodd Jeff o gael y fath gynnig. 'Coffi, os gwelwch yn dda,' atebodd, yn rhyfeddu eto ar y gwahaniaeth yn ei hymddygiad pan nad oedd yng nghwmni ei gŵr. Dilynodd hi trwodd i'r gegin.

'Mi gawson ni afael ar y Gwyddel ddoe, ond mae'n rhaid i ni adael iddo fynd,' meddai wrthi.

Trodd Ceinwen Morris rownd i'w wynebu mor gyflym fel y bu bron iddi golli cynnwys y gwpan yn ei llaw. Edrychodd arno'n gegrwth, a dechreuodd Jeff ailadrodd yr hanes.

'Tra oeddach chi'n gweithio yn swyddfa'ch gŵr, gawsoch chi unrhyw alwad ffôn gan ddyn a chanddo acen Wyddelig?' gofynnodd. 'Mae 'na bosibilrwydd bod Flynn wedi ceisio cysylltu â Rhian, er nad oedd o'n gyfrifol am ei lladd hi.'

Roedd yn amlwg nad oedd Ceinwen yn deall, ac eglurodd Jeff na allai ymhelaethu.

'Na. Does gen i ddim cof,' meddai. 'Ac mi fyswn i'n cofio galwad felly, dwi'n siŵr. Ond cofiwch, Sarjant Evans, prin o'n i yno pan oedd Rhian yn fyw.'

Gwelodd Jeff ryw ias oer yn mynd trwyddi wrth orffen y frawddeg. Eisteddodd y ddau gyferbyn â'i gilydd wrth fwrdd y gegin.

'Mae 'na rwbath arall sy'n fy mhoeni fi, Ceinwen,' meddai yn ofalus.'Dwi'n amau nad ydach chi wedi bod yn gwbwl onest efo fi. Ydach chi wedi bod yn cadw unrhyw wybodaeth yn ôl?'

Parhaodd Ceinwen yn fud.

'Y dilledyn isa brynodd Rhian yn Debenhams ym Mangor.' Oedodd yn fwriadol. 'Yn eich cwmni chi. Rydan ni wedi bod yn gwneud ymholiadau yn y fan honno.' Nid ymhelaethodd Jeff yn fwriadol, er mwyn gweld sut y byddai'n ymateb. Bu distawrwydd am eiliadau hir.

'Doedd o ddim o 'musnes i be oedd yn bod ar briodas Rhian a Rhys, Sarjant Evans,' dechreuodd. 'Ond ar ôl y diwrnod hwnnw ro'n i'n gwybod bod Rhian yn gwneud ei gorau i aildanio'r fflam. Do'n i ddim yn meddwl bod gan hynny unrhyw beth i'w wneud â'i llofruddiaeth, felly wnes i ddim sôn. Fysa Rhys byth yn codi bys i'w brifo hi. Mae hynna'n ffaith i chi. Dwi'n nabod Rhys yn dda ... roedd y pedwar ohonon ni'n gwneud tipyn efo'n gilydd ar un cyfnod, pan oedd Rhys yn gweithio i Gareth. Mi wyddoch be ddigwyddodd wedyn.'

'Oedd – neu ydi – Rhys yn cyboli efo rhywun arall?' gofynnodd Jeff yn blwmp ac yn blaen.

'Dydi o ddim y teip, Sarjant. Beth bynnag arall ydi o, dydi o ddim y teip.'

'Beth bynnag arall?' Cododd Jeff ei eiliau.

'Gwan ydi Rhys. Mae 'na ddigon yn ei ben o, ond doedd ganddo ddim digon o asgwrn cefn i sefyll i fyny i Gareth pan ffraeon nhw. Ond dydi o'n ddim o 'musnes i, fel deudis i, a dyna pam na soniais i am y trip i Fangor.'

Erbyn i Jeff gyrraedd yn ôl i orsaf yr heddlu, roedd dau aelod o'r Garda Síochána wedi cyrraedd i hebrwng Simon Flynn i Ddulyn ar y fferi hanner awr wedi wyth y noson honno. Roedd y gwaith papur i gyd wedi'i baratoi, ac roedd Jeff yn awyddus i ffarwelio ag Aisling Moran yn bersonol cyn iddi adael – a diolch iddi am ei chymorth.

Cerddodd Jeff i mewn trwy ddrws cilagored swyddfa Lowri Davies heb wahoddiad, ac yn sicr heb ddisgwyl yr hyn a welai o'i flaen. Roedd y ddwy ddynes yn cofleidio'i gilydd yn gynnes.

'Wela i di'n fuan, felly,' meddai Lowri Davies wrth i'r ddwy wahanu.

Safodd Jeff yn stond, yn methu penderfynu a oedd o wedi torri ar draws rhywbeth na ddylai fod wedi'i weld.

'Dewch i mewn, Jeff,' meddai Lowri, yn defnyddio ei enw cyntaf am newid. 'Jyst deud ta ta oeddan ni.'

Trodd Aisling ato a'i gofleidio yntau hefyd. Cyffyrddodd eu bochau. Tynnodd Aisling yn ôl oddi wrtho. 'Mae hi wedi bod yn bleser, Jeff. Dwi wedi mwynhau gweithio efo chi yn fawr iawn. A mwynhau'ch cwmni chi hefyd,' ychwanegodd.

'Finna yr un fath, Aisling. Gobeithio y cawn ninnau gyfarfod eto hefyd.' Wrth gyfeirio at eiriau'r merched roedd wedi hanner gobeithio cael eglurhad am eu hagosatrwydd annisgwyl ar ôl dim ond ychydig ddyddiau o gydweithio, ond chafodd o nac esboniad nac ymateb gan yr un o'r ddwy. Yn sicr, doedd *o* erioed wedi datblygu perthynas mor agos ar gwrs hyfforddi'r heddlu. Efallai ei fod yn mynychu'r cyrsiau anghywir, meddyliodd.

Ychydig yn ddiweddarach, eisteddai Simon Flynn tu ôl i'r gyrrwr yng nghefn un o geir yr heddlu gydag aelod o'r Garda yn eistedd wrth ei ochr ac un arall yn y sedd flaen wrth ochr y gyrrwr, yn barod am y daith o orsaf heddlu Glan Morfa i borthladd Caergybi. Roedd ei ddwylo mewn gefyn llaw tu ôl i'w gefn – doedd hynny ddim yn gyfforddus iawn, mae'n debyg, ond doedd 'run o'r swyddogion yn barod i roi mwy o ryddid i garcharor mor beryglus. Cychwynnodd y car, a dilynwyd ef gan gar y CID gyda Jeff wrth y llyw ac Aisling yn sedd y teithiwr. Daeth y ddau gar i stop wrth y goleuadau traffig ar y bont ger y fynedfa i'r harbwr pan drodd rheiny'n goch.

Cyn i neb sylweddoli beth oedd yn digwydd, daeth beic modur i'w cyfarfod yn gyflym, ei olau'n dallu'r heddweision. Roedd dau ar gefn y beic, y ddau mewn siwtiau lledr du a helmedi o'r un lliw. Arhosodd y beic wrth ochr y car a oedd yn cario Flynn a daeth dwy ergyd, un yn syth ar ôl y llall, o'r gwn yn llaw'r teithiwr. Malwyd ffenestr ôl y car cyntaf ar yr ochr lle roedd Flynn yn eistedd. Trawyd Flynn ddwywaith. Treiddiodd y fwled gyntaf i'w wddf a'r ail i ganol ei ben gan chwalu ei benglog yn ddarnau. Chwydodd ei waed dros y car, a thros swyddog y Garda a eisteddai wrth ei ochr. Heb oedi, refiodd y beic a saethu yn ei flaen i gyfeiriad yr A55 cyn gyflymed ag yr ymddangosodd. Ychydig eiliadau yn unig a gymerodd yr holl ddigwyddiad.

Roedd y beic wedi diflannu cyn i Jeff gael cyfle i droi ei gar rownd i geisio'i ddilyn. Gyrrodd yntau i gyfeiriad yr

A55, ond erbyn cyrraedd cyrion y dref nid oedd golwg ohono. Byddai'n ofer ceisio ei ddilyn – gwyddai Jeff y gallai'r Kawasaki ZX6R 600cc deithio ar gyflymder o gant a hanner o filltiroedd yr awr – felly cau'r ddwy bont dros y Fenai oedd yr unig obaith o'i ddal.

Doedd dim angen patholegydd i ddatgan bod Simon Flynn yn farw.

Pennod 26

Aeth dau ddiwrnod heibio a doedd neb ddim callach pwy laddodd Simon Flynn. Ailagorwyd y ffordd a oedd yn arwain i harbwr Caergybi erbyn gyda'r nos y diwrnod canlynol, ar ôl i'r sefyllfa achosi trafferthion dychrynllyd i'r holl deithwyr a oedd wedi trefnu i ddefnyddio'r porthladd yn y cyfamser. Darganfuwyd casys y ddwy fwled nid nepell o'r car, yn cadarnhau mai gwn awtomatig a ddefnyddiwyd. Er yr holl chwilio gofalus ni chanfuwyd yr un tamaid arall o dystiolaeth ar gyfyl y lle, a hyd yn oed ar ôl llwyddo i gau'r ddwy bont o fewn deng munud i'r saethu, ni welwyd y beic modur chwaith.

Y bore canlynol, fodd bynnag, cysylltodd aelod o'r cyhoedd i ddweud ei fod wedi gweld beic modur yn cael ei yrru i gefn lorri fawr ar gyrion Llangefni, a hynny o fewn llai na chwarter awr i'r digwyddiad. Rhif cofrestru Gwyddelig oedd ar y lorri ac enw Gwyddelig ar ei hochr, er nad oedd y tyst yn cofio'r manylion. Wedi'r cyfan, roedd dwsinau o loriau o Iwerddon yn gyrru ar hyd lonydd Môn bob dydd.

Doedd dim dwywaith i rywun fod yn glyfar iawn, a dewis y beic yn ofalus. Gallai beic Kawasaki fel hwn gyrraedd cyflymder o chwe deg milltir yr awr o fewn tair eiliad a hanner o fod yn llonydd, gyda'r gallu i deithio cymaint â chant chwe deg pedwar milltir yr awr pe bai angen. Dim rhyfedd i Jeff fethu ei ddilyn. Ond roedd hi'n amlwg hefyd fod y gyrrwr, pwy bynnag oedd o, yn feistr ar yrru peiriant o'r fath. Mae'n rhaid bod y gilfach lle cuddiwyd y lorri ar stad ddiwydiannol Llangefni wedi'i dewis yn ofalus hefyd. Fesul tipyn, daeth darnau bach o wybodaeth i law a chyn hir roedd modd dweud, bron i sicrwydd, mai llofruddiaeth broffesiynol oedd hon, wedi'i chynllunio'n drwyadl.

Tynnwyd y ddwy fwled 9mm a laddodd Simon Flynn allan o sedd gefn y car lle roeddynt wedi stopio ar ôl pasio trwy ei wddf a'i ymennydd. Roedd swyddog y Garda, oedd yn eistedd wrth ei ochr, wedi bod yn eithriadol o lwcus. Yn y labordy, gwnaethpwyd cofnod a chrëwyd lluniau o'r olion a adawyd ar y bwledi gan faril y gwn – marciau oedd yn unigryw i'r gwn a'u taniodd. Defnyddiwyd yr wybodaeth i chwilio cronfa ddata cofrestr o fwledi a defnyddiwyd mewn achosion treisgar ym Mhrydain. Doedd yr un cofnod yn y gronfa ddata honno yn cyd-fynd â'r olion ar y bwledi, ond pan wnaethpwyd ymchwiliadau pellach, darganfuwyd bod y gwn a ddefnyddiwyd i ladd Flynn wedi'i ddefnyddio yn flaenorol i lofruddio tri dyn ac un ddynes yn is-fyd troseddol Dulyn yn ystod y pedair blynedd flaenorol, a dwywaith mewn achos o ladrad arfog. Roedd y darlun yn dechrau dod yn gliriach.

Synhwyrodd Jeff fod agwedd Lowri Davies wedi newid cryn dipyn tuag ato yn ystod y tridiau ers i Aisling Moran a'i chyd-weithwyr Gwyddelig fynd yn ôl i Iwerddon yn waglaw. Gobeithiai Jeff ei bod wedi sylweddoli fod pwrpas i'w holi trwyadl yn ystod yr ymchwiliad, a bod rheswm pam ei fod wedi gofyn cwestiynau anodd ac awgrymog pan oedd y dystiolaeth yn pwyntio mor gadarn i gyfeiriad Flynn. Synhwyrodd hefyd fod rhai o'r ditectifs eraill yn dechrau colli hyder ynddi – ac, yn anffodus, roedd y llysenw a roddwyd iddi yn dechrau codi'i ben unwaith eto. Roedd

Lowri Davies angen cefnogaeth, angen cyfaill hyd yn oed, a chofiodd gais Irfon Jones iddo ei chymryd dan ei adain. Petai hynny'n rhoi hwb bach i'r ymchwiliad – ac iddi hi – roedd yn ddigon bodlon ufuddhau.

Ond teimlai Jeff yn anghyfforddus. Roedd ei hagwedd, ei dillad a'i hymarweddiad yn ei ddrysu. Roedd o wedi gweithio yn effeithiol iawn ochr yn ochr â merched yn y gorffennol, ond doedd Lowri ddim fel merched eraill. Oedd o'n ei thrin hi'n wahanol oherwydd ei rhywioldeb, tybed? Gwyddai y byddai'n cael pryd o dafod petai'n ceisio rhoi cyngor o unrhyw fath iddi – a gwae petai o'n meiddio mynd mor bell ag agor drws iddi. Edrychodd arni'n eistedd yn ôl yn ei chadair a'i thraed, yn yr un hen fŵts lledr du, ar y ddesg o'i blaen.

'Dwi wedi gofyn i chi ddod yma am sgwrs fach breifat,' meddai ei fòs wrtho. 'Mi fyswn i'n lecio petaen ni'n gallu siarad yn agored efo'n gilydd. Reit, Jeff, chi gynta.'

Gwyrodd Jeff ymlaen yn ei sedd, a dechrau ystyried yr achos. 'Mae ganddon ni ddwy lofruddiaeth ar ein dwylo. Waeth i ni ddechrau o'r dechrau ddim. Dwy lofruddiaeth o fewn ychydig llai na phythefnos. Y gyntaf, yn ôl pob golwg, yn edrych fel trosedd ac iddi ysgogiad rhywiol. Treisio merch olygus cyn ei mygu a gwaredu'i chorff yn y môr. Yr ail, llofruddiaeth broffesiynol, heb amheuaeth, un sy'n mynd â ni i is-fyd troseddol Dulyn. Oes cysylltiad rhwng y ddwy? Mae'n rhaid bod. Felly be ydi'r cysylltiad hwnnw?' gofynnodd.

'Simon Flynn,' atebodd y D.B.A. 'Er ein bod yn sicr erbyn hyn nad fo laddodd Rhian.'

'Hollol, ond dydi hynny ddim yn golygu nad fo ydi'r cysylltiad.'

'Mae rhaid i ni gofio nad oedd olion semen yng nghorff Rhian,' meddai Lowri Davies. 'Oes lle i feddwl, tybed, nad ymosodiad rhywiol oedd llofruddiaeth Rhian? Meddwl yn uchel ydw i rŵan.'

'Mae'n gwestiwn digon teg,' atebodd Jeff. 'Sgwn i oedd 'na rywun yn ymwybodol bod troseddwr rhywiol, llofrudd cyfresol, yn yr ardal yma? Beth bynnag am hynny, mae'n amlwg bod rhywun yn is-fyd Dulyn eisiau Flynn yn farw am ryw reswm. Fedra i ddim deall pam y buasai rhywun o'r fan honno isio lladd Rhian hefyd. Hogan o gefn gwlad Cymru oedd hi, heb fath o gysylltiad ag Iwerddon ... hyd y gwyddon ni.'

'Ond yn ôl pob golwg mae Flynn wedi bod yn ceisio ymyrryd yn ei bywyd hi, ac mi gyfaddefodd o ei fod wedi ystyried ei niweidio hi. Nid yn unig roedd o wedi bod yn y siop, ond mi ffoniodd o hi yno, ac yn swyddfa Lorris Morris. Mae'r data oddi ar ffôn Flynn yn ddiddorol hefyd – mi ffoniodd sawl rhif yn Iwerddon nifer o weithiau yn ystod y pythefnos cyn llofruddiaeth Rhian, a defnyddio'r un ffôn i alw'r swyddfeydd lle roedd Rhian yn gweithio. Oes patrwm yn fanna, deudwch, Jeff?'

Cododd Jeff ei aeliau mewn syndod – nid at y cwestiwn ond y ffaith iddi ddefnyddio ei enw cyntaf eto. Tybed oedd hi'n sylweddoli ei bod angen rhywun i gadw'i chefn hi?

'Yr unig batrwm wela i,' atebodd, gan geisio peidio â dangos ei syndod, 'ydi ei fod o wedi dod ar ei thraws hi wrth chwilio asiantaethau tai gogledd Cymru am ferched gwallt coch. Ac yna, efallai, ei dilyn o siop Tom Elias i swyddfa Lorris Morris.'

'Be, heb gar?'

'Fedra i ddim meddwl sut arall y gallai fod wedi'i

chysylltu hi â'r fan honno. Dyna'r unig batrwm wela i. Be am yr ochr arall i Fôr Iwerddon? Mae'n edrych yn debyg mai yno y cawn ni'r atebion ynglŷn â llofruddiaeth Flynn. Be wyddon ni am y rhifau ffôn roedd o'n eu galw yn y fan honno?' gofynnodd. 'Oedd rhywun ofn iddo agor ei geg am rwbath, tybed?'

'Ychydig iawn,' atebodd Lowri Davies. 'Dwi wedi gofyn i Aisling wneud mwy o ymchwil i ni, ond mae hi'n hir iawn yn dod yn ôl ata i. Digon hir i wneud i mi feddwl fod rwbath o'i le. Hynny ydi, bod y cydweithio campus a oedd rhyngddan ni tra oedd Flynn yn fyw wedi darfod.'

'Be 'di'r ateb felly?' gofynnodd Jeff.

'Fysach chi'n ystyried mynd drosodd i Ddulyn i wneud ymholiadau, Jeff? Mi wna i gais i uwch swyddogion y Garda.'

'Siŵr iawn – ond mi hoffwn i gael gair bach arall efo Tom Elias gynta. Dwi isio gwybod a dderbyniodd o alwad ffôn gan Flynn, un a oedd i fod i gael ei hateb gan Rhian. Dwi'n poeni 'mod i'n methu rwbath. Mi ofynna i'r un cwestiwn i Gareth Morris tra dwi wrthi.'

Roedd Jeff wedi ffonio Tom Elias i ddweud y byddai'n galw yno ymhen chwarter awr, ond pan gyrhaeddodd cafodd wybod gan Susan ei fod yn brysur. Ffoniodd Susan trwodd i'w swyddfa ac ar ôl sgwrs fer, cafodd Jeff ganiatâd i fynd drwodd. Roedd Ifor Lewis, un o gyfreithwyr amlycaf yr ardal, yno hefo Elias. Roedd Jeff yn adnabod Ifor Lewis ers blynyddoedd ac wedi dod wyneb yn wyneb â fo yn y llysoedd droeon.

'Mae'n ddrwg gen i os ydw i'n torri ar eich traws chi,' ymddiheurodd Jeff.

'Na, 'dan ni wedi gorffen, mwy neu lai. Mae amodau reit gymhleth ar yr hen ddogfennau cyfamod 'ma, wyddoch chi.'

Estynnodd Ifor Lewis ei law i'w groesawu. 'Sarjant Evans,' meddai gyda gwên. 'Dach chi'n ddyn prysur iawn y dyddia yma, dwi'n dallt.'

'Ydw ... dyna sy'n dod â fi yma heddiw, fel mae'n digwydd.'

'Mi wna i rwbath i helpu, wrth gwrs,' cadarnhaodd Tom Elias. 'Gobeithio nad ydach chi'n meindio i Ifor aros? Nid 'mod i angen twrna, wrth gwrs!'

Chwarddodd y ddau yn uchel ac ymunodd Jeff â nhw.

'Dim ond isio gofyn un peth o'n i,' esboniodd Jeff, 'ynglŷn â'r Gwyddel gafodd ei ladd yng Nghaergybi y noson o'r blaen. Dan ni wedi cael gafael ar ei ffôn symudol, ac mae cofnod iddo ffonio'r swyddfa 'ma.'

Edrychodd y ddau ddyn ar ei gilydd.

'Mi ofynnais i Susan rai dyddiau'n ôl ai hi atebodd y ffôn iddo, ond nid hi wnaeth. Oes ganddoch chi gof am alwad o'r fath, Mr Elias?'

'Na, dim y medra i gofio,' atebodd.

'Mi fysach chi'n cofio, siawns?' gofynnodd Jeff. 'Mi barodd yr alwad bron i dri munud a hanner, ac mi fysa galwad mor hir â hynny'n aros yn eich cof chi, yn enwedig ar ôl bob dim sy wedi digwydd yn ddiweddar.'

'Wel na, yn bendant felly, Jeff. Ma' raid mai Rhian druan atebodd y ffôn y diwrnod hwnnw ... pa ddiwrnod bynnag oedd o.'

'Ac mae hynny'n gwneud synnwyr, debyg gen i,' ategodd Ifor Lewis. 'Fo oedd y Gwyddel roeddech chi'n ei amau o ladd Rhian, ia ddim?'

'Siŵr iawn,' cydnabu Jeff. 'Y tri munud a hanner oedd yn fy mhoeni fi.'

'Smalio ei fod o'n meddwl prynu tŷ ella?' cynigiodd y cyfreithiwr. 'Wnaeth o gysylltu â busnes arall yn yr ardal, Sarjant?'

''Dan ni'n dal i wneud ymholiadau ynglŷn â hynny,' meddai Jeff. Doedd o ddim am ddatgelu popeth i'r dynion o'i flaen.

Wedi iddo ddiolch iddynt a'u gadael, a heb wybod pam yn hollol, arhosodd Jeff o fewn golwg i siop yr asiant tai am chwarter awr, ond ni ddaeth Ifor Lewis allan. Mae'n rhaid bod gwerthiant yr eiddo yn reit gymhleth felly, tybiodd.

Ymhen deng munud, cyrhaeddodd Jeff swyddfa Lorris Morris. Cyn iddo gyrraedd y drws, fe'i hagorwyd gan Gareth Morris ei hun.

'Dewch i mewn, Sarjant Evans,' meddai. 'Be ga i wneud i chi? Paned?'

Trawyd Jeff yn fud am eiliad. Roedd pawb yn anarferol o glên heddiw, meddyliodd. 'Na, dim diolch, Mr Morris,' atebodd. 'Dim ond un cwestiwn bach sgin i.' Eglurodd y sefyllfa ynglŷn â ffôn symudol Flynn.

'Na, nid fi dderbyniodd yr alwad,' meddai. 'Ro'n i'n dallt eich bod chi wedi gofyn yr un cwestiwn i Ceinwen. Fedra i yn fy myw feddwl pam y bysa dyn fel fo yn ffonio fama.' Oedodd Gareth Morris, ond chafodd Jeff ddim cyfle i ymateb. 'Oedd o'n trio cysylltu efo Rhian, dach chi'n meddwl?'

'Anodd deud, Mr Morris,' atebodd. 'Anodd deud.'

Roedd Lowri Davies yn disgwyl amdano'n awyddus pan

gyrhaeddodd Jeff yn ôl i orsaf yr heddlu. Yn wên i gyd, cadarnhaodd ei bennaeth newydd ei bod wedi sicrhau caniatâd iddo fynd drosodd i Ddulyn, a'i fod yn gadael ar y fferi gyntaf fore trannoeth.

Pennod 27

Hwyliodd y fferi, a Jeff, ar ei bwrdd, i mewn i harbwr Dulyn ychydig wedi hanner dydd y diwrnod canlynol, dydd Sul, yn dilyn taith ddymunol ar fôr tawel. Cofiodd y tro diwethaf iddo fod ar fwrdd yr un llong, yn erlid ffoadur a neidiodd oddi arni i'r dŵr islaw a diflannu am byth. Ond roedd yr achos hwnnw y tu cefn iddo, ac roedd ganddo bethau amgenach ar ei feddwl.

Cerddodd oddi ar y cwch gyda nifer o deithwyr eraill a thrwy'r neuadd lle gwelodd fod nifer o swyddogion y tollau a phlismyn yn holi ambell un o'i gyd-deithwyr. Daeth un o'r swyddogion ato, yn amlwg yn bwriadu ei holi. Nid oedd Jeff yn edrych fel dyn busnes proffesiynol nac fel petai ar ei wyliau, felly roedd wedi tybio y byddai'n cael ei stopio. Fel yr oedd y swyddog yn ei gyrraedd, ymddangosodd Ditectif Sarjant Aisling Moran o'r tu ôl iddo yn dal ei cherdyn gwarant swyddogol. Roedd hi wedi'i gwisgo'n smart ar gyfer ei gwaith, a doedd dim golwg o'r trowsus lledr tyn oedd ganddi amdani yng Nglan Morfa.

'Mae'r gŵr bonheddig yma efo fi,' meddai.

Trodd y swyddog ymaith ac estynnodd Jeff ei law tuag at Aisling.

'Wnes i erioed feddwl y bysan ni'n cyfarfod eto mor fuan,' meddai Aisling wrtho.

Cerddodd y ddau i'w char a oedd ym maes parcio preifat yr heddlu gerllaw. Cymerodd fwy na hanner awr i Aisling yrru trwy strydoedd prysur y brifddinas, a oedd yn amlwg yn gyfarwydd iddi, cyn cyrraedd gwesty My Place Dublin.

'Dydi'r gwesty yma ddim ymhell o'm swyddfa i,' meddai wrtho. 'Os liciwch chi wneud eich hun yn gyfforddus a chael tamaid bach i'w fwyta, mi ddo i i'ch nôl chi am hanner awr wedi dau a mynd â chi i'r swyddfa 'cw. Yn y fan honno mi gawn ni sgwrs i drafod be fyddwch chi ei angen tra byddwch chi yma. Ydi hynny'n iawn?' gofynnodd.

'Ardderchog,' atebodd Jeff. Tynnodd ei fag o gefn y car a gwenodd arni. 'Hanner awr wedi dau, felly.'

Gwnaeth Jeff ei hun yn gartrefol yn yr ystafell ddwbl a oedd wedi'i bwcio ar ei gyfer, cyn mynd i lawr i'r bar. Archebodd ddysgl o fwyd môr iddo'i hun a'i fwyta'n hamddenol wrth ddarllen papur newydd. Gwelodd adroddiadau am droseddau difrifol a threisiol ar hyd a lled y ddinas, a dechreuodd feddwl tybed a oedd cysylltiad rhwng rhai ohonynt a phwy bynnag a saethodd Simon Flynn yn farw yng Nghaergybi. Wrth droi'r tudalennau gwelodd adroddiadau o achosion yn y llysoedd: lladradau arfog, cyffuriau, twyll, herwgipio ac ymosodiadau rhyw. Dim gwahanol i unrhyw ddinas fawr arall, meddyliodd – yn enwedig o gofio fod Dulyn, ar un adeg, yn un o brif ganolfannau delio ac allforio cyffuriau yn Ewrop. Synnodd hefyd weld nifer o gyfeiriadau tuag at fudiadau gweriniaethol oedd, yn ôl pob golwg, yn dal i gasglu arian ar gyfer eu hachosion. Rhoddodd y papur i lawr a gwelodd Aisling yn brasgamu tuag ato, yn wên i gyd.

'Sut mae'r lle 'ma'n plesio?' gofynnodd iddo. 'Yn fama rydan ni'n arfer lletya swyddogion y Garda o rannau eraill y wlad pan fyddan nhw'n ymweld â ni.'

Cadarnhaodd Jeff ei fod yn gyfforddus ac mewn deng munud roedd Aisling wedi ei yrru i orsaf y Garda yn Stryd

Fitzgibbon yng ngoledd y ddinas. Esboniwyd iddo mai newydd gael ei hailagor oedd y swyddfa, yn dilyn galwadau gan y cyhoedd a'r llywodraeth pan gaewyd hi bum mlynedd ynghynt. Eglurodd Aisling iddo yn ogystal fod yr orsaf wedi cael y llysenw Fort Apache oherwydd anawsterau plismona yng ngogledd y ddinas, ac mai yno roedd pencadlys Tasglu Troseddau Difrifol y ddinas.

Aeth y ddau i fyny'r grisiau a chyflwynwyd Jeff i bennaeth uniongyrchol Aisling, y Ditectif Arolygydd Desmond O'Reilley. Cododd hwnnw ar ei draed tu ôl i'w ddesg pan gerddodd y ddau i mewn. Methodd Aisling â chuddio ei syndod pan gyfarchodd y ddau ddyn ei gilydd yn gyfeillgar.

'Rargian – Des O'Reilley,' meddai Jeff, gan ymestyn ei law ato.

'Jeff! Jeff Evans! Wel, ar f'enaid i,' atebodd y gŵr. 'Faint sy 'na dŵad? Ugain mlynedd ma' siŵr.'

'Oes, debyg – roeddat ti'n dditectif gwnstabl yn Dun Laoghaire, a finna'n chwilio am Wyddel o Birmingham yn dilyn rhyw achos o dwyll. Mi roist ti o ar y cwch yn ôl i Brydain i mi heb fynd drwy'r holl strach o gael caniatâd y llysoedd ac ati.'

'Do ... ar ôl i ni gael gwared â pheint neu bump o Guinness. Mi fu bron i ti golli'r cwch adra. Ti'n cofio?'

'Ydw – ac yn cofio'r carcharor ar fwrdd y cwch yn gweiddi arna i i frysio!'

Chwarddodd y ddau wrth gofio'r hanes, cyn i'r drafodaeth droi'n fwy difrifol.

'Mater ofnadwy yng ngogledd Cymru, fel dwi'n dallt,' meddai Des. 'Oes 'na amheuaeth fod llofruddiaethau Flynn a'r eneth yn gysylltiedig?'

'All neb fod yn sicr ar hyn o bryd,' atebodd Jeff. 'Ond dyna'n union pam dwi yma. Mae'n rhaid bod rhyw gyswllt rhwng y ddau, rywsut. Dwi erioed wedi credu yn y math yma o gyd-ddigwyddiad.'

'Wel, chydig iawn ydan ni yn y swyddfa yma yn ei wybod am Flynn a'i droseddau. Yr unig reswm y cafodd Aisling ei gyrru draw i roi cymorth i chi oedd am ei bod wedi cael ei hyfforddi i gydweithio â gwledydd tramor. Diolch i ti am edrych ar ei hôl hi mor dda tra bu hi acw, gyda llaw. Ond dwinna'n meddwl mai yma yn Nulyn y ffendiwn ni'r rheswm am lofruddiaeth Flynn – mi wnaiff Aisling sicrhau dy fod ti'n cael pob cymorth tra byddi di yma, a mynediad i unrhyw gudd-wybodaeth sy ganddon ni a all helpu. Os bydd 'na unrhyw drafferthion, gadewch i mi wybod ac mi wna i be fedra i. Iawn?'

Diolchodd Jeff iddo cyn dilyn Aisling trwodd i ystafell fwy ar yr un llawr. Roedd nifer o dditectifs yn eistedd tu ôl i'w desgiau, rhai o flaen cyfrifiaduron ac eraill yn trafod mewn grwpiau bach. Arweiniodd Aisling ef at ddesg yng nghornel bellaf yr ystafell.

'Reit, dyma fy nghwt bach i,' meddai Aisling gan estyn cadair arall er mwyn iddo allu eistedd wrth ei hochr. 'Lle 'dan ni am ddechrau?'

'Wel ... be ydach chi'n wybod am gefndir Flynn?' gofynnodd. 'Ei deulu a'i gysylltiadau – ei fam, y fodryb a gafodd ei thwyllo gan yr asiant tai flynyddoedd yn ôl, ac unrhyw berthnasau eraill.'

'Mi wyddoch chi nad oeddwn i'n gysylltiedig â'r ymchwiliad i'r llofruddiaethau roedd Flynn yn cael ei amau ohonyn nhw. Mi ges i weld y gwaith papur i gyd, a'r cofnodion ar y system gyfrifiadurol swyddogol, cyn dod draw i Gymru. Felly, maddeuwch i mi os nad ydw i'n hyddysg yn y ffeithiau i gyd. Mae ei fam o wedi marw ers blynyddoedd. Ei fodryb oedd ei unig berthynas ar ôl hynny – ac mi oedd honno'n perthyn i bobol reit gefnog yn y byd ceffylau rasio. Yn ogystal â rasio, maen nhw'n bridio rhai o'r ceffylau gorau yn y byd hefyd. Cyn belled ag y gwyddon ni, nhw ydi'r unig deulu oedd gan Flynn ar ôl. Does 'na ddim sôn yn y ffeiliau am unrhyw ffrindiau.'

'Pobol fawr a dylanwadol felly, o ystyried pa mor bwysig ydi'r diwydiant ceffylau rasio yn y wlad yma. Oes yna rywfaint o gudd-wybodaeth ynglŷn â'r rheiny?'

Ochneidiodd Aisling a symud yn ôl yn ei chadair wrth ystyried sut i ateb. Cofiodd Jeff i Lowri Davies ddatgan ei siom nad oedd Aisling wedi ateb ei chwestiynau ynglŷn â'r rhifau ffôn Gwyddelig roedd Flynn wedi bod yn eu galw tra oedd o yng Nghymru. Oedd hynny yn gysylltiedig â'i hagwedd rŵan, tybed?

'Be sy, Aisling?'

'Wel ... waeth i mi ddeud ddim. Mae 'na rwbath yn mynd ymlaen na fedra i ei esbonio. Rwbath sy'n fy mhoeni i. Mi drïais wneud ymholiadau ynglŷn â'r rhifau ffôn oedd Flynn wedi bod yn eu galw, ond dydi'r rhifau ddim yn bod.'

'Ddim yn bod? Sut all hynny fod? Mi wnaeth o eu ffonio nhw fwy nag unwaith dros gyfnod o chydig wythnosau. Mae'n rhaid eu bod nhw'n bod.'

'Wel os oeddan nhw, dydyn nhw ddim rŵan,' atebodd Aisling. 'I ddechrau, mi wnes ymholiadau efo'r cwmnïau ffôn. Cymysgedd o rifau ffôn symudol a ffonau sefydlog oeddan nhw. Ches i ddim ateb.'

'Dim ateb?'

'Jyst gwrthod deud wrtha i a oedd y rhifau'n bod,'

esboniodd Aisling. 'Felly allwn ni ddim cadarnhau eu bod nhw'n bodoli, neu a gawson nhw'u datgysylltu yn y cyfamser.'

'Peth rhyfedd bod mwy nag un cwmni yn deud cyn lleied,' awgrymodd Jeff.

'Yn hollol. Fel tasan nhw wedi cael arweiniad gan rywun sut i ymateb i 'nghais i.'

'Ddaru chi feddwl am gael gorchymyn llys?'

'Mae hynny'n cymryd amser, Jeff.'

'Reit. Felly be 'dan ni'n wybod am y bobol 'ma sy'n bridio ceffylau rasio?'

'Yn bersonol, chydig iawn dwi'n wybod, er bod awgrym eu bod nhw'n cymysgu efo pobol amheus iawn yn is-fyd y brifddinas. Dwi ddim wedi cael cyfle i ymchwilio i hynny eto. Ro'n i'n meddwl y bysa'n well i mi ddisgwyl, a thrafod y peth efo chi gynta. Ond mi wn i lle mae'r fferm fridio. A' i â chi draw yna am dro, i chi gael gweld y lle drostach chi'ch hun. Dim ond taith o chydig dros awr o'r ddinas sydd i gyrraedd yno, i Swydd Kildare.'

Cytunodd Jeff i gychwyn ar unwaith.

Gyrrodd Aisling y car allan o Ddulyn a buan y daethant i ardal wledig, gan basio trwy bentrefi bychain a bythynnod lliwgar ar ochr y ffordd. Daethant at gaeau lle roedd nifer o geffylau smart yr olwg yn pori. Dysgodd Jeff fod y sir yn gartref i gaeau rasio Curragh, Punchestown a Naas, a'r ceffylau a fridiwyd yno wedi gwneud elw helaeth i'w perchnogion ers dros ganrif.

'Wel, rydan ni yng nghanol gwlad y ceffylau rasio rŵan, Jeff, ac mae bridfa perthnasau Flynn jyst rownd y gornel. Dyma fo rŵan,' meddai.

O'i flaen, roedd ffensys pren uchel. Gallai Jeff weld

trwyddynt i'r caeau tu hwnt – roedd yr olygfa yn debyg i'r delweddau o ffermydd mawr America roedd o wedi'u gweld ar y teledu. Yna daethant at wal gerrig a edrychai yn weddol newydd, a mynedfa fwaog grand gydag enw'r fferm a'r arwydd 'Ceffylau Rasio Ryan' ar y dorau mawr derw. Roedd y dorau yn agored, a gofynnodd Jeff i Aisling barcio gerllaw. Dringodd allan o'r car er mwyn cael golwg well ar y lle.

Cerddodd yn araf at y dorau a stopio yno, yn ystyried a ddylai fynd i mewn ai peidio. Penderfynodd fentro, ac ymhen eiliadau gyrrodd lorri cludo ceffylau tuag ato o gyfeiriad y fferm. Neidiodd gŵr canol oed, bychan ond abl yr olwg, i lawr o sedd y teithiwr a brasgamu tuag ato.

'A be yn y byd dach chi isio?' gofynnodd mewn acen Wyddelig drom.

'Wel, a deud y gwir, dim ond pasio o'n i ... dwi bron â byrstio isio gwagio'r tanc, wyddoch chi. Oes 'na le i mi agor fy malog yn rwla, plis?'

'Ewch i'r gornel 'cw, allan o'r golwg,' meddai'r gŵr, a barhaodd i'w wylio wrth iddo gerdded i'r llecyn penodedig. Gobeithiai Jeff i'r nefoedd y gallai o leiaf wneud dipyn bach o wlybaniaeth ar y wal. Ar ôl llwyddo, ysgydwodd ei hun, caeodd ei drowsus a cherdded yn ôl tua'r fynedfa. Gwelodd fod y gŵr a'r dyn oedd yn dal i eistedd yn sedd gyrrwr y lorri yn dal i'w wylio'n ofalus. Diolchodd Jeff, cododd ei law arnynt a cherddodd yn ôl i'r car lle roedd Aisling yn ei ddisgwyl. Erbyn hyn roedd y gŵr bychan, oedd yn dal i'w wynebu, wedi estyn ei ffôn symudol ac yn taro'r sgrin â'i fysedd.

'Be ddysgoch chi?' gofynnodd Aisling wrth yrru ymaith.

'Dim llawer,' atebodd. 'Dim ond eu bod nhw'n bobol wyliadwrus iawn.'

'Peidiwch â gadael i hynny'ch synnu chi, Jeff. Mae gwerth miliynau o Ewros o geffylau tu ôl i'r waliau yna, ac mae digon o bobol fysa'n hoff iawn o gael eu trwynau i mewn yno am sbec fach.'

'Dydi lle mor foethus â hwn ddim cweit yn cyd-fynd â'r syniad oedd gen i o Flynn a'i deulu rhywsut, Aisling. Dwi'n meddwl y bysa'n syniad da i ni wneud mwy o ymholiadau cyn ymweld â Mr Ryan yn bersonol.'

Pennod 28

Ymddiheurodd Aisling ei bod yn brysur y noson honno, ac na allai dreulio'r gyda'r nos hefo fo. A dweud y gwir, roedd hynny'n siwtio Jeff yn iawn, gan roi cyfle iddo grwydro strydoedd dieithr Dulyn er mwyn ymgyfarwyddo â'r lle. Yn fuan ar ôl gadael ei westy cyrhaeddodd Stryd O'Connell lydan a'r bont dros afon Liffey. Parhaodd i gerdded i gyfeiriad y gogledd, gan fwynhau awyrgylch hamddenol brysur y min nos. Roedd hi wedi dechrau oeri, a chododd goler ei gôt ddyffl i fyny dros ei war. Ymhen hanner awr dda roedd yn sefyll y tu allan i dafarn draddodiadol yr olwg o'r enw Madigans, yn gwrando ar donnau'r gerddoriaeth werin fyw yn llifo allan oddi yno. Cerddodd i mewn ac archebodd beint o Guinness a phowlen o stiw cig oen. Ni chymerodd fwy nag ychydig funudau i rywun adnabod ei acen Gymraeg, ac o fewn dim trodd y sgwrs at rygbi a'r gemau gwych a gafwyd rhwng y ddwy wlad, yn enwedig y gêm gyfartal rhyw ddwy flynedd ynghynt. Roedd hi'n un ar ddeg pan adawodd Jeff y dafarn glyd a'i gyfeillion newydd.

Deffrôdd am hanner awr wedi saith y bore canlynol, ac ar ôl brecwast Gwyddelig traddodiadol oedd yn cynnwys pwdin gwaed a phwdin gwyn, roedd yn barod i wynebu'r diwrnod. Cyrhaeddodd Aisling i'w hebrwng i Fort Apache, a chawsant fore rhwystredig yn ceisio ymchwilio, heb lwyddiant, i Geffylau Rasio Ryan a'r unigolion a oedd yn gysylltiedig â'r cwmni. Gwelai Aisling fod llu o gofnodion ynglŷn â Flynn ar y system gyfrifiadurol, a nifer o'r rheiny yn arwain at y teulu Ryan, ond bob tro yr oedd hi'n gwneud cais i weld yr wybodaeth berthnasol, ymddangosai'r un neges ar y sgrin o'u blaenau: 'Dim Mynediad'.

'Ydw i'n iawn i feddwl fod gwybodaeth ar y system, ond nad oes ganddon ni hawl i fynd ato fo?' gofynnodd Jeff.

'Dwi'n amau eich bod chi,' atebodd Aisling. 'Yn debyg iawn i'r wybodaeth dwi wedi bod yn ceisio'i gael ynglŷn â'r rhifau ffôn. Mae rhywun yn trio cadw'r wybodaeth oddi wrthan ni.'

Gadawodd Aisling y swyddfa am ychydig funudau, cyn dychwelyd.

'Dwi wedi cael gair efo Des O'Reilley,' meddai. 'Mi wneith o dipyn o ymholiadau yn uwch i fyny'r ysgol, i weld be fedar o ei ddysgu. Yn y cyfamser, be wnawn ni?'

'Be am fynd i weld y teulu Ryan ein hunain – a gofyn yn blwmp ac yn blaen be oedd eu cysylltiad â Flynn?' Doedd dim angen gofyn y fath gwestiwn i Aisling ddwywaith.

'Pam lai,' cytunodd ei gyd-weithwraig, ac o fewn ychydig funudau roedd y ddau yn teithio allan o'r brifddinas drachefn, i gyfeiriad Swydd Kildare.

Nid oeddynt ymhell o fferm Ryan pan ddaeth car arall o'r tu ôl iddynt, eu pasio a'u gorfodi i stopio'n sydyn ar ochr y ffordd wledig. Edrychodd Jeff ar Aisling.

'Ein pobol ni ydi'r rhain,' meddai Aisling, yn darllen ei feddwl. 'Maen nhw wedi bod yn ein dilyn ni ers i ni adael canol y ddinas, ond do'n i ddim isio deud dim byd.'

Daeth dyn allan o ochr teithiwr y car a gwthio'i gerdyn swyddogol dan drwyn Aisling. Gwnaeth hithau'r un fath.

'Dwi wedi cael gorchymyn i fynd â chi'ch dau i'r

pencadlys yn syth,' meddai. 'Rŵan. Dilynwch fi os gwelwch yn dda.' Ni ddywedodd air arall – dim esboniad, dim gwên, dim byd. Aeth yn ôl i'w gar.

Edrychodd Aisling a Jeff ar ei gilydd a gwyddai'r ddau nad oedd ganddynt lawer o ddewis.

Cymerodd bron i awr iddynt gyrraedd y pencadlys ym Mharc Phoenix ar gyrion y brifddinas. Stopiwyd y ddau gar wrth y barier a oedd ar draws y fynedfa. Siaradodd teithiwr y car o'u blaenau gyda'r Garda wrth y giât. Gwnaeth hwnnw alwad ffôn fer cyn codi'r barier i adael i'r ddau gar basio. Sylwodd Jeff fod y mesurau diogelwch yn hynod o dynn. Mae'n rhaid bod y wlad yn dal i ddioddef o sgileffeithiau terfysgaeth yr IRA, ystyriodd. Parciodd y car cyntaf y tu allan i un o'r nifer o adeiladau ar y safle, a thynnodd Aisling i mewn y tu ôl iddo. Hebryngwyd y ddau mewn lifft i'r ail lawr ac yna ar hyd coridor hir at res o seddi, a rhoddwyd-gorchymyn iddynt aros yno. Edrychai'r rhan hon o'r adeilad yn eitha moethus, gyda charped trwchus. Rhaid eu bod wedi'u cyrchu i gyfarfod rhywun o reng gweddol uchel, tybiodd Jeff.

Bu'r ddau yn disgwyl yno am ddeng munud. Yn sydyn, agorodd drws yr ystafell gyferbyn, oedd â'r enw Ditectif Brif Uwch Arolygydd L. Cullingham mewn llythrennau aur arno. Ymddangosodd gŵr a oedd yn nesáu at ei hanner cant, yn gwisgo'i ddillad ei hun yn hytrach nag iwnifform. Nid oedd yn ddyn tal iawn, roedd yn cario gormod o bwysau o lawer ac wedi colli'r rhan fwyaf o'i wallt gwyn. Gwisgai drowsus blêr yr olwg gyda bresys lliwgar i'w ddal i fyny, a chrys gwyn â streips tywyll arno. Roedd ei fotwm top yn agored a'i dei yn llac o amgylch ei wddf. Edrychai fel petai wedi bod yn cysgu yn ei ddillad ers dyddiau, ond roedd gwên fawr groesawgar ar ei wyneb coch, a'i ddwylo ar led i'w cyfarch.

'A! Chi ydi Jeff Evans mae'n siŵr gen i ... a Ditectif Sarjant Moran.' Edrychodd arni, i fyny ac i lawr, yn eitha amharchus, ond gan wneud sioe o gymryd cyn lleied o sylw â phosib ohoni. Er syndod i Jeff, trodd ei gefn arni.

Rhoddodd ei fraich am ysgwydd Jeff a'i arwain o amgylch y swyddfa fawr. 'Liam ydw i, Jeff. Galwa fi'n Liam. Dwi wedi dysgu lot amdanat ti yn ystod y deuddydd diwetha. Dipyn o foi – yn ôl y sôn, beth bynnag. Medal QPM, ia? Y Cwîn, ia? Wel, wel. Da iawn ti, wir. Wel, dwi'n gobeithio dy fod ti'n cael pob cymorth ganddon ni yn y Garda 'ma. Busnes annifyr iawn draw yng ngogledd Cymru, ond i fod yn berffaith onest efo chdi, Jeff, does neb yr ochr yma i'r dŵr yn mynd i golli fawr o gwsg oherwydd marwolaeth dyn fel Simon Flynn.'

Roedd Jeff yn cael ei arwain o gwmpas y stafell heb arwydd o wahoddiad iddo eistedd, ac roedd Aisling yn dal i sefyll wrth y drws heb wahoddiad i ymuno yn y drafodaeth.

'Wel, mae 'na fwy iddi na llofruddiaeth Flynn, ond ...' dechreuodd Jeff.

'Ia, ia, iawn, mi wn i am y ferch a gafodd ei lladd ganddo fo.' Chafodd Jeff ddim cyfle i orffen ei frawddeg cyn i'r dyn dorri ar ei draws. 'Ac mi wnawn ni'n siŵr y byddwn ni yn An Garda Síochána yn rhoi pob cymorth i chi i ddatrys yr achos, ond – ac mae hwn yn "ond" mawr, Jeff.' Oedodd am ennyd er mwyn rhoi pwyslais ar ei eiriau nesaf. Gwasgodd ysgwydd Jeff yn dynn a phwyntiodd fys yn fygythiol o agos i'w wyneb. 'Chei di ddim mynd yn agos i neb sy'n rhan o'r teulu Ryan na'u busnes nhw. Wyt ti'n dallt, Jeff?'

'Ond be am y gwn a ddefnyddiwyd i ladd Flynn? Mae hwnnw wedi'i ddefnyddio fwy nag unwaith gan aelodau o is-fyd troseddol Dulyn. Mae'n hanfodol ein bod ni'n dysgu mwy am hwnnw – pwy sy'n cael ei amau o'i ddefnyddio ac yn y blaen.'

'Anghofia am y gwn hefyd,' gorchymynnodd Cullingham. 'Mae hwnnw'n rhan o ymchwiliad sy allan o dy gyrraedd di.'

'Ond dyna lle mae'r ymchwiliad i lofruddiaeth y Gymraes, Rhian Rowlands, yn ein harwain ni, Liam,' atebodd Jeff, gan dderbyn y gwahoddiad i ddefnyddio'i enw cyntaf er gwaethaf agwedd y Gwyddel.

'Dim yn agos i bobol Ryan na'r gwn,' meddai eto, yn dal i ysgwyd ei fys o flaen trwyn Jeff.

'Mae gen i gyfrifoldebau i'w gŵr a'i chwaer yn ôl yng Nghymru, ac i'r cyhoedd yn gyffredinol, Liam,' meddai Jeff eto, yn gadarn. 'Os ydw i am fynd yn ôl yn waglaw, y peth lleia y medrwch chi'i wneud ydi rhoi rheswm am hynny i mi.'

Tynnodd y Ditectif Brif Uwch Arolygydd Liam Cullingham ei law oddi ar ysgwydd Jeff a gwnaeth sioe o bendroni am eiliad gan grafu ei ên.

'Dwi'n sylweddoli dy fod yn ddyn cyfiawn, Jeff, ac mi ddeuda i fel hyn wrthat ti. Mae achos ar fynd ar hyn o bryd ... ers peth amser a deud y gwir. Ymchwiliad cymhleth sydd lawer iawn pwysicach na'r hyn rwyt ti'n ymchwilio iddo. Mi fysa unrhyw fusnesu ar dy ran di i faterion sy'n ymwneud â Ryan yn debygol o chwalu gwaith hynod o bwysig sydd wedi bod yn datblygu ers blwyddyn a mwy. Fedra i ddim deud mwy na hynny. Ond dwi'n siŵr bod ditectif efo dy brofiad di yn dallt. Rŵan ta, Jeff. Rhaid i mi ofyn i ti adael. Mae gen i gyfarfod arall – a chofia, dim mwy o dyrchu i fusnes Ryan.'

Rhoddodd ei fraich o amgylch ysgwydd Jeff unwaith eto, ei hebrwng tuag at y drws a'i wthio allan yn sarhaus heb hyd yn oed gydnabod presenoldeb Aisling.

Eisteddodd Jeff ac Aisling yn y car yn y maes parcio yn syllu o'u blaenau. Nid oedd yr un o'r ddau wedi yngan gair ers iddynt adael swyddfa'r Ditectif Brif Uwch Arolygydd Cullingham.

'Dwi'n gobeithio nad oedd hynna'n enghraifft dda o sut mae uwch swyddogion An Garda Síochána yn ymddwyn fel arfer,' meddai Jeff.

Ysgydwodd Aisling ei phen yn arwydd o'i hanobaith.

'Be ydi ei waith o, ei gyfrifoldebau o yn y pencadlys 'ma, Aisling?'

'Wn i ddim llawer iawn amdano fo, ond cyn belled ag y gwn i, fo ydi pennaeth un o'r adrannau sy'n dod o dan fantell yr Uned Wrthderfysgaeth.'

Meddyliodd Jeff am ennyd. 'Efallai mai hynny ydi'r ymholiad hir a phwysig yna roedd o'n sôn amdano, felly?'

'Ond os ydi hynny'n wir, pam na wnaeth o gysylltu â'ch prif gwnstabl chi yng ngogledd Cymru er mwyn eich tynnu chi oddi ar yr ymholiadau i fusnes y teulu Ryan, yn lle'ch bygwth chi fel'na?'

'A pwy oedd y ddau arall ddaeth â ni yma?' gofynnodd Jeff. Doedd o ddim yn rhy hoff o gael ei fygwth, fel y gwyddai'r rhai a oedd yn ei adnabod yn dda.

'Dau gwnstabl o'r Adran Droseddau Difrifol. Yr adran sy'n ymchwilio i ddelio mewn cyffuriau yn rhyngwladol.'

'Wel, mae hynny'n gwneud synnwyr, tydi? Hyd yn oed

tu allan i ffiniau Iwerddon, mae pobol yn ymwybodol fod yr IRA wedi bod yn ariannu eu hymgyrchoedd drwy'r fasnach gyffuriau anghyfreithlon, ymysg pethau eraill. Os ydi Cullingham ynghlwm â gwrthderfysgaeth, mae hynny'n egluro'i rybudd.'

'Ella'ch bod chi ar y trywydd cywir,' atebodd Aisling, 'ond mae un peth yn fy mhoeni fi.'

'Sef?'

'Wnes i ddim dweud wrth neb ein bod ni ar y ffordd i fferm Ryan heddiw.'

'O.' Roedd Jeff yn deall yn iawn. 'Yr unig ffordd y bysa unrhyw un yn ymwybodol o'n diddordeb ni yn y teulu Ryan ydi drwy ein hymweliad ni â'r fferm geffylau ddoe. Roedd y dyn wnes i siarad efo fo yn chwarae efo'i ffôn pan o'n i'n gadael – mi gymrodd o rif y car a'i basio ymlaen i rywun, mae'n amlwg.'

'A phwy fysa'r rhywun hwnnw, dach chi'n meddwl?' gofynnodd Aisling, er ei bod hi'n gwybod yr ateb i'r cwestiwn.

'Cullingham, neu rywun agos iawn ato fo,' atebodd Jeff.

'Dwi'n siŵr eich bod chi'n iawn. Dyna'r unig ateb.'

'Hollol,' cytunodd Jeff. 'Ac mi fedrwn ni gymryd felly fod perthynas glòs rhwng Mr Ryan a Cullingham.'

'Yr unig ateb arall ydi bod gan Cullingham rywun sy'n gweithio'n gudd o fewn cylch Ryan, ac yn rhoi gwybodaeth iddo. Mi fysa'n well gen i dderbyn hynny yn hytrach na bod Cullingham ar y têc, ac yn cael ei dalu gan Ryan,' meddai Aisling, er nad oedd yn ffyddiog o'r eglurhad hwnnw.

'Dwi'n cydymdeimlo efo chi, Aisling.'

'Ond mae 'na un peth arall,' parhaodd Aisling. 'Ddaru chi sylwi faint o ymchwil oedd o wedi'i wneud i'ch cefndir chi, ac i'r ymchwiliad i lofruddiaeth Rhian? Pan ddeudodd o nad oes neb yma yn colli cwsg oherwydd llofruddiaeth Flynn, yr awgrym oedd mai fo, Flynn, laddodd Rhian. Bron fel tasa fo'n trio'ch darbwyllo chi mai Flynn oedd yn gyfrifol wedi'r cwbwl.'

Ymhen yr awr roedd y ddau wedi cyrraedd yn ôl i orsaf y Garda yn Stryd Fitzgibbon. Aethant yn syth i swyddfa'r Ditectif Arolygydd Des O'Reilley gan fod Aisling yn awyddus i drafod digwyddiadau'r prynhawn efo fo. Gwell oedd ganddi i'w phennaeth glywed yr hanes ganddi hi na chlywed fersiwn rhywun arall o'r digwyddiad.

'Dwi'n nabod Liam Cullingham ers blynyddoedd,' meddai Des, ar ôl iddi orffen. 'Coc oen go iawn ydi o – wedi bod erioed. Ond wedi dweud hynny, mae o'n ddyn dylanwadol a phwerus erbyn hyn, ac mae ei rwydwaith yn ymestyn ledled y wlad 'ma.'

'Wel, mae'n gas gen i orfod gwrando ar ei orchymyn o,' meddai Jeff. 'Mae pob dim dwi wedi'i ddysgu am blismona ers ugain mlynedd a mwy yn deud wrtha i am barhau i ddilyn y trywydd tuag at Ryan. Ond wn i ddim sut y medra i wneud hynny, o dan yr amgylchiadau.'

Gwenodd Des arno a gwyddai Jeff ar unwaith fod ganddo gynllun.

'Ella y medra i helpu,' meddai trwy ei wên, 'mewn mwy nag un ffordd.'

Cododd aeliau Jeff ar unwaith, a gwenodd yntau.

Plygodd Des O'Reilley i lawr i ddatgloi drôr yn ei ddesg gan ddefnyddio allwedd o'i boced. Tynnodd ddalennau o bapurau A4 allan a'u rhoi o flaen Jeff. Edrychodd yntau arnynt a gweld rhestr o rifau a oedd yn edrych yn debyg i rifau ffôn. Roedd rhif un ffôn ar y top, ac wrth ymyl y gweddill roedd manylion dyddiadau a hyd yr alwad. Roedd y dyddiad cyntaf bythefnos cyn marwolaeth Rhian Rowlands a'r olaf ychydig ar ôl i'w chorff gael ei ganfod yn y môr.

'Manylion galwadau'r ddau ffôn a alwodd ffôn symudol Flynn tra oedd o yng Nghymru,' meddai. 'A'r rhai y bu iddo fo eu galw yn Iwerddon. Mae enwau perchnogion y rhifau yma hefyd.'

Lledodd y wên ar wyneb Jeff.

'Sut aflwydd gawsoch chi afael ar rheina?' gofynnodd Aisling yn anghrediniol.

'Mae gen inna fy rhwydwaith hefyd,' datganodd Des.

'Mae'n amlwg,' meddai Jeff, gan roi'r papurau yn ei boced. Byddai digon o amser i fynd drwyddynt ryw dro eto. 'A be ydi'r ffordd arall? Roeddat ti'n deud bod mwy nag un ffordd o roi cymorth i mi.'

'Dos yn ôl bron i ugain mlynedd, Jeff, i'r noson ddaru ni gyfarfod am y tro cynta.'

'Y noson ddaru ni lowcio dwn i ddim faint o Guinness a gadael y carcharor yn disgwyl amdana i ar y cwch?'

'Siŵr iawn,' gwenodd Des. 'Wyt ti'n cofio fi yn mynd â chdi i dafarn yn Dun Laoghaire, a'n bod ni wedi cyfarfod aelod arall o'r Garda yno?'

'Ydw, tad,' cadarnhaodd Jeff. 'Dyn o'r enw Murph, a hwnnw wedi meddwi'n honco bost.'

'Mae gen ti gof da, Jeff,' meddai Des. 'Wel, roedd Murph yn uffern o dditectif da yn ei amser, er ei holl feiau ... y cwrw ac ati. Yn y sgwad gyffuriau oedd o y rhan fwya o'i yrfa tan iddo'i cholli hi a throi at y botel. I dorri stori hir yn fyr, cafwyd gwared ohono ddeuddeng mlynedd yn ôl bellach. Mae o wedi suro at y job ers hynny. Mi gollodd rywfaint o'i bensiwn. Dwi'n siŵr y gwneith o siarad efo chdi.'

'Murph? Dach chi'n siŵr?' gofynnodd Aisling. Bron na allai gredu awgrym ei phennaeth.

'Trystiwch fi,' meddai Des. 'Aisling, ewch â Jeff i dafarn yr Hill yn Old Mount Pleasant, Ranelagh am saith o'r gloch heno. Mi fydda i wedi cael gair efo Murph yn y cyfamser.'

'Mi fydd yn rhaid i chi dynnu'r siwt 'na, Jeff,' awgrymodd Aisling, 'ac os oes ganddoch chi bâr o jîns blêr a chrys budur efo chi, gwisgwch nhw.'

Chwarddodd Des O'Reilley. 'Jyst gwna'n siŵr fod gen ti ddigon o Ewros efo chdi, Jeff. Mae'r hen Murph yn dal i yfed fel 'sgodyn.'

'Mi fydd 'na dacsi tu allan i'ch gwesty chi am chwarter wedi chwech,' meddai Aisling. 'Peidiwch â disgwyl i mi yrru car ar ôl noson yng nghwmni Murph.'

Pennod 29

Am chwarter wedi chwech ar y dot cyrhaeddodd tacsi ac aros tu allan i westy Jeff, lle roedd o wedi bod yn sefyll yn disgwyl ers munud neu ddau. Gwisgai jîns glas a chrys T du o dan ei hen gôt ddyffl, a doedd o yn fwriadol ddim wedi shafio cyn mynd allan er mwyn peidio tynnu sylw ato'i hun ymysg yr yfwyr rheolaidd. Dewisodd hefyd beidio â chribo hynny o wallt oedd ganddo – doedd dim angen iddo wneud llawer o ymdrech i edrych yn flêr, fel yr oedd ei benaethiaid ar hyd y blynyddoedd wedi'i atgoffa sawl tro.

Agorodd ddrws ôl y tacsi, dringodd i mewn ac eistedd ar y sedd gefn wrth ochr Aisling. Roedd hithau'n gwisgo jîns glas a thop tywyll, a llawer iawn mwy o golur nag arfer – digon i atgoffa Jeff o Nansi'r Nos. Ceisiodd gelu ei wên wrth wneud y fath gymhariaeth.

'Dach chi'n edrych yn ... ym ...'

'Peidiwch â dechrau, Jeff,' meddai Aisling. 'Mae yna fwy nag un o'r hogia yn y steshon wedi deud wrtha i 'mod i'n edrych yn debyg i un o ferched y stryd fel hyn. Ond pan mae dyletswydd yn galw, rhaid gwisgo'n addas,' eglurodd, mewn acen oedd hyd yn oed yn fwy Gwyddelig nag arfer. Roedd yn rhaid iddi hithau doddi mewn i'w hamgylchedd, ystyriodd Jeff. Chwarddodd y ddau.

Dysgodd Jeff fod Ranelagh, i'r de o afon Liffey, yn ardal hynod o dlawd am y rhan fwyaf o'r ganrif ddiwethaf er ei bod yn agos iawn i gymdogaeth reit foethus. Creodd y gwahaniaeth rhwng y ddau le rwyg dychrynllyd yn y gymdeithas, oedd yn frith o dlodi, prinder gwaith ac addysg, a thrais. Gwariwyd arian sylweddol i ddatblygu'r ardal yn ystod wyth a nawdegau'r ganrif ddiwethaf, a chododd safonau byw'r trigolion o ganlyniad.

Gadawyd un adeilad arbennig yn union fel yr oedd o, o'r tu allan beth bynnag. Tafarn The Hill yn Old Mount Pleasant oedd hwnnw, er bod y lle wedi'i ailenwi ers y dyddiau tlawd hynny pan elwid y lle'n Kennedy's. Er gwaethaf ymdrechion gwangalon i ailwampio'r lle roedd y dafarn yn enwog o hyd fel rhywle oedd yn atgoffa pobol o'r hen ddyddiau, pan oedd y wlad dan ormes y Saeson. Wrth i'r tacsi stopio tu allan i'r dafarn, diolchodd Jeff mai Cymro oedd o.

'Peidiwch â phoeni,' meddai wrth Aisling pan welodd hi'n rhoi ei llaw yn ei phwrs i dalu'r gyrrwr. 'Mi ga i hwn yn ôl fel treuliau ... os fydd tymer dda ar Lowri, wrth gwrs,' ychwanegodd.

'Mi fydd yn rhaid i mi gael gair efo hi,' meddai Aisling. Pan glywodd Jeff hynny, neidiodd ei feddwl yn syth i natur y berthynas rhwng y ddwy. Oedden nhw mewn cysylltiad fel ffrindiau ... ffrindiau agos? Ceryddodd ei hun am hel meddyliau – doedd eu sefyllfa bersonol nhw yn ddim o'i fusnes o.

Safodd Jeff yn ôl ac edrychodd i fyny ar yr adeilad mawr tri llawr o'i flaen ar gongl y stryd. Roedd y llawr isaf wedi'i beintio'n ddu gyda phatrymau aur crand yma ac acw, a'r ddau lawr uchaf yn frics coch i gyd. Roedd The Hill mewn llythrennau bras ar dalcen y dafarn mewn gwyrdd ac aur. Gwelodd arwydd y tu allan yn brolio presenoldeb wyth deg pedwar o wahanol fathau o gwrw. Dim rhyfedd fod y lle yn enwog, meddyliodd. Deuai sŵn chwerthin mawr o'r tu mewn, yn arwydd fod y bar yn weddol lawn yn barod. Agorodd Jeff y drws a mynnodd arwain Aisling i mewn. Trodd pob pen i'w cyfeiriad ac aeth y lle'n ddistaw.

Roedd gormod o ddŵr wedi llifo dan y bont yn ystod yr ugain mlynedd diwethaf i Jeff allu cofio wyneb Murph. Dim ond wedi clywed ei hanes oedd Aisling, a doedd y rhan fwyaf o'r hyn a glywodd ddim yn ganmoliaethus. Edrychodd Jeff o'i gwmpas. Dynion canol oed oedd y mwyafrif o'r tri dwsin o bobol yno, y rhan fwyaf yn dal i syllu arnynt. Dim ond dwy ddynes oedd yno – tair, yn cynnwys Aisling. Cerddodd y ddau at y bar ac er bod oddeutu ugain o dapiau i weini mathau gwahanol o gwrw, dewisodd Jeff chwarae'n saff ac archebu peint o Guinness iddo'i hun, a jin a thonic i Aisling. Fel yr oedd yn tynnu arian o'i boced i dalu daeth gŵr i sefyll wrth ei ochr, yn dal gwydr peint gwag.

'Chdi ydi Evans, mêt Des?'

'Ia,' atebodd.

O'i flaen gwelodd ddyn yn ei chwedegau, a allai fod ddeng mlynedd yn hŷn yn ôl ei olwg. Er ei fod yn dal, roedd yn denau ofnadwy a'i gefn yn grwm gan wneud iddo edrych yn fyrrach nag yr oedd o mewn gwirionedd. Roedd ei lygaid yn ddwfn yn ei ruddiau llwydaidd, a'r ffaith nad oedd o wedi shafio ers wythnos neu ragor yn gwneud iddo edrych fel trempyn. Roedd ei wallt hir, blêr wedi gwynnu, a gwisgai hen got wlân las drom a staeniau ar ei hyd. Cofiai Jeff eiriau Des – roedd Murph yn dditectif heb ei ail ar un adeg, a doedd o ddim am ddechrau ei farnu.

'Peint?' gofynnodd Jeff. 'Dwi'n cymryd mai Murph ydach chi? Jeff ydw i. Be ydi'ch enw cynta chi?'

'Jyst Murph. Mi wnaiff hynna'r tro yn iawn. Does neb wedi 'ngalw fi yn ddim byd arall ers degawdau. Peint o Guinness.' Rhoddodd y gwydr ar y bar i'w ail-lenwi.

'Mae'n ddrwg gen i na wnes i'ch nabod chi,' meddai Jeff.

'Does gen i ddim co' o'r noson honno chwaith, er bod Des wedi trio fy atgoffa fi,' atebodd. 'A fyswn i byth yn disgwyl i ti fy nghofio i.'

'Dyma Aisling Moran,' meddai Jeff. 'Un o bobol Des.'

Edrychodd Murph arni. 'Rhy ddel o lawer i fod yn aelod o'r Garda. Rhy ddel o lawer,' meddai, gan wneud dim ymdrech i gelu'r ffaith fod ei lygaid yn rhedeg dros bob modfedd o'i chorff.

Aeth y tri i eistedd wrth fwrdd gwag mewn cornel dywyll. Pan welodd yr yfwyr eraill fod y dieithriaid yn adnabod Murph, aethant yn ôl i siarad ymysg ei gilydd.

'Dallt dy fod ti wedi cyfarfod Liam Cullingham.' Murph agorodd y drafodaeth.

Roedd Jeff yn dechrau cymryd at y dyn blêr – doedd malu awyr ddim yn rhan o'i natur o, ac roedd o'n gwerthfawrogi hynny. 'Dach chi'n 'i nabod o?' gofynnodd Jeff.

'Nabod? Oeddwn, ar un adeg, ond mi fysa'n well gen i taswn i 'rioed wedi cyfarfod y diawl, mae hynna'n sicr. Fo oedd yn gyfrifol am i mi gael y sac, ac mae o wedi gwneud llawer gwaeth yn ei waith na wnes i 'rioed. Ond mater arall ydi hynny. Be ydi dy ddiddordeb di ynddo fo?'

Gwyddai Jeff nad oedd diben rhoi hanner stori i ddyn fel hwn ac yntau'n gobeithio cael gwybodaeth ddefnyddiol yn ôl ganddo. Adroddodd yr holl hanes, o'r diwrnod y darganfuwyd corff Rhian hyd at y noson honno. Roedd yn ddigon hawdd gweld ei fod yn deall y sefyllfa i'r dim. Nodiai a llyncu ei gwrw bob yn ail wrth wrando'n astud. Torrodd ar draws yr hanes unwaith neu ddwy er mwyn gofyn ambell gwestiwn, a chafodd Jeff gip ar y ditectif y tu mewn i'r meddwyn.

'Be wyddoch chi am Flynn a'r teulu Ryan?' gofynnodd Jeff, ar ôl iddo orffen.

'Dwi'n gwybod am Flynn ers tro byd,' dechreuodd. 'Dipyn o wêstar ydi o wedi bod erioed, ac fel y deudist ti, un peryg hefyd – yn enwedig efo merched. Ond mi roedd o'n uffern mawr cryf, a doedd o ddim ofn defnyddio'i gyhyrau. Mi welodd ei ewyrth – Seamus Ryan, perchennog Ceffylau Rasio Ryan – werth yn hynny flynyddoedd lawer yn ôl, a dechreuodd ei ddefnyddio fo i ... ddatrys anawsterau, os ti'n fy nallt i. Dim ond bob hyn a hyn, pan oedd angen sortio rhyw broblem neilltuol allan. Roedd o'n un da am berswadio pobol i weld petha o safbwynt Seamus.'

'Ydi – neu, yn hytrach, oedd – Seamus Ryan yn dal i ddefnyddio Flynn i wneud y math yna o waith yn ddiweddar?'

'Oedd, ond doedd o ddim yn ei drystio fo chwaith, fel dwi'n dallt. Dim ond ei ddefnyddio pan oedd rhaid fydda fo. Ond mi ddo i at hynny cyn bo hir.'

'Ddim yn ei drystio?' gofynnodd Aisling.

'Dyna ti. Dipyn o hurtyn oedd Flynn ar ddiwedd y dydd, ac roedd risg gyson y bysa fo'n agor ei geg – un ai i'r Garda petai'n cael ei holi, neu wrth frolio yn ei gwrw. Roedd Seamus Ryan a'i deulu yn ofni be fysa'n digwydd tasa Flynn yn cael ei arestio am y llofruddiaethau.'

'Am fod ganddo gymaint o wybodaeth am weithredoedd Ryan?'

'Hollol.'

'A be am y cysylltiad rhwng llofruddiaeth Flynn ag is-fyd troseddol y ddinas 'ma?'

'Wel, does dim rhaid i ti edrych fawr pellach na busnes Seamus Ryan i gysylltu Flynn efo'r is-fyd.'

Cododd Aisling i brynu diodydd i'r tri a daeth yn ôl ymhen dim.

'Pryd ddaethoch chi ar draws Ryan yn y lle cynta?' gofynnodd Jeff.

'Yng nghanol yr wythdegau. Choeli di ddim, ond yr adeg honno roedd y wlad 'ma yn dal mewn sioc ar ôl diflaniad ceffyl rasio enwog o'r enw Shergar. Welodd neb yr anifail ar ôl iddo gael ei gipio yn Chwefror 1983 o Swydd Kildare.'

'Doedd o ddim yn bell o ffarm Ryan felly, ma' raid. Oes 'na gysylltiad?' gofynnodd Jeff.

Gwenodd Murph. 'Mae pawb erbyn hyn yn gwybod mai'r IRA oedd yn gyfrifol am gipio'r ceffyl, ond mi aeth pethau'n groes i'w cynlluniau nhw. Roedd y rheiny'n meddwl mai un person oedd yn berchen ar y ceffyl, ond y gwirionedd oedd mai syndicet o bedwar deg oedd bia fo. Pedwar deg o gyfranddaliadau gwerth chwarter miliwn yr un.'

'Deg miliwn. Ceffyl gwerthfawr iawn felly,' meddai Aisling.

'Siŵr iawn. Mi gafodd lwyddiant mawr yn rasio, ac ar gefn hynny roedd o wedi cael ei baru efo nifer fawr o ferlod. Roedd pawb yn siŵr y byddai'n dod ag elw sylweddol iawn i'r perchnogion, o'r rasys a'r ebolion gwerthfawr.'

'Nes i'r IRA ei gipio a gofyn am bridwerth cyn ei ryddhau,' meddai Aisling.

'Cywir,' atebodd Murph, yn cymryd llond ceg o'i Guinness. 'A dyna pryd aeth petha o chwith. Roedd hi'n llawer iawn anoddach cael pedwar deg o berchnogion i gytuno sut i ddelio â'r miri nag un neu ddau. Yn y diwedd, ar ôl oedi hir, gadawyd yr herwgipwyr efo'r ceffyl enwocaf yn y byd a nunlle i droi.'

'Be ddigwyddodd i'r ceffyl felly?' gofynnodd Jeff.

Ochneidiodd Murph yn uchel ac roedd Jeff bron yn siŵr iddo weld deigryn yn ei lygad. 'Welwyd mohono fo byth wedyn, a fu dim sôn am ei weddillion chwaith. Y chwedl, ddaeth i'r amlwg yn llawer iawn mwy diweddar, ydi bod dau aelod o'r Provos wedi ei saethu'n farw, mewn ffordd greulon iawn. Petai'r cyhoedd wedi dysgu'r hanes ar y pryd – mae hon yn wlad sy wedi bod yn hoff o geffylau rasio erioed, cofia – mi fysa pawb wedi troi yn erbyn yr IRA. Aros am funud, wnei di?' gofynnodd Murph, a chododd ei law i gyfeiriad y dyn tu ôl i'r bar i gael ei sylw. 'Maddeuwch i mi,' meddai wrth y ddau, 'fan hyn fydda i'n cael fy mwyd bob nos.'

Edrychodd Jeff ac Aisling ar ei gilydd, gan sylweddoli y byddai hon yn noson hir. Deallodd Murph yn syth.

'Triwch y sosej a'r tatw stwnsh,' meddai. 'Chewch chi ddim gwell yn Nulyn.' Cytunodd y ddau. 'Tri o'r arferol, Mic,' gwaeddodd Murph.

'Ond sut oedd Seamus Ryan ynghlwm â diflaniad Shergar?' gofynnodd Jeff. 'Dwi'n cymryd ei fod o, gan eich bod chi wedi sôn cymaint am yr herwgipiad.'

'Cywir,' atebodd Murph. 'Flynyddoedd ar ôl hynny, mi ddois i ar draws gwybodaeth yn datgan mai Ryan oedd yn gyfrifol am symud y ceffyl o'r stabl y noson honno, a mynd â fo lawr y lôn i'w fferm ei hun – yr union le welsoch chi ddoe.

'Rargian, doedd hynny ddim yn risg beryg, deudwch?' gofynnodd Aisling.

'Dim mor beryg ag y bysach chi'n feddwl,' atebodd Murph. 'Dach chi'n gweld, roedd 'na sêl ceffylau rasio yn cael ei chynnal yn yr ardal y diwrnod wedyn. Y fwyaf yn y wlad, un sy'n digwydd unwaith y flwyddyn. Ac ar y diwrnod hwnnw roedd cannoedd o focsys ceffylau ar y lonydd ar hyd a lled y wlad 'ma. Dyna, am wn i, oedd rhan orau'r cynllwyn. Ac eto, yn ôl yr hanes, i fyny i Swydd Leitrim yr aethon nhw â Shergar i'w ladd.'

Ystyriodd Jeff yr holl wybodaeth wrth fentro at y bar i archebu mwy o ddiodydd cyn i'r bwyd gyrraedd. Seamus Ryan law yn llaw â'r IRA? A sut oedd hyn yn berthnasol i lofruddiaeth Rhian, tybed?

Pennod 30

Cyrhaeddodd y bwyd a'r diodydd ychwanegol a pharhaodd y sgwrs.

'Felly rydan ni wedi penderfynu bod Seamus Ryan wedi gwneud ffafr â'r IRA yn 1983 drwy eu helpu nhw i symud Shergar. Oedd 'na fwy o gyswllt rhyngddyn nhw?' gofynnodd Jeff.

'Does neb erioed wedi helpu'r IRA unwaith yn unig, Jeff,' atebodd Murph, gan gnoi ei selsig yn swnllyd a llwytho mwy o datws i'w geg ar yr un pryd. 'Does dim posib dianc o'u gafael ar ôl y tro cynta. Mae rhywun yn parhau o dan eu dylanwad am weddill eu hoes, neu tan iddyn nhw orffen bod o ddefnydd iddyn nhw. Ac os nad oedd Seamus Ryan a'i fusnes yn gysylltiedig ag is-fyd Dulyn cyn hynny, wel fe'u tynnwyd nhw i mewn yn dilyn y digwyddiad hwnnw, yn siŵr i ti.'

'Ym mha ffordd oeddan nhw'n ymwneud â'r is-fyd?' gofynnodd Jeff.

'Mae terfysgaeth yn gostus, wyddost ti. Prynu arfau, prynu pobol, sefydlu rhwydweithiau, trefnu ymosodiadau ar yr ynys 'ma ... ac ym Mhrydain, wrth gwrs. Mae hynny'n cymryd arian sylweddol. Yn ychwanegol i gasglu a derbyn arian gan y cyhoedd yn America a rhannau eraill o'r byd lle mae Gwyddelod wedi setlo dros y blynyddoedd, roedd yn rhaid iddyn nhw gasglu mwy trwy flacmel, lladradau arfog, herwgipio – ac wrth gwrs, smyglo cyffuriau. Dyna lle o'n i'n gweithio am flynyddoedd, yn adran gyffuriau'r Garda. Bryd hynny roedd Iwerddon yn ail i Amsterdam o safbwynt delio mewn cyffuriau.'

'O ble oeddan nhw'n cael eu mewnforio?' gofynnodd Aisling.

'O bobman. Afghanistan, gwledydd eraill y Dwyrain Canol, De America. Yna drwy Iwerddon ac i Brydain.'

'Diddorol,' meddai Jeff. 'Sut yn union?'

'Edrycha ar arfordir de-orllewinol a gorllewinol y wlad 'ma, Jeff. Does dim byd ond creigiau unig, ynysoedd a baeau bach am gannoedd o filltiroedd, a dim ond y môr sy'n ein gwahanu ni oddi wrth weddill y byd. Yn yr wythdegau, doedd neb yn gwarchod yr arfordir o un pen i'r llall. Sut oedd posib gwylio'r holl ddyfroedd o gwmpas ynys?'

'Amhosib,' atebodd Aisling.

'A dydi'r sefyllfa ddim llawer gwell erbyn heddiw, coeliwch chi fi,' parhaodd Murph, a oedd wedi gwagio'i wydr yn barod. Ni wyddai Jeff sut oedd o'n gallu yfed mor gyflym.

'Be ydi cysylltiad Seamus Ryan â hyn i gyd?' gofynnodd Jeff, a oedd yn dal i fwynhau ei fwyd.

'Chafodd y cysylltiad rhwng yr IRA a Seamus Ryan erioed ei brofi, ond ro'n i'n amau bod sylfaen gadarn i'r amheuaeth. Mi ddechreuais wneud ymholiadau yn Swydd Kildare, Swydd Cork, Swydd Kerry a chyn belled â Galway ac i fyny at Mayo. Bob tro ro'n i'n dod yn agos at wybodaeth yn cysylltu Ceffylau Rasio Ryan â chyffuriau, ac mi oedd hynny'n reit aml, mi fyddwn yn cael fy nhynnu oddi ar y job a 'ngorfodi i weithio ar ryw achosion dibwys. Ond ro'n i'n bengaled yn y dyddiau hynny, rhy bengaled er fy lles fy hun. Gwrthodais wrando, a dilynais fy nhrwyn. Ddaru o erioed 'ngadael i lawr, Jeff.'

Gwenodd Jeff arno. Gwyddai o brofiad beth oedd o'n feddwl.

'Ar ôl blynyddoedd o dynnu'n groes – ac wrth gwrs, mi o'n i'n yfed mwy bob dydd erbyn hynny – aeth pethau o ddrwg i waeth. Mi yrron nhw ryw gachgi bach slei ar fy ôl i un noson a 'nal i'n gyrru dan effaith alcohol. A deud y gwir, mae'n ddrwg gen i ddeud, prin o'n i'n gallu sefyll y noson honno, heb sôn am yrru car. Wel, dyna oedd fy niwedd i yn y Garda, ond yr hen job 'ma ddaru fy ngyrru fi i'r sefyllfa honno ... yr anawsterau, y penaethiaid yn tynnu'n groes ac ati. Mi wyddwn yn iawn mai arna i oedd y bai am yfed mor gyson, ond ar yr un pryd, ro'n i'n sicr 'mod i ar y trywydd iawn yn ceisio cysylltu Ryan, yr IRA a'r smyglo cyffuriau. Dyna sut o'n i'n gweithio yn y dyddiau hynny, Jeff. Ac nid fi oedd yr unig un. Doedd y blydi Liam Cullingham 'na ddim gwell. Gwaeth o lawer, os rwbath.'

'Pwy oedd y pennaeth ddaru ymyrryd â'ch ymholiadau chi?' gofynnodd Jeff.

'Fo, wrth gwrs. Cullingham. Arolygydd oedd o ar y pryd. Fo wnaeth yn siŵr 'mod i'n cael fy nal yn gyrru dan effaith y ddiod hefyd. Mi glywais i hynny o le da yn ddiweddarach. Pan o'n i yng nghanol ymchwilio i smyglo'r cyffuriau, ac ymglymiad yr IRA a Ryan yn hynny, mi glywais fod swyddog yn y Garda yn agos iawn at Seamus Ryan. Rhy agos o lawer. Wn i ddim hyd heddiw pwy oedd o, ond taswn i'n ddyn gamblo, arno fo, Cullingham, fyswn i'n rhoi fy mhres.'

'Be yn union oedd rhan Ryan yn y smyglo, Murph?'

gofynnodd Jeff eto, er ei fod yn amau ei fod yn gwybod yr ateb.

'Mae busnes Ceffylau Rasio Ryan yn un mawr ac adnabyddus trwy'r wlad 'ma. Ia, trwy'r wlad i gyd ac yn y byd rasio trwy Brydain hefyd. Pa ffordd well, medda chdi, i symud cyffuriau o gwmpas y wlad na bocs ceffyl?'

'Ond wrth gwrs,' atebodd Jeff. 'Mae petha wedi newid erbyn heddiw. Nid yn yr wythdegau ydan ni rŵan, naci? Mae'r heddlu'n llawer iawn mwy craff ac o gwmpas eu pethau heddiw. Mae cŵn i arogleuo cyffuriau, a phob math o offer i'w darganfod. Mewn cymhariaeth, roeddan ni fel tasan ni'n gweithio yn yr Oesoedd Canol yr adeg honno.'

'Mae hynny'n wir,' cytunodd Murph. Mynnodd y Gwyddel brynu'r rownd nesaf gan fod Jeff wedi talu am y bwyd.

'Pan glywis i eich bod chi'ch dau yn dod i 'ngweld i heno,' parhaodd ar ôl aileistedd a rhoi gwydrau llawn o flaen pawb, 'mi rois i ganiad i hen hysbyswr oedd gen i, dyn oedd yn gweithio ar gyrion busnes Ryan ar y pryd, ond mae o'n agos iawn ato fo erbyn hyn. Doedd o ddim yn falch o gwbwl o glywed fy llais i gynna, ond mi ddeudis i wrtho y byswn i'n deud wrth Ryan am ein cysylltiad ni os na fysa fo'n fy helpu fi heno. A choeliwch fi, mae gen i ddigon o faw arno i wneud i Ryan a'r IRA ei yrru fo i'w fedd. Ond ta waeth am hynny. Y peth pwysig ydi ei fod o'n gyfarwydd â rhan helaeth o fusnes Ryan y dyddiau yma, ond dim y cwbwl.'

Cododd Jeff ei glustiau gan dybio mai'r datganiad nesaf fyddai uchafbwynt y noson. Doedd o ddim ymhell o'i le.

Cymerodd Murph lymaid da o'i wydr llawn, sychodd ei geg hefo llawes ei got – arferiad cyson yn ôl yr olwg arni –

a pharhaodd. 'Mae fy ffynhonnell i'n gwybod fod Seamus Ryan yn dal i smyglo cyffuriau, ac mae'r rheiny'n dal i ddod i'r wlad oddi ar gychod sy'n glanio rywle ar arfordir y gorllewin. Ŵyr o ddim lle, ac mi fysa'n siŵr o fod wedi deud wrtha i tasa fo'n gwybod. Ryan sy'n eu cario nhw o fanno, a rhywsut neu'i gilydd mae o'n eu smyglo nhw ar draws Môr Iwerddon i Brydain. Ond rŵan ta, mae pwy bynnag sy'n rhoi help llaw iddo fo ar yr ochr arall, hynny ydi, ym Mhrydain, yn cael ei amau gan Ryan o ddwyn yr hufen oddi ar y top.'

'Be – dwyn cyfran o'r cyffuriau?'

'Mae'n edrych yn debyg, ond does gan fy nghyswllt i ddim syniad pwy na sut. Ac fel mae'n digwydd bod, pwy oedd yn gweithio ym Mhrydain ar y pryd? Simon Flynn. Yr union foi fu'n cael ei yrru gan Seamus Ryan flynyddoedd yn ôl i sortio'r math yna o broblemau.'

'Ond y drwg, wrth gwrs,' ychwanegodd Aisling, 'oedd ei fod o'n ffoadur yn dilyn y llofruddiaethau yma, fyddai'n ei gwneud hi'n anodd i Ryan ymddiried ynddo.'

'Ia,' cytunodd Jeff. 'Roedd perygl y bysa fo'n gwneud yr un peth, hynny ydi, llofruddio merch yng Nghymru, ac yn cael ei ddal. A dyna'n union ddigwyddodd, er mai cael bai ar gam ddaru o, yn ôl pob golwg.' Crafodd ei ben wrth bendroni dros y sefyllfa. 'Pam fyddai Ryan angen cymorth ym Mhrydain, hynny ydi, ar ôl cael y llwyth drosodd? Mi fysa rhan anodda'r ymgyrch drosodd erbyn hynny, siawns?'

'Beth am gymryd am funud mai yn ei focsys cario ceffylau rasio mae Ryan yn smyglo'r cyffuriau,' awgrymodd Murph. 'Dim ond o'r porthladd i'r caeau rasio fydd y cerbydau hynny'n mynd, ynte? Mi fysa fo angen rhywun arall i gario'r stwff ar hyd a lled Prydain er mwyn ei werthu.'

'Ond mae 'na bob math o fesurau diogelwch ym mhorthladdoedd Prydain i stopio cyffuriau rhag dod i mewn i'r wlad.' Llyncodd Jeff fymryn o'i ddiod, a rhoddodd y gwydr i lawr yn galed pan ddaeth atgof am ddigwyddiad diweddar yn ôl iddo. Pwy oedd yn rhoi'r tipiau rasio i'w gyd-weithwyr ym Mhorthladd Caergybi – dweud pa geffyl oedd am ennill pa ras, faint o arian i roi arno a pha fath o fet? A faint o ddylanwad fyddai hynny'n ei gael ar y ffordd roedd y swyddogion yn trin cerbyd y person hwnnw, tybed? Gobeithiai i'r nefoedd ei fod yn anghywir.

'Mae 'na fwy,' ychwanegodd Murph. 'Mae'r ffynhonnell yma sy gen i yn amau bod llwyth arall o gyffuriau ar ei ffordd ryw dro yn ystod yr wythnos nesaf. Un mawr. Y mwyaf eto – a bod arestiad Flynn wedi drysu pethau'n lân. Fo oedd i fod i sicrhau fod y llwyth nesa 'ma'n mynd i ben ei daith, y cwbwl ohono fo.'

'Ac os oedd Flynn yn gwybod hynny,' awgrymodd Jeff, 'allai Ryan ddibynnu arno i gau ei geg wedi iddo ddisgyn i ddwylo'r heddlu? Byddai'n cael ei holi'n drwyadl, am oriau maith. Ai Seamus Ryan orchymynnodd i'w nai gael ei saethu er mwyn sicrhau ei ddistawrwydd?'

'Edrych yn debyg,' atebodd Murph, ei dafod erbyn hyn yn llenwi'i geg. Siglai ar ben ei draed wrth godi i fynd i'r lle chwech.

'Be dach chi'n feddwl?' gofynnodd Aisling i Jeff yn ei absenoldeb.

'Mae'n amhosib bod yn sicr, ond fedra i ddim gweld sut y gellid smyglo cymaint o gyffuriau mewn bocs ceffyl. Mi fysa'n rhaid iddyn nhw fod wedi darganfod ffordd dda ofnadwy o'u cuddio yn y lle cynta – nid yn unig oddi wrth y plismyn ond y cŵn hefyd, a phob teclyn arall ym mhorthladdoedd Dulyn a Chaergybi.' Dewisodd beidio â sôn am ei amheuon ynglŷn â'i gyd-weithwyr.

Roedd y ddau yn dal i bendroni pan ddaeth Murph yn ôl o'r toiled, yn baglu ac yn ymddiheuro wrth un person a'r llall ar ei ffordd. O ystyried pa mor amyneddgar oedd pawb hefo fo, roedd yn rhaid bod hyn yn ddigwyddiad cyson. Roedd yn ddigon hawdd gweld hefyd nad oedd mwy o hanes Seamus Ryan i'w gael. Mwmialodd Murph rywbeth am dacsi arferol, a heb seremoni na ffarwél, gwnaeth ei ffordd at y drws. Tybiodd Jeff na fyddai'n cofio unrhyw beth am eu sgwrs erbyn y bore wedyn.

Pennod 31

Chwarter awr yn ddiweddarach, yn sedd gefn tacsi arall, siaradai Jeff yn isel rhag i'r gyrrwr glywed.

'Wyddoch chi be, Aisling, mae'r wybodaeth gawson ni heno yn golygu fod y rhestr manylion ffôn ges i gan Des gynna yn bwysicach nag erioed. Mae'n rhaid i mi wneud yn siŵr ei bod yn saff.'

'Ble mae hi rŵan?'

'Yn fy mhoced i. Fyswn i ddim wedi bod yn hapus i'w gadael hi yn y gwesty. Oes 'na gaffi rhyngrwyd yn y cyffiniau sy'n agored drwy'r nos? Bydd yn rhaid i mi gael sganiwr hefyd.'

'Pam?' gofynnodd Aisling.

'Dwi isio sganio'r papurau a'u e-bostio nhw i mi fy hun, a rhoi'r copi gwreiddiol yn y post. Mae 'na rwbath yn deud wrtha i mai dyna fyddai orau.'

Roedd Aisling yn deall yn iawn. 'Wel, Jeff, dach chi'n lwcus. Dydi fy fflat i ddim mwy nag ugain munud oddi yma, a dim llawer allan o'ch ffordd chi. Mae popeth dach chi ei angen yn y fan honno. Mae 'na flwch post gerllaw hefyd i chi bostio'r gwreiddiol.'

Agorodd Aisling y drws ffrynt i dŷ nobl mewn teras o dai smart. Dilynodd Jeff hi i fyny'r grisiau i fflat ar y llawr cyntaf, ac arweiniwyd o'n syth i mewn i lolfa fawr gyfforddus a chartrefol. Roedd dau ddrws arall yn yr ystafell – un i'r gegin a'r llall i weddill y fflat, tybiodd Jeff.

Cerddodd Aisling yn syth at gyfrifiadur yn y gornel bellaf a'i daro ymlaen. Tynnodd amlen allan o ddrôr y ddesg a rhoddodd nifer o stampiau arno.

'Mae 'na ddigon ar hwnna i gyrraedd Cymru mewn tua deuddydd,' meddai.

Diolchodd Jeff iddi, yn llawn edmygedd.

'Tynnwch eich côt,' mynnodd Aisling, gyda gwên, wrth dynnu ei chôt ei hun. 'Gwydryn bach o rwbath i orffen y noson?'

Tynnodd Jeff ei gôt ddyffl a'i rhoi dros gefn y soffa.

'Panad o goffi 'sa'n neis, os gwelwch yn dda,' atebodd. 'Dwi wedi cael hen ddigon o alcohol heno, diolch.'

Aeth Aisling trwodd i'r gegin a chlywodd Jeff sŵn y tegell yn dechrau berwi a chwpanau'n cael eu hestyn. Erbyn i Aisling ddod yn ei hôl roedd y cyfrifiadur wedi cynhesu, felly eisteddodd y ddau i lawr o'i flaen. Roedd Jeff wedi tynnu'r papurau pwysig o boced ei gôt a'u sythu, yn barod i'w rhoi yn y sganiwr. Ymhen dim ymddangosodd llun ohonynt ar y sgrin o'u blaenau, ond dewisodd Jeff beidio â'u darllen am y tro. Roedd hi'n rhy hwyr yn y dydd, a doedd yr un ohonyn nhw mewn cyflwr i ganolbwyntio ar eu cynnwys beth bynnag.

'Dwi wedi agor y system e-bost i chi gael eu gyrru,' eglurodd Aisling. 'Mi fydda i'n ôl mewn chwinciad.'

Dyna yn union a wnaeth Jeff. Cymerodd ychydig funudau i safio'r sganiau ar gof y cyfrifiadur a llwytho'r dogfennau ar e-bost wedi'i gyfeirio ato fo'i hun, a phwysodd y botwm i'w gyrru. Diolchodd yn dawel eu bod nhw'n saff. Yna, rhoddodd y dogfennau gwreiddiol yn yr amlen, ei selio a'i rhoi ym mhoced ei gôt. Roedd ar fin cau system e-bost Aisling pan sylwodd ar neges newydd ar dop y rhestr â'r pennawd 'Tocynnau Bwystfil'. Roedd yr enw'n canu cloch ... ond, wrth gwrs, doedd o'n ddim o'i fusnes o. Yn sydyn, daeth chwa o arogl persawr i'w ffroenau.

Nid oedd wedi clywed sŵn traed noeth Aisling ar y carped trwchus a chafodd ei synnu o weld ei dwy fraich yn estyn o'r tu ôl iddo, un dros bob ysgwydd. Roedd dau wydryn Champagne yn ei llaw chwith a photel o Moët yn y llall, a rhoddodd y cyfan ar y ddesg o'i flaen. Trodd ei ben yn araf a theimlodd groen noeth ei gwddf yn cyffwrdd ei foch. Rhoddodd ei dwylo yn dyner ar ei ysgwyddau, a gadael iddyn nhw lithro'n araf i lawr ei frest. Wrth iddi bwyso yn ei erbyn teimlai Jeff wres ei bronnau yn erbyn ei gefn. Cododd o'i gadair a throdd yn araf i'w hwynebu. Safai Aisling o'i flaen, ei breichiau wrth ei hochrau. Gwisgai goban sidan ddu, fer, oedd bron yn dryloyw. Gallai Jeff weld siâp ei chorff noeth a'i bronnau llawn drwy'r defnydd tenau, a thynnwyd ei sylw'n syth at ei thethi caled. Syllai Aisling yn ddwfn i'w lygaid, fel petai'n ei wahodd i'w chyffwrdd.

Doedd Jeff ddim wedi gweld golygfa mor ddeniadol yn ei ddydd o'r blaen. Caeodd ei lygaid am ennyd. 'Mae'n ddrwg gen i, Aisling,' meddai. 'Fedra i ddim gwneud hyn.' Newidiodd ei hwyneb yn syth.

'Wyt ti'n ... Wyt ti ddim yn hoff o ferched?' gofynnodd iddo'n ddryslyd.

Arhosodd Jeff am eiliad cyn ei hateb.

'Ydw,' atebodd o'r diwedd. 'Dwi'n hoff o ferched. Un ferch yn arbennig ... fy ngwraig, a dwi dros fy mhen a nghlustiau mewn cariad efo hi. A 'mhlant hefyd,' ychwanegodd.

Tynnodd Aisling yn ôl, trodd a diflannodd yn ôl i'r ystafell wely. Rhoddodd Jeff ei gôt amdano, ac fel yr oedd o'n troi am y drws i adael, ailymddangosodd Aisling, a gŵn wisgo drwchus wedi'i lapio'n dynn amdani.

'Peidiwch â mynd,' meddai. 'O leia gorffennwch eich coffi.'

'Mae'n ddrwg gen i,' ymddiheurodd Jeff. 'Mae'n ddrwg gen i os rois i'r argraff anghywir – dod yma mor hwyr yn y nos, dwi'n feddwl, a ninna wedi cael cymaint i'w yfed.'

'Fi ddylai ymddiheuro,' atebodd hithau, yn eistedd hyd braich oddi wrtho ar y soffa. 'Ond nid yn unig am fy ymddygiad, ond am awgrymu eich bod chi'n hoyw.'

Chwarddodd Jeff gymaint fel y bu bron iddo golli ei goffi.

'Pam dach chi'n chwerthin?' gofynnodd Aisling yn ddryslyd.

'Am fy mod inna wedi amau eich bod chi'n hoyw! Eich perthynas chi â Lowri dwi'n feddwl, yr agosatrwydd, y cofleidio a ballu.'

Tro Aisling oedd hi i chwerthin, a gwnaeth hynny o waelod ei bol. 'Ac mi oeddach chi'n teimlo'n saff yn dod yma'n hwyr y nos ac yn feddw, felly?'

Cododd Jeff ar ei draed i adael. 'Mi ddeuda i fel hyn, Aisling. O dan unrhyw amgylchiadau eraill, mi fyswn i wedi neidio at eich cynnig chi. Dach chi'n ddynes soffistigedig, ddel, ac yn gwmni eithriadol o dda. Rŵan ta, dwi'n mynd o'ma cyn i mi newid fy meddwl.

Yn y drws, rhoddodd Jeff gusan sydyn, gyfeillgar iddi ar ei boch. 'Ffrindiau?' gofynnodd.

'Siŵr iawn. Mae'ch gwraig chi, Jeff, pwy bynnag ydi hi, yn ddynes lwcus iawn,' atebodd, a chaeodd y drws.

Er ei bod yn tynnu at un o'r gloch y bore chafodd Jeff ddim

trafferth dod o hyd i dacsi ar ôl iddo bostio'r amlen oedd yn ei boced. Ugain munud yn ddiweddarach roedd yn gorwedd ar ei wely yn y gwesty, yn myfyrio dros y cyfan a ddysgodd gan Murph – a digwyddiadau eraill y noson. Cododd ei ffôn symudol a phwysodd y botymau cyfarwydd.

'Be ti'n neud yn ffonio'r adeg yma o'r nos? Ydi bob dim yn iawn?

Anadlodd Jeff yn ddwfn pan glywodd ei llais. 'Ydi tad, Meira bach. Jyst isio deud faint dwi'n dy garu di o'n i, dyna'r cwbwl, a chlywed dy lais di.'

'O, Jeff,' atebodd Meira'n chwareus. 'Pryd fyddi di'n ôl?'

'Fory, ryw dro. Dibynnu pryd ga i gwch. Sut mae'r plant?'

'Hiraethu amdanat ti, wrth gwrs. Bron gymaint â fi. 'Dan ni i gyd yn iawn heblaw am hynny.'

'Wela i di fory felly, 'ngghariad i.'

Taflodd gusan iddi dros y ffôn.

Doedd dim brys y bore trannoeth. Erbyn i Jeff ddarganfod amserlen y fferi, gwelodd ei fod wedi colli'r un gynnar a doedd yr un nesaf ddim yn gadael Dulyn tan hanner awr wedi dau yn y prynhawn. Cafodd amser felly i ffarwelio â Des O'Reilley a diolch iddo am ei gymorth. Penderfynodd nad oedd pwynt ceisio darganfod mwy am y ddau ar y beic a lofruddiodd Simon Flynn. Dim ond y Ditectif Brif Uwch Arolygydd Cullingham oedd â'r allwedd i'r rhan honno o'r ymchwiliad, a doedd *o* ddim yn debygol o ddatgelu dim i Jeff, na neb arall. Gobeithiai Jeff fod yr hyn a ddysgodd o ac Aisling gan Murph yn ddigon i daflu mwy o oleuni ar bwy bynnag oedd yn helpu Ryan ym Mhrydain – ac efallai, hyd yn oed, ar bwy bynnag a laddodd Rhian. Dyna, wedi'r cwbwl, oedd ei brif ffocws. Gyrrodd Aisling ef i'r porthladd erbyn hanner awr wedi un, a'i adael yn y fynedfa.

Yn cario'i fag bychan, cerddodd Jeff trwodd i'r neuadd ymgynnull i aros am y fferi. Brasgamodd dau ddyn yn syth ato. Doedd dim rhaid gofyn beth oedd eu bwriad, a doedd Aisling Moran ddim wrth ei ochr y tro hwn i'w gefnogi.

'Prynhawn da,' meddai Jeff, a dangosodd ei gerdyn gwarant swyddogol iddyn nhw. Wnaeth hynny ddim gwahaniaeth.

'Dewch efo ni,' oedd y gorchymyn.

Dilynodd Jeff y ddau i ystafell fechan gerllaw. Yr unig ddodrefn yno oedd bwrdd a dwy gadair. Dechreuodd yr holi ar unwaith.

'Beth oedd pwrpas eich ymweliad ag Iwerddon?'

'Gwaith,' atebodd Jeff yn gryno. Doedd ganddo ddim bwriad o ymhelaethu heb fod angen.

'Swyddogol?'

'Ia.'

'Eich cyswllt?'

Rhoddodd enw Des O'Reilley iddynt.

'Pa fath o ymchwiliad?'

'Un cyfrinachol.'

'Oes ganddoch chi unrhyw wybodaeth swyddogol yn eich meddiant, unrhyw dystiolaeth?'

'Nac oes.'

Agorwyd ei fag a thynnwyd ei gynnwys i gyd allan a'i roi ar y bwrdd o'u blaenau. Chwiliodd y ddau blismon drwy bob eitem yn drwyadl, ac yna archwiliwyd pob twll a chornel o'r bag, hyd yn oed pwythau'r leinin, er mwyn darganfod a oedd rhywbeth wedi'i guddio o fewn y defnydd.

'Tynnwch eich côt,' oedd y gorchymyn nesaf.

Ufuddhaodd Jeff. Doedd dim pwynt dadlau gan nad

oedd o ar ei dir ei hun. Chwiliwyd trwy honno yn yr un modd.

'Codwch eich breichiau.'

Chwiliwyd pob tamaid o'i ddillad a rhedodd un ohonynt ei ddwylo i fyny ac i lawr pob modfedd o'i gorff yn fanwl. Ysgydwodd hwnnw ei ben i gyfeiriad ei gyd-weithiwr.

'Hapus?' gofynnodd Jeff.

Nid atebodd yr un o'r ddau, dim ond gwylio'r ditectif o Gymro yn rhoi ei eiddo yn ôl yn ei fag yn bwyllog ac ailwisgo'i gôt. Diolchodd ei fod wedi meddwl am bostio ac e-bostio'r rhestr dystiolaeth y noson gynt. Roedd y chwiliad hefyd wedi cadarnhau nad Aisling oedd yn gyfrifol am achwyn arno – nid ei fod wedi amau hynny mewn gwirionedd – oherwydd roedd hi'n ymwybodol nad oedd y rhestr bellach yn ei feddiant. Gwyddai nad Des O'Reilley – gan mai fo roddodd y dystiolaeth iddo yn y lle cyntaf – oedd yn gyfrifol chwaith. Wedi dweud hynny, roedd ganddo syniad reit dda pwy oedd y tu ôl i'r syrcas.

'Dwi'n cymryd ei bod hi'n iawn i mi fynd?' gofynnodd, ac agorwyd y drws iddo heb air arall.

Pan oedd ar ei ffordd yn ôl i ymuno â'r teithwyr eraill, cadarnhawyd ei amheuon pan welodd gip o un o'r ddau dditectif a'u hebryngodd i swyddfa Cullingham y diwrnod cynt. Pam yr holl lol, tybed? Beth oedd Cullingham yn ei ofni? Gallai ddeall petai ganddo dystiolaeth ynglŷn â rhyw ymchwiliad mawr i droseddau'r IRA yn ei feddiant. Tybed ai ei ymholiadau i lofruddiaeth Flynn oedd yn eu poeni? A beth am lofruddiaeth Rhian Rowlands –oedd hynny'n ffactor tybed?

Cerddodd Jeff ar fwrdd y fferi. Roedd yn edrych ymlaen at gael rhoi ei draed yn solet ar dir Môn unwaith eto. Ac at gael cwmni Meira, Twm a Mairwen.

Pennod 32

Treuliodd Jeff y bore canlynol yn paratoi adroddiad ar gyfer Lowri Davies yn nodi'r hyn a ddysgodd yn Iwerddon, a'i lwytho i system yr ymchwiliad. Yn ogystal, ceisiodd ymgyfarwyddo â'r datblygiadau yn yr ymchwiliad yn ystod ei absenoldeb. Ychydig iawn o wybodaeth newydd oedd wedi ei chasglu. Trodd ei sylw at y rhestr o rifau ffôn oddi ar yr e-bost, gan y byddai dyddiau cyn i'r gwreiddiol gyrraedd trwy'r Post Brenhinol. Ychydig ar ôl un ar ddeg deallodd fod Lowri Davies wedi darllen ei adroddiad, ac yn mynnu gair â fo ar unwaith.

Wrth godi o'i ddesg, sylwodd ar amlen wedi'i chyfeirio ato, a'r gair 'Personol' wedi'i ysgrifennu yn fawr arni. Pan agorodd hi, gwelodd fod ynddi dros gant a hanner o bunnau mewn arian parod, a nodyn gan hogia'r porthladd yn ei longyfarch ar ei enillion. Rhoddodd yr arian yn ei boced, heb deimlo'n gwbl gyfforddus ynglŷn â'r peth. Cerddodd i swyddfa'r Ditectif Brif Arolygydd.

'Gwaith da yn Werddon, Jeff,' meddai Lowri. 'Eisteddwch i lawr.'

'Ia,' atebodd, yn falch o weld bod ei bennaeth yn dal i gyfeirio ato wrth ei enw cyntaf. 'Ond biti na fyswn i wedi medru cael mwy o wybodaeth am yr is-fyd troseddol, a'r gwn a ddefnyddiwyd i ladd Flynn.'

'Wel, ella nad oedd llawer o fai ar y Ditectif Brif Uwch Arolygydd Cullingham, dan yr amgylchiadau,' meddai

Lowri. 'Os oes 'na ymchwiliad cyfredol sylweddol i weithgareddau'r IRA, a'r rheiny'n arwain at Seamus Ryan, mi fedra i weld ei ochr yntau o'r ddadl.'

'Siŵr iawn, ond dim ond gair Cullingham ei hun sy ganddon ni am hynny, ac mi ddarllenoch chi be oedd gan Murph i'w ddeud ynglŷn â hynny.'

'Faint o goel rowch chi ar eiriau Murph, a fynta yn y fath gyflwr?'

'Mwy nag y byswn i'n ei roi ar eiriau deg o bobol fel Cullingham. Mi ddarllenoch chi be ddigwyddodd i mi ar y ffordd adra, do?'

'Do, Jeff.' Eisteddodd Lowri Davies yn ôl yn ei chadair a rhoddodd ei bŵts du i fyny ar ei desg yn ôl ei harfer. 'Lle mae hyn yn ein harwain ni felly, o safbwynt llofruddiaeth Rhian?'

'Dwi wedi bod yn edrych ar y manylion ffôn ges i gan Des. Manylion galwadau ffôn symudol Seamus Ryan at Flynn ydyn nhw, a dwi'n eu cymharu efo galwadau Flynn ei hun.' Edrychodd Jeff ar ei nodiadau cyn parhau. 'Mae hyn yn ddiddorol,' meddai. 'Ychydig iawn roedd Flynn yn ddefnyddio ar ei ffôn yn ystod yr wythnosau cyn i Rhian gael ei llofruddio. Dim byd o ddiddordeb i ni, a deud y gwir. Yna, bythefnos cyn iddi gael ei mwrdro, defnyddiodd Ryan ei ffôn symudol i alw Flynn yng Nghymru. Yn dilyn hynny, mae nifer o alwadau rhwng y ddau ffôn – un yn galw'r llall bob yn ail – ac yn ystod y cyfnod hwnnw, mae Flynn yn ffonio Rhian ddwywaith.'

'Dwi'n eich dilyn chi, Jeff. Ac fel y gwyddon ni, yn yr un cyfnod mi fu o'n cadw golwg ar siop Elias a nifer o asiantaethau tai eraill cyfagos, yn chwilio am ferched o'r un disgrifiad. Ai cyd-ddigwyddiad ydi hynny, deudwch?'

‘Mae’n anodd gen i goelio hynny. Ond rhaid i ni gofio hefyd be ddeudodd hysbyswr Murph, yr un sy’n gweithio i Ryan ar hyn o bryd.’

‘Hwnnw sy’n deud bod Ryan yn dal i smyglo cyffuriau i mewn i Brydain, a bod rhywun yn dwyn rhan o’i elw?’

‘Ia, a bod Flynn wedi cael ei yrru i sortio’r mater allan.’

‘Be wnaeth Flynn, tybed?’

‘Wel, pwy a ŵyr be ydi’r darlun cyfan,’ atebodd Jeff, ‘a does wybod be wnaeth Flynn ynglŷn â’r cyffuriau coll. Ella ’i fod o wedi cysylltu â phwy bynnag sy’n delio neu’n symud cyffuriau Ryan ym Mhrydain – ond mi wyddon ni na wnaeth o ddefnyddio’i ffôn symudol i wneud hynny. Rhian oedd yr unig un iddo’i ffonio. Wedi deud hynny, hyd yma, rydan ni wedi cymryd mai atyniad rhywiol oedd gan Flynn tuag at Rhian. Tybed oedd mwy iddi na hynny, deudwch?’

‘Pwynt da, Jeff,’ meddai Lowri Davies. ‘Ond mae’n annhebygol mai Rhian oedd yn gyfrifol am ddwyn y cyffuriau – cofiwch pa mor ddrwg oedd ei sefyllfa ariannol hi a Rhys. Mi fysa ganddyn nhw fwy o lawer o arian tasan nhw’n delio mewn cyffuriau.’

‘Gwir,’ cytunodd Jeff, ‘neu mi oeddan nhw’n dda iawn am guddio’u cyfoeth.’

‘Ond rhaid i ni gofio, wyddoch chi, Jeff,’ meddai’r D.B.A., gan dynnu ei thraed i lawr oddi ar y ddesg a phwyso’i phen ar ei phenelinoedd, ‘y cafodd Flynn ei yrru gan Ryan i sortio’r problemau dwyn cyffuriau. Dydi Flynn ddim o gwmpas erbyn hyn – tybed wnaeth o sortio’r broblem? Os na lwyddodd o, be ydi’r sefyllfa erbyn hyn, tybed? Pwy sy’n gwarchod buddiannau Ryan?’

‘Y ddau ar gefn y moto-beic, ella?’ cynigiodd Jeff. ‘Nhw

sortiodd Flynn allan. Ydyn nhw'n dal o gwmpas, ac yn barod i weithredu unwaith eto os, neu pan, fydd raid? Ac ai nhw lofruddiodd Rhian tra oedd Flynn yn y ddalfa?'

'Reit, Jeff. Mae'n rhaid i ni ystyried hyn yn ofalus. Tybed ai cyffuriau ydi gwreiddyn hyn wedi'r cwbwl, nid ymosodiad rhyw? Ella bod y llofrudd wedi gwneud ymdrech i'n twyllo ni, a'n harwain ni lawr y trywydd anghywir. Gwnewch fwy o ymholiadau ynglŷn â Rhys, a Rhian hefyd. A pheidiwch ag anghofio Gareth Morris a Ceinwen chwaith. Holwch oedd gan Rhian, neu ffrind neu berthynas, gysylltiad â chyffuriau. Rydach chi wedi bod yn teimlo'n anghyfforddus ynglŷn â Rhys ers dechrau'r ymchwiliad ... dwi'n rhoi rhyddid i chi rŵan i ddilyn y trwyn enwog yna sy ganddoch chi. Y trwyn hwnnw mae pawb yn ei frolio.' Gwenodd Lowri Davies arno yn ddiffuant.

Roedd pethau'n edrych ar i fyny, ond lle yn y byd oedd ailddechrau, pendronodd Jeff yn ôl yn ei swyddfa ei hun. Syllodd ar sgrin ei gyfrifiadur nes oedd ei lygaid yn llosgi, yn chwilio am unrhyw damaid o wybodaeth, unrhyw wendid, unrhyw beth y gallai swyddogion a system yr ymchwiliad fod wedi'i fethu hyd yma. Doedd dim byd ynglŷn â Rhys, dim tamaid o wybodaeth i awgrymu nad oedd o'n ddyn da ac yn gweithio'n galed i wneud ceiniog onest. Os oedd o'n rhan o unrhyw ymgyrch i smyglo cyffuriau, doedd dim byd i awgrymu ei fod yn gwneud arian drwy hynny. I'r gwrthwyneb. Parhaodd i durio, i hanes Ceinwen y tro hwn, a daeth i'r un penderfyniad. Doedd dim o ddiddordeb iddo yn y fan honno chwaith. Yna trodd ei sylw at Gareth Morris, y cyn-gynghorwr parchus a chyfoethog oedd wedi gweithio'n galed ar ran y cyhoedd, ac wedi creu busnes llwyddiannus. Yr unig ffaeledd a welai Jeff oedd cyfeiriad at achos o gŵyn yn ei erbyn bedair blynedd ynghynt. Roedd ddynes yn ei thridegau o'r enw Gaynor Wade wedi honni ei fod wedi ei cham-drin yn rhywiol, ond chafodd o mo'i gyhuddo. Tyllodd Jeff ymhellach. Darllenodd fod Gaynor Wade wedi bod yn gweithio yn ysgrifenyddes i Lorris Morris, a bod y gŵyn wedi'i gwneud ar ôl iddi gael ei diswyddo gan Gareth. Gwnaeth yntau gŵyn o harasio yn ei herbyn hithau ar yr un pryd, ac ymhen hir a hwyr anghofiwyd yr holl beth. Oedd diben ymweld â Gaynor? Efallai wir, penderfynodd.

Roedd hi'n tynnu am saith erbyn hyn, ac yn amser iddo feddwl am fynd adref. Roedd gweddill y ditectifs wedi diflannu ar ôl y gynhadledd am bump, a doedd dim arwydd fod Lowri Davies o gwmpas chwaith. Efallai fod ei chymar, Pat, pwy bynnag oedd hi, yn galw am ei sylw.

Yr unig berson nad oedd o wedi ailedrych arni oedd Rhian ei hun. Oedd rhagor i'w ddarganfod ynglŷn â hi? Penderfynodd, er gwaetha'i flinder a'i awch i weld ei deulu, dreulio hanner awr ychwanegol yn ymchwilio. Dim byd. Dechreuodd ganolbwyntio ar yr enw Rhian Owen, ei henw cyn iddi briodi Rhys. I'w syndod, gwelodd iddi gael rhybudd am fod â chanabis yn ei meddiant yn Aberystwyth bron i ugain mlynedd ynghynt. Sut aflwydd nad oedd rhywun wedi darganfod hynny cyn heddiw? Ffoniodd Heddlu Dyfed Powys yn syth, a drwy lwc roedd un o dditectifs Aberystwyth yn dal yn ei swyddfa. Ar ôl gwneud ei gais, bu'n rhaid i Jeff aros dros hanner awr am ateb – ond pan ddaeth yr ateb hwnnw, roedd yn werth aros amdano.

'Ditectif Cwnstabl Pierce 'ma,' meddai'r llais pan

atebodd Jeff y ffôn. 'Mae'r wybodaeth chi'n moyn gen i nawr, Sarj.'

'Arhoswch i mi gael papur a phensel. Reit. Awê,' meddai Jeff yn awyddus.

'Rhian Owen, fel roedden ni'n ei hadnabod hi. Menyw ifanc, yn fyfyrwraig yn y coleg oedd hi bryd 'ny, ac yn ôl yr hyn sy 'da fi yn fan hyn, mae hi'n ffodus iawn na chafodd ei herlyn am ddelio.' Cyflymodd calon Jeff. 'Nid bod 'da hi gymaint â hynny o gyffur, ond fe gyfaddefodd yn syth i ddod â'r hyn oedd ganddi o Birmingham ... roedd hi wedi'i brynu yno er mwyn cyflenwi'i ffrindie yn y neuadd breswyl.'

'Oedd hi wedi gwneud y daith yn bwrpasol?'

'Edrych felly, Sarj.'

'Pam, felly, na chafodd hi ei chyhuddo o ddelio?'

''Sda fi ddim syniad. Fe gafodd ei chyhuddo o feddiannu'r cyffur, ond cyn i'r mater gyrraedd y llys, penderfynwyd rhoi rhybudd iddi.'

'Gan bwy?'

'Gwasanaeth Erlyn y Goron, mae'n debyg. Menyw ffodus dros ben os y'ch chi'n gofyn i mi, Sarj. Ond 'sai'n gallu deall y penderfyniad fy hun, hyd yn oed os mai dyna'r tro cynta iddi wneud y fath beth.'

Gofynnodd Jeff iddo yrru copi o'r ffeil iddo ar unwaith. Rhoddodd y ffôn yn ôl yn ei grud ac eisteddodd yn isel yn ei gadair, yn myfyrio dros yr wybodaeth. Rhian wedi bod yn delio mewn cyffuriau. Pwy fysa'n meddwl? Sawl gwaith oedd hi wedi teithio i Birmingham ar yr un perwyl, tybed? O brofiad Jeff, prin iawn oedd troseddwr a gawsai ei ddal yn gwneud unrhyw beth fel hyn am y tro cyntaf. Ond sut oedd yr wybodaeth yn berthnasol i'r ymchwiliad i'w llofruddiaeth hi? Mater gweddol ddibwys oedd hwn, flynyddoedd lawer yn ôl, o'i gymharu â maint yr ymgyrch roedd Seamus Ryan yn debygol o fod ynghlwm ynddo. Ond wedi dweud hynny, pwy a ŵyr beth oedd y goblygiadau. Ystyriodd Jeff sefyllfa Rhys. Oedd o'n ymwybodol o hanes Rhian?

Byddai'n rhaid iddo ailystyried ei strategaeth – ond nid heno.

Pennod 33

Penderfynodd Jeff ei fod angen ychydig mwy o amser i ystyried y sefyllfa rhwng Rhys a Rhian yn dilyn yr wybodaeth o Aberystwyth y noson gynt. Ar ôl egluro'r sefyllfa i Lowri Davies aeth i chwilio am Gaynor Wade, a daeth o hyd iddi yn gweithio yn rheolwr mewn busnes trefnu angladdau. O un busnes cludo i'r llall, chwarddodd Jeff wrth gymharu'r ddau weithle.

Ffoniodd cyn ymweld â'r swyddfa i wneud yn siŵr na fyddai'n tarfu ar wasanaeth yn y capel bychan a oedd yn rhan o'r busnes. Pan gyrhaeddodd, derbyniodd groeso cynnes gan Gaynor Wade, a chafodd ei arwain i ystafell breifat drws nesa i'r swyddfa.

'Eisteddwch i lawr, Sarjant Evans. Gymrwch chi baned?'

'Coffi du heb siwgr os gwelwch chi'n dda, Ms Wade.'

'Galwch fi'n Gaynor, plis,' meddai, ar ôl gofyn i gyd-weithiwr wneud y coffi. 'Mae 'na lawer gormod o ffurfioldeb yn y lle 'ma.'

Chwarddodd Jeff yn ansicr, ac eisteddodd i lawr. Roedd hon yn dipyn o gymeriad.

Roedd Gaynor yng nghanol ei phedwardegau, ychydig yn hŷn, efallai, yn olygus er ei bod yn cario ychydig gormod o bwysau. Roedd ei gwallt brown golau yn cyrraedd at ei choler ac wedi'i drefnu'n daclus, ond yn gyfoes, ar gyfer ei gwaith syber. Gwisgai siwt ddu, y sgert dynn yn dangos cip o'i chluniau nobl a'r siaced hefyd yn dilyn siâp ei chorff.

Roedd yn amlwg nad oedd natur a ffurfioldeb ei gwaith yn amharu gormod ar ei steil o wisgo. Ymlaciodd Jeff – ni fyddai'n rhaid iddo fod yn orofalus ynglŷn â geirio'i gwestiynau iddi.

'Gwneud ymholiadau ynglŷn â llofruddiaeth Rhian Rowlands ydw i, ac yn gobeithio y medrwch chi daflu rhywfaint o oleuni ar gefndir ei theulu hi ... gan eich bod wedi gweithio i Gareth Morris.'

Gwenodd Gaynor ar unwaith. 'Pwy dach chi isio gynta – ei gŵr, ei chwaer 'ta'i brawd-yng-nghyfraith?' gofynnodd yn awgrymog.

'Beth am ddechra efo'r brawd-yng-nghyfraith?'

Agorodd y drws a daeth geneth ifanc â dwy gwpaned o goffi iddynt, coffi go iawn yn ôl yr arogl braf a ddaeth i ffroenau Jeff. Rhoddwyd un o flaen Jeff a chymerodd Gaynor yr ail. Croesodd ei choesau'n araf, a rhoddodd y gwpan i lawr wrth ei hochr.

'Be ydach chi isio'i wybod am Gareth Morris?' gofynnodd, yn wên i gyd.

'Dwi'n dallt eich bod chi wedi gwneud cwyn amdano. Be oedd y rheswm am hynny?'

'Dim llawer,' atebodd Gaynor. Yna dechreuodd ar ei hanes, a sylweddolodd Jeff ar unwaith nad oedd angen anogaeth arni i ymhelaethu. 'Ro'n i mewn perthynas efo Gareth Morris am dair blynedd, Sarjant.'

'Jeff, plis.'

'Reit, Jeff. Roedd pob dim yn lyfli yn y dechra, ond roedd Gareth eisiau mwy a mwy o hyd. A doedd o ddim yn malio dim amdana i. Fi, fi, fi – felly oedd o. Rhyw yn ei gar, rhyw ar draws ei ddesg o yn y swyddfa, mewn gwestai ar draws gogledd Cymru, ac yna mi ffeindiais i nad fi oedd yr unig un. Roedd y diawl yn addo'r byd i mi a rhoi affliw o ddim yn ôl. Pan ddechreuais i gwyno, mi roth o'r sac i mi. Fy niswyddo fel'na ar ôl pob dim, heb rybudd, dim ond am nad oedd o'n cael ei ffordd ei hun i 'nhrin i fel hwran. Oedd, roedd o'n disgwyl i mi berfformio iddo fo unrhyw awr o'r dydd neu'r nos, dim ond iddo fo godi'r ffôn. Ro'n i'n haeddu gwell. Mae pawb yn meddwl 'i fod o'n ddyn parchus, ond mae 'na resi o ferched fysa'n deud yn wahanol wrthach chi.' Cymerodd lymaid o'i choffi.

'Oes 'na ferched eraill rŵan?' gofynnodd Jeff, yn manteisio ar ei pharodrwydd i drafod ei phrofiad.

'Siŵr o fod, ond dydw i ddim wedi'i weld o na'i deulu ers hynny.'

'Oedd o'n cyboli efo Rhian, dach chi'n meddwl? Dwi'n cymryd eich bod chi yn ei nabod hi.'

'Mi o'n i'n nabod Rhian, ond dim yn dda. Wn i ddim sut berthynas oedd ganddi hi a Gareth.'

'Lle oedd Ceinwen yn ffitio i mewn i hyn i gyd?' gofynnodd Jeff.

'Coeliwch fi, Jeff,' atebodd Gaynor, 'mae Ceinwen yn berffaith hapus os ydi hi'n cael ei bywyd moethus braf, ceir neis a digon o arian yn ei chyfrif banc.'

'Oes ganddi hi, Ceinwen, rywun arall? Dyn arall?'

Gwenodd Gaynor. 'Pam dach chi'n gofyn, Jeff?'

'Dim ond isio cael darlun cyflawn. Mae hithau'n ddynes yn ei hoed a'i hamser, sy'n gwisgo'n smart ac ati. Sut mae ei berthnasau o efo merched eraill yn effeithio arni hi, tybed?'

'Wn i ddim ... pwy a ŵyr.'

'A be fedrwch chi ddeud wrtha i am Rhys Rowlands?'

'Chydig iawn. Newydd ddechrau gweithio yno oedd o,

chydig fisoedd cyn i mi adael. Roedd o'n ffeindio'i draed, mi allach chi ddeud.'

'I fynd yn ôl at Gareth, ddaru o ymddwyn yn fygythiol tuag atoch chi erioed?'

'Dim peryg. Fi ato fo fysa'n fwy tebygol, o gofio'r ffordd ddaru o fy nhrin i.'

Chwarddodd Jeff. 'Pwy arall fysa'n gallu rhoi mwy o wybodaeth amdano fo i mi?'

'Dim llawer o neb, am wn i. Wn i ddim efo pa ferched mae o'n chwarae o gwmpas erbyn hyn. Mae Gareth yn ddyn sy'n cadw pethau yn agos iawn at 'i frest, Jeff, a does fawr neb yn gwybod be sy'n mynd ymlaen yn ei ben o. Dim ond y rhai agosaf ato.'

'Pwy ydi'r rheiny?'

'Wel, ers blynyddoedd mae o wedi bod yn dipyn o lawia efo Tom Elias. Maen nhw'n berchen ar dwn i ddim faint o eiddo rhyngddyn nhw yn yr ardal 'ma. Ond does 'na ddim llawer o bobol yn gwybod hynny.'

'A sut wyddoch chi, Gaynor?'

'Mae'n hawdd i ysgrifenyddes glustfeinio o dro i dro, ac mae'n syndod be mae dyn yn 'i ddeud pan mae o'n noethlymun yn y gwely.'

Ffarweliodd Jeff â hi, ei feddwl ar garlam. Doedd Gareth ddim mor barchus, felly. Ond oedd hynny'n berthnasol i lofruddiaeth Rhian?

Yn gynnar y noson honno cerddodd Jeff i mewn i dafarn y Rhwydwr. Doedd hi ddim yn brysur yno, ond roedd yn falch o weld yr unig berson roedd o eisiau ei weld yn sefyll wrth y bar yn ei got wêr, a dim ond modfedd o'i beint ar ôl yn y gwydr o'i flaen. Roedd Jeff a'r cipar afon, Esmor Owen, yn ffrindiau da ers amser maith, ac yn rhannu gwybodaeth yn aml. Edrychodd Jeff ar ei gorff main, cyhyrog, a'i wallt tywyll tonnog yn sgleinio dan y golau uwch ei ben, ei locsyn clust yn cyrraedd hanner ffordd i lawr ei foch. Gwenodd wrth gael ei atgoffa o'r oriau difyr roedd y ddau wedi'u treulio efo'i gilydd dros y blynyddoedd. Cerddodd Jeff at ei ochr.

'Peint o gwrw mwyn i mi a llenwch wydr y dyn yma, os gwelwch yn dda,' meddai wrth y barman.

'Sut wyt ti'r uffar?' meddai Esmor, gan droi i'w wynebu. 'Cadw'n ddiarth ar y diawl y dyddia yma, yn dwyt?'

'Wel, mi wyddost ti fel ma' hi, 'rhen fêt. Busnes y llofruddiaeth 'ma. Dyna pam dwi isio gair efo chdi, a deud y gwir. Isio pigo dy frêns di.'

Aeth y ddau i eistedd i gornel ddistaw ym mhen draw'r bar.

'Mi wyt ti'n gwybod be sy'n digwydd o gwmpas yr ardal 'ma, dwyt? Dwi'n trio dysgu be fedra i am deulu Rhian Rowlands – ei gŵr, ei chwaer a'i gŵr hithau, Gareth Morris. Be am ddechrau efo Rhys?'

'Na, chydig iawn wn i amdano fo.'

Be am Gareth Morris 'ta?'

'Dim llawer eto, ma' gen i ofn, Jeff. Mi wn i gymaint â'r rhan fwya o bobol y lle 'ma. Dyn busnes llwyddiannus, yn gwneud gwaith da yn y gymuned, perchennog eiddo yma ac acw – ac mae 'na sôn mai fo sy berchen rhan o'r gwesty crand 'na efo Tom Elias.'

'Plas Gwenllïan ti'n feddwl?'

'Ia, dyna chdi, ond dim ond si ydi hynny, cofia.'

'Ydi o'n foi am y merched?'

'Ddim i mi fod yn gwybod ... ond mi wn i fod ei wraig o yn un am y dynion.'

‘Rargian,’ synnodd Jeff. Roedd ateb ei gyfaill wedi bachu ei ddiddordeb.

‘Synnwn i ddim ei bod hi ar y gêm, a deud y gwir wrthat ti.’

‘Be sy’n gwneud i chdi feddwl hynny?’ Roedd Jeff wedi rhyfeddu. Fel arfer, roedd sylfaen gadarn i’r cyfan a ddywedai Esmor.

‘Wel,’ dechreuodd Esmor ar ôl cymryd llymaid o’i gwrw ac edrych o’i gwmpas i wneud yn siŵr nad oedd neb yn clustfeinio. Cadwodd ei lais yn isel. ‘Porsche, un sborti bach gwyn del sy ganddi hi, ia?’ Adroddodd y rhif cofrestru, a chadarnhaodd Jeff fod hynny’n gywir.

‘Fel y gwyddost ti, Jeff, mi fydda i allan o gwmpas y wlad ’ma’n gyson, yn chwilio am botsiars, bob awr o’r dydd a’r nos. Mi fydda i’n gwneud nodyn o rif pob car fydda i’n ’i weld mewn amgylchiadau amheus, yn enwedig os ydyn nhw’n agos i ryw afon lle mae eogiaid yn rhedeg yr adeg yma o’r flwyddyn. Mi fydda i’n dod ar draws ei char hi’n aml, wedi’i barcio mewn rhyw gornel anghysbell bob tro. Ac yn aml iawn mi fydd o yn yr un lle. Ond y peth pwysig ydi bod ’na gar arall yno hefyd bob tro, ddim yn bell o’i char hi – a char gwahanol ydi hwnnw bob tro. Does dim dwywaith, Jeff, fod ’na dipyn go lew o hanci panci yn mynd ymlaen. Dim yn ei char hi, mae hwnnw’n rhy fach wrth reswm, ond yn y ceir sy’n dod i’w chyfarfod hi. Mae’r ffenestri wedi stemio i fyny bob tro.’

‘Iesgob, mi wyt ti wedi fy synnu fi,’ meddai Jeff. ‘Ers faint mae hyn wedi bod yn digwydd?’

‘Blwyddyn neu ddwy, ’swn i’n deud. ‘Ti isio manylion y ceir eraill, a lle maen nhw’n cyfarfod?’

Doedd dim rhaid gofyn ddwywaith. Tynnodd Esmor ei

lyfr nodiadau bychan allan o boced ei gôt ac edrychodd trwyddo. Tynnodd Jeff bapur o'i boced yntau, a dechrau gwneud ei nodiadau ei hun. Dysgodd fod y cyfarfodydd yn rhai cyson, gymaint â dwy neu dair gwaith yr wythnos. Yn sicr, roedd hwn yn ddatblygiad o bwys, ond beth oedd y cysylltiad rhwng bywyd carwriaethol Ceinwen a llofruddiaeth Rhian?

'Be sy'n fy synnu fi,' meddai Jeff ar ôl gorffen ysgrifennu'r rhestr ac edrych trwyddo'n fanwl, 'ydi bod y car yn un gwahanol bob tro. Os ydi hi ar y gêm, mi fysat ti'n meddwl y bysa'r un cwsmer yn dod yn ôl fwy nag unwaith, ond dydi hi ddim yn edrych felly, nac'di? A pheth arall, pam mae dynes fel hon ar y gêm? Mae ganddi hi bob dim ma' hi 'i angen. Yn sicr dydi hi ddim angen yr arian. Efallai bod esboniad arall. Chwant am rywun gwahanol bob tro?'

'Ella wir, Jeff,' atebodd Esmor. 'Ond fedra i ddeud wrthat ti heb os nac oni bai mai hanci panci sy'n mynd ymlaen, arian neu beidio.'

Ymhen chwarter awr roedd Jeff yn ôl yn ei swyddfa ac yn chwilio cyfrifiadur cenedlaethol yr heddlu er mwyn dysgu pwy oedd perchnogion y cerbydau. Dechreuodd efo dwsin o'r ceir diweddaraf i Esmor eu gweld. Safai un enw allan yn syth. Gwyn Thomas, athro yn ysgol uwchradd y dref, dyn yr oedd Jeff yn ei adnabod yn weddol dda ac yn ei barchu. Ystyriodd sut i fynd o gwmpas y cam nesaf. Doedd dim ond un ffordd o ddal iâr, a phenderfynodd godi'r ffôn.

'Helô ... Mrs Thomas? Oes modd cael gair efo Gwyn plis?' Suddodd calon Jeff. Roedd wedi gobeithio y byddai Gwyn ei hun yn ateb y ffôn.

'Arhoswch am funud. Pwy sy'n siarad?'

'Jeff, Jeff Evans.' Disgwyliodd am funud.

'Helô? Mr Evans?' meddai llais ei gŵr. 'Ydw i yn eich nabod chi?'

'Mae'n ddrwg gen i, Mr Thomas. Ditectif Sarjant Jeff Evans o orsaf yr heddlu sy 'ma. Mi hoffwn gael gair efo chi.'

'O, Sarjant Evans – chi sy 'na! Sut fedra i'ch helpu chi? Ydach chi isio galw draw yma?'

'Na, fysa hynny ddim yn syniad da o dan yr amgylchiadau. Dydw i ddim eisiau bod yn anghwrtais, ond mi fysa'n well gen i drafod y mater allan o glyw Mrs Thomas. Fysach chi mor garedig â dod i lawr i'r seshion? Mi wna i esbonio popeth i chi yn fama.'

'Wel, Sarjant, os mai dyna ydach chi isio, mi fydda i acw ymhen chwarter awr.'

Meddyliodd Jeff unwaith yn rhagor sut roedd o'n mynd i ofyn i un o ddynion mwyaf parchus y dref, yn athro a blaenor yn y capel, beth oedd o'n ei wneud yng nghwmni Ceinwen Morris mewn llecyn anghysbell dair wythnos ynghynt.

Pan gyrhaeddodd Gwyn Thomas, eisteddodd y ddau gyferbyn â'i gilydd wrth fwrdd yn un o'r ystafelloedd cyfweld.

'Diolch i chi am ddod draw mor handi,' meddai Jeff.

'Dim problem,' atebodd Gwyn Thomas. 'Mae hyn yn swnio'n ddramatig ofnadwy.' Er bod yr athro'n gwenu arno, gwelai Jeff fod golwg bryderus yn ei lygaid. Wedi'r cwbwl, doedd gwahoddiad byr-rybudd am sgwrs hefo ditectif ddim yn ddigwyddiad arferol – yn enwedig gyda'r nos.

'Mi gafodd eich car chi ei weld mewn llecyn a sefyllfa amheus ar y nos Fawrth, dair wythnos yn ôl, ar dir yr hen chwarel tu allan i'r dre.'

'Sgin i ddim co' o fynd yno, Sarjant, wir i chi.'

Doedd Jeff ddim yn disgwyl iddo gyfaddef yn syth. 'Roedd 'na Porsche bach gwyn wedi'i barcio gerllaw hefyd,' ychwanegodd, yn disgwyl i'r datganiad hwnnw wneud ei farc.

'Ydach chi'n siŵr mai fy nghar i oedd o, Sarjant Evans? Mae rhywun wedi gwneud camgymeriad, mae gen i ofn. Faint o'r gloch oedd hi?'

'Deg munud i un ar ddeg, ac mi oedd dau berson yn eich car chi.'

'Na. Nage wir. Anaml iawn y bydda i'n mynd allan yr adeg honno o'r nos. A dwi'n sicr na fues i yn y fan honno.'

'Pwy arall fydd yn defnyddio'ch car chi?'

'Neb ond fi,' atebodd. 'Disgwyliwch am funud. Pa noson oedd hi eto?'

Rhoddodd Jeff y diwrnod a'r dyddiad iddo.

Tynnodd Gwyn Thomas ei ffôn symudol o'i boced ac edrychodd ar y dyddiadur ynddo. 'Doedd y car ddim hyd yn oed gen i'r noson honno,' meddai.

'Lle yn union oedd o felly?' Dechreuodd Jeff gymryd mwy o ddiddordeb.

'Yn cael ei drin yn y garej, ac mi oedd y mecanic isio gweithio arno dros ddau ddiwrnod, y dydd Mawrth a'r dydd Mercher. Dwi'n cofio cael lifft i'r ysgol ar y bore dydd Mercher gan un o'r athrawon eraill. Dwi'n siŵr y gwnaiff o gadarnhau hynny.'

'Ym mha garej oedd y car dros nos felly, Mr Thomas?'

'Ty'n Sarn. Garej fach Rhys Rowlands druan. Peth ofnadwy iddo golli ei wraig fel'na, te?'

Tarodd yr wybodaeth Jeff fel ergyd o wn, a sylweddolodd Gwyn Thomas y goblygiadau hefyd.

'Dwi'n sicr bod fy nghar wedi cael ei ddefnyddio heb fy nghaniatâd i, Sarjant Evans, a dwi'n sylweddoli rŵan pam nad oeddach chi'n awyddus i drafod y mater o flaen y wraig 'cw.'

'Wel, mae'n wir ddrwg gen i am hynny, ac am orfod gwastraffu'ch amser chi fel hyn, Mr Thomas. Ond mae'n rhaid i mi ofyn i chi gadw hyn i gyd yn gyfrinachol, jyst rhag ofn.

'Dwi'n dallt yn iawn, Sarjant Evans.'

Er y dylai fod adref yn mwynhau ei swper yng nghwmni Meira erbyn hynny, teimlai Jeff yr awch i gadarnhau ei amheuon. Edrychodd ar fanylion pump arall o'r ceir ar ei restr, a ffoniodd eu perchnogion. Gofynnodd yr un cwestiwn i bob un ohonynt. Pwy oedd yn trin eu ceir, a pha bryd y cadwyd eu ceir dros nos yn y garej. Roedd yr ateb i'r cwestiwn cyntaf yr un fath bob tro, a'r ateb i'r ail yn cyferbynnu â'r dyddiad ar y rhestr a gafodd gan Esmor. Rhys a Ceinwen. Wel wel, meddyliodd Jeff.

Pennod 34

Cafodd Lowri Davies wybod y cyfan gan Jeff fore trannoeth.

'Wel, mae hynna'n annisgwyl yn tydi?' meddai'r D.B.A. ar ôl i Jeff orffen. 'I roi pob clod i chi, mi ddeudoch chi o'r dechra fod 'na rwbath yn rhyfedd ynglŷn â'r berthynas rhwng aelodau'r teulu 'na.'

'Mae hyn yn esbonio lot, tydi? Agwedd Rhys ac ymddygiad Ceinwen, y chwaer annwyl,' meddai'n sinigaidd. 'A meddyliwch am Ceinwen yn annog Rhian i brynu'r nicyrs rhywiol 'na, a hitha'n gwybod yn iawn i lle roedd y sbarc ym mhriodas ei chwaer wedi mynd! Dim rhyfedd fod Ceinwen mor gyndyn i gofio'r digwyddiad.'

'A be oedd y peth cynta wnaeth Rhian druan pan enillodd hi dipyn o arian?' gofynnodd Lowri Davies. 'Trefnu noson arbennig i Rhys ym Mhlas Gwenllïan.'

'Gryduras,' cytunodd Jeff. 'A rŵan ma' hi allan o'r ffordd a'r ddau dwyllwr yn cael gwneud fel fynnan nhw.'

'Ond wnaeth un ohonyn nhw ei lladd hi, tybed?' gofynnodd Lowri Davies. 'Rhaid i ni gofio fod Rhian wedi'i lladd ryw dro ar ôl saith ar y nos Iau. Ar ôl iddi hawlio'i henillion loteri a ffonio Tom Elias i ofyn am y bore wedyn i ffwrdd.'

'Dim ond gair Tom Elias sy ganddon ni i brofi hynny, 'te?' mentrodd Jeff.

'Be dach chi'n feddwl?'

'Well, mae cofnodion darparwr gwasanaeth ffôn Rhian yn cadarnhau bod galwad wedi'i gwneud o ffôn Rhian i ffôn symudol Tom Elias am saith o'r gloch, a honno'n alwad o lai na hanner munud. Ond does dim prawf o bwy wnaeth yr alwad, nac oes?'

'Rhys, neu rywun arall? Y llofrudd yn defnyddio'i ffôn hi ar ôl ei lladd hi? Ond mi glywodd Elias lais Rhian ar y ffôn ... os ydi o'n deud y gwir. Mi fysa hynny'n golygu ei fod o'n gysylltiedig â'r llofruddiaeth,' damcaniaethodd Lowri Davies.

Edrychodd Jeff arni. 'Rhaid ystyried pob posibilrwydd. Os cafodd hi ei llofruddio ar ôl chwech o'r gloch, ar ôl hawlio ei henillion, mae gan Rhys alibi – roedd o'n danfon car y postman, Andy Hughes, yn ôl iddo. Ond does ganddo fo ddim alibi ar ôl hynny.'

'A phetaen ni'n anwybyddu'r alwad a wnaethpwyd o'i ffôn hi, wyddon ni ddim i sicrwydd pryd ar ôl chwech y digwyddodd y llofruddiaeth, na phryd y cafodd y corff ei daflu i'r môr,' meddai'r D.B.A. 'Ac yn sicr, dydi hynny ddim yn golygu y dylen ni ddiystyru Ceinwen chwaith. Dewch â'r ddau i mewn i'w holi nhw, Jeff. Ceinwen a Rhys. Dewch â nhw i mewn ar yr un pryd, rhag iddyn nhw gael cyfle i drafod y mater efo'i gilydd. Arestiwch nhw os oes angen.'

'Reit, mi wna i drefniadau,' meddai Jeff. 'Ond cofiwch, mae hyn i gyd yn newid cwrs yr ymholiad unwaith eto, D.B.A. Os ydan ni ar y trywydd iawn y tro yma, does dim cysylltiad â Flynn na Ryan, na'r cyffuriau o Iwerddon. Ella mai dim ond mater bach o ffrwgwd teuluol oedd o wedi'r cwbwl.'

'Ond fel y gwyddon ni, Jeff,' meddai Lowri Davies gyda

gwên, 'dydach chi ddim yn rhy hoff o roi eich wyau i gyd yn yr un fasged, nac'dach?'

'Yn hollol, D.B.A., yn hollol.'

Aeth y cynllun i holi'r ddau fel watsh. Aeth un tîm o dditectifs i Pedwar Gwynt a chael Ceinwen Morris yno ar ei phen ei hun. Cytunodd i fynd gyda'r heddweision heb lol, a gwrthododd y cynnig i ffonio unrhyw un i fod yn gefn iddi. Gwrthododd gyfreithiwr hefyd. Roedd Rhys Ellis yr un mor fodlon i fynd i orsaf yr heddlu, ond mynnodd gynrychiolaeth Ifor Lewis, un o gyfreithwyr gorau'r ardal.

Ceinwen oedd y gyntaf i gael ei holi. Synnodd Jeff ei bod wedi gwrthod cyfreithiwr, ond ar y llaw arall roedd y ffaith ei bod eisiau cadw'r sefyllfa oddi wrth ei gŵr yn rhoi rhywfaint o hyder iddo ynglŷn â'r atebion yr oedd o'n eu disgwyl ganddi.

'Ers faint mae'r Porsche ganddoch chi?'

'Bron i ddwy flynedd.'

'Pwy arall fydd yn ei ddefnyddio fo?'

'Neb, neb ond fi,' cadarnhaodd Ceinwen.

'Pa mor aml fyddwch chi'n mynd allan ynddo fo yn ystod y gyda'r nosau ac yn hwyr yn y nos?'

'Weithiau ... ddim yn aml.'

'Mae'ch car wedi cael ei weld wedi'i barcio mewn mannau anghysbell sawl gwaith yn ystod y misoedd diwethaf, a hynny gyda'r nos.'

Nid atebodd Ceinwen. Eisteddodd yn anghyfforddus, yn chwarae hefo'i bysedd chwyslyd.

'Bob tro y gwelwyd eich car chi, roedd car arall yn agos iddo fo bob tro.'

Nid atebodd.

'Roedd y ceir rheiny ym meddiant Rhys, eich brawd-yng-nghyfraith.'

Syllodd Ceinwen yn ei blaen.

'Mae Rhys yma ar hyn o bryd, ac yn disgwyl i gael ei holi gen i ynglŷn â'r un mater. Mi ofynna i i chi eto, Mrs Morris. Be ydach chi wedi bod yn ei wneud yng nghwmni Rhys dros y misoedd diwethaf, a hynny sawl tro?'

Arhosodd Ceinwen yn fud.

'Ydach chi a Rhys mewn perthynas? Perthynas rywiol, a hynny ers misoedd, tu ôl i gefnau Gareth a Rhian? Neu oes ganddoch chi esboniad arall? Rŵan ydi'r amser i ddeud, Mrs Morris.'

Cododd Ceinwen ei phen ac edrych arno. 'Mi ydw i yn gwadu yn bendant fod Rhys a finna mewn perthynas o unrhyw fath, Sarjant Evans. Rhag cywilydd i chi yn awgrymu'r fath beth. Ella 'mod i wedi bod allan yn y car yn hwyr fwy nag unwaith. Efallai mai wedi stopio i ateb fy ffôn o'n i ... a sut yn y byd fyswn i'n gwybod pwy arall allai fod wedi parcio'i gar yn y cyffiniau.'

Parhaodd yr holi dros gyfnod o hanner awr arall, ond ni newidiodd Ceinwen ei chân. Er nad oedd ei stori yn gwneud llawer o synnwyr, roedd yn rhaid i Jeff gyfaddef nad oedd ganddo fwy o dystiolaeth yn ei herbyn. Ond roedd y teimlad hwnnw o grafu yng ngwaelod ei stumog yn dal yno.

'Ers i mi ddod i'ch nabod chi yn ystod yr ymchwiliad anffodus yma, Mrs Morris, mae gen i ... sut fedra i ddeud ... rhyw deimlad nad ydach chi'n deud y cwbwl wrtha i. Ydw i'n gywir?'

Dechreuodd Ceinwen Morris edrych yn ansicr.

'Mae beth bynnag rydach chi'n ei gelu yn fy mhoeni fi.'

'Wn i ddim be dach chi'n feddwl.'

'Be ydi o, Ceinwen? Be sydd ar eich meddwl chi nad ydach chi isio i mi 'i wybod? Ai eich perthynas chi efo Rhys 'ta oes 'na rwbath arall?'

'Does gen i ddim byd arall i'w ddweud,' meddai'n bendant, ond ni allai edrych i lygaid Jeff.

Cytunodd Ceinwen i aros yn yr ystafell gyfweld yng nghwmni plismones tra oedd Jeff yn holi Rhys. Ystyriodd Jeff fod hynny'n beth rhyfedd dan yr amgylchiadau – byddai'n fwy naturiol iddi sgrechian am gael ei rhyddhau, neu o leia ofyn am gael ffonio'i gŵr. Dyna fyddai dynes hollol ddieuog wedi'i wneud, tybiodd.

Gan ei fod yn gyfreithiwr hynod brofiadol, roedd Ifor Lewis wedi mynnu cael gwybod y rheswm pam roedd angen holi Rhys, a'r manylion, yn unol â'i hawl gyfreithiol. O ganlyniad, roedd Rhys wedi paratoi ymlaen llaw ac roedd yr atebion ar flaen ei dafod.

'Os dach chi'n deud, Sarjant. Tydw i ddim yn mynd i ddadlau nad oedd y ceir yn fy meddiant i ar y dyddiau dan sylw, ond mi ddeuda i hyn wrthach chi – nid fi oedd yn eu gyrru nhw, a tydw i ddim wedi bod yn cyfarfod Ceinwen yn ei char hi chwaith. Dim unwaith.'

'Be ydi'ch esboniad chi am y sefyllfa felly?' gofynnodd Jeff.

'Dwn i'm. Ella bod yn rhaid i mi edrych ar y mesurau diogelwch yn y garej acw. Ella bod rhywun wedi cael gafael ar allweddi'r ceir a mynd â nhw am dro.'

'Tydach chi erioed yn disgwyl i mi goelio hynny, Mr Rowlands?'

'Wel, does gen i ddim ateb arall i chi, ac ar ben hynny, tydw i ddim wedi bod yn chwarae o gwmpas efo chwaer fy ngwraig. A waeth i mi ddeud hyn hefyd – wnes i ddim ei lladd hi chwaith. Dyna sydd ar eich meddwl chi, 'de. Nes i ddim, reit?'

Torrodd Ifor Lewis, ar draws y cyfweliad am y tro cyntaf. 'Sarjant,' meddai. 'Mi wyddoch fod Mr Rowlands wedi bod yn danfon car yn ôl i gwsmer yn ystod y min nos pan ddiflannodd Rhian. Mae'r wybodaeth honno yn rhoi alibi iddo am y rhan helaeth o'r amser pryd y gallai Rhian fod wedi'i llofruddio.'

'Mae hynny'n wir,' cyfaddefodd Jeff. 'Ond all o ddim profi lle roedd o ar ôl danfon car Andy Hughes yn ôl iddo.'

'Dwi wedi deud wrthach chi fwy nag unwaith, Sarjant, 'mod i yn y tŷ ac yn disgwyl i Rhian ddod adra. Dyna dwi wedi'i ddeud wrthach chi o'r cychwyn,' mynnodd Rhys.

'Wel, rhaid i mi ddweud, Sarjant,' meddai'r cyfreithiwr, 'nad oes ganddoch chi dystiolaeth fod Mr Rowlands a Mrs Morris wedi bod yn cyfarfod dan amgylchiadau amheus. Does neb wedi eu gweld nhw hefo'i gilydd. Cywirwch fi os ydw i'n anghywir, ond does dim tystiolaeth arall eu bod nhw'n gariadon neu mi fysach chi wedi'i ddefnyddio bellach. Ac yn sicr does dim math o awgrym fod Rhys Rowlands wedi gwneud unrhyw niwed i'w wraig. Does dim dewis felly ond dod â'r cyfweliad 'ma i ben.'

'Un peth arall, cyn i ni orffen,' mentrodd Jeff, er y gwyddai y byddai'n well iddo fod yn sensitif wrth ofyn y cwestiwn. 'Mi oedd Rhian yn defnyddio cyffuriau, doedd? Mwy na hynny – yn cyflenwi eraill.' Roedd wedi mynd ymhellach nag yr oedd o wedi'i fwriadu, ond roedd yn rhaid iddo gael gweld sut ymateb fyddai'n ei gael. Gwelodd syndod yn taro wyneb y gŵr gweddw o'i flaen, ond doedd dim newid yn wyneb y cyfreithiwr.

'Wyddwn i ddim am y fath beth,' atebodd Rhys Rowlands.

'Oes 'na unrhyw dystiolaeth o hyn, Sarjant,' gofynnodd Lewis.

'Rhywbeth ddigwyddodd tra oedd hi yn y coleg yn Aberystwyth,' esboniodd Jeff. 'Beth amser yn ôl, dwi'n cyfadda, ond mi hoffwn i wybod wnaeth hi gyffwrdd cyffuriau ar ôl i chi ddod i'w nabod hi.'

Gwelodd Rhys Rowlands yn troi at ei gyfreithiwr. Rhoddodd Ifor Lewis nod iddo, cystal â dweud wrtho am barhau.

'Unwaith neu ddwy ... dipyn o ganabis mewn rôl oedd hynny, a newydd gyfarfod oeddan ni. Doedd hi ddim yn gwneud yn gyson a do'n inna ddim yn lecio iddi wneud, a deud y gwir.'

'O ble oedd hi'n cael y canabis?' gofynnodd Jeff.

'Dim syniad, wir i chi.'

'Os nag oes dim byd arall, Sarjant, dwi'n meddwl bod Mr Rowlands wedi rhoi cymaint o gymorth ag y medar o i chi heddiw,' meddai'r cyfreithiwr.

Nid oedd Jeff mewn sefyllfa i ddadlau. Ystyriodd ddweud wrth Rhys fod Ceinwen yn yr ystafell drws nesa wedi rhoi stori hollol wahanol iddo, ond penderfynodd mai annoeth fyddai dweud y fath gelwydd, procio neu beidio.

Awr yn ddiweddarach, roedd Jeff yn trafod canlyniad yr holi â Lowri Davies.

'Be mae'r trwyn 'na'n ddeud wrthach chi, Jeff? Trwyn yr Afanc, ia?'

Chwarddodd Jeff. 'O, dach chi wedi clywed fy llysenw i felly. Yn ôl y sôn, dwi'n cnoi fel afanc ar ddarn o bren tan y ca' i'r atebion dwi isio. Wel, i ateb eich cwestiwn chi, tydi'r afanc ddim wedi gorffen cnoi eto, ac mae'r hen drwyn 'ma ymhell o fod wedi'i ddarbwyllo nad ydi'r ddau yna yn gariadon.'

'Dwi wedi dysgu erbyn hyn fod gorsaf heddlu Glan Morfa yn lle arbennig iawn am lysenwau.'

'Peidiwch â gwrando arnyn nhw, D.B.A.' Gwyddai Jeff yn iawn beth roedd hi'n gyfeirio ato.

'Wel, ewch adra'n gynnar, Jeff,' meddai Lowri Davies. 'Mi gawn ni sgwrs yn y bore. Gyda llaw, fydda i ddim o gwmpas heno, ond petai 'na argyfwng, gyrrwch neges destun i mi, ac mi gysyllta i yn ôl efo chi gynted ag y medra i.'

Pennod 35

Doedd Jeff ddim yn un am frysio adref pan oedd rhywbeth yn pwyso'n drwm ar ei feddwl. Roedd swyddfa'r heddlu ym mhorthladd Caergybi yn ddistaw pan gyrhaeddodd yno gan fod y fferi newydd gyrraedd o Ddulyn a nifer o'i gydweithwyr yn swyddfa'r porthladd allan yn cadw golwg ar y cerbydau a oedd yn glanio. Roedd eraill yn goruchwylio'r teithwyr troed. Ymunodd Jeff â'r rheiny.

'Noson brysur,' meddai wrth un o'r swyddogion wrth iddo edrych ar dorf o bobol, y mwyafrif ohonynt yn weddol ifanc, ond i gyd wedi'i gwisgo yn debyg, mewn dillad tywyll. 'Tydyn nhw'n dorf ryfedd heno, dŵad?' Roedd eu gwalltiau wedi'u lliwio â phob math o liwiau llachar a'u llygaid, y dynion a'r merched, yn blastar o golur tywyll.

'Rhyw betha doniol ar y naw ydyn nhw 'de? Pyncs Werddon ydi'r rhain, ylwch, Sarj. Mae 'na ryw gyngerdd yn sir Fôn 'ma sy wedi'u tynnu nhw o bob man. Mi fydd 'na gannoedd o Loegr yno hefyd, meddan nhw.'

'Cyngerdd pync felly?' rhyfeddodd Jeff. 'O, gyda llaw, diolch am yr arian ddaru ni ennill ar y ceffyl 'na wythnos dwytha.'

'Dim problem, Sarj,' daeth yr ateb.

'O lle yn union mae'r tips betio'n dod?' gofynnodd, er nad oedd yn ffyddiog y byddai'n cael ateb.

'Yr un bois bob tro,' meddai'r swyddog. 'Mae 'na ddau neu dri ohonyn nhw sy'n symud ceffylau i ryw fridiwr yn

Werddon. Ceffylau rasio ... maen nhw'n cystadlu dros Brydain i gyd, meddan nhw.'

Disgwyliodd Jeff am fwy o wybodaeth, ond ddaeth dim. Mentrodd roi proc. 'O, mi wn i. Pobol Ryan, ia?'

'Ia, dyna chi, Sarj. Hen hogia iawn. Sut dach chi'n eu nabod nhw?'

'Dim ond clywed un neu ddau o'r hogia yn sôn wnes i.'

Yna, yn sydyn, gwelodd wyneb cyfarwydd ymysg y teithwyr o'i flaen.

'Aisling!' galwodd.

Trodd hithau ato.

'Jeff! Do'n i ddim yn disgwyl eich gweld chi heno.'

'Na finna chitha. Be dach chi'n wneud yma?'

'Diwrnod neu ddau o wyliau,' atebodd. 'Cyfle i ddal i fyny efo ffrindia a chael dipyn o hwyl. Os ga i gyfle i daro i mewn ar y ffordd adra, mi wna i,' meddai, cyn diflannu.

Trodd Jeff yn ôl at ei gyd-weithiwr. 'Be ydi'r cyngerdd 'ma felly?' gofynnodd.

'Ryw grŵp o'r enw Bwystfil,' atebodd. 'Petha ar y diawl, fel dwi'n dallt. Ddim yn apelio ata i o gwbwl.'

Doedd dim angen mwy na munud neu ddau o ymchwil ar y we i ddarganfod lleoliad y cyngerdd. Ceisiodd berswadio'i hun ei fod o'n haeddu ymlacio a gwrando ar dipyn o gerddoriaeth, ond mewn gwirionedd roedd o'n torri'i fol eisiau darganfod beth oedd yn mynd ymlaen. Oedd Aisling yn mynd yno, tybed? Cofiodd am yr e-bost ar ei chyfrifiadur. Beth am Lowri Davies? Roedd ei ddychymyg yn rhemp.

Arhosodd Jeff nes yr oedd hi'n hanner awr wedi un ar ddeg cyn mynd i'r cyngerdd. Roedd o'n nabod un o'r hogia ar y drws, un a fu'n blismon am ychydig wythnosau cyn rhoi'r gorau iddi ar ôl rhyw firi. Esboniodd i hwnnw mai dim ond golwg y tu mewn i'r neuadd roedd o ei angen, ac nad oedd yn bwriadu bod yno'n hir. Cafodd fynediad yn syth.

Cerddodd i mewn i'r sŵn mwyaf dychrynllyd. Yn ei jîns glas a'i gôt ddyffl arferol, sylwodd mai fo oedd y person mwyaf twt yn y neuadd. Roedd y lle'n dywyll er bod goleuadau amryliw yn saethu o amgylch y nenfwd. Dawnsiai'r rhan helaethaf o'r gynulleidfa i'r curiadau trwm, rhai ohonynt ar y byrddau ac eraill yn gorweddian ar y llawr. Am le, meddyliodd.

Ar y llwyfan roedd tarddiad y sŵn dychrynllyd. Chwech o bobol oedd yn y band, pedwar yn chwarae offerynnau a dau, dyn a merch, yn sgrechian canu ... mwy o sgrechian na chanu ym marn Jeff. Gwisgai'r dyn drowsus du tyn ofnadwy nad oedd yn cyrraedd yr holl ffordd at ei draed, a phâr o fŵts trymion du. Roedd ei grys T wedi'i rwygo a phrin fod y dilledyn yn gorchuddio'i frest. Sgleiniai ei wallt du hir yn fudr yr olwg o dan y golau.

Doedd golwg y ferch yn ddim gwell. Gwisgai honno sgert ddu eithriadol o gwta gyda theits du o ddefnydd rhwyd bras oddi tani, y rheiny hefyd yn garpiog, a bŵts platfform du efo byclau arian arnyn nhw. Roedd ganddi dop lledr du a dim llawer oddi tano yn ôl pob golwg, fel y sylwodd Jeff wrth ei gwylio'n neidio a phrancio a gweiddi i'r meicroffon yn ei llaw. Ni welodd Jeff gymaint o golur ar ddynes yn ei ddydd. Roedd ei hwyneb yn glaer wyn a'i llygaid wedi'u paentio'n ddu hyd at ei chlustiau bron. Roedd ei gwallt cwta wedi'i blastro efo rhywbeth i wneud iddo edrych fel petai wedi'i lynu wrth ei phen.

Pwy gebyst fysa'n dod i'r fath le, dychmygodd. Ceisiodd gofio pam y bu iddo ddod yno yn y lle cyntaf. Edrychodd o'i gwmpas i weld a fyddai'n adnabod rhywun, er nad oedd o'n disgwyl gwneud. Heb rybudd, teimlodd freichiau merch yn gafael amdano, ei gusanu'n llawn ar ei wefusau a'i lusgo i'r llawr i ganol y dawnswyr eraill. Teimlodd ei hun yn cael ei gario gan y dorf yn ddyfnach i'r dorf ac yn nes at y llwyfan. Trodd ei ben i weld y gantores, os gellid ei galw'n hynny, yn cyflwyno'r gan nesaf. Adnabu'r llais ar unwaith ond ni allai gredu'r peth. Safodd yn stond. Y Ditectif Brif Arolygydd Lowri Davies oedd hi! Dechreuodd floeddio drachefn, gan amneidio'n rhywiol chwareus ar ddau ddyn ifanc oedd yn union o flaen y llwyfan a siglo'i chorff i guriad y drwm. Cododd ei golygon a gweld Jeff o'i blaen. Heb fethu curiad, parhaodd â'r ystumiau awgrymog.

'Fedra i'ch cyflwyno chi iddi wedyn os liciwch chi.' Roedd llais merch Wyddelig yn ei glust.

'Aisling!'

'Dipyn o sioc, Jeff?' gofynnodd, yn wên o glust i glust.

'Does dim geiriau i ddisgrifio'r ffordd dwi'n teimlo ar hyn o bryd,' atebodd.

Esboniodd Aisling ei bod hi a Lowri yn rhannu diddordeb ysol mewn miwsig pync, a'r ffordd o fyw oedd yn ei ganlyn.

'Dewch i gefn y llwyfan, Jeff,' meddai. 'Mae'r set ar fin gorffen.'

Cyrhaeddodd Lowri Davies ychydig funudau'n ddiweddarach, yn chwys domen ar ôl bod yn perfformio am yn agos i dair awr. Gwenodd ar Jeff.

'Wel, Jeff, dach chi'n gwybod fy nghyfrinach i rŵan.'

Ysgydwodd Jeff ei ben o un ochr i'r llall heb allu dweud gair.

Daeth y canwr arall atynt, yn tynnu wig du, hyll oddi ar ei ben. Gwelodd Jeff ei fod yn edrych yn ddigon parchus hebddo.

'Jeff, dyma Patrick Moran, fy nghymar i. Ond mae'n well ganddo gael ei alw'n Pat. Brawd Aisling ydi o, cyfreithiwr yn gweithio yng Nghaer. Dyma sut ydan ni'n dau'n ymlacio pan ydan ni o dan bwysau. Rhywbeth bach i dynnu'n meddyliau ni oddi ar ein gwaith.'

Roedd Jeff yn dal yn gegrwth, a doedd hynny ddim yn digwydd yn aml.

Pennod 36

Roedd hi'n tynnu am hanner dydd y diwrnod canlynol pan gurodd Jeff ddrws swyddfa Lowri Davies.

'Dewch.'

Ni allai Jeff gilio'i wên. 'Sioe dda neithiwr, D.B.A.,' meddai, gan na feiddiai gyfaddef nad oedd y perfformiad at ei ddant. Sylwodd ar unwaith nad oedd gwên yn agos i wyneb ei fòs.

'Rhyngddan ni'n dau mae hynna, Jeff, a neb arall. Dallt?'

'Ydw, tad,' atebodd. 'Mae'ch cyfrinach chi'n berffaith saff efo fi.'

'Gobeithio wir. Ma' hi'n ddigon anodd gwneud y job 'ma heb bobol yn clebran tu ôl i gefn rhywun bob munud, ac mae 'na ddigon o hynny'n digwydd yn fama'n barod, yn does?'

Edrychodd Jeff arni yn ddifrifol. 'Wel, ella y dylwn innau ymddiheuro i chi, er nad ydw i wedi bod yn rhan o unrhyw glebran. I'r gwrthwyneb – dwi wedi ...'

Nid adawodd Lowri iddo barhau. 'Does dim rhaid i chi, Jeff. Ac mi ydw i wedi sylweddoli ers tro bellach eich bod chi wedi bod yn cadw fy nghefn i, yn ddistaw bach. Mi wn i fod fy natur i, a'r ffordd dwi'n gwisgo, yn tueddu i greu darlun sydd ddim yn, sut fedra i ddeud ... yn gonfensiynol.' Gwenodd arno. 'Gawn ni adael y pwnc yma rŵan, os gwelwch yn dda?'

'Pwnc ddeudoch chi, ta pync?'

Chwarddodd y ddau.

'Reit, lle dach chi wedi bod y bore 'ma?' gofynnodd Lowri Davies, yn troi yn ôl at waith.

Peth rhyfedd, meddyliodd Jeff, fod perfformiad grŵp pync wedi cryfhau eu perthynas broffesiynol. Roedd tro cyntaf i bopeth.

'Yn union fel yr awgrymoch chi ddoe, D.B.A. – mae'r afanc wedi bod yn dilyn ei drwyn.' Estynnodd nodiadau a baratôdd yn gynharach a'u rhoi ar y ddesg o'i flaen cyn parhau. 'Mi fues i'n ystyried pethau drwy'r nos. Methu'n glir â chysgu. Does dim dwywaith fod Ceinwen a Rhys wedi bod yn cael perthynas rywiol ers tro byd, ond faint o gysylltiad sy rhwng hynny a llofruddiaeth Rhian, wn i ddim. Dwi wedi bod yn ystyried ochor Wyddelig yr ymchwiliad: Flynn, y bobol a'i lladdodd, Seamus Ryan a'i gyffuriau ... fedra i ddim diystyru cysylltiad yn y fan honno. A be am fusnes Morris, a busnes Tom Elias? Yn ôl Gaynor Wade mae Morris ac Elias yn berchen ar fwy nag un eiddo rhyngddynt. A dyna lle ddechreuais i chwilio'r bore 'ma.'

Gwyrodd Lowri ymlaen yn ei chadair, yn awyddus i ddarganfod beth oedd gan yr Afanc i'w ddweud.

'Y peth cynta wnes i oedd holi'r Swyddfa Gofrestru Tir yn Abertawe pwy yn union sy biau Plas Gwenllïan. Cwmni o'r enw Môr-forwyn Cyf. sy'n berchen ar y lle.'

'A pherchennog y cwmni hwnnw?' gofynnodd Lowri.

'Mae cant o gyfranddaliadau. Un yn perthyn i Tom Elias a'r naw deg naw arall yn perthyn i gwmni arall o'r enw Morfil (Daliadau) Cyf. Mae cyfranddaliadau'r cwmni hwnnw wedi'u rhannu'n gyfartal rhwng Tom Elias, Gareth Morris a'r cyfreithiwr Ifor Lewis. Hefyd,' parhaodd Jeff wrth edrych ar ei nodiadau, 'mae Morfil (Daliadau) Cyf. yn dal naw deg naw o gyfranddaliadau cwmni arall o'r enw Morlo Cyf.'

'A pheidiwch â deud wrtha i – perchennog y cyfranddaliad arall ydi Tom Elias?' meddai Lowri.

'Cywir,' atebodd Jeff. 'Sefydlwyd cwmni Morlo rai blynyddoedd yn ôl bellach i weithredu yn berchennog ar bymtheg eiddo yn ardal Glan Morfa. Siopau, swyddfeydd, tai ac ati sy'n dod ag incwm sylweddol iawn i mewn.'

'I bocedi Elias, Morris a Lewis, felly.'

'Yn hollol, a swyddfa cyfreithiwr Ifor Lewis ydi swyddfa gofrestredig y tri chwmni. Yn ddistaw bach, heb yn wybod i fawr neb arall, am wn i, mae'r tri ohonyn nhw wedi bod yn bartneriaid busnes llwyddiannus ers tro. Llwyddiannus iawn hefyd, 'swn i'n deud.'

'O, Jeff,' meddai Lowri. 'Mi wyddoch chi be mae hynny'n ei olygu?' Cribodd ei bysedd yn ôl trwy ei gwallt yn rhwystredig.

'Ydw, yn iawn. Mae'r tri dyn yn gyfeillion agos iawn, ac mae'n debygol nad oes cyfrinachau rhyngddyn nhw. Ddoe, mi oeddan ni'n holi Rhys ynglŷn â chael perthynas rywiol efo Ceinwen, a hynny ym mhresenoldeb Ifor Lewis. Mae Gareth yn sicr o fod yn gwybod erbyn hyn.'

'Ac yn sylweddoli, fel rydan ni, bod 'na wirionedd tu ôl i'r cyhuddiad, mae'n siŵr. Be wnawn ni felly, Jeff?'

'Be am drio defnyddio hynny i'n mantais?'

'Ym mha ffordd?'

'Wel, mae'n amlwg i mi nad ydi Ceinwen na Rhys yn gwybod am y berthynas fusnes glòs sydd rhwng Gareth ac Ifor Lewis. Petai Rhys yn gwybod, mae'n anodd gen i goelio y bysa fo wedi dewis Ifor Lewis i'w gynrychioli ddoe. A phan ddaeth pwrpas yr holi yn amlwg, wnes i ddim sylwi ar unrhyw ymateb gan Rhys a wnaeth i mi feddwl ei fod yn gwrthwynebu presenoldeb Lewis. Mae'r un peth yn wir am Ceinwen. Roedd hithau'n gwybod mai Ifor Lewis oedd yn cynrychioli ei chariad, a ddangosodd hithau ddim pryder chwaith.'

'Ond i ble mae hyn yn arwain, Jeff? Dwi ddim yn dallt.'

'Mi ddylwn i holi Ceinwen eto. Nid yn fama ond yn ei chartref ac ar ei phen ei hun, a gwneud yn siŵr nad ydi ei gŵr ar gyfyl y lle. Dwi isio gweld faint yn union mae hi'n wybod am y berthynas broffesiynol rhwng Gareth a'r ddau arall. Os nad ydi hi'n ymwybodol o'r peth rŵan, mi fydd hi erbyn i ni orffen efo hi. Bydd yr hedyn wedi'i blannu a chawn weld be ddaw o hynny.'

'Wn i ddim ydi hynny'n beth doeth, Jeff,' ystyriodd Lowri. 'Dach chi wedi ei holi hi dwn i ddim sawl gwaith yn anffurfiol yn barod. Ac eto ddoe, yn fwy swyddogol. Mae hithau dan bwysau, cofiwch, a hitha newydd golli ei chwaer. Mae'n beryg i ni gael ein cyhuddo o'i herlid hi, a fedra i ddim gweld be sydd gan faterion busnes y tri i'w wneud â llofruddiaeth Rhian.'

'Ia ... ella'ch bod chi'n iawn. Mae hi dan bwysa. Ond edrychwch ar y cysylltiad arall – Plas Gwenllïan. Mae'r lle yn cael ei ddefnyddio i letya rhai o'r ceffylau rasio sy'n teithio rhwng Iwerddon a Phrydain, a dyna, wrth gwrs, ydi busnes Seamus Ryan. Mi wyddon ni fod Flynn yn gysylltiedig â hynny hefyd, o ganlyniad i fy sgwrs efo Murph.'

'Y cyffuriau oedd yn mynd ar goll.'

'Ia. Be am ystyried am funud nad Rhian oedd Flynn yn ei ffonio ar ei ffôn symudol, ond rhywun arall yn y swyddfeydd?'

Gwelodd Jeff y syniad yn taro ei fòs. 'Jeff – sut na ddaru ni feddwl am y posibilrwydd hwnnw cyn rŵan?'

'Am nad oedd yr wybodaeth ganddon ni. Ceinwen ydi'r ddolen wan yn hyn i gyd. Pam na ddowch chi efo fi i'w gweld hi? Mi fydd cael merch yno yn siŵr o helpu. Daeth Aisling efo fi y tro dwytha, a dwi'n sicr 'mod i wedi cael ymateb gwell gan Ceinwen oherwydd hynny. A hefyd, D.B.A., mae'n hen bryd i chi ddangos eich wyneb tu allan i'r swyddfa 'ma.'

Gwenodd Lowri arno.

'Ond mae 'na un peth arall sy'n fy mhoeni fi braidd hefyd,' ychwanegodd Jeff. 'Wn i ddim ydw i'n codi bwganod heb fod angen, ond dwi'n bell o fod yn hapus efo rwbath sy'n digwydd yn y porthladd yng Nghaergybi.' Eglurodd i Lowri Davies am y tips rasio oedd wedi dod a thipyn go lew o elw i'r heddweision yn swyddfa'r porthladd.

'A dach chi'n deud mai gyrwyr loriau ceffylau Ryan sy'n rhoi'r tips 'ma iddyn nhw?'

'Felly ma' hi'n edrych.'

'Wel, mi ydw inna'n gobeithio mai codi bwganod ydach chi hefyd, felly. Reit, mi ddo i efo chi.'

Ar ôl sicrhau fod Gareth Morris yn ei waith a char Ceinwen o flaen Pedwar Gwynt, curodd Jeff ar ddrws ffrynt y tŷ. Agorodd Ceinwen ef yn ddiemosiwn, ond roedd awgrym o glais ar ei boch chwith. Cyflwynodd Jeff y merched i'w gilydd, ac er iddynt gael gwahoddiad i fynd drwodd i'r lolfa, doedd dim cynnig o baned. Yn ôl y cynllun, Lowri Davies a lywiodd yr holi, a dechreuodd yn ofalus ac yn gwrtais.

'Ydach chi wedi brifo?' gofynnodd Lowri, gan gyfeirio at ei boch.

'Baglu wnes i,' atebodd Ceinwen. 'Dydi o'n fawr o ddim.'

'Mae'n wir ddrwg gen i ei bod hi'n angenrheidiol i ni ddod yma i'ch gweld chi unwaith eto,' dechreuodd Lowri. 'Ond mewn ymchwiliad fel hwn mae gwybodaeth newydd yn codi'i ben bron bob dydd, a'r unig ffordd y medrwn ni ddod o hyd i lofrudd eich chwaer ydi dilyn pob cliw yn fanwl. Rydan ni angen eich help chi.'

'Dwi'n dallt, wrth gwrs,' atebodd Ceinwen. 'Ond coeliwch fi, nid Rhys laddodd hi. Fysa fo byth yn gwneud y fath beth.' Yn amlwg, roedd digwyddiadau'r diwrnod cynt yn dal i'w phoeni.

'Nid isio gofyn i chi am Rhys ydan ni heddiw, Ceinwen. Na'ch perthynas chi efo fo, os oes 'na un neu beidio. Anghofiwn ni hynny am rŵan,' sicrhaodd Lowri hi.

Sylweddolodd Jeff fod y cynllun yn gweithio.

'Pa mor dda ydach chi'n adnabod Tom Elias?' gofynnodd Lowri.

'Ddim yn dda. Ei nabod o ran ei weld, dyna'r cwbwl.'

'Pa mor dda mae Gareth yn ei adnabod o?'

'Wn i ddim, i fod yn berffaith onest. Maen nhw'n nabod ei gilydd, siŵr iawn, yn perthyn i'r un clwb golff ac ati. Dyna sut y cafodd Rhian waith yn ei siop o. Ond wn i ddim mwy na hynny.'

'Fuoch chi ym Mhlas Gwenllïan erioed?'

'Y gwesty neis 'na? Naddo, erioed. Mae 'na sôn ei fod o'n lle da iawn am fwyd, ond dydi Gareth ddim yn un sy'n mynd â fi allan yn aml.'

'Pwy biau'r lle, wyddoch chi?'

'Dim syniad. Ond be sy gan hyn i'w wneud a phwy bynnag laddodd Rhian?'

'Wyddon ni ddim ar hyn o bryd,' atebodd Lowri. 'Ydach

chi a Mr Morris yn nabod Ifor Lewis?' Gwelodd Jeff a Lowri ar ei hwyneb fod Ceinwen yn dechrau ystyried y cysylltiad rhwng y dynion a'r gwesty.

'Y twrna? Wel ydan, ond dim yn dda. Fo weithredodd ar ein rhan ni pan brynon ni'r tŷ 'ma ac ella 'i fod o wedi rhoi tipyn o gyngor i Gareth unwaith neu ddwy ynglŷn â gwaith. Dim byd mwy na hynny.'

'Fyddwch chi byth yn cymdeithasu efo fo?'

'Na, fel ro'n i'n deud, chydig iawn fydd Gareth yn mynd â fi allan. Ond pam dach chi'n gofyn hyn i gyd?'

'Rhywun ddeudodd wrthan ni fod y tri ohonyn nhw, Mr Morris, Mr Elias a Mr Lewis, mewn busnes efo'i gilydd ers blynyddoedd, ac yn glòs iawn ... ond dwi'n siŵr y cawn ni gyfle i ofyn hynny iddyn nhw'n bersonol ryw dro yn y dyfodol agos.'

Am y tro cyntaf y pnawn hwnnw, roedd pryder nac ansicrwydd ar wyneb Ceinwen Morris.

'Os ydyn nhw, dyma'r cynta i mi wybod am y peth,' meddai'n syn.

'Ydach chi'n iawn, Ceinwen? Dach chi'n edrych fel tasach chi wedi ypsetio.'

'Na ... ydw, dwi'n iawn, diolch,' atebodd yn gymysglyd.

'Wel dyna'r cwbwl ar hyn o bryd,' meddai Lowri. 'Oes 'na rwbath ar eich meddwl chi, Ceinwen? Rŵan ydi'r amser i ddeud wrthan ni. Ella 'i fod o'n bwysig, waeth pa mor ddibwys mae o'n ymddangos i chi.'

Wnaeth Ceinwen Morris ddim ymhelaethu.

Yn ôl yn y car, trodd Jeff at Lowri. 'Pwy ddysgodd chi i holi fel'na? A finna'n meddwl mai merch o'r coleg oeddach chi, nid ditectif profiadol.'

'Mae mwy i'r ferch yma nag y bysach chi'n feddwl, Jeff bach,' atebodd Lowri.

'Oes. Mi ddysgais i hynna neithiwr,' atebodd yntau.

'Wel, mae Mrs Ceinwen Morris wedi sylweddoli rŵan yr un peth ag y gwnaethon ni gynna, Jeff. Mae'r tri wedi bod yn celu eu perthynas. Welsoch chi'r newid ar ei hwyneb hi?'

'Do ... a welsoch chi'r clais? Mae'n edrych yn debyg bod Gareth wedi cael gwybod am yr holi ddoe.'

'Ond ydan ni rywfaint yn nes at ddarganfod pwy oedd yn gyfrifol am ladd Rhian?' gofynnodd Lowri.

'Ddim eto,' atebodd Jeff. 'Ond mae gen i deimlad bod rwbath yn mynd i ddigwydd cyn bo hir. Ac ella bydd hynny'n gynt na'r disgwyl.'

Ond er eu damcaniaethu, ni wyddai'r un o'r ddau y gwir reswm am y newid ar wyneb Ceinwen Morris funudau ynghynt.

Pennod 37

Rowliodd oddi ar ei chorff noeth, yn gwbwl fodlon. Trodd ar ei gefn a gorweddodd wrth ei hochr, ei gorff yn dal i grynu o effaith y pleser corfforol. Edrychodd tua'r nenfwd. Roedd yr ystafell yn ddistaw heblaw am ei anadliad trwm o – roedd hi'n llonydd, a dim arwydd o'r cyffyrddiad cynnes arferol na churiad ei chalon yn erbyn ei gorff.

'Be sy? Nes ti ddim ... chest ti mo dy blesio?'

Ni ddaeth ateb.

'Ty'd 'laen, 'nghariad i. Be sy?'

'Be ti'n ddisgwyl? Oeddat ti'n meddwl am funud y byswn i'n dŵad yng ngwely fy chwaer cyn iddi gael ei chladdu hyd yn oed?'

'Mi oeddat ti'n gwneud yn ddigon handi pan oedd hi'n fyw. Be sy haru chdi rŵan?' Roedd yn difaru dweud y geiriau'n syth. Trodd i gyffwrdd ei bronnau'n ysgafn a chusanodd ei boch i geisio pwysleisio mai sylw ysgafn oedd o.

Cododd Ceinwen i eistedd ar ochr y gwely, gan droi ei chefn ato.

'Mi fydd petha'n well pan gawn ni le ein hunain, gei di weld,' meddai Rhys.

'Pryd bynnag fydd hynny.' Oedodd am ennyd. 'Ma' Gareth yn gwybod,' ychwanegodd.

'Gwybod be?'

'Amdanon ni, siŵr. Be arall?'

'Sut ddiawl ...?'

'Dy gyfweliad di ddoe. Mi oedd y blydi Ifor Lewis 'na efo chdi, doedd? Dwi wedi clywed heddiw, ac o le da hefyd, bod y ddau yn dipyn o fêts, a Tom Elias hefyd.' Adroddodd Ceinwen hanes ei sgwrs â Lowri Davies a Jeff Evans yn gynharach y diwrnod hwnnw. 'Wnes i 'rioed sylwi 'sti. Ti'n gwybod pa mor annibynnol ydi Gareth. Ydi, mae o'n cadw'r rhan fwya o betha iddo fo'i hun, ond fedra i ddim credu fod perthynas mor agos rhwng y tri ohonyn nhw.'

'Wel, mae'r cachu yn siŵr o hitio'r ffan felly, tydi?' Oedodd Rhys am eiliad. 'Be wnawn ni?'

'Mae o wedi dechrau yn barod. Y cachu'n hitio'r ffan, dwi'n feddwl. Ddeudis i gynna, pan ofynnist ti am y briw 'ma, mai baglu wnes i, yn do? Wel, dim dyna ddigwyddodd. Roedd Gareth mewn uffar o dymer pan ddaeth o adra neithiwr.'

Cododd Rhys oddi ar ei gefn ac eistedd wrth ei hochr. Rhoddodd ei law yn dyner ar ei boch. 'Mi ladda i'r bastad am wneud hyn i ti.'

'Na wnei di wir. Dwyt ti ddim yn ddigon o foi i'r bastad digywilydd, Rhys. Mae 'na ffordd well i ddial ar Gareth. Dwi wedi bod yn ymwybodol o'i driciau o ers blynyddoedd. Fo a'i ferched. Ond mae bob dim yn dechrau gwneud synnwyr i mi rŵan, y mwya dwi'n meddwl am berthynas Gareth, Tom Elias ac Ifor Lewis. Yr unig broblem ydi 'mod i hefyd wedi sylweddoli bod 'na bosibilrwydd cryf fy mod i, heb yn wybod, wedi bod yn gyfrifol am yrru fy chwaer fy hun i'w bedd. Beth bynnag oedd fy mherthynas i efo Rhian, a 'mherthynas i efo chdi, mae hynny'n pwyso'n drwm arna i. Doedd hi ddim yn haeddu marw fel'na.'

'Be ti'n feddwl? Be ti'n wybod?' Roedd Rhys ar binnau.

Dechreuodd Ceinwen grynu, a lapiodd Rhys y cwilt dros

ei chorff noeth. Ni wyddai ai'r oerni oedd yn gyfrifol am ei chyflwr neu'r hyn a oedd yn amlwg yn ei phoeni hi. 'Ty'd, cariad, deud be sy ar dy feddwl di,' anogodd.

'Diwrnod neu ddau cyn iddi ddiflannu ddigwyddodd hyn,' dechreuodd Ceinwen, ei llais yn ddistaw a chryg wrth iddi edrych i ryw wagle o'i blaen. 'Roedd Rhian wedi bod yn gweithio yn swyddfa Tom Elias yn y bore fel arfer, a chyn iddi ddechra yn swyddfa Gareth mi ddaeth draw i'r tŷ 'cw wedi cynhyrfu'n lân. Doedd hi ddim yn gwybod be i'w wneud. Mi ddeudodd wrtha i ei bod wedi codi'r ffôn ar ei desg yn ystod y bore a chlywed Tom Elias yn siarad efo ryw foi a chanddo fo acen Wyddelig. Roeddan nhw'n sôn am lwyth mawr o gyffuriau, gwerth miloedd, oedd yn dod i mewn i'r wlad 'ma o Iwerddon ym moliau ceffylau. Boliau ceffylau, goeli di! Roedd y Gwyddel yn mynnu nad oedd dim i fynd o'i le y tro yma, ac y bysa fo yn gwneud yn saff bod y cwbwl lot yn mynd i'r man cywir, lle bynnag oedd hynny.'

'Argian, soniodd hi ddim byd wrtha i. Ddeudodd hi be oedd hi'n mynd i wneud ar gownt y peth?'

'Wel, yn ôl pob golwg roedd y peth yn gysylltiedig efo rhywle lle oeddan nhw'n cadw ceffylau rasio dros nos. A rŵan, dwi'n sylweddoli lle roedd hynny – Plas Gwenllïan. Dyna'r unig le o gwmpas fama efo stablau, ac erbyn hyn dwi'n sicr fod Gareth, Tom Elias ac Ifor Lewis yn gysylltiedig â'r lle ... a beth bynnag sy'n digwydd yno. Dyna pam ges i fy holi gan yr heddlu yn gynharach heddiw. Mi ddeudis i wrth Rhian ar y pryd am fynd at yr heddlu'n syth, ond roedd hi isio gwneud mwy o ymchwil ei hun i'r peth gynta, iddi gael mwy o grap ar y stori. Roedd hi'n benderfynol o fynd i'r Plas i gael golwg drosti'i hun. Mi drïais i newid ei meddwl hi, ond mi wyddost ti mor bengaled oedd hi.'

Cofiodd Rhys yr hyn a ddywedodd Jeff Evans wrtho rai dyddiau ynghynt. 'Dyna, yn ôl pob golwg, lle roedd hi'n meddwl mynd â fi am bryd y noson ddaru hi ddiflannu. Ond pam nag aeth hi at yr heddlu i gychwyn?'

'Duw a ŵyr. Dyna fysa'r peth callaf. Mi oedd hi mewn penbleth ddiawledig, ma' raid. Ond nid dyna'r cwbwl, Rhys. Wedi iddi fynd, doedd gen inna ddim syniad be i'w wneud. Y noson honno, mi ddeudis y cwbwl wrth Gareth.' Rhoddodd Ceinwen ei phen yn ei dwylo a dechreuodd wylo. 'Do'n i ddim yn gwybod, wir rŵan, do'n i ddim, bod Gareth mewn busnes o unrhyw fath efo Tom Elias, nac Ifor Lewis tasa hi'n dod i hynny. Fetia i fod Gareth wedi mynd yn syth at Tom Elias a deud wrtho yn union be oedd Rhian wedi'i glywed. Ti'n gweld, Rhys, ro'n i wedi rhoi'r wybodaeth, yr hyn glywodd Rhian ar y ffôn, yn ôl yn nwylo'r smyglwyr, y Gwyddelod, pwy bynnag ydyn nhw. Fi sy'n gyfrifol.'

'Gwisga,' gorchmynnodd Rhys, 'a ty'd i lawr y grisiau. Mi wna i baned i ti. Rhaid i ni feddwl yn gall rŵan, Ceinwen, bod yn bwyllog.'

Eisteddodd y ddau o flaen y tân yn y lolfa yn syllu i'r fflamau. Roedd Ceinwen wedi cael amser i ystyried popeth, ac wedi penderfynu canolbwyntio ar y dyfodol. Ei dyfodol hi a Rhys efo'i gilydd, heb neb arall i'w rhwystro.

'Ma' raid bod Tom Elias ynghlwm â'r smyglo 'ma, ond wn i ddim lle mae Gareth yn dod i mewn iddi.'

'Rhaid i ni feddwl y gwaethaf,' meddai Rhys.

'Neu'r gorau,' atebodd Ceinwen. 'Jyst meddylia – Gareth allan o'r ffordd. Y busnes, Lorris Morris, yn cael ei drosglwyddo i mi a chditha'n ei redeg o wrth f'ochr i.'

Roedd Rhys wedi synnu at y newid yn ei hagwedd, ond roedd yn berffaith fodlon dilyn ei chynllun. Yn sydyn, roedd ei ddyfodol yntau yn edrych yn fwy disglair. 'Pryd oedd y cyffuriau yma i fod i gyrraedd?' gofynnodd, gan wenu wrth ddychmygu'r posibiliadau.

'Doedd Rhian ddim yn gwybod, ond yn reit fuan yn ôl be glywodd hi. Dwi'n meddwl y dylan ni ddeud y cwbwl wrth Ditectif Evans, ti'm yn meddwl?' awgrymodd Ceinwen.

Gwenodd Rhys ar ei gariad, ei gymar, ei ddarpar wraig.

Pennod 38

Mae arfordir Iwerddon i'r de o Fae Dulyn i lawr tuag at Swydd Cork, Swydd Kerry trwy Galway ac i'r gogledd i gyfeiriad Swydd Mayo dros saith mil a hanner o filltiroedd o hyd ac mae nifer o ynysoedd bychain ar ei hyd, yn cael eu taro'n gyson gan wyntoedd cryfion a thonnau brwnt Môr Iwerydd. I'r gorllewin does dim ond môr hyd nes cyrraedd America, dyfroedd a ddefnyddid ers canrifoedd gan fasnachwyr i symud eu nwyddau. Erbyn hyn, nid yw'r holl nwyddau hynny yn rhai cyfreithlon.

Bellach, mae arfordir Iwerddon yn ddrws cefn i smyglo cyffuriau i'r wlad ac ymlaen i Brydain. Trosglwyddir llwyth ar ôl llwyth o longau mawrion i gychod llai, ymhell o olwg y tir. Weithiau, defnyddir cychod pysgota neu longau hamdden, ond gan fod y rheiny'n araf, ac yn haws i'w dilyn gan gychod yr awdurdodau, mae'n well gan y smyglwyr ddefnyddio cychod rib â'u moduron pwerus. Mantais arall y cychod hynny yw y gellir eu defnyddio mewn dyfroedd bas a'u gyrru i'r cilfachau cudd yn y creigiau i ddadlwytho'u cargo.

Gelyn mwyaf y smyglwyr yw'r tywydd, yn enwedig yn ystod misoedd y gaeaf. Mae cychod llynges Iwerddon yn llai o fygythiad – er eu bod yn patrolio'r dyfroedd, dim ond dau gwch sy'n gwneud y gwaith ar hyd yr holl arfordir, a physgota anghyfreithlon yw eu prif ddiddordeb. Yn ogystal, ychydig iawn o gudd-wybodaeth a rennir rhwng y Garda, y llynges ac awdurdodau Prydain – o ganlyniad, canran fechan o'r cyffuriau a gaiff eu smyglo sy'n dod i ddwylo'r awdurdodau. Am bob llwyth a gollir oherwydd y tywydd neu ymdrechion y llynges, tybir bod naw arall yn cyrraedd yn saff. Problem nesaf y smyglwyr yw darganfod ffordd ddiogel i'r cyffuriau anghyfreithlon deithio gweddill y daith o Iwerddon i dir mawr Prydain.

Roedd Brendan Maguire yn arbenigwr ar y pwnc hwnnw. Yn ystod yr wythdegau hwyr a nawdegau'r ganrif ddiwethaf roedd wedi dysgu am bob twll a chornel o arfordir gorllewin Iwerddon ac wedi adeiladu busnes sylweddol iddo'i hun drwy ddefnyddio'r wybodaeth i fewnforio cyffuriau.

Ni chafodd Maguire unrhyw fath o addysg erioed. Ni fu ganddo erioed rif Yswiriant Gwladol, cyfrif banc na chyfrif cerdyn credyd, ac ni dalodd ddimai o dreth yn ei fywyd. Doedd dim hyd yn oed cofnod swyddogol o'i enedigaeth. Er hynny, roedd yn berchen fila yn Sbaen, fferm fawr yn ei famwlad, bocs yn stadiwm pêl-droed Anfield ac un arall yn Ascot. Ei brif ddiddordeb oedd rasio ceffylau, a defnyddiai ei jet bersonol i'w hedfan o un rhan o'r byd i'r llall er mwyn dilyn ei ddiddordebau amrywiol.

Bu bron i Brendan Maguire gael ei ddal ddeng mlynedd yn ôl pan ddarganfu'r awdurdodau werth hanner miliwn Ewro o gocên yn dechnegol yn ei feddiant. Carcharwyd tri o'i staff ond ni lwyddwyd i'w gael o yn euog o'r un drosedd. Dysgodd yr achos hwnnw nifer o bethau iddo. Y cyntaf oedd y dylai reoli unrhyw ymgyrch o bell yn hytrach na baeddu ei ddwylo ei hun. Yr ail oedd rhannu'r cyffur yn becynnau llai cyn gynted â phosib ar ôl ei dderbyn. O wneud hynny, pe byddai'r awdurdodau yn darganfod rhywfaint ohono, fyddai ei golled ddim mor sylweddol.

Erbyn hyn roedd Brendan Maguire yn ddyn pwerus a pheryglus o fewn is-fyd treisgar Iwerddon a'r tu hwnt, yn cymdeithasu ymysg enwogion o fyd y ffilmiau, pêl-droed a'r byd rasio ceffylau. Ceisiodd mwy nag un o'i gysylltiadau ei dwyllo ar hyd y blynyddoedd ond diflannodd pob un yn eu tro i fedd anhysbys, anghysbell. Roedd ei gydnabod o fewn yr IRA wedi dysgu iddo sut i gael gwared ar bobol. Doedd neb yn gwrthod gwneud unrhyw beth roedd Maguire yn ei ofyn iddo, a waeth pa mor ddiniwed oedd y ffafr gyntaf byddai wastad ail gais a thrydydd, a natur dreisiol y dasg yn golygu ei bod yn amhosibl, bellach, ei wrthod.

Drwy'r byd rasio ceffylau y daeth Maguire i adnabod Seamus Ryan. Gwyddai Maguire am y cymorth yr oedd Ryan wedi'i roi i'r IRA i symud Shergar yn 1983, ac roedd crybwyll hynny yn ddigon i wneud i Ryan ymateb i'w orchmynion yn syth. Roedd Brendan Maguire angen cymorth i smyglo cocên gwerth miloedd o bunnau i mewn i Brydain. Yn ddelfrydol, ar gyfer ei gynllun arfaethedig, roedd angen rhywun oedd yn berchen busnes oedd wedi'i sefydlu ers blynyddoedd, un a oedd wedi arfer cael ei weld ym mhorthladdoedd y ddwy wlad ac un oedd yn cael ei adnabod y ddwy ochr i Fôr Iwerddon. Ei syniad oedd smyglo'r cyffur ym moliau ceffylau oedd yn cael eu cludo i Brydain i rasio. Chwarddodd Maguire wrth feddwl am yr eironi o ddefnyddio ceffylau rasio o waed da fel mulod.

'Mae gwerth miloedd o bunnau yn y fantol,' pwysleisiodd Maguire pan gododd y pwnc yng nghwmni Ryan am y tro cyntaf.

'Ond y diffyg mwyaf,' atebodd Ryan, gan wneud ei orau

i ddarganfod esgus i ddod allan ohoni, 'ydi nad rhyw hwren ifanc yn hedfan ar draws y byd ar ôl llyncu condoms llawn cyffuriau ydi'r rhain, ond ceffylau *thoroughbred.* Mae system dreulio ceffyl yn wahanol iawn i stumog ddynol. All ceffyl ddim pasio'r pecyn allan yn yr un ffordd â pherson,' dechreuodd esbonio. Roedd wedi synnu nad oedd dyn fel Maguire yn ymwybodol o'r gwahaniaeth. 'Mae corffolaeth ceffyl yn cael ei lenwi gan ei asennau a'i ysgyfaint. Stumog gweddol fychan sydd gan geffyl, tua'r un maint a phêl-droed. Dyna pam maen nhw'n bwyta chydig bach o fwyd yn aml. Ar ôl i'r bwyd basio trwy'r stumog, mae'n cael ei dorri i lawr yn y coluddyn bach cyn pasio i'r coluddyn mawr, ac mae hwnnw'n rhy gul i gondom llawn cyffuriau, neu unrhyw becyn, basio ymhellach. Felly mae'ch syniad chi'n sicr o fethu.'

'Mi fydd yn rhaid lladd y ceffyl felly, a'i agor i gael y cyffur ohono,' awgrymodd Maguire.

Allai Ryan ddim credu'r hyn roedd o'n glywed. 'Be? Lladd ceffyl gwerth hanner miliwn Ewro er mwyn smyglo gwerth ychydig filoedd o gocên?' Gwylltiodd yn gacwn, er gwaetha statws y dyn yn ei gwmni.

Edrychodd Maguire arno gyda gwên ddrygionus.

'Peidiwch â deud wrtha i nad ydach chi'n defnyddio ceffylau cymar i deithio efo'ch ceffylau rasio chi?'

Nodiodd Ryan ei ben cystal â derbyn cyfeiriad y sgwrs.

'Fel yr ydach chi'n ymwybodol, dwi'n siŵr,' meddai Maguire. 'Mae ceffylau rasio yn anifeiliaid hynod sensitif ac mae pawb, hyd yn oed swyddogion y porthladdoedd, yn gwybod bod hen arferiad o ddefnyddio ceffylau cymar mwyn er mwyn eu gostegu. Yn ôl yr hyn dwi'n ddallt, mi wnaiff unrhyw geffyl y tro. Mae faint fynnir o ferlod mynydd yn crwydro'r Carneddau yng ngogledd Cymru – ac mae digon o ddewis yn Iwerddon 'ma hefyd. Fydd dim prinder i chi ddewis ohonyn nhw.'

Nodiodd Ryan ei ben unwaith yn rhagor, yn sylweddoli fod y dyn o'i flaen wedi gwneud ei waith ymchwil yn drylwyr.

'Ceffylau dwy a dimau,' parhaodd Maguire. 'Mae'n ddigon hawdd llenwi eu boliau nhw efo cyffuriau a'u lladd nhw wedyn ym Mhrydain. A does 'run ci na theclyn gan awdurdodau'r porthladdoedd fedar ddod o hyd i'r cyffuriau yn y fan honno, coeliwch fi.'

'Ond mae yna un broblem, yn does?' meddai Seamus Ryan yn obeithiol. 'Be am y pasbort? Mae angen un ar bob ceffyl, yn anifeiliaid o frid a merlod mynydd, er mwyn eu symud o un wlad i'r llall.'

'Mater bach,' atebodd Maguire, 'ydi hynny. Fel y gwyddoch chi, mae pasbortau ceffylau rasio yn rhai manwl, yn defnyddio meicro-tships ac ati. Ond dydi pasbortau merlod cyffredin ddim mor fanwl. Cyn belled â bod disgrifiad y ceffyl, ei daldra ac ati ar y ddogfen, mae pawb yn hapus. Beth bynnag, mae gen i bobol all greu rhai ffug os bydd angen.'

Roedd hi'n amlwg fod Maguire wedi ystyried pob agwedd o'i gynllun.

'Be dach chi'n feddwl smyglo, a faint?' gofynnodd Ryan, yn sylweddoli nad oedd ganddo fawr o ddewis ond cytuno.

'Cocên,' atebodd. 'Mae cilo yn werth dros ddeugain mil o bunnau ar y stryd ym Mhrydain, ac mi fysa'n ddigon hawdd stwffio dau neu dri cilo i lawr corn gwddw rhyw hen ferlen. Mae cilo o gocên tua'r un maint â bag o siwgr.'

'Gwerth dros gan mil o bunnau o gocên ym mol un

ceffyl, felly?' Roedd y syniad yn dechrau apelio mwy at Ryan ar ôl iddo ddechrau ystyried ei elw ei hun. Byddai'n cludo ceffylau drosodd i Brydain dair gwaith yr wythnos, a doedd dim angen bod yn fathemategydd o fri i sylweddoli faint o arian y gellid ei wneud.

'Wrth gwrs,' meddai Maguire, 'mi fydd angen rhywun ym Mhrydain i roi'r cymorth angenrheidiol i ni yn y fan honno. Rhywun yn agos i'r porthladd. Fedrwn ni ddim risgio cario'r cyffuriau i'r cyfarfodydd rasio. Mi fydd yn rhaid gwaredu cyrff y merlod a chael gafael ar ferlod newydd ar gyfer y daith yn ôl i Iwerddon. Os na wnawn ni hynny, mi fydd yr awdurdodau'n siŵr o sylwi bod llai o geffylau yn teithio un ffordd na'r llall. Mi fysa pobol rasio, y rheiny sy'n gwybod am geffylau, yn gwybod bod rwbath o'i le yn syth. Gwelodd Maguire awgrym o wên yn codi ar wyneb Ryan. 'Oes ganddoch chi syniad pwy fysa'n medru gwneud hynny i ni? Ganddoch chi mae'r cysylltiadau yn y byd ceffylau.'

'Wel ... oes,' atebodd Ryan. 'Mi fydda i'n defnyddio gwesty a stablau chydig filltiroedd o borthladd Caergybi. Ond y drwg ydi fod y perchnogion yn bobol barchus, a fyswn i byth yn disgwyl iddyn nhw gytuno i'r fath fenter.'

Rhannodd Ryan rywfaint o hanes Plas Gwenllïan a'i berchnogion. 'Does 'na neb lleol yn gwybod pwy biau'r gwesty, ond gan 'mod i'n rhoi cymaint o fusnes rheolaidd iddyn nhw, dwi wedi llwyddo i ddelio'n uniongyrchol efo nhw i gael telerau ffafriol. Mae un ohonyn nhw'n berchen busnes cludiant llwyddiannus, busnes fysa'n addas iawn i gario'r cyffuriau ledled Prydain heb godi dim amheuaeth. Ond fel deudis i, mae o'n ddyn uchel ei barch yn y gymuned.'

'Mae gan bawb ei wendid,' meddai Maguire gyda gwên greulon, 'ac mae mwy nag un ffordd o gael Wil i'w wely.'

Estynnodd Seamus Ryan am botel o wisgi brag ac ysgydwodd y ddau ddwylo ei gilydd i selio'r cytundeb.

Ychydig wythnosau ar ôl y cyfarfod hwnnw, gwahoddwyd Gareth Morris, Tom Elias ac Ifor Lewis gan Seamus Ryan i wylio gêm rygbi rhwng Iwerddon a Chymru yn Stadiwm Aviva. Cyflwynwyd y tri i ddyn arall, cyfaill i Ryan o'r enw Brendan, mewn gwesty moethus ger ardal Temple Bar nid nepell o'r cae chwarae. Gorffennodd y gêm yn gyfartal ar un pwynt ar bymtheg yr un. Ond nid honno oedd yr unig siom i'r tri Chymro ei phrofi y penwythnos hwnnw.

Mwynhaodd y pum dyn bryd o fwyd blasus iawn yn y gwesty y noson honno, a phan oeddent yn llawn gwin a'r wisgi brag Gwyddelig gorau, cawsant eu hunain yng nghwmni hanner dwsin o ferched deniadol. Sicrhaodd yr alcohol fod swildod y tri Chymro wedi diflannu, a phan ddilynodd y merched hwy i'w hystafelloedd wnaeth yr un o'r tri gwyno. Roedd dwy ferch i bob un o'r dynion, a wnaeth neb sylwi fod Seamus Ryan a'i gyfaill, Brendan, wedi diflannu.

Yn rhyfeddol, digwyddodd yr un peth i Gareth Morris, Tom Elias ac Ifor Lewis y tu ôl i ddrysau caeedig eu hystafelloedd. Dechreuodd un eneth gusanu a dadwisgo'r dynion tra oedd y llall yn llenwi eu gwydrau â Champagne. Cyn hir roedd y tri yn noeth yn eu gwlâu, yn barod am yr antur rywiol oedd yn sicr o fod o'u blaenau. Dim ond y merched a wyddai fod y Champagne a roddwyd i'r dynion wedi ei gymysgu â'r cyffur Rohypnol.

Pan ddeffrodd y tri Chymro fore trannoeth a chyfarfod

i gael brecwast, roedd effaith yr alcohol a'r cyffur wedi gadael eu cyrff ond roedd gan y tri dyn gur yn eu pennau a dim llawer o gof o'r hyn a ddigwyddodd efo'r merched. Roedd y tri hefyd yn teimlo'n anghyfforddus ond heb wybod yn iawn pam. Doedd dim llawer o chwant bwyd ar yr un o'r tri. Fel yr oeddynt yn gorffen bwyta daeth dyn dieithr at y bwrdd ac eisteddodd mewn cadair wag heb wahoddiad. Rhoddodd amlen ar y bwrdd o'i flaen, gan ddweud mai un o ddynion Seamus Ryan oedd o wedi dod i'w hebrwng i gyfarfod y fferi.

Eglurodd y dyn, Simon Flynn, pam yr oedd o yno mor fuan.

'Mae 'mhobl i angen eich cymorth chi,' dechreuodd. 'Rydan ni angen defnyddio Plas Gwenllïan ar gyfer busnes sy ... braidd yn anghyfreithlon, os dach chi'n fy nallt i.'

Edrychodd y tri ar ei gilydd mewn syndod.

'Mi gewch eich talu'n dda iawn am eich cydweithrediad, ac mae'r risg i chi yn un fach iawn.'

Ifor Lewis, y cyfreithiwr, agorodd ei geg gyntaf.

'Ydach chi erioed yn disgwyl i ddynion gonest a pharchus fel ni fod yn rhan o rwbath anghyfreithlon?' gofynnodd, gan sychu ei geg gyda napcyn. Roedd y ddau arall yn gegrwth.

Gafaelodd Simon Flynn yn yr amlen o'i flaen a thynnodd ddwsin a mwy o luniau allan ohoni. Gosododd nifer o'r lluniau ar y bwrdd o flaen y tri ac eistedd yn ôl yn ei gadair i wylio eu hymateb.

Trodd wynebau'r Cymry'n wyn fel y galchen wrth sylweddoli mai delweddau ohonynt eu hunain, yn noethlymun yng nghwmni'r merched yn oriau mân y bore, oedd o'u blaenau. Rhoddodd Flynn fwy o luniau ar y bwrdd. Eto roedd y tri yn noeth, ond nid merched oedd yn eu cwmni y tro hwn ond dynion ifanc. Roedd y rheiny'n noeth hefyd, eu cyrff hyblyg yn gwneud pethau nad oedd y Cymry parchus wedi gweld eu tebyg o'r blaen. Roedd y lluniau, sylwodd y tri, yn hynod o eglur.

Daeth blas anghynnes i gegau Gareth Morris, Tom Elias ac Ifor Lewis. Gwyddai'r tri eu bod yn gadarn yn nwylo Brendan Maguire a Seamus Ryan o'r munud hwnnw ymlaen.

Pennod 39

Allai Gareth Morris, Tom Elias ac Ifor Lewis ddim deall sut y cawsant eu taflu i'r fath sefyllfa ddychrynllyd, a hwythau'n ddynion proffesiynol a chall. Ond roedd yn rhaid iddynt dderbyn canlyniad eu hymddygiad. Pe baent wedi cofio am eu gwragedd y noson gynt yn hytrach na chael eu hudo gan y merched deniadol hynny, fyddai dim o hyn wedi digwydd.

Gwyddai'r tri ei bod yn rhy hwyr i droi'r cloc yn ei ôl – ac y byddai eu bywydau parchus yn rhacs petai'r lluniau yn disgyn i'r dwylo anghywir. Ar ôl ystyried eu sefyllfa yn fanwl, doedd dim dewis ond ufuddhau i orchmynion y Gwyddelod. Dyna, yn anffodus, oedd yr unig opsiwn.

Ni wastraffwyd amser yr ochr arall i Fôr Iwerddon, ac ymhen y mis daeth gair fod y llwyth cyntaf o gyffuriau ar y ffordd. Cafwyd merlen yn rhywle i gymryd lle'r un ddaeth drosodd ar y fferi, a defnyddiwyd JCB i baratoi twll yn y ddaear yn fedd i'r ceffyl hwnnw. Y peth anoddaf oedd darganfod merlen oedd yn ddigon tebyg i'r un farw, er mwyn iddi gyfateb i'r disgrifiad oedd ar y pasbort pe byddai angen.

Un noson dywyll ar dir Plas Gwenllïan, ymhell allan o ffordd, golwg a chlyw unrhyw gwsmer, hebryngwyd yr anifail anffodus at ymyl ei fedd i dderbyn y pigiad a oedd i ddiweddu ei fywyd. Wedi hynny, ychydig iawn o amser a gymerodd i yrrwr y bocs ceffylau o Iwerddon ddechrau ar ei waith. Yng ngolau'r dortsh oedd yn nwylo crynedig Tom

Elias, treiddiodd y gyllell hir, finiog i gorff yr anifail a'i agor. Ffrydiodd y gwaed tywyll allan o'r corff, a bu bron i Elias â chwydu wrth wylio'r Gwyddel yn plymio'i freichiau'n ddwfn i'r corff i chwilio'n ofalus am yr oesoffagws a'r stumog. Defnyddiodd gyllell lai i agor yr organau ac adennill y tri thiwb traceostomi silicon a wthiwyd yno gyda chyfarpar endotracial ychydig oriau ynghynt. Roedd y tiwbiau traceostomi silicon yn berffaith i gludo'r cocên – ar ôl eu selio'n dynn a gofalus roedd y defnydd yn gryf ac yn plygu'n hawdd. Ar ôl gorffen y gwaith, tynnwyd corff y ceffyl i'r twll gyda rhaffau a'i gladdu'n ddistaw gyda rhawiau.

Chymerodd yr holl ymgyrch waedlyd ddim mwy na hanner awr i'w chwblhau. Rhoddwyd y cocên i Gareth Morris gyda chyfarwyddyd i'w gludo i berson a fyddai'n disgwyl amdano yn un o wasanaethau'r M6 y diwrnod canlynol. Roedd un o loriau Lorris Morris yn cario llwyth o nwyddau yn rheolaidd i Birmingham, a'r daith nesaf wedi'i threfnu ar gyfer y bore trannoeth. Penderfynodd Gareth Morris yrru'r lorri ei hun – peth anarferol bellach, ond ni allai fforddio'r risg o ofyn i un o'i yrwyr wneud y gwaith cyfrinachol hwn. Yn ôl y cyfarwyddyd, daeth gŵr ato pan ddaeth i aros yn y gwasanaethau ym Mharc Hilton, a heb ddweud gair cymerodd hwnnw'r pecyn gwerthfawr oddi arno a rhoi pecyn arall, llai, yn nwylo Morris. Ar ôl cyrraedd adref y noson honno, trosglwyddodd y paced hwnnw i Ifor Lewis. Ynddo roedd dipyn dros ddeugain mil o bunnau mewn arian parod, a rhoddwyd ef yn y cyfrif banc a ddefnyddiai Lewis ar gyfer ei gleientiaid busnes. Fyddai neb, siawns, yn holi ynglŷn â chyfrif cleientiaid y cyfreithiwr, na thaliadau rhwng cyfreithwyr yng Nglan

Morfa a Dulyn. Yn ôl gorchymyn Ryan a Maguire, cymerwyd pump y cant o'r arian allan o'r cyfanswm cyn ei yrru yn electronig i Iwerddon. Pump y cant fyddai cyfran y tri Chymro bob tro am eu trafferth a'r risg, ac er nad oedd y taliad yn un mawr iawn y tro cyntaf hwnnw, byddai'r elw yn tyfu'n sylweddol yn y dyfodol fel yr oedd maint y pecynnau yn cynyddu.

Daeth trosglwyddiad arall ymhen mis, ac yna daethant yn fwy cyson. I ddechrau, un cilo o gocên yn unig oedd ym moliau'r ceffylau ond cynyddodd hynny'n fuan i ddau, a hynny'n werth wyth deg pedwar o filoedd o bunnau ar strydoedd Prydain, heb sôn am y llanast a achosai i fywydau'r rhai a'i defnyddiai. Ymhen blwyddyn roedd gwerth arian mawr wedi newid dwylo, a chyn hir dechreuwyd defnyddio dau geffyl bob tro. Ar ôl dechrau dod i arfer â'r trefniant dechreuodd y tri Chymro gwyno wrth Seamus Ryan eu bod angen mwy o arian am eu rhan, gan fod y risg iddyn nhw yn sylweddol. Dadleuodd Ryan yn erbyn hynny a gwrthododd gynyddu'r tâl, gan atgoffa'r tri am fodolaeth y lluniau. Y diwrnod wedyn, gyrrwyd un o'r delweddau anghynnes i gyfeiriadau e-bost personol y tri. Roedd hynny'n ddigon o reswm iddynt ufuddhau, ond doedden nhw ddim yn hapus o bell ffordd.

Dyna pryd y dechreuodd pethau fynd o'i le. Yng nghanol yr haf, cwynodd y prynwr o ganolbarth Lloegr i Brendan Maguire nad oedd y pacedi cocên yn pwyso cilo llawn, bod mymryn yn llai ym mhob paced nag y bu. Dim llawer, ond digon i wneud gwahaniaeth sylweddol dros gyfnod. Roedd yntau, felly, yn gorfod newid ei rysáit pan oedd yn ei dorri a'i rannu, cyn ei werthu ymlaen i'w ddelwyr ar y strydoedd. Yn naturiol, syrthiodd yr amheuaeth ar ysgwyddau Morris,

Elias a Lewis – a doedd Maguire ddim yn un i dderbyn na dioddef y fath ymddygiad. Roedd mwy nag un dyn wedi'i gladdu ganddo am wneud llawer llai. Ond ar yr un pryd roedd Maguire yn ddyn busnes a oedd wedi sylweddoli gwerth y trefniant rhyngddo a'r Cymry, ac yn gwerthfawrogi llwyddiant yr ymgyrch. Gwyddai Maguire fod ganddo lwyth mawr iawn o gocên oedd i fod i gyrraedd arfordir gorllewinol Iwerddon yn yr hydref, ac roedd yn rhagweld y byddai o wirioneddol angen cymorth Seamus Ryan a'r dynion o Gymru pan ddeuai'r amser hwnnw. Penderfynodd adael pethau fel yr oeddynt am y tro, ond gwyddai y byddai angen rhywun i oruchwylio'r fenter pan ddeuai'n amser i'r llwyth hwnnw – y llwyth mwyaf eto – wneud ei siwrne i Brydain. Ond pwy allai o drystio i fwrw golwg dros daith y cyffuriau rhwng Glan Morfa a chanolbarth Lloegr a sicrhau fod y pecynnau'n cyrraedd yn gyflawn? Cynigiodd Seamus Ryan ateb. Roedd un o'i ddynion o, perthynas pell o'r enw Simon Flynn, yn gweithio fel mwynwr yn ardal Plas Gwenllïan ym Môn. Fuasai Flynn, eglurodd, ddim yn meddwl ddwywaith am ddechrau torri coesau pe byddai angen.

Ychydig cyn i'r llwyth mawr gyrraedd, gwyddai Maguire fod Flynn wedi dechrau cysylltu â Morris ac Elias. Anffodus, o'i safbwynt o, oedd bod yn rhaid llofruddio'r ferch oedd yn gweithio i Elias a Morris. Sut yn y byd oedd hi wedi clywed y sgwrs ar y ffôn rhwng Flynn a Tom Elias, tybed? Blydi amaturiaid. Diolchodd Maguire i'r nefoedd fod Gareth Morris, rywsut neu'i gilydd, wedi darganfod bod yr ysgrifenyddes wedi clywed y sgwrs, a dweud hynny wrth Elias. Diolchodd hefyd fod Elias wedi mynd i banig a chyfaddef y peth wrth Flynn a Ryan. O leia cafwyd cyfle i achub y sefyllfa. Ond trodd amgylchiadau yn eu herbyn drachefn pan arestiwyd Flynn ar amheuaeth o ladd yr ysgrifenyddes. Mwy anffodus fyth oedd canlyniad hynny, sef gyrru Flynn yn ôl i Ddulyn i wynebu cyhuddiadau hanesyddol o lofruddiaeth. Doedd gan Maguire ddim digon o hyder y byddai Flynn yn cadw'i geg ynghau ynglŷn â symud y cyffuriau ymhen yr wythnos, felly roedd yn rhaid ei aberthu. Dim ond codi'r ffôn oedd ei angen i drefnu hynny. Ond wedi marwolaeth Flynn, doedd ganddo neb i oruchwylio'r ymgyrch fwyaf eto yng Nghymru. Wel, dim eto. Cododd y ffôn unwaith yn rhagor.

Roedd y cyfarfod yn swyddfa Ifor Lewis ar ôl iddi gau'r noson honno yn un anodd. Roedd y tri wedi bod yn bartneriaid busnes llwyddiannus ac yn gyfeillion ers blynyddoedd heb un gair croes, ond roedd y digwyddiad hwnnw yn y gwesty yn Nulyn wedi llwyddo i newid agweddau'r tri dyn at ei gilydd.

'Paid ag anghofio mai chdi, Tom, gyflwynodd ni i Ryan,' cyhuddodd Gareth Morris. 'A chdi ddaru fynnu mynd i weld y gêm 'na a gadael iddo fo drefnu bob dim.'

'Wel, dim fi drefnodd i'r merched 'na agor dy falog di, naci?' atebodd Tom Elias. 'A dwyt ti erioed wedi gwrthod y ffasiwn gynnig yn dy fywyd, nag wyt, felly paid â gweld bai arna' i.'

'Dewch rŵan, y ddau ohonoch chi,' ebychodd Lewis. 'Rydan ni'n tri yn yr un twll, a'r unig beth fedrwn ni wneud ydi trio dod o hyd i ffordd allan ohono.'

'A sut ddiawl ti'n meddwl medrwn ni wneud hynny, pan 'dan ni'n dal i wneud petha mor blydi gwirion? Pwy gythraul oedd yn gyfrifol am adael car Rhian yn Nhyddyn

Drain? Tyddyn Drain o bob man – a hwnnw ar fy llyfrau i?' meddai Elias, gan godi'i lais a gwgu ar y ddau ddyn arall. 'A be am y risg o gerdded yn ôl o'r fan honno wedyn? Hyd yn oed yng nghanol y nos ac ar draws y caeau mi fuasai wedi bod yn ddigon hawdd i rywun weld symudiadau neu oleuadau,' ychwanegodd yn flin.

'A phwy oedd yn ddigon dwl i siarad mor agored efo Flynn dros y ffôn fel ei bod hi wedi medru clywed? Pwy roddodd wahoddiad i'r Ditectif Evans 'na am bryd i'r Plas? Plas Gwenllïan o bob man?' gwaeddodd Morris. 'Roedd peth fel'na ymhell o fod yn gall.'

'Dydi o ddim yn helpu bod Ceinwen yn gwybod am y sgwrs ffôn chwaith,' meddai Lewis. 'A ti wedi bod yn chwara efo tân wrth gadw dipyn o'r cocên ar ôl bob tro hefyd, Gareth. Lle mae hwnnw, gyda llaw?'

'Mater i mi ydi hynny. Ac mae o'n berffaith saff, diolch. Mae'r tri ohonan ni'n cytuno nad ydi'r Gwyddelod yn talu digon i ni, a 'swn i'n synnu os ydyn nhw wedi sylwi ar gyn lleied sydd wedi mynd, a hynny fesul chydig, beth bynnag. Ac mi gewch chi'ch dau anghofio am Ceinwen. Hebddi hi, fysan ni ddim yn gwybod bod Rhian wedi clywed dim, cofiwch. Mi ddelia i efo Ceinwen, y bitsh fach, pan ddaw'r amser ... ac efo'r blydi Rhys 'na hefyd os oes rhaid. Ond y peth pwysica rŵan ydi ein bod ni'n ffeindio'n ffordd allan o'r blydi llanast 'ma.'

'Efallai fod 'na ffordd ...' dechreuodd Lewis, gan edrych ar ei gyfeillion o'r naill i'r llall. 'Fel dwi'n dallt, mae pedwar ceffyl cymar yn dod drosodd nos fory, hefo pedwar cilo o gocên ym mol pob un. Gwerth tri chant tri deg chwech o filoedd o bunnau ... a dyna fydd yn cael ei drosglwyddo i ti gan y gŵr yn y gwasanaethau'r diwrnod wedyn, 'te Gareth?

Mae gen i gant chwe deg wyth o filoedd yn fy meddiant, wedi'i gladdu yn y cyfrif cleientiaid busnes, ar ôl y llwyth dwytha, ac efo'r llwyth sy'n dod fory, mi fydda i'n gwarchod tipyn dros hanner miliwn. Dwi'n cynnig ein bod ni'n bygwth Ryan y byddwn ni'n cadw hwnnw nes mae o'n addo dod â hyn i gyd i ben.'

'A be sy'n gwneud i ti feddwl y bydd hynny'n gweithio?' gofynnodd Elias. 'Mi fydd y lluniau sglyfaethus 'na'n siŵr o ddod allan wedyn.'

'Am fod y swm yn un mor anferth,' atebodd. 'Reit, mi wyddon ni eu bod nhw'n bobol beryglus, ond mi bwysleisia i iddyn nhw 'mod i wedi gwneud trefniadau i'r arian a'r holl wybodaeth gael ei drosglwyddo i'r heddlu petai rwbath yn digwydd i un o'r tri ohonon ni. Fydd gan Ryan ddim dewis wedyn.'

'Mi fydd yn rhaid i ni fynnu 'i fod o'n cael gwared o'r lluniau hefyd,' datganodd Morris.'

'Wrth gwrs. Ond ella bydd rhaid i ni ei drystio fo ynglŷn â hynny.'

'Ei drystio fo? Dim cyn belled ag y medrwn ni ei daflu o!' meddai Elias.

'Oes gen ti syniad gwell?'

Nid atebodd.

'Nos fory felly, am y tro olaf. Wyt ti wedi medru cael gafael ar ferlod yn lle'r rhai sy'n cario'r cyffuriau, Tom?' gofynnodd Lewis.

'Do. Dydi hynny ddim yn broblem. Fy mhroblem fwya i ydi ffeindio lle i gyrff y ceffylau newydd sy'n dod drosodd. Mae'r caeau 'cw yn llawn beddau ceffylau yn barod, ac mi fydd 'na dwll mawr newydd yn cael ei agor peth cynta fory. Ond all hyn ddim cario 'mlaen.'

'Wel gobeithio na fydd 'na fwy ar ôl fory. Dyna'r cwbwl ddeuda i,' meddai Morris, gan ysgwyd ei ben mewn anobaith.

Pennod 40

Roedd Ceinwen Morris ymhell o fod yn hapus â'r penderfyniad i ddweud y cwbwl wrth Ditectif Sarjant Jeff Evans, ac roedd Rhys Rowlands yn llai sicr fyth. Er gwaethaf hynny, daethant i'r casgliad mai dyna oedd yr unig ddewis a oedd ganddynt. Wedi'r cyfan, roedd y ddau yn ffyddiog nad oedden nhw wedi gwneud dim o'i le. Wel, dim byd anghyfreithlon fyddai o ddiddordeb i'r heddlu, beth bynnag.

Am ddeg o'r gloch y bore hwnnw canodd ffôn Jeff tra oedd o'n trafod cam nesaf yr ymchwiliad gyda Lowri Davies yn ei swyddfa. Yn ôl y derbynnydd, roedd Mrs Morris a Mr Rowlands wrth y cownter yn mynnu ei weld ar unwaith.

'Mae'r cynllun wedi gweithio,' meddai wrth y D.B.A. 'Ro'n i'n amau y bysan nhw'n bachu ar ôl i ni siarad efo hi ddoe am berthynas ei gŵr a'r ddau arall. Ydach chi'n dod efo fi?'

Eisteddai Ceinwen a Rhys yn agos iawn at ei gilydd pan gyrhaeddodd Jeff a Lowri atyn nhw, fel petaent yn dibynnu ar ei gilydd am nerth a chymorth. Roedd pryder ac ansicrwydd ar wynebau'r ddau. Sylwodd Jeff na allai Rhys stopio chwarae efo'i ddwylo, ac roedd ei lygaid yn gwibio i bob cyfeiriad yn hytrach nag edrych arno fo a Lowri. Mewn cyferbyniad llwyr, edrychai Ceinwen yn syth arnynt, gan awgrymu i Jeff mai hi oedd y bòs yn eu perthynas.

Ceinwen Morris ddechreuodd y drafodaeth.

'Dydw i ddim wedi bod yn hollol agored efo chi. Na Rhys chwaith,' meddai.

'Ynglŷn â'ch perthynas, dach chi'n feddwl?'

Edrychodd Ceinwen Morris a Rhys Rowlands ar ei gilydd yn swil, ond roedd yr euogrwydd yn llawer mwy amlwg ar wyneb Rhys. Wedi'r cyfan, ei wraig o oedd yn gorwedd yn farw.

'Ia. Rydan ni wedi bod yn gariadon ers peth amser,' cyfaddefodd Ceinwen.

'Peidiwch â gweld bai arnon ni am hynny, Mr Evans,' meddai Rhys. 'Doedd 'run ohonan ni isio brifo neb, ond mae'r petha 'ma'n digwydd o dro i dro, yn tydyn? Ond rywsut, ma' petha wedi mynd dros ben llestri erbyn hyn.'

'A sut mae hyn yn effeithio ar ein hymchwiliad ni i lofruddiaeth Rhian?' gofynnodd Lowri Davies.

'Dydi o ddim,' atebodd Ceinwen Morris yn syth. 'Ond mae gen i wybodaeth sy'n gwneud i mi feddwl 'mod i'n gwybod pam y cafodd hi ei lladd.' Oedodd am funud wrth geisio dewis y ffordd orau i ddweud yr hyn oedd ganddi ar ei meddwl.

Gwyddai'r ddau dditectif fod yn rhaid iddyn nhw bwyllo, a pheidio â rhoi'r ddau dan ormod o bwysau. Gan fod y ddau wedi dod yno o'u gwirfodd, gwell oedd rhoi'r rhyddid iddyn nhw ddweud popeth yn eu hamser eu hunain.

'Mae'n rhaid i chi ddallt,' mynnodd Ceinwen Morris, 'er 'mod i'n gwybod hyn ers peth amser, wnes i ddim sylweddoli'r arwyddocâd tan ein sgwrs ddwytha ni. Dyna pryd y sylweddolis i fod 'na gysylltiad agos rhwng Gareth, Tom Elias ac Ifor Lewis.' Oedodd eto, ac ochneidiodd yn uchel. 'Wrth gwrs, roedd perthynas Rhys a finnau'n 'i gwneud hi'n anoddach hefyd, fel y deallwch chi, dwi'n siŵr.

Yr euogrwydd ... ond ta waeth am hynny rŵan. Dridiau cyn iddi gael ei mwrdro, mi glywodd Rhian sgwrs ffôn yn swyddfa Elias, rhyngddo fo a rhyw Wyddel. Roedd hi'n poeni gymaint am be glywodd hi, mi ddeudodd y cwbwl wrtha i yn ddiweddarach y diwrnod hwnnw. Doedd hi ddim yn gwybod be i wneud, dach chi'n gweld. Dyna pam roedd hi'n ymddwyn ychydig yn nerfus yn ystod ei dyddiau olaf.'

'Be glywodd hi?' gofynnodd Jeff yn awchus, er gwaethaf ei benderfyniad i beidio ymyrryd.

'Sôn am smyglo cyffuriau i mewn i'r wlad, ym moliau ceffylau rasio neu rwbath. A bod 'na lwyth mawr i fod i gyrraedd yn fuan. Mi ddeudodd y Gwyddel y bysa fo ei hun yn edrych ar ôl y trosglwyddo y tro yma, i wneud yn saff bod y cwbwl yn cyrraedd pen y daith yn saff.'

Caeodd Jeff ei lygaid, ac ochneidiodd yntau'n uchel hefyd. Deallodd yn syth mai Flynn oedd y Gwyddel, wedi cael ei yrru i ofalu am eiddo Seamus Ryan. Sylweddolodd nad ffonio Rhian yn swyddfa Tom Elias wnaeth o, ond ffonio Elias ei hun. Cyd-ddigwyddiad felly oedd diddordeb Simon Flynn, y llofrudd cyfresol, yn Rhian, oedd o'r un edrychiad yn union â Siobhan Monaghan a Mary Walsh. Sylweddolodd Jeff a Lowri ar unwaith eu bod wedi canolbwyntio ar y trywydd anghywir ar hyd yr amser. Oedd, roedd Flynn wedi bod yn ffonio swyddfa Elias a swyddfa Lorris Morris, ond am reswm hollol wahanol – a chyn i Rhian, ac efallai Megan, ddeffro'i chwant ffiaidd. Dyna a'i hysgogodd i chwilio o gwmpas siopau gwerthu tai eraill yr ardal.

'A be wnaethoch chi efo'r wybodaeth yma?' gofynnodd Lowri Davies tra oedd Jeff yn dal i bendroni dros y datganiad rhyfeddol ac annisgwyl.

'Wel, ro'n innau, erbyn hynny, yn yr un sefyllfa â hi, a do'n i ddim yn gwybod be i'w wneud. Roedd Rhian hyd yn oed yn bwriadu mynd i Blas Gwenllïan, i weld a allai hi ddarganfod mwy cyn mynd at yr heddlu. Ond mi ddeudis i wrthi am beidio – mi fysa hynny'n rhy beryg. Gan na wyddwn i be arall i wneud, mi ddeudis i wrth Gareth am yr alwad, heb wybod am y cysylltiad rhyngddo a Tom Elias. Felly, mi aeth yr wybodaeth fod Rhian yn ymwybodol o'r smyglo yn syth yn ôl at Elias – ac mae'n sefyll i reswm felly fod y Gwyddel yn gwybod hefyd. A dyna pam y gwnaethon nhw'i lladd hi. A fi oedd yn gyfrifol!' Dechreuodd wylo, a rhoddodd Rhys ei fraich amdani heb geisio cuddio'i gariad tuag ati.

Edrychodd Lowri Davies a Jeff ar ei gilydd. Ni allai'r un o'r ddau fod yn bendant a oedd Ceinwen Morris yn ddiffuant.

'Pam na ddeudoch chi hyn wrthan ni ynghynt, Mrs Morris?' gofynnodd Jeff. 'Mi ydach chi wedi cael digon o gyfle.'

'Mi oedd gen innau gymaint i'w guddio, ond yn fwy na hynny mi rybuddiodd Gareth fi i beidio agor fy ngheg wrth neb. Ac yn sicr ddim i'r heddlu. Mae o'n medru bod yn uffar brwnt, 'chi. Wnes i ddim hyd yn oed deud wrth Rhys tan neithiwr ... naddo Rhys?' meddai, gan droi ato.

Nodiodd Rhys ei ben mewn cadarnhad.

'Oedd Rhian yn gwybod pryd oedd y smyglo yma i fod i ddigwydd?' gofynnodd Lowri Davies.

'Yn fuan, medda hi,' atebodd Ceinwen. 'Dyna'r cwbwl oedd hi wedi medru 'i gasglu.'

'Be wnawn ni rŵan felly?' gofynnodd Rhys Rowlands. 'Ydan ni'n saff, ar ôl dod yma a deud y cwbwl wrthach chi?'

'Pwy sy'n gwybod eich bod chi yma heddiw?' gofynnodd Jeff.

'Neb. Neb o gwbwl,' atebodd y ddau.

'Os felly, ymddwyn yn berffaith naturiol ydi'r peth gorau i'w wneud. A pheidiwch â thrafod y peth efo neb, dim hyd yn oed efo'ch gilydd, o hyn ymlaen. Dim nes bydd pob dim drosodd. Iawn?'

Cytunodd y ddau, ond ni wyddai neb yn yr ystafell beth oedd ystyr 'pob dim drosodd'.

'Wel, mi wyddon ni pam y cafodd Rhian ei llofruddio, Jeff, ond nid gan bwy,' meddai Lowri Davies ar ôl i Ceinwen a Rhys adael gorsaf yr heddlu.

'Nid Simon Flynn wnaeth, mae hynny'n sicr. Mi oedd o dan glo yn fama ar y pryd. Ond ymosodiad rhywiol brwnt, nid llofruddiaeth broffesiynol er mwyn cael gwared ar dyst, oedd llofruddiaeth Rhian,' ystyriodd Jeff. 'Wedi deud hynny, doedd dim tystiolaeth o semen ar ei chorff. Tybed oedd rhywun yn ceisio taflu llwch i'n llygaid ni?' ychwanegodd. 'Be am ystyried am funud mai *hit* broffesiynol oedd hi, wedi'i chuddio i edrych fel trosedd ag iddi ysgogiad rhywiol?'

'Mae hynny'n bosibilrwydd cryf erbyn hyn,' atebodd Lowri Davies. 'Ond pwy allai fod yn gweithio efo Flynn i wneud hynny?'

'Y ddau ar y moto-beic ddaru ei ladd o, tybed? Mae'n edrych yn debyg bod y rheiny wedi cael eu gyrru yma i wneud yn siŵr na fysa Flynn yn agor ei geg yn y ddalfa 'nôl yn Iwerddon. Er mai wynebu cyhuddiadau o ladd Siobhan Monaghan a Mary Walsh oedd o, be os fysa fo'n agor ei geg ynglŷn â'r cyffuriau? Byddai'n rhaid diogelu taith y rheiny

... bosib bod gwerth arian mawr yn y fantol. Wrth gwrs, wyddon ni ddim chwaith lle oedd y motobeicwyr ar y noson y lladdwyd Rhian.'

'Mae hynny'n wir,' cytunodd y D.B.A. 'Mi wna i drefniadau i geisio darganfod mwy am y ddau feiciwr, ond mae'n debyg bod yr atebion dros y dŵr ac allan o'n cyrraedd ni.'

'Dwi ddim isio gadael i'r Prif Uwch Arolygydd Cullingham wybod be 'dan ni newydd 'i ddysgu, am y tro o leia,' meddai Jeff. 'Wnewch chi oedi am awr neu ddwy cyn dechrau holi, D.B.A.? Mae gen i un neu ddau o betha y byswn i'n lecio'u gwneud gynta – rhag ofn nad oes ganddon ni lawer o amser cyn i'r cyffuriau gyrraedd.'

'Dilynwch eich trwyn felly.' Gwenodd Lowri Davies arno. 'A pheidiwch â bod yn hir,' galwodd ar ei ôl wrth iddo ddiflannu trwy'r drws.

Yn ôl ei swyddfa ei hun, cododd Jeff y ffôn.

'Aisling? Jeff yng Nglan Morfa.'

'Jeff! Sut mae petha'n mynd draw yng Nghymru 'cw?'

'Ffafr fechan dwi angen, plis, ac ar frys hefyd,' meddai Jeff, gan anwybyddu'r cwestiwn. 'Allwch chi gael gafael ar faniffesto pob fferi sy'n gadael Dulyn heddiw ac am y dyddiau nesa, i edrych oes rhai o gerbydau Ceffylau Rasio Ryan wedi trefnu i ddod drosodd i Gaergybi?'

'Fydd hynny ddim problem, Jeff. Pam?'

'Rwbath i'w wneud â llofruddiaeth Rhian, ac un Flynn hefyd, o bosib. Ond gwnewch yn siŵr nad ydi'r cais yn mynd yn agos i glustiau Cullingham, na 'run o'ch cyd-weithwyr chi i lawr yn y porthladd.'

'Fydd hynny ddim yn broblem chwaith, Jeff. Mae gen i

gyfaill yn gweithio i lawr yn y swyddfa yno, a fydd neb yn gwybod mai fi sy'n gofyn. Ddo i yn ôl atoch chi cyn gynted ag y medra i. O, gyda llaw,' ychwanegodd, 'dyn golygus ydi fy nghyfaill i yno,' meddai, gan chwerthin.

Chwarddodd Jeff hefyd, gan sylweddoli na fyddai ei gamgymeriad anffodus yn mynd yn angof am sbel.

Cododd Jeff y ffôn am yr eilwaith.

'Elis Jones! Sut mae'r hwyl? Jeff Evans sy 'ma, o orsaf yr heddlu,' meddai pan gyfarchwyd ef gan lais ar yr ochr arall i'r lein.

'Wel helô, Jeff. Sut wyt ti ers tro byd?' atebodd y milfeddyg.

'Iawn, diolch i ti, Elis. Gwranda, mae gen i gwestiwn dipyn bach yn anarferol i ti. Does gen i ddim llawer o amser i esbonio, ac mae hyn yn hynod o bwysig. Pa mor anodd fysa hi i rywun smyglo cyffuriau i mewn i'r wlad ym mol ceffyl?'

'Fysa hi ddim yn anodd o gwbwl i gael pecyn i lawr i'r stumog, yn y ffordd iawn, a chyn belled â bod y ceffyl dan rywfaint o anaesthetig. Ei gael o allan fysa'r broblem. Fysa pecyn o gyffuriau byth yn medru pasio trwodd ar ei ben ei hun fel y bysa fo'n pasio trwy berson dynol, felly mi fysa'r pecyn yn aros yn y stumog ac yn blocio'r coluddyn nes y bysa'r anifail druan yn mynd yn sâl. Yr unig ffordd o'i gael o allan fysa agor y bol, a fysa dim modd i'r ceffyl oroesi.'

'Faint o gyffuriau fysa rhywun yn medru ei roi ym mol ceffyl rasio?'

'Argian, dim! Mae ceffylau rasio'n fwy gwerthfawr o lawer na'r swm o gyffuriau y bysa'u boliau nhw'n ddal. Ond ceffyl cyffredin? Mi fysa rhywun creulon a diegwyddor yn gallu rhoi cymaint â'r hyn fysa'n cyfateb i ddau fag o siwgr ym moliau'r rheiny.'

‘Diolch, Elis. Dyna’r cwbwl dwi isio’i wybod am rŵan, diolch i ti. A dim gair wrth neb, os gweli di’n dda.’

‘Siort orau,’ atebodd y milfeddyg. Roedd o’n adnabod Jeff yn ddigon da i wybod nad oedd diben holi mwy.

Ar ôl yr alwad honno, ffoniodd Jeff y Pencadlys i holi a oedd modd hedfan hofrennydd yr heddlu yn uchel dros dir Plas Gwenllïan, a thynnu lluniau er mwyn darganfod unrhyw dystiolaeth o gloddio sylweddol diweddar yno. Yna, aeth Jeff allan o’r adeilad ar droed. Cerddodd ar hyd y stryd fawr ac aeth i mewn i’r caffi gyferbyn â swyddfa Tom Elias. Diolchodd nad Megan oedd yn gweini wrth archebu paned o goffi ac eistedd ger y ffenest. Roedd o’n awyddus i ddarganfod a oedd Elias ei hun yn yr adeilad. Cyn bo hir, daeth Elias allan o’i swyddfa yn y cefn, a siarad hefo Susan cyn cerdded allan i’r stryd. Disgwyliodd Jeff am rai munudau ac yna gwelodd gar Tom Elias yn pasio’r caffi. Cododd, a chroesodd y ffordd tuag at y siop.

‘Helô, Susan,’ meddai wrth agor y drws. ‘Dim ond pasio a meddwl byswn i’n dod i weld sut ydach chi.’

‘Go lew diolch, Sarjant Evans. Ond fedra i yn fy myw gael y busnes ’ma allan o ’mhen. Dwi, fel gweddill pobol y dre ’ma, ofn bod y llofrudd yn dal yn rhydd o gwmpas y lle.’

‘Does ’na ddim achos i chi boeni,’ meddai Jeff i dawelu ei meddwl. ‘Dim ond isio gofyn o’n i a oedd Rhian yn un dda am gadw nodiadau?’

‘Oedd, mi oedd hi. Mi fydda hi’n deud yn rheolaidd bod ganddi gof fel gogor, a dyna’r unig ffordd roedd hi’n cofio petha.’

‘Yn lle oedd hi’n gwneud ei nodiadau?’ gofynnodd.

‘Yn y dyddiadur yma,’ atebodd Susan, gan ymestyn am y llyfr trwchus wrth ei hochr.

'Ga i ei weld o, os gwelwch yn dda?'

Pasiodd Susan y dyddiadur iddo ac edrychodd Jeff trwyddo. Gwelodd yn syth fod y llyfr yn cael ei ddefnyddio i nodi pob apwyntiad a digwyddiad yn y swyddfa. Sylwodd hefyd fod tudalen wedi'i rhwygo allan – y dudalen ar gyfer y dydd Mawrth cyn i Rhian ddiflannu.

'Be ddigwyddodd i'r dudalen yma?' gofynnodd.

'Does gen i ddim syniad,' atebodd Susan.

'Pwy arall sy'n defnyddio'r dyddiadur?'

'Neb ond Mr Elias a finna ... a Rhian, wrth gwrs.'

'Ga i gymryd 'i fenthyg o?' gofynnodd.

'Wel, dwn i ddim wir, Sarjant. Mae'r dyddiadur yn bwysig i Mr Elias a finna ar gyfer apwyntiadau ac yn y blaen.'

'Gwnewch gopi o'r nodiadau ar gyfer y dyddiau nesa, os liciwch chi, ac mi ddo i â fo yn ôl ymhen dim.'

'Wel ... ocê,' cytunodd.

Yn ôl yn y swyddfa, defnyddiodd Jeff gyllell finiog i grafu plwm oddi ar flaen pensil i wneud llwch. Agorodd y dyddiadur a defnyddiodd ei fys i rwbio'r llwch yn ysgafn ar y dudalen oddi tan yr un oedd ar goll. Gwelodd yr argraff yn ymddangos o flaen ei lygaid. Darllenodd y geiriau: 'Cyffur – gwerth miloedd – ceffylau – Werddon – angen tyllu digon i gladdu pedwar'. Doedd dim amheuaeth erbyn hyn. Doedd yma ddim llawer mwy o wybodaeth nag a gafwyd gan Ceinwen Morris, ond o leia roedd yr wybodaeth honno erbyn hyn wedi ei chadarnhau.

Canodd y ffôn ar ei ddesg.

'Helô Aisling,' atebodd Jeff. 'Gawsoch chi unrhyw lwc?'

'Do. Mae staff Seamus Ryan yn mynd â saith o geffylau drosodd ar y fferi heno – yr un sy'n hwylio o Ddulyn am ugain munud i naw heno ac yn cyrraedd Caergybi am hanner nos.'

'Sawl cerbyd?'

'Dim ond un. Scania fawr, digon i gario saith ceffyl i gyd.'

'Diolch, Aisling. Dim gair wrth neb os gwelwch yn dda.'

'Eith o ddim pellach, Jeff. Dwi'n addo.'

Aeth Jeff trwodd i swyddfa Lowri Davies a throsglwyddo'r cyfan iddi.

Cododd Lowri Davies ar ei thraed a chamodd o amgylch yr ystafell yn araf wrth iddi bendroni am y sefyllfa a'r cam nesaf y dylid ei gymryd.

'Ddylen ni arestio'r tri rŵan, Jeff, neu ddisgwyl i weld be sydd yn y lorri geffylau?'

'Wyddon ni ddim i sicrwydd be fydd ar y lorri, D.B.A. Ei dilyn hi fyswn i. Cadw golwg ar Blas Gwenllïan a neidio arnyn nhw unwaith y byddwn ni'n siŵr o'n pethau. Bydd angen i ni baratoi'r cyrch yn fanwl, ac mi fysa'n well i ni ofyn am gefnogaeth yr adran ddrylliau hefyd.'

Canodd y ffôn ac atebodd Jeff. Gwrandawodd yn astud a rhoddodd y ffôn yn ôl i lawr ar ei grud gan ddiolch i'r galwr.

'Adran yr hofrennydd oedd hwnna,' meddai wrth Lowri. 'Nid yn unig mae 'na olion cloddio mawr yn agos i'r goedwig yng nghefn Plas Gwenllïan, ond mae 'na JCB yn tyllu yno ar hyn o bryd.'

Edrychodd y ddau ar ei gilydd.

'Does dim llawer o amser i baratoi felly, nac oes?' gofynnodd Lowri Davies. 'Ac mae'n rhaid i ni gofio nad ymgyrch i atal smyglo cyffuriau i Brydain yn unig ydi'n huchelgais ni, Jeff, ond darganfod pwy lofruddiodd Rhian Rowlands.'

Pennod 41

Y noson honno gwyliodd Jeff Evans oleuadau'r fferi yn ymddangos rownd morglawdd Caergybi am ugain munud i hanner nos, a bagio i mewn i'w doc yn yr un modd ag y byddai'n ei wneud bob noson arall. Ond nid noson arferol oedd hon. Roedd nifer o blismyn arfog yn cuddio yn y tywyllwch o amgylch Plas Gwenllïan, a phob un yn gwisgo cyfarpar i allu gweld yn glir yn y nos.

Gwnaethpwyd penderfyniad i beidio ymyrryd â'r plismona arferol yn y porthladd, na gadael i'r swyddogion yno wybod am yr ymgyrch, er mwyn sicrhau fod popeth mor naturiol â phosib. Safai Jeff ymhell o'r neilltu, ond yn ddigon agos i allu gweld y lorri geffylau Scania fawr, a'r geiriau Ceffylau Rasio Ryan ar ei hochr, yn gyrru oddi ar y fferi a chymryd ei lle yng nghanol yr holl gerbydau eraill. Dilynodd llygaid Jeff y cerbyd tra oedd y gyrrwr yn cael ei holi gan un o blismyn y porthladd a gwelodd damaid o bapur yn cael ei roi yn llaw'r heddwas gan y gyrrwr. Enw pa geffyl a pha ras oedd y tip heno, myfyriodd Jeff? Cododd y gyrrwr ei law a gwnaeth yr heddwas yr un peth. Ar ôl gwylio'r Scania fawr yn gadael y porthladd ymysg y degau o gerbydau eraill, neidiodd Jeff i'w gar ac ymuno â'r ciw a'i dilyn ar hyd yr A55. Trodd y Scania oddi ar y briffordd yn y gyffordd oedd yn arwain tuag at Blas Gwenllïan. Dilynodd Jeff o bell, heb fod yn ymwybodol fod pethau eisoes wedi dechrau mynd o'i le.

Galwodd Tom Elias yn ei siop yn gynharach y noson honno i wneud ychydig o waith papur, a methodd ddod o hyd i ddyddiadur y swyddfa. Ffoniodd gartref Susan a deall fod Ditectif Evans wedi ei fenthyca, ond ei fod wedi addo dod â fo yn ei ôl ymhen diwrnod neu ddau. Eisteddodd Tom Elias i lawr yn drwm yn y gadair tu ôl i ddesg Susan. Pam oedd Evans wedi mynd â'r dyddiadur? Roedd o wedi rhwygo'r dudalen ddamniol allan, ond pam, tybed, roedd Evans yn cymryd gymaint o ddiddordeb ynddo?

Ffoniodd rif ffôn symudol Gareth Morris ond nid oedd y ffôn ymlaen. Penderfynodd drio rhif ffôn Pedwar Gwynt. Fyddai o byth yn gwneud hynny fel arfer ond roedd yn rhaid iddo gael gafael arno i drafod y digwyddiad yn syth. Ni roddodd ei enw i Ceinwen pan atebodd y ffôn, ond cafodd wybod nad oedd Gareth gartref, ac nad oedd ei wraig yn gwybod lle oedd o na phryd y byddai'n cyrraedd yn ôl. Ceisiodd alw rhif ffôn symudol Gareth eto ond heb lwc. Gwylltiodd Tom Elias. Gwyddai mai'r unig amser y byddai Gareth yn diffodd ei ffôn oedd pan fyddai'n mynd i hel merched, rhag i rywun allu darganfod ei leoliad drwy ddilyn y signal. Roedd meddwl Elias ar ras erbyn hyn. Oedd Ditectif Evans yn gwybod bod Rhian wedi clywed y sgwrs rhyngddo fo a Flynn? Dechreuodd fynd i banig. Edrychodd ar ei watsh a gweld ei bod hi'n ugain munud wedi deg yn barod. Penderfynodd ffonio Ryan i awgrymu mai'r peth doethaf fyddai rhoi'r gorau i'r ymgyrch heno ac ailddechrau'r diwrnod canlynol os byddai popeth yn iawn. Ond doedd Seamus Ryan ddim yn cytuno.

Roedd Brendan Maguire yn wallgof pan gafodd alwad gan Ryan yn egluro beth oedd yn digwydd yng Nghymru. Gorchmynnodd hwnnw i'r ymgyrch fynd yn ei blaen costied a gostio, gan fynnu y dylid symud y cyffuriau gwerthfawr cyn gynted â phosib yn hytrach nag aros tan y diwrnod canlynol i'w cludo i Loegr. Wedi i'r alwad ddod i ben, deialodd Maguire rif cyfarwydd, un a oedd mor gyfrinachol fel nad oedd yng nghof ei ffôn.

Trosglwyddwyd gorchymyn y Gwyddel i Tom Elias, gan ei atgoffa unwaith yn rhagor am fodolaeth y lluniau. Roedd yn rhaid symud y cyffuriau yn y lorri o Blas Gwenllïan yn syth ar ôl eu hadennill, ac roedd y trefniadau yn eu lle i gyfarfod y cyswllt o ganolbarth Lloegr. Dechreuodd Elias deimlo'n sâl. Roedd ei stumog yn corddi a bu bron iddo gyfogi. Ceisiodd alw ffôn symudol Gareth eto. Dim ateb. Roedd y ffôn yn dal i fod wedi'i ddiffodd. Edrychodd ar ei watsh. Roedd hi newydd droi un ar ddeg erbyn hyn, a doedd dim llawer o amser. Ffoniodd rif ffôn Ifor Lewis.

'Ti ar dy draed yn hwyr iawn, Tom. Bob dim yn iawn, gobeithio?' meddai.

'Iawn? Blydi iawn? Nac'dyn! Mae'r diawl Evans 'na wedi bod yn y swyddfa 'ma heddiw ac wedi cael gafael ar y dyddiadur.'

'Cheith o ddim gwneud y fath beth heb warant,' atebodd y cyfreithiwr yn syth.

'Dydi hi ddiawl o bwys gin i be ma'r gyfraith yn ddeud, y lwmpyn dwl. Jyst meddylia am y canlyniadau. A fedra i ddim cael gafael ar Gareth. Mae o wedi dewis uffar o noson i fynd i hel ei din.'

'Paid ti â phoeni am Gareth. Mi wn i lle i gael gafael arno fo, ac mi fydd o acw i nôl y stwff mewn da bryd.'

'Well i ti ddeud wrtho fo am frysio,' meddai Elias. 'Dwi'n bell o fod yn fodlon efo hyn i gyd.'

Gadawodd Tom Elias ei swyddfa a gyrru i Blas

Gwenllïan, er y byddai'n llawer gwell ganddo fod yn ddigon pell oddi yno. Dyn busnes llwyddiannus oedd o, nid troseddwr dwy a dimai yn stelcian yn y cysgodion.

Mewn gwirionedd, doedd Ifor Lewis ddim yn hapus chwaith. Dechreuodd ystyried y datblygiad diweddaraf, a sut y gallai achub ei groen ei hun petai'r gath yn dod allan o'r cwd.

Am chwarter wedi hanner nos, parciodd Porsche gyriant pedair olwyn Gareth Morris o flaen Plas Gwenllïan.

'Be 'di'r holl helynt?' gofynnodd i Tom Elias.

Gwelodd Elias, ac nid am y tro cyntaf yn ystod yr wythnosau diwethaf, fod llygaid Gareth yn llydan ac yn wyllt, er nad oedd arogl alcohol ar ei wynt. Edrychai fel petai wedi'i gynhyrfu.

'Be ddiawl sy haru chdi yn mynd ar goll ar noson fel heno?'

'Pam lai? Does 'na ddim byd i fod i ddigwydd am o leia hanner awr arall, nagoes?'

'Chdi a dy ferched,' poerodd Elias, cyn rhannu digwyddiadau'r ddwyawr flaenorol hefo fo.

'Ti'n gweld,' pwysleisiodd Elias, 'ma' raid bod yr heddlu yn gwybod bod rwbath wedi cael ei sgwennu ar y dudalen 'na yn y dyddiadur. Jyst meddylia. Sut fysan nhw wedi medru dysgu hynny? Ceinwen, dy wraig *di*, ydi'r unig un arall sy'n gwybod am y peth.'

'Fysa'r bitsh fach 'na byth yn meiddio agor ei cheg ar ôl y rhybudd rois i iddi echnos. Beth bynnag, ti wedi dinistrio'r dudalen, medda chdi.' Roedd ei eiriau yn frysiog a'i lais yn uchel.

'Wel do, siŵr iawn, ond be tasan nhw'n medru gweld ôl be sgwennodd Rhian ar y dudalen oddi tani?'

'Na, mi fysa'n rhaid iddyn nhw yrru'r llyfr i'r labordy i wneud peth fel'na.'

'Ond mae Ceinwen yn gwybod y cwbwl, yn tydi?' meddai Elias.

'Ydi,' cytunodd Morris.

'Ac ar ben pob dim,' parhaodd Elias, 'mae Ryan a'r dyn Maguire 'na'n mynnu bod petha i gario 'mlaen fel y trefnwyd. Ond mae o isio i ti fynd â'r cocên lawr i ganolbarth Lloegr heno, yn syth ar ôl iddo gael ei dynnu o foliau'r ceffylau.'

'Does dim problem efo hynny. Mae llwyth cyfreithlon y lorri wedi'i lwytho'n barod, a dim ond dod â hi yma sy raid. Mi fydda i yn f'ôl erbyn i'r Gwyddelod wneud eu gwaith, ac mi gychwynna i'n syth o fama.'

'Wel dos rŵan 'ta, Gareth. Mi fydd y ceffylau yma mewn chydig funudau.'

O'u cuddfannau yn y pellter, gwelodd yr heddlu y Porsche yn gadael. Ond gwyddai Lowri Davies, a oedd yn arwain y fenter o orsaf heddlu Glan Morfa, nad dyma'r amser i symud. Byddai'n rhaid aros i'r ceffylau – a'r cyffuriau – gyrraedd y Plas. Ond fyddai dim rhaid aros yn hir.

Ychydig ar ôl hanner awr wedi hanner nos cyrhaeddodd y Scania foethus stablau Plas Gwenllïan i dorri taith rhai o'r ceffylau oedd ynddi rhwng Swydd Kildare a chyfarfodydd rasio Uttoxeter, Epsom a Cheltenham. Fyddai gweddill yr anifeiliaid ynddi ddim yn teithio gam ymhellach.

Disgwyliai'r heddlu'n amyneddgar. Roedd un o'r ditectifs yn rhoi disgrifiad manwl o bob digwyddiad a symudiad i Lowri Davies dros ei radio. Daeth y cerbyd mawr i stop ger y stablau yng nghefn y gwesty ac agorwyd y drysau ôl. Hebryngwyd tri cheffyl rasio gwerthfawr i dri gwahanol stabl, a gyrrwyd y cerbyd mawr ymhellach draw tuag at y giât a arweiniai i'r caeau y tu ôl i'r stablau a'r goedwig tu hwnt. Ymddangosodd Tom Elias o'i gar a daeth y Scania i stop eto. Agorwyd y drysau ôl unwaith yn rhagor, a'r tro yma arweiniwyd pedair merlen fechan allan ohoni gan ddau o ddynion y lorri. Tynnodd un ohonynt ffôn symudol o'i boced a siaradodd iddo am eiliad yn unig. Ymhen amrantiad, ymddangosodd beic modur Kawasaki yn cario dau ddyn mewn dillad lledr du a helmedau o'r un lliw. Daeth y beic i aros wrth y giât er mwyn i'r dynion mewn du allu goruchwylio'r fenter.

Ym mhen pellaf y cae, arweiniwyd un o'r merlod allan o olwg y tair merlen arall a rhoddwyd pigiad iddi. Disgynnodd i'r ddaear. Heb oedi, aeth un o ddynion y Scania o gwmpas ei waith tra oedd y llall yn dal tortsh bwerus uwch ei ben.

Fel yr oedd y tiwbiau silicon yn cael eu tynnu o fol y ferlen, rhoddwyd y gair i'r heddlu symud. Mewn eiliad trodd tywyllwch y nos yn ddydd, a chlywyd lleisiau'n bloeddio dros uchelseinydd.

'Heddlu arfog! Gorweddwch ar y ddaear ac arhoswch yn llonydd!'

Rhuthrodd dwsinau o ddynion mewn dillad tywyll yno o bob cyfeiriad. Disgynnodd y ddau Wyddel i'r llawr yn unol â'r gorchymyn, a gwnaeth Tom Elias yr un fath, mewn dychryn. Ond roedd gan y ddau fotobeiciwr syniadau amgenach. Roedd y gorchymyn a gawsant gan Brendan Maguire yn eglur ac yn bendant, ac nid oedd anufuddhau yn opsiwn. Gwyddai'r ddau beth fyddai'n rhaid iddynt ei wneud pe byddai pethau yn mynd o chwith. Agorwyd sbardun y Kawasaki pwerus ac mewn chwinciad roedd y beic wrth ochr Tom Elias, a oedd yn gorwedd ar y ddaear. Clywyd dwy ergyd sydyn o wn y teithiwr, a threiddiodd y bwledi i ymennydd yr asiant tai a'i yrru i ebargofiant. Yn yr un eiliad, ac ynghanol y dryswch, trodd y beic yn ei unfan a gwibiodd heibio i Blas Gwenllïan ac ar hyd y lôn gul i gyfeiriad y ffordd fawr. Taniwyd hanner dwsin o ergydion o ynnau'r heddlu ar ôl y beic, ond doedd dim gobaith eu rhwystro rhag dianc.

Doedd Jeff Evans ddim ymhell, a phan sylweddolodd fod yr heddlu wedi dechrau symud gyrrodd ei gar yn nes. Clywodd yr ergydion yn y pellter ac fel yr oedd o'n agosáu at giât gul y plas clywodd sŵn y beic modur yn cyflymu i'w gyfeiriad. Doedd dim rhaid iddo ofyn beth oedd ar droed. Ni fu gobaith ganddo i rwystro'r llofruddwyr proffesiynol y tro diwethaf yng Nghaergybi, ond gwyddai fod ganddo gyfle y tro hwn. Diffoddodd lampau'r car lathen neu ddwy o geg dreif y plasty ac ymhen dim gwelodd olau'r beic yn dod i'w gyfeiriad ar gyflymder. Ni wyddai Jeff hynny, ond roedd y beic yn teithio mor gyflym nes bod ei olwyn flaen yn codi oddi ar y ffordd. Fel y nesaodd y beic at geg y dreif, tarodd troed Jeff ar y sbardun yn sydyn a neidiodd y car yn ei flaen fel ei fod ar draws ceg y lôn gul. Caeodd ei lygaid i ddisgwyl am y glec. Doedd dim rhaid iddo ddisgwyl yn hir. Tarodd y beic ochr teithiwr y car ar gyflymder dychrynllyd a lluchiwyd y ddau ddyn oddi arno fel catapwlt. Neidiodd Jeff allan o'r car a rhedodd i chwilio amdanynt. Yng ngolau'r lampau blaen gwelodd un corff yn y ffos ar yr ochr arall i'r ffordd. Aeth ato a darganfod gwn awtomatig tu mewn i'w gôt ledr. Gwnaeth Jeff y gwn yn saff. Ni wyddai ar y pryd fod gwddf y dyn wedi'i dorri. Trodd i gyfeiriad y llall a'i glywed yn griddfan yn ddistaw ymysg y llystyfiant. Chwiliodd am wn arall, ond doedd yna 'run. Er gwaethaf anafiadau'r dyn, rhoddodd Jeff efynnau llaw am ei arddyrnau. Doedd o ddim yn un i gymryd siawns mewn sefyllfa fel hon.

Yn y pellter, roedd un o gerbydau Lorris Morris yn dynesu at gyffiniau Plas Gwenllïan, a Gareth Morris wrth y llyw. Ei fwriad oedd casglu'r pecynnau yn unol â chyfarwyddiadau Ryan a Maguire, a chychwyn yn syth ar y daith hir i ganolbarth Lloegr. Ychydig dros hanner milltir o'r gwesty gwelodd Gareth Morris y goleuadau llachar anarferol, a goleuadau glas yn eu plith. Stopiodd y lorri a dechrau ei throi rownd, ond heb wybod yn iawn beth i'w wneud am y gorau. Methodd wneud penderfyniad rhesymol. Oedd popeth ar ben? Y busnes a adeiladwyd ganddo o ddim byd, ei fywyd cyfforddus, ei gyfoeth, ei enw da yn y gymuned – a allai o achub unrhyw un ohonynt? A'r cwbwl oherwydd ei wraig wirion. Pwy arall ond Ceinwen a allai fod wedi sôn wrth yr heddlu am yr hyn a glywodd Rhian ar y ffôn? Roedd Rhian wedi dioddef ... a byddai'n rhaid i Ceinwen wneud yr un peth.

Gwichiodd y lorri i stop o flaen Pedwar Gwynt a neidiodd Gareth Morris allan ohoni. Gwelodd fod golau yn y lolfa, a olygai fod Ceinwen ar ei thraed o hyd. Aeth i'r ystafell a ddefnyddiai'n swyddfa, cymerodd allwedd i ddatgloi drôr yn y ddesg a thynnodd bastwn bychan allan ohoni, un tebyg i'r rhai a ddefnyddid gan blismyn ers talwm, ond ychydig llai. Cyn cau'r drôr cymerodd eiliadau ychwanegol i agor un o'r pacedi bychan oedd ynddi a thynnodd fymryn o bowdwr gwyn ohono. Rhoddodd y powdwr ar gefn ei law, codi'i law at ei drwyn ac anadlu i mewn yn ddwfn.

O fewn eiliadau roedd y cyffur wedi treiddio drwy ei waed ac i'w ymennydd. Roedd wedi hen arfer â defnyddio cocên erbyn hyn. Roedd yn mwynhau rhyw gymaint yn fwy dan ei effaith, ac roedd y profiad yn un gwell fyth pan fyddai'r merched oedd yn ei gwmni dan ei effaith hefyd, fel y profodd yn gynharach y noson honno. Ond doedd dim ond un peth ar ei feddwl yn awr. Yn llawn o'r egni annaturiol a roddodd y cyffur iddo, brasgamodd drwy'r tŷ.

'Ceinwen, y bitsh,' gwaeddodd ar dop ei lais, gan gicio drws yn lolfa yn agored gyda chlec.

Doedd dim golwg ohoni. Rhedodd i fyny'r grisiau ddwy stepen ar y tro, a gyda'i holl nerth gwthiodd ddrws eu llofft yn agored a rhoi'r golau ymlaen. Roedd yr ystafell yn wag a'r gwely heb ei ddefnyddio.

'Lle wyt ti'r gotsan hyll?' bloeddiodd yn orffwyll.

Chwiliodd bob ystafell yn fanwl fesul un cyn mynd yn ei ôl i lawr y grisiau. Yna cafodd syniad. Tynnodd ei ffôn allan o'i boced a galwodd ffôn symudol ei wraig. Yn y distawrwydd gwrandawodd, ac ar ôl eiliad o glywed dim byd ond curiad ei galon ei hun, clywodd ffôn ei wraig yn canu yn y pellter. Dilynodd y sŵn i'r toiled i lawr y grisiau. Trodd handlen y drws a'i gael ar glo.

'Ceinwen, ty'd allan o fanna.'

Ni chafodd unrhyw ymateb.

'Ceinwen, mi dorra i'r drws 'ma i lawr.'

Dim ymateb.

Rhoddodd Gareth Morris holl nerth ei ysgwydd yn erbyn y drws ond ni symudodd. Safodd yn ôl a rhoddodd gic nerthol iddo. Dechreuodd y ffrâm symud a chlywodd sgrech o'r ochr arall iddo. Ciciodd eto ac eto, hyd nes y malodd pren y ffrâm yn rhacs. Gwelodd ei wraig wedi'i gwasgu ei hun i gornel bellaf yr ystafell fechan, ei ffôn yn ei llaw. Roedd ei hwyneb ofnus fel y galchen. Gyda'r pastwn yn ei law tarodd Gareth hi ar draws ochr ei phen a gafaelodd mewn dyrnaid o'i gwallt melyn trwchus. Bloeddiodd hithau a cheisiodd ddefnyddio'i dyrnau i'w harbed ei hun, ond yn ofer. Doedd ganddi ddim gobaith. Llusgodd Gareth hi allan o'r ystafell ac i'r cyntedd.

'Does gin ti ddim syniad be ti 'di wneud, nag oes, yr hwran wirion. Ma' raid i ti dalu am hyn.'

Rhywsut llwyddodd Ceinwen i ddianc o'i afael a rhedodd i'r gegin, yn anelu at un o'r cyllyll miniog yno, ond llwyddodd Gareth i ailafael ynddi cyn iddi eu cyrraedd. Disgynnodd y ddau i'r llawr a syrthiodd y ffôn o law Ceinwen. Ni wyddai'r un o'r ddau fod y cwbwl yn cael ei glywed gan yr heddlu oedd ar yr ochr arall i'r ffôn – ac ni wyddai Gareth Morris ychwaith ei bod hi wedi gwneud galwad arall cyn iddi ffonio'r heddlu.

Neidiodd Gareth ar ben ei wraig, ei ddau ben-glin un bob ochr i'w chorff. Gafaelodd yn ei gwallt eto, a chyda'r pastwn yn ei law arall dechreuodd ei tharo dro ar ôl tro yn ei hwyneb gwaedlyd, chwyddedig.

'Ti 'di dinistrio fy mywyd i,' gwaeddodd wrth barhau i'w tharo. Roedd golwg Ceinwen yn dechrau pylu erbyn hyn.

Cododd Gareth Morris oddi arni a chododd ei sgert i fyny. Rhwygodd ei nicyrs oddi amdani. Gafaelodd yn y pastwn a'i roi o flaen ei thrwyn, gan bwyso i lawr ar ei gwddf ar yr un pryd. Daeth y ddelwedd o Rhian yn yr un sefyllfa yn ôl i'w ben.

'Weli di hwn?' meddai, ei lygaid ar dân. 'Mi wna i i ti sgrechian efo fo ... yn union fel y gwnaeth dy chwaer.'

Yng nghanol yr holl weiddi a chwffio nid oedd Gareth Morris wedi gweld bod rhywun arall wedi dod i mewn i'r ystafell tu ôl iddo. Erbyn iddo sylweddoli hynny, roedd hi'n rhy hwyr. Roedd Rhys Rowlands wedi clywed ei frawddeg olaf, a phan drodd Gareth rownd i'w wynebu trawyd ef yn ei ben gan y sbaner anferth oedd yn llaw Rhys. Roedd yr ergyd yn ddigon i hollti penglog Gareth Morris yn ddarnau.

Rhedodd Jeff Evans i mewn i'r tŷ, ond ddim yn ddigon buan i atal y trawiad.

Cododd Rhys Ellis y sbaner yn uchel uwch ei ben unwaith eto.

'Na, Rhys, paid,' gwaeddodd Jeff.

Gollyngodd Rhys y sbaner a throi ei sylw at Ceinwen, a oedd erbyn hyn wedi agor ei llygaid ac yn ceisio symud.

Ffoniodd Jeff am fwy o blismyn ac am ambiwlans, ac wedi i'r rheiny gyrraedd rhedodd at ei gar a gyrrodd mor gyflym ag y gallai i gyfeiriad Glan Morfa, gan anwybyddu'r cyfyngiadau cyflymder. Doedd dim ateb yng nghartref Ifor Lewis felly aeth yn syth i swyddfa'r cyfreithiwr. Gwelodd olau yno, ac i'w syndod roedd drws y swyddfa ar agor. Aeth i mewn a gwelodd Lewis yn eistedd o flaen cyfrifiadur a'i gefn tuag ato.

'Gweithio'n hwyr heno,' meddai Jeff.

Trodd Lewis rownd.

'Ewch o'ma rŵan,' meddai Lewis. 'Does ganddoch chi ddim hawl i ddod i fama heb warant.'

Edrychodd Jeff ar sgrin y cyfrifiadur a gweld bod Lewis yn gweithio ar ffeiliau cyfrifon ei gleientiaid.

'Fel cyfreithiwr, Mr Lewis, mi ddylech chi fod yn

ymwybodol nad oes angen gwarant arna i i arestio rhywun am fod yn rhan o gynllwyn i ladd, am fod yn rhan o gynllwyn i smyglo cocên i mewn i'r wlad 'ma, na glanhau arian budur y Gwyddelod. Camwch oddi wrth y cyfrifiadur yna,' gorchmynnodd. Rhoddodd y rhybudd swyddogol priodol iddo, yn ôl y drefn gywir.

Roedd hi'n tynnu at hanner awr wedi tri o'r gloch y bore cyn i Jeff a Lowri gyfarfod yng ngorsaf heddlu Glan Morfa. Roedd y ddau wedi ymlâdd ar ôl pwysau'r ymchwiliad, ond roedd rhyddhad anesboniadwy wedi taro'r ddau hefyd.

'Be 'di'r hanes?' gofynnodd Jeff iddi.

'Saethwyd Tom Elias yn farw gan y motobeicwyr. Mae'r ddau hynny wedi marw o ganlyniad i'r gwrthdrawiad. Torrwyd gwddw'r saethwr a bu farw'r gyrrwr o anafiadau niferus yn yr ysbyty yn fuan ar ôl iddo gyrraedd yno. Mae Gareth Morris yn farw hefyd o ganlyniad i'r trawiad a gafodd efo'r sbaner ar draws ei ben gan Rhys, ac mae Ceinwen yn gwella yn yr ysbyty.'

'Pwy sy dan glo i gyd?' gofynnodd eto.

'Yma yng Nglan Morfa mae Ifor Lewis, wrth gwrs, a'r ddau Wyddel a ddaeth â'r ceffylau drosodd yn gynharach. Roeddan nhw'n brysur yn agor y ceffyl cyntaf i nôl y pecynnau cyffuriau pan rois i'r gorchymyn i'r hogia symud. Yn ôl pob golwg, dydyn nhw ddim yn rhy hoff o'r syniad o dreulio'r deuddeng mlynedd nesaf mewn carchar ym Mhrydain, felly maen nhw'n awyddus i ymglymu Ryan a rhyw ddyn arall yn yr holl firi, er mwyn cael dedfryd fyrrach. Dwi newydd glywed gan Aisling fod y ddau ohonyn nhw, dyn reit ddylanwadol o'r enw Brendan Maguire, a Seamus Ryan, wrth gwrs, newydd gael eu harestio yn

Iwerddon, a bod y Ditectif Brif Uwch Arolygydd Liam Cullingham dan glo hefyd. Dwi ar ddallt ei fod o wedi cael ei amau o fod dan fawd Ryan a Maguire ers tro byd, ac mai'ch ymweliad chi fu'n gyfrifol am iddo amlygu'r cysylltiad hwnnw wrth drio stopio'ch ymholiadau chi.'

'Dwi newydd roi caniad i gyfaill i mi, Elis Jones y milfeddyg, yn y gobaith y medar o wneud rhywbeth i helpu'r merlod druan 'na,' meddai Jeff. 'Roedd defnyddio'r ceffylau cymar yn hytrach na'r ceffylau rasio drud yn reit glyfar, chwarae teg.'

'Oedd, mae'n debyg ... mae'r sefyllfa ar hyn o bryd yn llanast go iawn, Jeff. Mi gymerith amser hir a lot mwy o gydweithio rhyngddan ni a'r Garda i ddod â phob dim i fwcwl.'

'Wel,' atebodd Jeff, 'dyma un math o lanast y medra i ddelio efo fo. Ar ôl rhyw ddwy neu dair awr o gwsg mi fydda i'n rêl boi ac yn barod i ddechrau arni.' Cerddodd at y drws.

'O, Jeff,' galwodd Lowri Davies ar ei ôl. 'Diolch am eich cefnogaeth. Dwi wedi mwynhau'r profiad o weithio efo chi.'

'A finna,' atebodd. 'Dwi erioed wedi gweithio efo Bwystfil o'r blaen ...'

Pedair nofel arall am y ditectif Jeff Evans:

'...stori arbennig o gyffrous ac yn fwrlwm o ddigwyddiadau annisgwyl...'
– J. Graham Jones, adolygiad ar Gwales

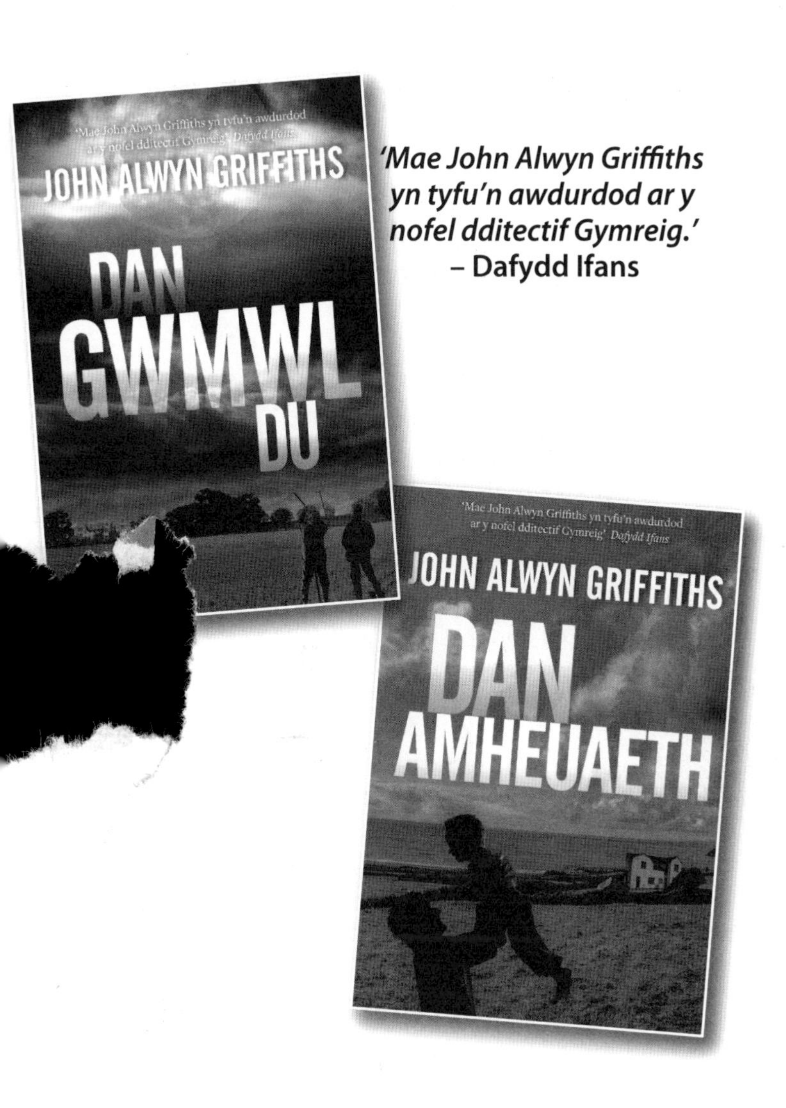
'Mae John Alwyn Griffiths yn tyfu'n awdurdod ar y nofel dditectif Gymreig' Dafydd Ifans
JOHN ALWYN GRIFFITHS
DAN GWMWL DU
'Mae John Alwyn Griffiths yn tyfu'n awdurdod ar y nofel dditectif Gymreig.'
– Dafydd Ifans
'Mae John Alwyn Griffiths yn tyfu'n awdurdod ar y nofel dditectif Gymreig' Dafydd Ifans
JOHN ALWYN GRIFFITHS
DAN AMHEUAETH